KB115348

한여름날의 캐럴

초판 1쇄 찍은 날 ┃ 2014년 09월 05일
초판 1쇄 펴낸 날 ┃ 2014년 09월 16일

지은이 ┃ 김나혜
펴낸이 ┃ 서경석

편 집 장 ┃ 권태완
편   집 ┃ 최고은
디 자 인 ┃ 신현아

펴낸곳 ┃ 도서출판 청어람
등록번호 ┃ 제387-1999-000006호
등록일자 ┃ 1999. 5. 31
어람번호 ┃ 제5-0384호

주소 ┃ 경기도 부천시 원미구 부일로 483번길 40 서경B/D 3F (우) 420-822
전화 ┃ 032-656-4452 팩스 ┃ 032-656-4453
http://www.chungeoram.com
E-mail ┃ chungeorambook@daum.net

© 김나혜, 2014

ISBN 979-11-316-9172-4 03810

Chungeoram romance novel

한여름 날의 캐럴

김나혜 장편 소설

도서출판 청어람

Contents

프롤로그

가만히 앉아 듣고만 있을 수 없을 정도로 흥겨운 비트의 음악이 클럽을 시끄럽게 울렸다. 은밀한 눈길을 보내며 유연하게 허리를 흔드는 여자들. 그리고 그런 여자들 옆에 서기 위해 신경전을 벌이는 남자들. 여자들은 자신에게로 몸을 밀어붙여 오는 남자들 중 자신의 취향의 남자에게 돌아서서 슬쩍 미소를 흘렸다. 선택받지 못한 남자는 아쉬움을 드러냈지만 이내 곧 다른 여자에게로 몸을 밀어붙였다.

서울권에서 물이 좋다고 소문이 난 클럽 안에는 술을 마시기 위해, 또는 외로운 밤을 함께 보낼 파트너를 찾기 위해 온 사람들로 가득했다. 사람들로 북적이는 번잡한 홀과 달리 클럽 위층의 적막한 복도 끝에 위치한 VIP룸 중 한 곳에선 다섯 명의 젊은 남성이 자리하고 있었다.

"야, 이 미친놈아. 왜 너 혼자 반대로 가는 건데? 다들 스무 살에 유학을 가지 너처럼 한국으로 들어오지는 않거든?"

스무 살에 귀국해 대학교에 입학하더니, 스물한 살이 되자 군대를 간다는 서겸에게 의아하다는 듯 무리 중 한 남자가 물었다. 가운데에 앉아 한 잔에 수십만 원을 호가하는 양주를 마시던 서겸이 남자의 질문에 피식 웃음을 지었다.

"군대라니? 너희 집 정도면 군 면제쯤은 식은 죽 먹기 아니냐?"

또 다른 남자마저 비슷한 말을 하자 술잔을 테이블 위에 내려놓으며 서겸이 입을 열었다.

"일곱 살부터 조기유학을 가서 고등 과정까지는 외국에서, 대학교는 무조건 한국, 군대는 필수. 이게 우리 집안 모토거든. 뭐, 나만 그런 것도 아니고 형도 그랬으니까."

소위 있는 집안 자식들이라 하면, 대학은 무조건 해외의 유명 대학으로 가는 것이 당연하게 여겨지는 시기이다. 더 부유한 집안이라면 일찌감치 초등 과정부터 조기 유학을 보내기도 한다. 특히나, 지금 그게 꽤나 있는 집 사모님들 사이에서 유행하고 있었다. 서로 더 좋은 대학에 자식을 보냈다는 걸 자랑하기 위해 있는 돈에 없는 돈까지 다 끌어다 모아 자식에게 투자를 하고 있었다.

이것을 반(反)하는 집안이 한국에서 손에 꼽히는 대기업인 '율' 그룹이고, 그 '율' 그룹이 지금 한가운데 앉아 무심한 얼굴로 술잔을 기울이고 있는 서겸의 집안이다. 어린 나이에 유학을 보내는 건 특이할 만한 일은 아니지만, 대학을 한국에 있는 대학으로 보내기 위해 자식을 불러들이는 것은 꽤나 특이한 경우였다. 물론 한국에서는 꽤 알아주는 대학이라 할지라도, 해외에 있는 대학에 견줄 만하지는 못하다.

더군다나 다들 자기 자식이 귀해 군 면제를 위해 뒷돈을 들이는데, 서겸의 집안에서는 군대가 필수다.

군대라고는 생각도 못 했던 나머지 남자들 중 몇몇은 해외에 있는 유명 대학에 재학 중이고, 방학을 맞이해 한국으로 들어온 참이었다. 그리고 다른 몇몇은 유학을 준비 중이었다. 그들은 집안끼리의 유대로 얕은 관계를 유지해 온 친구의 군 입대에 신기해하며 잠시 사회를 떠나 있을 그를 위해 송별회를 열어주었다.

"군대 가는 게 뭐 유세라고."

오른쪽 맨 끝자리에 앉아 있던 민철이 비아냥거리며 히죽거렸다. 그에 모두들 움직이던 손을 멈추고 고개를 돌려 민철을 쳐다봤다. 다들 '이래서 저 자식을 안 부르려고 했는데.' 하는 눈초리로 누가 부른 것이냐고 눈짓으로 서로를 탓했다.

"글쎄, 일단 넌 못 가는 걸 나는 간다는 거지."

"못 가는 게 아니고 안 가는 거지."

탁 소리와 함께 가운데에 앉아 있던 서겸이 술잔을 내려놓았다.

서로 집안끼리 아는 사이이기에 알게 된 것이지, 지금 이 자리에 있는 남자들 중 서로를 각별하게 여기는 사람은 없다. 그 또한 마찬가지이다. 마지못해 이 자리에 앉아 있는 것이지, 굳이 나오지 않아도 될 자리였다. 명목상 그의 송별회이지, 사실상 서로의 집안이 벌이고 있는 사업에 대한 탐색전을 위한 자리였다.

'여전히 나에게 자격지심이 있나 보군.'

몇 번 보지는 못한 상대다. 어쩌다가 모임이 있을 때 몇 번 마주쳤던 것이 전부였다. 그때마다 유독 자신에게 날을 세우는 민철이 이해가 되지 않는 것은 아니다. 집안의 힘에 있어서 우위를 차지하고 있는 자신에 대한 반발심은 이 세계에서는 지극히 본능적인 것이었다.

"왜들 이래. 이제 한 2년은 못 볼 건데. 좋게 가자. 응?"

분위기를 풀어보려는 듯 서로 눈을 맞춘 두 남자가 잔에 술을 채우고 건배 제의를 했다. 허공에 잔을 들어 보이는 것으로 건배를 대신한 서겸은 그 뒤로도 계속해서 자신에게로 쏟아지는 날 선 눈빛을 피해가며 술을 즐겼다.

"자, 아가씨들 오셨습니다."

노크 소리와 함께 웨이터가 여자 다섯 명을 끌고 들어왔다. 웨이터는 늘씬한 몸매를 드러내는 짧은 옷에 화려한 얼굴을 한 여자들을 내보이며 잘 골라서 데려오지 않았냐는 듯한 눈으로 룸에 앉아 있는 남자들의 칭찬을 기다렸다. 그에게 고개를 끄덕이며 지갑에서 돈을 꺼내 팁을 준 남자는 조금 전 오늘의 주인공에게 시비를 걸던 민철이었다. 웨이터가 나가자 여자들이 하나씩 자리를 잡고 앉았다.

"어, 저기…… 오늘은 우리끼리만 놀기로 했잖아."

애써 푼 분위기를 도로 망쳐 놓은 민철에게 선뜻 비난을 하지 못하고 어물거리던 영진은 고개를 돌려 조심스레 서겸의 눈치를 살폈다.

"서겸아, 괜찮지?"

서겸은 어느새 옆에 앉아 자신의 팔에 매달리는 여자를 보고 얼굴을 찌푸렸다.

"아니, 안 괜찮아. 여자가 영~ 내 취향이 아니야. 나 먼저 간다."

서겸의 말 한마디에 네 남자의 얼굴이 순식간에 굳어졌다. 그리고 그 옆에 앉은 여자의 얼굴 역시 대번에 사나워졌다. 여자는 감히 자신에게 그런 모욕적인 말을 내뱉은 거냐는 눈빛으로 서겸을 노려봤지만, 서겸은 개의치 않고 유유히 손을 흔들고 룸을 빠져나갔다.

여자와 같이하는 술자리를 극도로 싫어하는 서겸임을 알면서도 그를 도발하려고 일부러 여자를 불렀음이 틀림없는 민철을 향해 세 명의 남자가 눈살을 찌푸렸다.

"야, 서겸이 이런 거 싫어하는 거 몰라?"

띄워놓은 분위기를 망치고 서겸이 가버리자 결국 그를 탓하는 목소리가 쏟아져 나왔다.

민철은 서겸의 눈치를 보는 세 명의 친구라는 이름을 가진 자들을 노려봤다. 서겸의 눈치를 보던 좀 전과는 달리 그의 노려보는 눈빛에는 가소롭다 비웃음을 짓는 남자들을 보자 민철은 더욱 속이 뒤집어졌다.

지금 같이 있는 남자들뿐만이 아니다. 여자들도 그랬다. 성인이 될 무렵 갑자기 나타난 서겸에게 모든 사람들이 환장했다. 남자들은 어떻게든 친해져서 떡고물이라도 떨어지기를 바랐다. 자신도 처음에는 그들과 마찬가지였다. 하지만 서겸은 관심이 없다는 듯 동떨어져 행동했다. 그게 비위를 거스르게 했지만, 모두들 그의 앞에서 내색을 할 수 없었다. 남자들은 서겸의 무심함에도 같이 어울리기 위해 그의 비위를 맞췄고, 여자들은 그의 무심함에 오히려 매료되어 안달했다.

처음에는 여자들이 서겸의 엄청난 배경 때문에 그런 것이라는 생각을 했다. 하지만 여자들은 배경을 떠나 정말로 서겸을 좋아했다. 심지어 자신의 약혼녀가 되었을지도 모를 연희까지. 자신의 집안에서 연희에게 약혼에 관한 청을 넣었을 때, 그녀는 서겸이 아니면 싫다고 딱 잘라 거절을 했다.

단호한 거절에도 연희를 포기할 수 없어 찾아갔었다. 그리고 서겸에게 매달리는 연희의 모습을 봤다. 길거리 여자를 내치듯 연희를 내치는 서겸에게 달려가 주먹을 날렸다. 하지만 오히려 연희는 서겸을 감싸면서 자신을 스토커 취급했다.

은연중에 그 이야기가 퍼졌다. 그 뒤로 다들 자신을 벌레 보듯 하고 깔보기 시작했다. 그때의 치욕이 아직까지도 이어지고 있으니 아주 죽을 맛이다.

"혼자서 고고한 척하기는. 재수 없어. 니들이 모르나 본데, 저 새끼 미국에 있는 동안 할 짓 안 할 짓 다 하고 다녔다는 소문이 있어."

오늘은 기필코 서겸의 가면을 벗기고 추악한 모습을 드러내 망신을 주겠다는 생각으로 여자들을 불렀다. 설마 자신의 송별회인데 그냥 가버릴 거라고는 생각도 못 했다. 어느 정도 분위기를 띄워서 잔뜩 술을 먹인 뒤에 서겸의 가면을 벗길 참이었다. 그리고 그 모습을 모두에게 보여 비웃음을 받게 만들려 했다.

"말 그대로 소문일 뿐이야. 서겸이 미국에 있는 동안 거의 일 등만 했다고 하던데. 공부 외에는 관심도 없었다고 하더라."

쓸데없는 소문에 휘둘리는 그가 한심하다는 듯 말을 한 남자가 이내 관심을 끄고 옆에 앉은 여자에게 눈짓을 했다.

이미 사라져 버린 서겸에 대한 관심은 온데간데없이 서로 옆에

앉은 여자에게 작업을 거는 친구들을 보며 분을 삭이지 못한 민철
은 훗날을 기약하며 술을 들이켰다.

"불쌍한 새끼."

뻔히 눈에 보이는 짓을 하는 남자가 이제는 불쌍하기까지 하다
면 자신이 미친 것인가. 막상 군대 갈 생각을 하니 모든 것에 다
그만한 이유가 있을 거라며 그들을 감싸는 성인군자 같은 마음이
생겨난다.

내일이 입대다. 한국으로 들어와 대학 입학을 하고 일 년이 빠
르게 지나갔다. 잠깐의 회상을 하는데 차가운 바람이 그를 지나갔
다. 번뜩 드는 정신에 왼쪽 손목에 찬 시계로 시각을 확인한 서겸
은 핸드폰을 꺼내 들었다.

아쉬운 1초가 째깍째깍 흘러가고 있다. 짧은 신호음이 가고 상
대방이 전화를 받았다.

"송별회 안 해주냐? 나 내일이 입대다."

[송별회 해준다니까 싫다고 질색한 사람이 누구였더라? 지금
전화를 건 사람은 아니었지, 아마.]

뒤늦게 송별회를 안 해주냐고 타박을 하는 친구가 얄미워 비꼬
지만, 지금 당장 나와 줄 것임을 알기에 서겸은 이를 드러내며 환
하게 웃었다.

[어디서 볼래?]

"집으로 와라. 술 많이 있는데 다 먹고 입대해야지. 유통기한 지
날라."

[미친놈. 유통기한 좋아하네. 세진이한테는 내가 전화할게.]

전화를 끊은 서겸이 클럽 밖을 서성이던 직원에게 눈치를 주자 직원이 재빠르게 택시를 불렀다. 클럽 직원이 잡아준 택시를 탄 그는 마지막 밤을 불태울 자신의 오피스텔로 향했다.

씻고 나와 냉장고에서 술을 꺼내 거실 탁자에 올려놓고 안줏거리로 할 만한 것들을 꺼내놓자 초인종이 울렸다. 인터폰에는 이제는 익숙해진 두 남자의 얼굴이 비춰졌다.

미국에서 돌아와 대학에 입학하고 첫 우정을 나눈 친구들인 아민과 세진. 대학 1년을 내리 붙어 다녔다. 가끔은 아민의 친누나인 아미도 포함해서.

"왔냐?"

익숙하게 제집 드나들 듯 집 안을 활보하던 두 녀석은 각자의 볼일을 보고 난 뒤에 거실 바닥에 주저앉았다.

"아, 춥다. 이렇게 추운 날 군 입대냐."

"너네도 곧 가잖아."

말도 없이 묵묵히 술병을 집어 들던 세진은 핸드폰이 울리자 재빠르게 술병을 내려놓았다.

"누나야?"

"어. 잠깐만."

동생인 자신보다는 세진에게 더 자주 전화를 거는 누나임을 알기에 아민은 그러려니 하면서 서겸과 술잔을 주고받았다. 첫 잔을 들이켜며 세진이 사라진 방으로 시선을 두던 서겸이 아민에게 물었다.

"둘이 드디어 사귀는 거야?"

"누구? 우리 누나랑 세진이? 아니, 보나 마나 뭐가 잘 안 돼서 세진에게 도움을 요청하는 거겠지."

"뭐가 잘 안 돼?"

"뭐, 이것저것. 낸들 아나."

이제는 익숙해진 아미를 향한 세진의 짝사랑을 위해 건배를 나누던 서겸과 아민은 세진이 자리하자 뒤늦게 군대를 가는 서겸을 위해 잔을 들었다.

줄지어 놓여 있던 술이 바닥이 날 무렵에는 세 사람 모두 거나하게 취해 있었다. 불확실한 미래보다는 막 닥칠 군대에서의 생활에 대한 막막함을 담은 주제도 이제는 다 바닥이 드러났다. 가보질 않았으니 군대 이야기가 더 이어질 것도 없었다.

"아, 심심한데 TV나 틀어봐."

모든 방송이 끝나고 지지직거리는 화면을 바꿔가다 케이블에서 재방송하는 음악방송에서 리모컨 버튼을 누르던 손가락을 뗀 아민이 아는 노래인지 흥얼거렸다.

"어? Flos다. 요즘 쟤네가 예쁘더라."

막 화면이 바뀌고 네 명의 어린 여자가 나와서 춤과 함께 노래를 불렀다. 그 모습을 뚫어져라 쳐다보는 아민을 따라 서겸과 세진도 TV에 시선을 두었다.

"쟤. 쟤, 예쁘지 않냐? Flos의 막내인데 윤지운이라고. 나는 쟤가 제일 예쁘더라. 노래도 제일 잘해."

"예쁘네. 몇 살이야? 어려 보이는데."

세진은 관심이 없다는 듯 고개를 돌렸고, 서겸이 그나마 장단을 맞춰주었다.

"우리보다 세 살 어려. 쟤가 리더인데 이하은이라고. 쟤도 예쁘지?"

"다 예쁘네. 가운데 있는 애가 가장 예쁘네. 이하은이라고?"

네 명 중 그나마 성숙한 얼굴에 서겸이 예쁘다고 고개를 끄덕였다. 노래가 끝나고 남자그룹이 나오자 아민은 TV에서 시선을 뗐다.

"군대 가면 애인이나 여자 연예인 사진으로 버틴다던데. 불쌍한 서겸이 자식, 이제 여자라고는 TV에 나오는 연예인들만 보겠구나."

"남 말 하네. 너네도 곧 간다고."

"우리야 아직 두 달이나 남았고. 그동안 여자들 잔뜩 만나야지."

"잔뜩 같은 소리 하네. 하나라도 제대로 만나보고 그런 소리 해라."

어설픈 카사노바 흉내를 내는 아민을 잔뜩 비웃어준 서겸은 시각을 확인했다. 술은 이쯤 해야 할 듯싶었다. 몇 시간 뒤면 입대다. 입대 첫날부터 깨지 않은 술기운으로 훈련을 받을 생각은 없었다.

"그만 마시자."

세진도 같은 생각이었는지 굴러다니는 술병을 한곳에 모아 정리를 했다. 그대로 거실에 드러누운 셋은 심란한 마음으로 생각에 잠겼다. 막상 첫 주자로 서겸이 군대에 입대를 하게 되자 기분이 요상해졌다.

"아, 내가 선물 줄까?"

자리에서 일어난 아민이 가방에서 주섬주섬 무언가를 꺼내더니 서겸의 배 위에 툭 던졌다.

"뭐야?"

자신의 배 위에 올려진 물건을 집어 든 서겸이 앞뒤로 살피다 뒤에 적힌 목록을 읽었다.

"캐럴?"

"응. 아까 Flos가 부른 노래도 있어. 걔네 기획사에서 캐럴 앨범 냈거든. 거기에 윤지운 솔로곡도 있다."

관심 없어 하는 서겸의 얼굴을 보던 아민은 다시 가방을 뒤져 다른 앨범도 같이 주었다.

"이것은 Flos 1집. 방금 들은 노래 있어."

군대에 가면 무조건 여자 가수에 환장하게 된다는 선배들의 이야기에 아민은 그가 아끼던 앨범을 주었다. 아끼던 물건을 주었음에도 시큰둥해하는 서겸의 얼굴에 아민은 나중에 가서 이 형님에게 Flos 사진이나 보내달라고 하지 말라는 타박을 하고 다시 누웠다.

잠깐 눈을 감았는데 벌써 아침이라고 세진이 두 사람을 흔들어 깨웠다.

이른 아침, 가는 길에 세진의 이모에게 부탁해서 머리를 바짝 깎은 서겸은 두 사람의 배웅을 받으며 기차에 올랐다. 가볍게 손을 흔들어 인사를 한 그는 아민이 쥐어준 CD플레이어를 작동시키고 이어폰을 귀에 꽂았다.

소리 없이 내리는 눈.

눈이 준 고요 속에 갇힌 나.

누군가를 기다리고 있어요.

내가 기다린 사람이 당신인가요.

내 손을 잡아주는 당신의 온기가 나를 채우네요.

눈이 노래를 불러요.

당신의 선물인가요.

당신의 노래가 나를 감싸고 나는 더 이상 외롭지 않아.

사랑스러운 눈이 내려요.

당신의 노래인가요.

눈의 노래가 나를 채우고 나는 더 이상 춥지 않아.

눈을 닮은 당신.

나는 당신이란 눈에 빠졌나 봐요.

　의미 없이 시간을 죽이기 위해 노래를 듣다가 그는 한 노래에서
감았던 눈을 떴다. 그러고는 앨범을 꺼내 목록을 확인했다. 아민
이 이야기했던 윤지운의 솔로곡 '당신의 Snow'. 꽤 들을 만하다
라는 생각으로 몇 번이고 노래를 반복해 듣던 그는 Flos의 1집 앨
범을 꺼내 CD를 교체했다. 순간 시끄러운 일렉트로닉 음악이 귀
를 찌르고, 영어 가사가 반복되는 후크송들이 서겸의 머릿속을 정
신없게 만들었다.

　"별로네."

캐럴 앨범에 있는 윤지운의 솔로곡보다 나은 노래가 없었다. 다시 캐럴 앨범 CD로 바꾼 서겸은 도착할 때까지 윤지운의 솔로곡을 반복해서 들었다. 어느 정도 귀에 익은 노래를 서겸이 낮게 흥얼거렸다.

　"눈이 노래를 불러요. 당신의 선물인가요. 당신의 노래가 나를 감싸고 나는 더 이상 외롭지 않아. 사랑스러운 눈이 내려요. 당신의 노래인가요. 눈의 노래가 나를 채우고 나는 더 이상 춥지 않아. 눈을 닮은 당신. 나는 당신이란 눈에 빠졌나 봐요."

1

11년 뒤 여름.

낮은 엔진 소리와 함께 은색의 BMW의 시동이 걸렸다. 적막한 지하주차장을 가르고 은색의 BMW는 지상으로 모습을 드러냈다.

"젠장."

막 지상으로 올라오면서 차량을 공격하다시피 내리쬐는 햇빛에 운전석에 앉아 있던 서겸의 입에서 낮은 욕설이 튀어나왔다.

날이 갈수록 지독해지는 더위에 이미 바깥에는 지나다니는 개미 한 마리도 없을 정도로 한적했다. 시내로 빠져나와서야 그늘 아래로 해를 피해 숨어서 걷는 사람들이 눈에 띄었다. 개중에는 간혹 모자를 눌러쓰거나 양산으로 햇빛을 피하는 사람들도 있었다.

진하게 썬팅이 된 유리임에도 고스란히 햇빛이 들어오는 듯해 서겸은 에어컨의 온도를 낮추고 콘솔박스를 열어 주섬주섬 선글라스를 꺼냈다. 마침 노란불로 바뀌는 신호에 서서히 속도를 낮추고 완전히 멈춘 뒤 그는 백미러를 거울 삼아 선글라스를 쓰려 했다. 그러던 중 갑작스러운 충격으로 몸이 앞으로 쏠렸다.

"으윽. 으음……."

미처 그 충격에 대응을 할 틈이 없었던 서겸은 뒷골이 당기고 머릿속의 핏줄이 끊어지는 듯한 고통에 낮은 신음 소리를 냈다. 가까스로 몸을 바로 하고 백미러를 보자 유독 뒤차가 가까이 붙어 있는 것이 보였다.

똑똑.

왼편 유리를 두드리는 소리에 서겸은 물러서라는 듯 손을 내젓고 안전벨트를 풀었다. 그의 손에 들린 선글라스는 충격과 함께 무언가에 부딪혔는지 반 동강이 나 있었다.

운전석 문을 열고 한 발 내딛는데 섬뜩함이 척추를 타고 올라와 목줄기까지 이어졌다. 반사적으로 뒷목으로 손이 향했다. 왜 교통사고가 나면 사람들이 뒷목을 잡고 차 밖으로 나오는지 이제야 알겠다.

"괜찮으세요?"

"괜찮아 보입니까."

사고를 낸 남자는 새파랗게 어린놈이었다. 얼굴에는 사고를 낸 사람이 보이는 미안함이 아닌 무언가 불만이 섞여 있었다.

"아, 갑자기 속도를 낮추셔서……."

진심 어린 사과 대신 마치 이 사고는 자신만의 잘못이 아니라고 책임부터 전가하는 남자의 태도에 서겸의 미간이 좁혀졌다. 위아래로 남자를 훑던 서겸은 남자의 뺨과 목덜미에 흐릿하게 찍힌 핑크색 립스틱 자국을 발견하고 남자의 차 조수석을 흘깃 쳐다보았다. 아니나 다를까, 조수석엔 핑크색 립스틱을 바른 또래의 여성이 초조한 표정으로 이쪽을 지켜보고 있었다. 서겸은 느긋하게 팔짱을 끼고 차에 기대섰다.

"어쭈, 어린놈의 새끼가. 사고를 냈으면 사과를 먼저 해야지. 그리고 노란불일 때는 속도를 늦추는 게 정상 아닌가? 심지어 내가 차를 멈췄을 때는 빨간불로 바뀌었을 때인데. 허리 숙여가며 죄송하다고 해도 합의해 줄까 말까인데."

"저기, 그게 아니라 진짜로 그쪽이 갑자기 멈춰서⋯⋯. 그리고 빨간불이 아니었는⋯⋯."

남자가 말을 다 끝내기도 전에 서겸은 몸을 앞으로 쭉 내밀어 앞 유리쪽을 톡톡 손가락으로 치며 가리켰다. 룸미러에 달린 블랙박스가 붉은색 불을 깜빡거리며 녹화 중임을 알리고 있었다.

"이래도 사과를 하지 않으시겠다? 이게 문제야. 사고를 내고도 남 탓을 하는 당당함. 아니, 사고를 내고도 남 탓을 하는 정신머리가 썩어 빠진 놈한테 면허증을 발급한 이 나라가 일차적으로 문제인 거지. 안 그래? 그런데 어쩌나. 내 차는 후방에도 블랙박스가 달렸거든? 네 녀석이 뭐 하느라 노란불을 못 봤는지 어디 한번 확인해 볼까?"

뒤늦게 자신이 불리함을 인지한 어린 사내가 변명을 하듯 입을 열었지만, 서겸은 들을 가치도 없다는 듯 핸드폰을 꺼내 전화를 걸었다.

비서에게 전화를 건 그는 짧게 설명을 하고 다시 차 안으로 들어갔다. 밖에서 사고를 낸 남자가 차창을 두드림에도 그는 느긋한 손길로 에어컨의 온도를 더 낮추고 더위를 피했다.

생각보다 빠르게 비서실장과 보험사가 도착을 했다. 보란 듯이 뒷목을 주무르며 차에서 내린 서겸은 사고를 낸 남자가 사과도 없었고, 뻔뻔하게 자기 잘못이 없다고 했다며 합의는 절대 없다고 못 박았다. 사고를 낸 남자 측의 보험사가 뒤늦게 상황을 파악하고 서겸과 이야기를 하려 했으나 서겸은 한 걸음 물러나 비서실장을 앞세웠다.

비서실장에게 블랙박스에 다 찍혔으니 알아서 해결을 하라고, 단 합의는 절대로 없다고 말한 그는 병원에 가봐야겠다며 지나가는 택시를 잡아탔다.

뒷목이 솔찬히 뻐근한 걸 보니 그냥 가볍게 넘어가면 안 될 것 같아 그는 병원으로 향했다. 병원으로 가는 도중에도 계속되는 두통에 속이 울렁거리자 그는 생소한 고통에 욕지거리가 반사적으로 튀어나왔다. 놀란 운전기사가 속도를 높여 제법 짧은 시간에 병원에 도착했다.

집안의 인맥으로 기다림 없이 검사를 받은 서겸은 의사의 정중한 배웅을 받으며 병원 밖으로 나왔다. 손에 들린 약봉지를 부채 삼아 땡볕 아래를 몇 걸음 걷던 그는 결국 더위를 참지 못하고 눈에 보이는 카페로 들어섰다.

딸랑.

어느 가게를 들어가든 꽤나 들어봤을 법한 종소리가 울렸다. 들어가자마자 느껴지는 시원함에 서겸의 주름진 미간이 단번에 펴졌다. 조금 동떨어진 곳에 서서 위에 걸린 커다란 메뉴판을 눈으로 읽던 그는 익숙한 멜로디에 저도 모르게 흥얼거렸다.

Jingle bell, jingle bell, jingle bell rock
Jingle bells swing and jingle bells ring

"뭐야, 캐럴이잖아?"

한여름날에 캐럴이라니. 가만히 있어보니 실내 온도가 그리 낮지가 않다. 그럼에도 유독 더 시원하게 느껴지는 이유는 캐럴 때문임이 틀림없다.

사장이 누구인지 모르겠지만, 꽤 센스가 좋든지 별나든지 둘 중 하나일 거라 생각을 하며 서겸은 주문대 앞으로 걸어갔다.

"주문하시겠어요?"

꽤 듣기 좋은 가녀린 목소리에 절로 시선이 향했다. 눈을 맞춰오는 여자는 걸어가다가 다시 뒤돌아볼 정도의 외모를 소유하고 있었다. 하지만 그런 외모는 그의 주변에선 흔했다. 그가 눈을 떼지 못한 이유는 앞에 서 있는 여자의 분위기가 묘해서였다.

하얀 피부에 커다란 눈, 오뚝한 코, 오밀조밀하니 작은 입술이 있는 얼굴은 어려 보였으나 풍기는 분위기가 성숙했다. 아니, 성숙함이라기보다 뭐라 말로 설명할 수 없는 분위기다. 살짝 눈을 내리깔고 있는 모습은 세상사에 휩쓸려 상처를 입은 듯 처연함이 보였다. 어린 얼굴에 깃든 처연함이라. 그게 눈길을 끌었다.

"아이스아메리카노 한 잔."

메뉴를 고민한 것과 달리 그는 늘 마시던 커피를 주문했다. 지갑에서 카드를 꺼내주고 사인을 한 뒤 다시 카드를 받았을 때에는 그의 손에 카드 두 장이 돌아왔다. 플라스틱의 카드에는 카페 로고가 있었고, 작은 글씨로 1이 찍혀 있었다. 적립카드를 챙기는 성격은 아니지만 서겸은 자신의 신용카드와 같이 지갑에 넣었다.

차임벨을 받아 들고 카운터와 가까운 곳에 앉은 서겸은 방금 전 메뉴를 받았던 여자를 눈으로 좇았다. 주문지를 다시 한 번 확인하고 커피를 내리는 모습을 훑었다.

'나이는 한 24? 아니 25?'

여자의 나이가 궁금해지기는 난생처음이었다. 종잡을 수가 없다. 분명 어려 보이는데 눈이 마주쳤을 때 본 눈빛은 어느 정도 세상에 통달한 눈이었다. 사회생활을 좀 해본 거라 생각을 하면 나이는 24에서 25. 그쯤일 것 같다.

오랜만에 흥미를 끄는 여자를 구경하던 서겸은 차임벨이 울리자 자리에서 일어나 그 여자에게로 걸어갔다. 직설적인 그의 눈빛이 불편한 것인지 여자는 슬쩍 눈을 피하고는 커피를 앞에 올려두었다. 내민 손에 차임벨을 돌려주며 서겸은 다시 한 번 여자의 얼굴을 꼼꼼히 살폈다.

"여기 사장님이 캐럴을 좋아하나 봐요?"

갑작스러운 질문에 여자가 눈을 치켜세웠다가 도로 내리깔았다. 대답을 듣기 전까지는 움직일 생각이 없다는 듯 커피를 들고서 있는 서겸에게 마지못해 여자가 입을 열었다.

"아니요. 제가 틀었어요."

"캐럴 좋아해요? 아무리 좋아해도 이 여름에?"

"네. 여름에 들으면 시원해서요."

서겸의 입술이 호선을 그렸다.

뭔지 모르게 이 여자가 자신의 취향일 거라는 생각이 들었다. 그는 어떤 면에서건 센스 있는 여자를 좋아한다. 그리고 이 여자는 센스가 있다. 적어도 서겸의 마음에 쏙 드는.

생판 모르는 여자가 자신의 취향이라니.

불편한 기색을 보이던 여자는 이내 무덤덤한 얼굴로 자신을 쳐다본다. '아무것도 몰라요.' 하는 얼굴이지만, 눈은 자신에게 관심을 보이는 남자를 떼어내듯 단호한 눈으로 쳐다본다.

꽤나 차가운 눈길에 서겸은 한 발 물러서듯 부드러운 미소를 보인 뒤 카페를 나섰다. 이쯤에서 물러나야 한다는 걸 아는 나이다.

"아, 나이나 물어볼걸."

갑자기 또 궁금해지는 여자의 나이에 뒤돌아 카페를 쳐다본 서겸은 어수룩한 남자가 할 법한 작업이라는 생각에 머리를 흔들고 제 갈 길을 갔다.

딸랑.

남자가 나가면서 다시 한 번 종소리가 울렸다. 무더위에 지나가면서 카페에 들르는 사람들이 많아 쉬지도 않고 커피를 내리다가 막 한가하던 참에 테이블 위를 청소하던 민우가 득달같이 달려왔다.

"와, 누나. 방금 그 남자 진짜 잘생겼던데요? 여기 있던 여자들 다 그 남자만 쳐다보던데."

"그래?"

민우의 말에 무심히 대응했지만 지운, 그녀도 오랜만에 본 잘생긴 남자의 외모에 속으로 감탄을 했다. 잘생긴 남자야 어렸을 때

워낙에 수두룩하게 봐왔던 탓에 웬만한 외모가 아니면 눈길이 가지 않았다. 하지만 방금 본 남자는 그냥 잘생긴 정도가 아니었다.

반듯한 눈매는 가늘고 길었고, 코는 적당히 높았다. 입술은 여자가 질투할 만큼 붉었고, 피부는 적당히 그을려 남성다움을 발산했다. 키도 꽤나 커서 168㎝인 자신이 꽤 올려다봐야 했다. 심지어 남자는 손가락마저 예뻤다.

남자를 볼 때 손가락을 보는 버릇이 있어 꼭 커피를 건네줄 때 저도 모르게 손을 유심히 보게 된다. 그 남자의 손에서 눈을 떼지 못해 계속해서 그의 손을 따라 시선을 내렸었다. 그러다 들리는 부드러운 저음의 목소리에 시선을 간신히 올렸다.

"그런데 그 남자, 누나한테 관심이 있던 것 같은데요?"

"누가 지운이한테 관심이 있어?"

'아, 덥다.'를 반복하며 말하는 사람은 카페 사장 겸 지운의 친구인 혜임이었다. 민우의 말에 이번에는 누구냐는 듯 캐묻는 혜임의 말투에는 더위로 인한 짜증이 섞여 있었다.

"아, 방금 나간 남자 손님이요. 못 봤어요? 대박 잘생겼던데."

"몰라. 못 봤어. 더워서 눈이 뒤집어져서 잘생긴 얼굴도 눈에 안 들어올 지경이야. 우리 지운이 인기 여전하네."

가끔 카페에 들르는 사람들 중 지운에게 호감을 드러내는 남자들은 수두룩했다. 교복을 입은 어린놈부터 해서 양복을 입은 사내까지, 연령층도 다양했다. 워낙 사람들의 시선을 끄는 얼굴을 가지고 있는 탓에 인생이 평탄치는 못했다. 좋은 일이 있었던 반면, 힘든 일도 많았다는 걸 알기에 혜임은 측은하게 친구를 쳐다봤다.

"왜, 또 작업 걸든?"

"누나한테 말 걸었던 것 같던데요?"

민우와 혜임이 지운을 동시에 쳐다봤다. 이래저래 자신을 걱정한다는 걸 알기에 지운은 희미하게 웃으며 대답을 했다.

"그냥 여기 사장이 캐럴 좋아하냐고만 묻던데."

그 이상은 없었던 것이 사실이기에 뭐 숨길 것도 없다. 하지만 민우와 혜임은 그게 다가 아닐 거라는 듯 의심의 눈초리를 지우지 않았다. 분명 자신에게 작업을 걸었을 거라고 믿는 듯. 괜히 의심받는 남사에게 약간의 미안함이 들었다. 동시에 너무 자신을 도도한 공주과로 만들어 버리는 두 사람 때문에 민망했다.

"그러고 보니 또 캐럴이야? 그냥 최신가요 틀어."

겨울에는 잘 듣지도 않으면서 유독 여름만 되면 캐럴을 찾는 지운에게 결국 혜임이 타박을 했다.

"에이, 사장님. 그래도 특이하다고 좋아하는 손님들도 많아요. 지운이 누나 말마따나 더 시원한 기분도 들고요."

"아무것도 모르는 우리 민우는 어서 밀린 설거지나 하세요."

사장으로서 내리는 명령에 민우는 재빨리 몸을 돌려 설거지를 하기 위해 돌격했다. 혜임의 엄한 눈초리에 결국 지운은 틀어놓은 캐럴을 중단하고 유행하는 가요로 바꿨다.

❖　❖　❖

호텔로 늦은 출근을 한 서겸은 17층의 자신의 사무실로 곧바로 올라갔다. 비서실장인 우명호와 비서 박지민이 자리에서 일어나서 그를 맞이했다.

"괜찮으십니까, 전무님."

"흐음. 두통이 가라앉지를 않네. 허리도 약간 뻐근한 것 같고. 허리가 중요한데. 알지?"

능글맞게 웃는 걸 보니 크게 다친 것은 아닌 듯해 우 실장은 걱정으로 굳었던 얼굴을 풀었다.

'율' 그룹 회장의 막내아들인 서겸을 보좌한 지도 3년이 넘어간다. 초짜 신입인 자신이 막 부임을 해온 그를 보좌하게 되었을 때는 눈앞이 캄캄했다. 낙하산으로 뚝 떨어지는 서겸을 신입인 자신이 보좌하기 위해 발령이 났을 때 다들 그를 불쌍히 여겼다. 한 회장이 집안에서 내놓다시피 한 아들이라는 둥, 놀고먹는 것 말고 일에는 전혀 관심이 없는 아들을 명목상으로나마 전무라는 이름을 달아준 거라는 둥의 소문이 무성했다.

처음 서겸을 만났을 때 사람의 약을 슬슬 올려가며 장난을 치고 책상 위에 다리를 척 하니 올려놓고 앉는 모습에서 약간의 날라리 기질이 보이기도 해 걱정했지만, 그것은 기우였다. 빠른 시일 내에 업무 파악을 하겠다고 날밤을 새는 상사를 따라 자신도 날을 새는 경우가 허다했다. 신입이라는 배짱과 일에 대한 의욕이 없었다면 절대 불가능할 정도의 업무였다. 그렇게 두 사람은 1년을 같이 일했고, 비서실장이라는 파격적인 승진 뒤에 또 다른 비서인 박지민을 들였다.

근 3년 사이에 '율' 그룹의 한 줄기인 'Anima' 호텔은 급부상을 했다. 그리고 지금은 리조트 사업까지 확장을 한 상태다.

서겸은 꽤 괜찮은 상사이다. 가끔 하루로는 부족할 일을 끝내라고 하거나 짓궂은 장난을 칠 때는 빼고. 뭐, 재미없는 상사보다는 낫다는 생각으로 지내고 있었다.

"합의는 안 했지?"

"아직 어린 데다가 반성도 많이 하는 기색에 합의하고 왔습니다."

합의 안 하면 어쩔 거냐는 투의 지적에 서겸이 재미가 식은 얼굴로 우 실장을 쳐다봤다. 이 재미없는 사내를 뒤로하고 서겸은 박 비서에게 고개를 돌렸다.

"박 비서, 상사의 말을 듣지 않는 우 실장을 어떻게 해야 할까?"

"계단으로 들어가기 전 구석진 곳에 유일하게 CCTV가 설치되어 있지 않습니다."

서겸의 장난을 받아주던 박 비서는 태교에 힘을 써야 하니 되도록 폭력적인 장면은 자신이 보지 않는 곳에서 행해주기를 부탁했다.

"운 좋은 줄 알아. 내가 사고 때문에 몸이 찌뿌둥하지만 않았어도……."

아쉽다는 듯 말을 흘리던 서겸은 다시 박 비서에게로 시선을 돌렸다. 임신 7개월 차. 슬슬 후임을 뽑아야 한다.

"후임 공고 낼까요?"

서겸의 눈빛을 읽은 명호가 물었다. 이제는 눈빛만 봐도 어느 정도는 상사가 무슨 생각을 하는지 읽는 경지에 도달했다.

"박 비서 동생은 없어? 박 비서 같은 스타일이 딱인데."

명호는 잘못 들으면 오해할 만한 소지가 되는 서겸의 말에 눈살을 찌푸리기는 했지만, 말속에 지민처럼 똑 부러지게 일 처리를 하는 사람을 원한다는 게 담겨 있다는 걸 알기에 동의하듯 고개를 끄덕였다.

"괜찮으시다면 제 사촌 동생의 친구를 면접 대상에 올려도 될까요? 짧게나마 작은 회사에서 비서 일을 했었습니다."

"인생은 인맥이지. 뭐, 박 비서가 그러고 싶다면 그렇게 해. 면접은 다음 주에 잡고."

뜻하지 않은 사고에 늦게 출근한 만큼 일할 시간이 줄어들었다. 마찬가지로 부하 직원들과 노닥거릴 시간도 줄어야 하니 서겸은 이쯤 하고 사무실로 들어갔다.

약봉지와 테이크아웃용 커피 잔을 책상에 올려두던 그는 저도 모르게 흥얼거리고 있던 캐럴에 문득 그 여자를 떠올렸다.

피식 웃은 서겸은 커피를 한 모금 마신 뒤 여자의 잔상을 지우려 고개를 흔들었다. 지금은 잔뜩 쌓여 있는 서류에 집중할 시간이었다. 하지만 일에 몰두하기 위해 팔을 걷어붙인 서겸은, 마음과 달리 컴퓨터에 시선을 둔 지 수십 분이 지나서야 머릿속에서 여자와 캐럴에 대한 생각을 몰아낼 수 있었다.

문이 열릴 때 나던 종소리가 멀리까지 퍼지지 않을 정도로 카페 안은 사람들로 가득했다. 점심을 먹고 다들 열을 식히기 위해 이곳으로 몰려든 것 같았다. 병원 근처여서인지 환자복을 입은 사람들도 몇 보였다.

넓게 트인 카페 안의 테이블에는 이미 사람들로 가득했다. 심지어 서서 기다리는 사람들 때문에 카운터 앞은 더욱 복작거렸다.

운 좋게 이제 막 사람이 일어난 테이블에 한 커플이 냉큼 앉았다.

"주문하시겠어요?"

굳이 여기까지 올 필요는 없었다. 그의 호텔 앞에도 카페가 널려 있었고, 심지어 이곳은 호텔에서 차로 20분이나 떨어진 거리에 있었다.

"아이스아메리카노 한 잔."

어제에 이어 오늘도 여자의 분위기는 묘했다. 높게 올려 묶은 머리카락과 귀 앞으로 자연스럽게 뺀 애교 머리카락이 더욱 어리게 보이였지만, 눈빛은 초연했다.

"적립카드도 같이 주시겠어요?"

당연히 자신이 적립카드를 가지고 있을 거라는 듯 말을 하는 걸 보니 자신을 기억하는 것이 틀림없다. 마음에 들었다.

여자의 손에 신용카드와 적립카드를 건네준 서겸은 서명을 해 달라는 여자의 말에 글자를 적었다.

─나이?

앞에 선 여자가 서명을 확인하고는 순간 멈칫하더니 아무렇지도 않은 얼굴로 결제를 마치고 영수증과 함께 카드 두 장을 건넸다.

의연하게 카드와 차임벨을 받은 서겸은 싱긋 웃은 뒤 뒤쪽으로 물러났다. 또 다른 주문을 받고 커피를 내리는 지운을 구경하던 그는 차임벨이 울리자 앞으로 걸어 나갔다.

"스물넷?"

지운은 커피를 받지 않은 채 그녀의 나이를 묻는 남자를 올려다보았다. 서너 걸음 떨어져 있던 민우가 두 걸음 바짝 다가왔다. 궁금한지 흘끗거리며 커피를 내렸다.

"커피 나왔습니다, 손님."

대답을 해주지 않는 지운에게 서겸이 두 손을 뒤로 빼 뒷짐을 지었다. 가르쳐 주지 않자 더욱 궁금해진 그는 다시 한 번 물었다.

"스물다섯?"

"둘 다 아닙니다."

이제 그만 커피를 받으라는 듯 미간을 접으며 사나운 눈길을 내는 지운이 귀엽다는 듯 웃음을 흘린 서겸은 커피를 받아 들고 그 손에 차임벨을 넘겨주었다.

카페를 나오자 숨이 막힐 듯한 더위가 그를 감쌌다. 서겸은 재빨리 갓길에 주차해 놓은 차에 올라탔다. 수리에 들어간 그의 차가 아닌, 임시로 렌트를 한 차 안에서 서겸은 느긋하게 커피를 마셨다.

"도대체 몇 살이야, 그럼?"

스물여섯까지는 물어볼 걸 하며 안타까움을 자아낸 서겸은 보조석에 놓인 약봉투에서 약을 꺼내 입에 털어 넣었다. 커피를 물 삼아 약을 먹은 그는 가볍게 목을 좌우로 풀고 차에 시동을 걸었다.

점심시간이 지나가자 카페는 숨을 돌릴 정도로 한산해졌다. 커다란 유리창 너머로 경보를 하다시피 걸어오는 혜임을 본 지운은 재빨리 카페 내부에 흐르던 노래를 캐럴에서 대중가요로 바꿨다.

"아, 덥다. 이번 여름에 이 말만 수천 번 하게 생겼네."

"사장님, 오늘도 그 남자 왔어요. 어제 지운이 누나한테 작업 걸던 남자. 가까이서 보니까 더 대박 잘생겼던데요."

웬만한 여자보다 수다스럽고 호들갑스러운 민우는 혜임이 오자마자 눈을 반짝이며 말했다. 마치 자신이 잘생긴 남자에게 대시를 받은 듯 설레기까지 하는 얼굴로.

"너 어제는 작업 건 게 아니라며."

어제는 작업이라고 하기에는 부족했다. 그랬기에 갑자기 나이를 물어보는 남자의 태도에 잠깐 당황했다.

"나이를 물어보던데요? 누나한테 스물넷인지 스물다섯인지 물었어요."

지운이 뭐라고 말을 하기도 전에 민우가 다 이야기를 했다. 더 이야기를 해보라고 혜임이 눈빛으로 물어봤지만, 그게 전부였기에 더는 할 말이 없어 입을 꾹 다물었다.

"우리 지운이가 어려 보이기는 하지. 네다섯 살이나 어리게 봤다는 거지?"

올해 스물아홉. 여름, 가을, 겨울, 딱 세 계절이 지나면 30대가 되는 나이이다. 어리게 봐주는 게 감사할 나이.

"보통은 이름이나 연락처 물어보지 않나? 작업 맞아?"

혜임의 지적에 민우가 그런가 하며 고개를 갸웃거렸다. 하지만 분명히 남자는 지운에게 관심 있는 눈초리였다. 민우는 작업이 맞다고 자부하며 분명 내일도 그 남자가 올 거라고 장담했다.

오늘 남자는 선글라스를 쓰고 왔다. 오고 가는 다른 남자들과 비슷한 옷차림. 흰색 와이셔츠는 팔꿈치 아래까지 걷어 올렸고, 검은색 정장바지에 검은색 구두. 다만 그가 특별하게 보이는 건 그의 외모와 감춰지지 않는 그의 탄탄한 몸매 때문일 거다. 선글라스를 쓰고 있지만, 가려지지 않는 외모가 특히나.

—26 맞나?

서명을 부탁한다는 말에 오늘도 남자는 자신이 묻고 싶은 말을 적었다. 곧바로 결제 완료를 누른 지운은 카드 두 장과 차임벨을 돌려주었다.

서겸은 이번에도 틀렸다는 예감에 다시 한 번 지운을 꼼꼼히 살폈다. 오늘도 머리카락을 올려 묶고 신중한 얼굴로 커피를 내리는 옆모습이 꽤나 구경할 만했다.

역시나, 눈빛과 분위기가 아닌 그냥 외모로 판단을 했어야 했다.

주문을 한 사람이 그밖에 없는지라 커피를 다 내리는 모습을 확인한 서겸은 차임벨이 울리기도 전에 지운의 앞에 섰다.

"스물셋?"

틀렸다는 듯 고개를 흔들자 서겸은 선글라스를 벗었다. 한 살 더 내려볼까 고민하던 그는 조금씩 굳어가는 지운의 얼굴에 다시 선글라스를 쓰고 커피를 받았다.

"와, 대박. 오늘은 누나를 나랑 동갑으로 본 거예요? 그보다 제 말 맞죠? 누나한테 관심 있다니까요."

"어서 테이블이나 치우자."

오늘도 자리를 비운 혜임이 방금 전의 일을 보지 못한 걸 안타까워하며 민우는 테이블을 주먹으로 가볍게 내려쳤다. 그러면서 지운이 어떠한 반응을 보이는지 살피던 그는 평소와 다름없는 지운의 모습에 그럼 그렇지 하는 얼굴로 테이블을 정리하러 걸음을 옮겼다.

오늘로 적립카드에는 숫자 5가 새겨졌다. 4가 새겨질 때에는 남자 아르바이트생이 주문을 받는 바람에 나이를 물어볼 기회를 놓쳤다. 그리고 5가 새겨지는 지금, 여자는 보이지 않았다. 그리고 카페에는 캐럴 대신 최신가요가 흐르고 있었다.

"일하던 여자분은 어디 갔나 봐요?"

가볍게 말하는 투로 묻자 남자 아르바이트생이 매우 안타까운 얼굴로 고개를 끄덕였다. 그만두었다는 말과 함께. 이에 서겸은 씁쓸한 표정을 감추지 못했다.

아직 나이를 맞히지 못했다. 그리고 무엇보다 오랜만에 여자에게 호감을 가졌다. 자신의 흥미가 어디까지 이어질지 기대를 하고 있었는데, 그 대상이 사라져 버렸다.

커피를 받아 들고 나온 서겸은 수리되어 온 자신의 애마에 올라탔다. 사이드미러로 카페를 감시하듯 보던 그는 손에 들린 영수증을 구겼다. 그러고는 곧바로 보조석에 던졌다.

일종의 화풀이랄까. 말도 없이 갑자기 사라진 여자에게 살짝 화가 났다.

미련을 떨친 그는 다시는 올 일이 없을 것 같은 카페를 뒤로하고 줄줄이 이은 차 대열에 합류했다.

❖ ❖ ❖

연탄불에서 올라오는 매캐한 연기가 자욱한 가게 안은 사람들로 가득했다. 몇 모금의 술에 흥이 난 사람들. 반대로 몇 모금의 술에 슬픔을 같이 삼키는 사람들. 이들 틈에 지운과 혜임, 휘가 섞여 있었다.

"그래서 면접 준비를 한다고 카페를 그만뒀어?"

"응. 제대로 준비를 해야 할 것 같아서. 지민 언니가 소개해 주는 곳인데 더 잘 해야지."

"너도 참. 우리 언니가 소개해 주는 곳이니 대충 해도 합격일 텐데."

휘와 혜임이 이해가 안 간다는 듯 고개를 흔들었다. 하지만 지운의 성격상 이게 맞다. 남은 며칠 동안 면접 준비를 한다는 걸 억지로 데리고 나온 혜임은 당연히 합격할 거라는 응원을 하며 잔을 들어 올렸다.

"그보다 성휘, 너는 노래 다 만들었어?"

"너까지 보태지 마라. 안 그래도 죽겠으니까."

휘도 오늘 간신히 시간을 내서 나온 것이다. 막바지에 접어들었지만, 생각보다 노래가 잘 나오지 않아 꽤 애먹었다. 이제 녹음에 들어가면 또 다른 전쟁이 시작된다. 매번 반복되는 전쟁이지만, 녹음 중에 가수와의 마찰을 생각하니 눈앞이 깜깜했다.

"앓는 소리는. 이번에 꽤 잘나가는 아이돌 그룹 앨범의 절반을 네 노래로 한다며? 네가 한턱 쏴라. 너 매달 들어오는 저작료도 꽤 되지 않아?"

"우리 휘는 언제나 잘하니까, 이번 노래도 좋을 거야."

한 명은 약 올리는 듯, 다른 한 명은 부끄럽지만 마음을 간질이는 말로 응원을 해주자 휘가 졌다는 듯 고개를 흔들었다. 두 여자의 채찍과 당근에는 당해낼 재간이 없다.

"그래, 내가 오늘 쏜다."

휘의 말이 끝나자마자 혜임이 갈매기살 2인분을 추가했다. 더불어 소주 한 병도.

10시가 넘어가자 하나둘씩 자리가 비워지고 다시 채워졌다. 계속해서 술잔을 기울이던 세 사람도 마지막 병을 비우고 일어나기로 했다.

"아저씨, TV 채널 돌려주세요."

옆 테이블에 앉아서 술을 마시던 여자들 중 한 명이 막 시계를 확인하고는 주인아저씨에게 TV 채널을 바꿔달라는 부탁을 했다. 주인은 알아서 바꾸라는 듯 아예 리모컨을 가져다주었다. 여자는 재빠르게 채널을 돌렸다.

"아, 시작했어."

여자의 말에 모두들 무심코 TV로 고개를 돌렸다. 그리고 동시에 얼굴이 굳어졌다. 지운은 애써 못 본 척 다시 고개를 돌리고 술잔을 집어 들었다.

"아, 이하은이네. 또 드라마 찍어? 발연기로?"

혜임이 발연기라는 말로 이하은을 욕보이자 휘가 고개를 끄덕였지만, 모두들 작년 연말을 잊지 않았다. 무려 이하은이 연기 대상을 받았던 일을.

"아, 다음 주 주말에는 안 바쁘지? 그때쯤이면 가이드녹음할 수 있을 것 같아서."

가수들은 녹음을 하기 전 가이드녹음을 들으며 노래를 익힌다. 가끔 가사가 완성되지 않을 때에는 아무 노랫말이나 허밍만으로도 가이드녹음을 한다.

휘는 매번 가이드녹음을 지운에게 맡겼다. 그리고 그에 따른 넉넉한 보수를 챙겨주었다. 어떻게 해서든 지운이 꿈을 잃지 않았으면 하는 바람이 가장 큰 사람이 휘다.

지운이 활동할 당시 얼마나 눈이 부셨는지를 알고 있다. 그리고 지운이 기획사에서 버림을 받은 뒤 다시 활동하기 위해 해온 노력을 옆에서 지켜봤다. 그때는 그도 능력이 없어서 그 어떠한 도움도 줄 수 없었지만, 지금은 다르다. 가수를 1등으로 올려놓은 히트곡이 다섯 곡이 넘어가는 꽤나 알아주는 유명한 작곡가가 되었다.

뒤늦게라도 어떻게든 도와주고 싶었다. 지운이 조금씩 이쪽의 일을 단념하고 있다는 걸 알지만, 그는 지운을 놓지 않았다. 그마저 지운을 놓아버리면 안 된다. 특히나 요 1년간 안정된 일자리를 구하려 드는 지운을 보자 휘는 더욱 마음이 좋지 않았다.

"나 말고 다른 사람한테 부탁해."

"싫다. 네가 해. 다음 주에 연락할게. 그날 보자."

마지막 잔을 비운 휘는 또 거절하려는 지운의 말을 듣지 않으려 먼저 자리에서 일어나 계산대로 향했다. 그가 계산을 하는 사이 눈치껏 혜임이 지운을 데리고 바깥으로 나왔다.

계산을 마치고 나온 휘와 혜임, 지운은 나란히 걸었다. 말없이 걸으며 셋은 각기 다른 생각에 빠졌다.

어둑해진 하늘과 달리 화려한 불빛을 내뿜는 네온사인으로 지상은 눈이 부셨다.

근처에 사는 혜임을 먼저 데려다 준 뒤 택시를 타러 길가로 나왔다. 흘끗 지운을 내려다본 휘는 택시를 세우고 지운을 먼저 태웠다.

"나 데려다 주면 너무 늦어. 따로 가자."

"그러기엔 네가 너무 예쁘다."

휘의 농담 섞인 말에 분위기가 풀리자 지운이 설핏 웃었다. 그 웃음에 안도를 한 휘는 지운이 사는 동네를 택시기사에게 말했다.

집으로 가는 택시 안에서 지운은 편안하게 휘의 어깨에 기댔다. 휘는 말없이 지운이 편하게 기댈 수 있도록 자세를 잡았다.

"둘이 연인이신가 봐요? 허허, 잘 어울려요."

택시기사가 백미러로 두 사람의 다정한 모습을 보고 물었다.

"하하, 감사합니다."

적당히 대꾸를 하는 휘의 모습을 보고 지운이 키득키득 웃었다. 지운이 무슨 생각을 하는지 눈치를 챈 휘가 소리 죽여 웃었다. 오늘처럼 연인으로 오해를 받으며 시작됐던 두 사람의 첫 만남이 저절로 떠올라 지운과 휘는 동시에 그날을 회상했다.

❖ ❖ ❖

지운은 데뷔를 앞두고 연예인 생활을 지원해 주는 학교로 전학을 가게 되었다. 원래 다니던 학교 근처라 같은 중학교 출신의 아이들도 몇 있었다. 하지만 다들 이미 새로운 친구를 사귀었고, 전학을 온 지운에게는 큰 관심이 없었다. 아니, 전학을 오자마자 어여쁜 외모로 남학생들의 관심을 한 몸에 받게 된 지운은 여학생들의 공공의 적이 되고 말았다. 게다가 가수 준비를 앞두고 있어서 학교를 잘 나오지 못하기에 더욱 겉돌게 되었다.

반장이었던 혜임은 담임선생님의 부탁으로 자신의 반의 요주의 인물 중 하나인 지운을 챙겼다. 자연스레 혜임은 담임선생님을 제외하고 지운의 연락처를 알고 있는 유일한 사람이 되었고, 그녀의 매니저도 혜임의 연락만큼은 잘 받았다. 하지만 혜임과 친하게 된 계기는 이 때문이 아니었다.

중간고사가 얼마 남지 않은 날. 지운은 시험 기간은 빠질 수 없어서 오랜만에 등교를 했다. 새벽까지 연습을 했기에 졸리기도 했고 배도 고파 매점으로 향했다. 매점에는 사람이 거의 없었다. 앞에 놓인 빵을 집어 계산대에 올리고 지운은 캔커피 하나를 주문했다. 그때 뒤에서 변성기를 지난 낮은 저음의 목소리가 들렸다.

"이모, 커피 하나 더 주세요."

매점이모는 캔커피 두 개를 같이 계산했다. 얼결에 뒤에 서 있는 남자애의 커피까지 계산한 지운은 빵과 캔커피 두 개를 들고 머뭇거렸다.

"잘 마실게."

"둘이 사귀나 봐? 허허, 둘 다 예쁘장한 게 잘 어울리네. 귀여워라."

학교의 누구누구가 사귀는지에 지대한 관심을 갖고 학생들의 사생활을 캐는 것을 유일한 낙으로 삼고 있는 매점이모는 나란히 서 있는 남학생과 여학생을 보면 꼭 사귀냐고 묻는 게 버릇이

셨다.

"아닌데요."

뒤에 있던 남학생이 이모에게 정색을 하며 말했다. 이모는 개의치 않고 다음 타깃을 물색하듯 지나가는 학생들을 탐색했다.

"너도 시험 때문에 학교 왔냐?"

"응? 응."

지운은 남자애의 명찰을 찾았다. 하지만 명찰이 있어야 할 곳은 비워져 있었다.

"성휘, 내 이름 성휘야. 너 윤지운? 남자애들 사이에서 꽤 유명하더라."

"응? 응."

성휘는 벤치에 앉아 옆자리를 두드렸다. 머뭇거리며 지운이 옆에 앉았다. 뜻밖에 휘는 지운에게 연예계 세계에 대해 묻기 시작했다. 특히 어떤 작곡가와 일을 하는지. 지운은 아는 한에서는 다 대답을 해주었다. 두 사람은 그렇게 꽤 오랜 시간 이야기를 나눴고, 지운은 그제야 성휘가 같은 반 학생임을 알게 되었다.

"너희 여기 있었네. 빨리 와. 시험 시작해."

혜임은 지운을 찾으러 나왔다가 같이 있는 성휘를 보고 속으로 럭키를 외치며 두 사람의 팔을 한꺼번에 잡아 끌어당겼다.

반에서 문제아로 꼽히는 성휘. 매일 이어폰을 귀에 꽂아 노래만 듣고 공부에는 도통 관심이 없는 성휘는 수업시간에 사라지기 일쑤요, 반 평균을 확 깎아먹는 요주의 인물이었다. 오른쪽에는 성휘를, 왼쪽에는 지운을 끼고선 한 번에 반의 요주의 인물인 두 사람을 찾아 데려온 혜임은 자신의 임무를 다했다는 생각에 손을 탈

탈 털며 뒤돌아섰다.

"시험 잘 봐라."

"응. 휘, 너도 잘 봐."

다정한 두 사람의 이야기를 들은 혜임은 오해를 했다. 반 아이들과 거의 말이 없는 휘가 지운에게 먼저 시험을 잘 보라고 말을 했으니 두 사람이 남 몰래 사귄다고 오해를 할 만도 했다. 그 뒤로 혜임은 지운에게 휘를, 휘에게 지운의 행방을 물었다. 지운은 혜임의 부탁으로 생각하고 교내 어딘가에 있을 휘를 찾아 다녔고, 휘 또한 마찬가지였다.

혜임의 계속되는 오해는 휘와 지운이 친해지는 계기를 제공했다. 그리고 혼자만의 착각으로 휘와 지운을 보호해 준다는 생각으로 두 사람을 챙기던 혜임 역시 두 사람과 친해졌다. 훗날 혜임은 자신이 오해했던 것이라는 걸 알고 민망해 두 사람을 피해 다녔지만, 얼마 가지 않아 다시 셋은 어울려 다녔다.

지운이 데뷔를 하면서 혜임과 휘와 잠시 멀어졌지만, 힘든 시기에 두 사람은 가장 먼저 연락을 해와 절친을 자처하며 지운의 옆을 지켜줬다. 용기를 북돋아주며 위로를 해줬던 그들과의 우정이 지금까지 이어지고 있었다.

"아직도 생각해?"

그만 생각하라는 듯 옆구리를 찌르며 묻는 휘의 목소리에 회상에서 깼다.

"너 맨날 이어폰을 귀에 꽂고 다녔었는데. 거기에 되지도 않는 작곡으로 작곡가 되겠다고 했던 때가 엊그제 같은데, 네가 이렇게 크다니."

"되지도 않는 작곡? 야, 그때 내가 작곡한 노래 좋다고 꼭 곡 써 달라고 했던 사람이 누구였지?"

"말이 그렇지. 내가 부를 만한 노래는 아니었지."

"그래, 인정. 허세 가득한 노래였던 건 인정. 그래도 지금 엄청 잘나가거든?"

"그러니까 말이야. 진짜 신기해."

"신기?"

다 자신의 뛰어난 능력이라고 휘가 지운에게 반박을 했다. 투닥 투닥 거리는 두 사람의 싸움은 지운의 집 앞에 도착할 때까지 계속되었다.

2

　해가 조금씩 하늘로 모습을 드러내며 존재감을 뿜어냈지만, 이 방만은 햇빛이 티끌만큼도 침투하지 못하고 있었다. 테라스로 이어지는 커다란 창문은 까만 커튼에 가려져 있었고, 방 안은 아직 한밤중이었다. 고요함이 잠식한 방이 일순 소란스러워졌다.

　칙칙폭폭. 뿌우뿌우.

　방 안에 나열된 기차 레일은 침대 발치 부근 아래 기둥을 둘러싸고 있었다. 레일 주변으로는 실물과 흡사한 건물 장난감과 사람 장난감, 논과 밭 모형 등이 놓여 있어서 실제 한 마을을 재현해 놓은 것처럼 생동감이 넘쳤다.

　레일 위를 돌아다니던 기차가 침대 아래로 사라졌다가 반대편으로 모습을 드러냈다. 기차가 온 방을 휘젓고 다니는 동안 침대 위에 죽은 듯이 누워 있던 서겸이 베개로 귀를 막고 약한 신음을 내뱉었다.

칙칙폭폭. 뿌우뿌우.

기차가 조금씩 가까워지자 서겸은 벌떡 일어났다. 그리고 한 바퀴를 다 돌고 다시 침대 아래로 사라졌다가 반대편으로 나오는 기차를 손으로 잡아챘다.

그의 손에서 대롱거리는 와중에도 요란한 소리와 함께 바퀴를 굴리던 기차는 그가 버튼 하나를 누르자 움직임을 멈췄다. 더불어 경적 소리도 멈췄다. 축 늘어진 기차를 다시 레일 위에 올려놓은 서겸은 두 팔을 하늘로 길게 뻗어 가벼운 스트레칭을 한 뒤 욕실로 향했다.

잘 때 브리프 외에는 걸치지 않는 습관이 있기에 그는 가볍게 브리프만 벗은 뒤 따로 샤워하는 곳이 분리된 유리문을 열고 들어갔다. 온도를 체크하지 않고 바로 물을 틀자, 제법 차가운 물이 그의 몸을 때렸다. 개의치 않고 냉기를 즐긴 그는 천천히 물의 온도를 맞추고 손에 샴푸를 짰다.

잠시 후, 탈탈 머리를 털고 나온 서겸은 흘끗 시각을 확인한 뒤 느긋한 손길로 출근 준비를 했다.

'띵' 하는 가벼운 소리와 함께 엘리베이터가 멈췄다. 벽에 살짝 기대 눈을 지그시 감고서 중력을 거스르는 기분을 느끼던 서겸은 눈을 뜨고 거침없이 발걸음을 옮겼다. 두터운 유리문을 열자 우실장이 자리에서 일어나 그에게 깍듯이 인사를 했다.

"좋은 아침. 연락 왔나?"

"네, 괜찮다고 합니다."

어제 갑작스러운 복통으로 인해 급히 병원에 입원을 한 지민의 자리가 비어 있었다. 아직 새 비서를 뽑지도 않은데다 인수인계가 이루어지지 않았지만, 예정보다 더 빨리 휴가를 쓰게 된 지민이 걱정되고 안타까워 서겸은 낮은 한숨을 쉬었다.

"다행이군. 오늘이 면접이었지?"

"네. 총 열 명입니다. 명단과 서류는 책상 위에 올려두었습니다."

회사 내에도 직원들은 많이 있다. 개중에는 유능한 직원들도 더러 있었지만, 서겸은 꼭 외부에서 새로 뽑기를 원했다. 한 명이라도 더 고용을 늘려서 현재 사회적으로 큰 문제가 되고 있는 실업난을 해결할 의무가 대기업에 있다고 말을 했지만, 우 실장은 믿지 않았다. 단순히 그의 짓궂은 변덕이라 보고 있었다.

"박 비서에게 회사 걱정 말고 푹 쉬라고 해."

"네, 알겠습니다."

실상 지민은 어제 통화로 회사 걱정보다는 서겸을 홀로 감당할 자신을 걱정했었다.

이 사실을 선한 미소로 감춘 우 실장은 부디 오늘 유능한 인재가 뽑히기를 바랐다.

"아 참, 박 비서가 따로 추천한 사람이 누구지?"

막 사무실로 들어서려던 서겸은 다시 몸을 돌려 우 실장에게 물었다.

"명단에 표시해 두었습니다."

알았다는 듯 고개만 끄덕인 서겸은 자신의 사무실로 들어갔다. 한여름이지만 사무실의 온도는 적당히 시원했다. 에너지 절약이다 뭐다 해서 작년보다 실내 온도를 높여놓았지만 꽤 시원하게 느껴지는 온도임은 틀림없다.

겉옷을 옷걸이에 걸어놓고 자리에 앉은 서겸은 습관적으로 손목시계를 확인했다. 면접은 9시에 바로 시작이다. 점심에는 '율' 그룹의 이사와 약속이 되어 있다. 형인 진겸이 손수 전화를 해서 그를 불렀으니, 곱게 점심식사만 하고 보내줄 리가 없기에 그는 쿨하게 오후 일정을 싹 비웠다.

면접까지 20분가량 남았다. 서겸은 빳빳한 서류를 펼쳐 맨 앞장의 명단을 훑었다. 이름과 나이, 출신 학교와 전공이 적힌 명단을 눈으로 훑어 내리다 이름 앞에 체크 표시가 된 부분에서 그의 눈이 멈췄다. 박 비서가 따로 추천을 해놓은 지원자다.

"윤지운. 나이는 29세. 학교는 제법 괜찮은 데 나왔고. 전공이 연극영화?"

의외의 전공이 적혀 있자 서겸은 흥미롭다는 듯 짧은 웃음을 터뜨렸다. 분명 박 비서는 그에게 비서 경력이 있다고 했기에 전공이 이런 쪽일 거라고는 전혀 생각지도 못했다. 흥미가 동한 서겸은 차르르 서류를 넘겨 윤지운의 이름을 찾았다.

"윤지운, 윤지운, 윤지운."

찾는 이름이 나올 때까지 입으로 되뇌던 서겸은 윤지운이라는 글자에서 서류를 넘기던 손을 멈췄다. 이름과 나이를 확인한 그는 곧장 사진으로 시선을 두었다.

"어라?"

사진에 가득 찬 단정한 얼굴은 제법 예쁘장했다. 그리고 그의 눈에 어느 정도 익숙한 얼굴이기도 했다. 서겸은 한참을 그 사진을 쳐다보다 다시 나이를 눈으로 읽었다.

나이를 확인하자 허탈한 웃음이 나왔다. 틀려도 한참이나 틀렸다. 생각보다 여자는 나이가 많았다. 그리고 정말 기가 막힌 우연으로 다시 보게 생겼다.

뒷장으로 넘겨 이력을 가볍게 읽은 그는 별로 건질 게 없는 내용에 이맛살을 찌푸렸다. 다시 앞으로 넘겨 사진을 뚫어져라 쳐다본 서겸은 의아함에 고개를 오른쪽으로 갸웃거렸다.

사진으로 보니 어디선가 본 듯한 느낌이다. 실제로 봤을 때와는 조금 다르다. 묘하고 독특한 분위기가 사진으로는 드러나지 않았기에 오히려 사진이 낯설게 느껴져야 하지만 그러지 않았다.

사진을 어디서 봤나.

모르는 여자의 사진을 어디서 봤을 리가 없기에 자신의 생각에 피식 웃다가도 정말로 낯설지 않은 사진 속 모습에 눈을 부라리고 다시 쳐다봤다.

한참을 쳐다보다 어차피 증명사진이야 거기서 거기이니 비슷한 여자의 증명사진을 봤겠지 하며 가볍게 넘긴 서겸은 다시 맨 앞장으로 서류를 넘겼다. 그리고 나머지 지원자들의 서류를 건성으로 읽어 내려갔다.

서류가 그 사람을 대변해 주기도 하지만, 서겸은 직접 만나서 부딪쳐 보자는 주의이다. 그러기에 적당한 면접으로 뽑을 생각으로 그는 지원자들이 제출한 서류에 큰 관심을 두지 않았다.

마지막 1분을 말없이 지원자를 응시했다. 긴장한 모습이 역력한 여섯 번째 지원자는 눈을 여러 차례 깜빡이며 시선을 자꾸 피했다. 눈도 제대로 못 마주치는 담력이라니.

서겸은 이만 나가보라는 손짓을 한 뒤 찻잔을 집어 들었다. 차는 어느새 식어 미지근한 온도로 그의 목을 넘어갔다. 일곱 번째 지원자를 안내하며 들어온 우 실장에게 그는 새로운 차를 부탁했다.

우 실장을 뒤따라 들어오는 일곱 번째 지원자가 단정하게 허리를 숙여 인사한 뒤 고개를 들었다. 그때를 맞춰 고개를 숙여 얼굴을 감춘 서겸은 온몸의 감각세포를 일깨워 여자의 움직임을 살폈다.

지운이 맞은편 의자에 앉아 그를 쳐다보는 걸 알고 있음에도 우 실장이 새로운 차를 내어올 때까지 미동도 하지 않았다. 잠시 불편한 침묵이 지나가고 서겸은 느긋하게 차를 한 모금 넘겨 목을 축인 뒤 고개를 들었다.

허공에서 두 사람의 시선이 부딪혔다. 일순 지운의 눈이 가늘어지는가 싶더니 상대방의 얼굴을 확인한 뒤 동공이 살짝 커졌다가 제 크기를 찾았다. 놀란 듯 입을 살짝 벌리는 지운의 모습에 서겸은 웃음을 죽였다.

카페 손님을 이곳에서 만나게 될 줄은 몰랐다. 심지어 자신의 나이를 궁금해하던 남자를 면접 장소에서. 저절로 눈이 돌아갈 정도로 잘생긴 남자는 한 손에 펜을 들고 남은 손으로는 서류를 앞뒤로 넘기며 눈으로 서류를 읽어 내려갔다. 부드러운 머리카락이 그의 움직임을 따라 흔들거렸고, 남자의 얼굴에는 매력적인 웃음이 걸려 있었다. 그러나 남자의 눈은 한 치의 흔들림도 없이 단호했다. 날카롭게 쳐다보며 단숨에 상대방을 제압했다.

"나이가 스물아홉. 이번에는 맞았나?"

자기소개를 시작해야 할지 아는 체를 해야 할지 가늠이 되지 않아 남자의 눈치를 살피던 지운은 서겸의 질문에 다시 그와 눈을 마주쳤다.

"네, 맞습니다."

서겸은 기분 좋은 나른함에 흐트러지지 않기 위해 몸을 곧추세웠다. 살짝 의자에 등이 닿을 듯 말 듯 상체를 세우고 지운을 직시했다.

"박 비서와는 어떻게 알지? 개인적인 친분이 있나?"

어떻게 대답을 해야 자신에게 이득이 있을까를 생각하던 지운은 짧은 생각을 마치고 입을 열었다.

"제 친구의 사촌 언니입니다. 사석에서도 자주 만나서 잘 아는 사이입니다."

"그렇군."

충분히 알았다는 듯 고개를 끄덕인 뒤 서겸은 다시 상체를 앞으로 당겼다. 그리고 이력을 하나씩 훑었다. 딱히 이력이라고 할 만한 게 없었다. 앞에 먼저 면접을 본 지원자들처럼 어디서 상을 받은 적이 없었고, 인턴 경험과 자격증도 없었다. 이럴 경우는 면접이 조금 힘들어진다. 딱히 질문거리가 없기에 면접에 대한 흥미도 떨어져 바로 다음 지원자를 찾게 마련이다. 하지만 그는 그 이력 중에서도 하나를 집어 면접을 이어 나갔다.

"이전에 비서직을 한 경험이 있는데 짧군요. 6개월?"

"정확히는 5개월하고 2주입니다."

짧은 이력은 오히려 독이 될 수가 있기에 이력서에 넣지 않는 게 좋다. 하지만 그것마저도 적지 않으면 이력이라 할 게 없기에 지운은 입술을 깨물고 이력을 채웠었다.

"왜 그만두었죠?"

충분히 예상을 했던 질문이다. 내 꿈을 이곳에서는 실현하기에 는 그 회사가 적합하지 않았다는 등의 가식적인 대답을 준비했던 지운은 조심스레 입을 뗐다. 그때 서겸이 날카롭게 말했다.

"솔직한 답변 부탁드립니다."

정중한 요청이면서도 거짓을 하지 말라는 협박이 담긴 듯 목소 리와 말투에는 힘이 담겨 있었다. 일순 말이 막혔다. 나름 사회생 활을 했다고는 하지만, 사람을 많이 길게 상대하지는 않았다. 그 래서 어찌 보면 사회성이 좋지는 않았다. 그랬기에 모든 걸 다 꿰 뚫는 듯한 서겸이 조금은 두려워졌다.

"불미스러운 일이 있어서 그만두었습니다. 남자 상사가 저에게 잘못된 감정을 가지셨고, 그로 인해 퇴사를 결심했습니다."

서겸의 눈썹이 살짝 위로 치솟았다. 불미스러운 일이 무엇일지 는 가늠이 되었다. 그때를 생각했는지 지운의 얼굴이 딱딱하게 굳 어졌다. 순간 그도 턱에 힘이 들어가고 머리로 열이 올랐다.

"그렇군요. 전공이 연극영화이던데 왜 비서직에 지원을 했지?"

계속해서 존대와 하대를 왔다 갔다 했지만, 딱히 기분이 나쁘지 는 않았다. 남자는 그게 당연한 듯 몸에 배어 있었고 어울렸다. 그 래서 불만이 생기지 않았다.

"제 전공이 비서직을 하는 데 걸림돌이 되지는 않으리라 생각 이 듭니다."

왜 비서직에 지원을 했는가 하면, 그저 지민의 추천이 있었기 때문이다. 일자리를 찾는 도중 지민이 먼저 제안을 해왔고, 지운은 덥석 물었다. 일을 가릴 처지가 되지 않았기에. 더군다나 'Anima' 호텔 전무의 비서직이라는 건 놓치기 아까운 자리였다. 그랬기에 지운은 자격 미달이라는 걸 알면서도 지원을 했다. 지민의 추천을 등에 업고.

지운은 거짓말이 통하지 않을 것 같은 상대이기에 굳이 입에 발린 소리를 하지 않았다. 그렇다고 해서 사실을 말하지는 않았다. 서겸은 눈치껏 큰 이유 없이 그저 먹고살기 위해 지원한 걸 캐치하고 추가 질문을 하지 않았다.

사진과 앞에 있는 실물을 번갈아 본 서겸은 늘 그래 왔듯이 마지막으로 1분가량을 지운에게서 눈을 떼지 않았다. 그의 눈길이 불편했지만 피하는 기색 없이 마주한 지운은 서겸이 먼저 눈을 접어 웃자 반사적으로 따라 웃었다.

"하하, 이만 하죠. 그만 나가 봐도 좋아요. 결과는 오늘 중으로 통보가 될 겁니다."

단정하게 일어나서 인사를 한 지운이 문을 열고 나갔다. 조용하게 다시 닫히는 문을 응시한 서겸은 지운의 서류를 옆으로 따로 빼놓고 다음 면접자를 기다렸다.

"전무님."

총 세 장의 서류를 앞에 두고 고민하는 서겸을 우 실장이 불렀다. 서겸이 고개를 들어 우 실장에게 계속 말해보라는 듯 눈짓을 했다.

"여비서를 뽑을 생각이시군요."

서겸의 앞에 놓인 세 장의 서류에는 각기 다른 얼굴의 여자 증명사진이 붙어 있었다.

"남자 둘만 데리고 다니면 칙칙하잖아."

"그렇다면 처음부터 여자만 골라서 면접 대상에 올렸으면 됐잖습니까."

"그건 성차별이지. 뒷말이 나오면 어쩌려고?"

퍽이나 큰 생각을 했다는 우 실장의 표정을 읽은 서겸이 미간을 접었다. 아무리 초기 때부터 데리고 다녔다만 요즘 들어 조금씩 기어오르는 우 실장의 기를 한 번은 눌러줄 때가 된 건 아닌지 고민을 했다.

"우 실장도 남자보다는 여자랑 일하는 게 좋지 않아? 슬슬 연애도 하고 해야지."

"사내연애는 싫습니다. 그리고 제 연애는 제가 알아서 하겠습니다."

"그래? 그럼 이 사람 뽑아."

서겸은 보란 듯이 가운데 서류 뒤에 가려져 있던 다른 서류를 빼내어 우 실장에게 건넸다. 서류에는 남자 지원자의 사진이 박혀 있었다.

"남자잖아요."

"왜? 아쉬워? 사내연애는 싫다며. 알아서 연애한다며."

또 당했다는 생각에 우 실장은 허탈한 얼굴로 서겸을 쳐다봤다. 서겸은 장난기 가득한 얼굴로 우 실장을 쳐다봤다. 어서 반격을 해오라는 듯. 얼마든지 맞받아쳐 주겠다는 듯.

"그럼 나머지 지원자들 서류는 가져가겠습니다."

서류를 모아 가져가려는 우 실장의 손을 막은 서겸이 지운의 서류를 집어 들었다.

"합격시켜. 남자 둘만은 우중충해서 싫어."

리조트 사업까지 진행 중에 있기에 실상은 비서실에서도 인력이 부족했다. 인원 보충을 계속해서 요청했지만, 서겸은 특유의 얄궂음으로 모르는 체하며 명호가 바쁘게 발을 동동 구르는 걸 은근히 즐겼었다.

드디어 인력 보충을 해주는가 싶어 우 실장은 바로 합격 통보를 날리겠다며 지운의 서류를 받아 들기 위해 손을 뻗었다.

"아, 합격자들 서류는 내가 갖고 있을게. 나머지는 챙겨가지고 나가."

건네줄 듯하다가 다시 서류를 되가져 가는 서겸에게 입을 삐쭉인 우 실장은 나머지 지원자들의 서류를 챙겨 들고, 들고 있던 다른 합격자의 서류를 다시 책상에 내려두었다. 정중하게 인사를 하고 서겸의 사무실을 빠져나간 우 실장은 합격자와 불합격자들에게 결과 통보를 날렸다.

6시가 다 되어가도록 연락은 없었다. 오늘 중으로 연락을 준다고 했기에 보통의 퇴근 시간인 6시 전에 연락이 올 줄 알았다. 초조하게 시계만 확인을 하나가 조금씩 부풀었던 기대감이 시그라졌다.

"좀 거들지?"

혼자 집에 있으면 계속해서 생각에 빠져들고 망상에 사로잡히다가 자진해서 삽질을 하고 땅굴로 들어갈 것 같아 지운은 옷을 갈아입은 뒤 바로 혜임의 카페에 왔다.

초조함을 감추지 못하고 손가락으로 테이블을 두드리는 지운의 옆을 지나가며 결국 혜임이 한 소리 했다. 초조하거나 불안할 때 엄지부터 해서 검지, 중지, 약지, 새끼손가락까지 피아노를 치듯 두드리는 지운의 버릇을 익히 잘 아는 혜임은 그녀의 신경을 분산시키기 위해 주문대로 밀어 넣었다.

퇴근대가 맞물리는 시간대라 손님이 밀려들었다. 핸드폰을 옆에 두고 주문을 받던 지운은 설거지가 밀려 있자 커피를 내리는 민우를 돕고자 자리를 옮겼다.

자리를 바꾸듯 주문대를 채운 민우는 옆에 놓인 지운의 핸드폰에서 문자알림이 울리자 지운을 불렀다.

"누나, 문자 왔어요."

틀어놓았던 물을 끄고 고무장갑을 벗어던진 지운이 자신의 핸드폰을 낚아챘다. 혜임이 슬쩍 옆으로 다가왔다.

"왔어?"

"그런 것 같아."

지운에게는 자신의 사촌 언니인 지민이 입김을 불어주었으니 꼭 합격할 거라 말을 했지만, 실상 지민은 면접 대상에만 올려줄 수 있을 뿐 아무것도 해줄 수 없다고 혜임에게 못 박았었다. 꿈을 버리고 다른 길로 들어서려는 친구에게 차마 부정적인 말을 해줄 수 없어서 혜임은 그 사실을 숨겼기에 지운과 같이 긴장했다.

"아……."

작은 탄식에 혜임이 안타까운 얼굴을 했다.

"괜찮아. 너랑 인연이 아닌 곳이었나 보지. 다른 곳에……."

"합격이야. 당장 내일부터 출근해 줄 수 있냐고 하는데."

"정말? 꺅! 합격이야? 축하해, 지운아."

핸드폰을 쥔 손을 부여잡고 방방 뛰던 혜임은 카페 내 손님들이 쳐다보자 민망한 얼굴로 고개를 숙여 소란스러움에 대한 사과를 했다.

"누나, 합격이에요? 축하해요, 누나. 이제 자주 볼 수 없겠네요."

합격에 대한 축하를 하면서도 눈 정화를 시켜주던 지운을 자주 볼 수 없음이 안타까워 민우가 서운함을 표했다.

"내일 출근한다고 해야겠지?"

"당연하지. 조금 급한 감이 있지만, 아마 지민 언니가 몸이 안 좋아서 급히 일을 쉬게 돼서 그런 걸 거야."

'내일 뵙겠습니다.' 라는 문자를 보낸 지운은 혜임에게 양해를 구하고 집으로 향했다. 들뜬 발걸음으로 집으로 향한 지운은 원룸에 들어서자 불을 켜고 TV를 켰다. 막 시작된 광고에 익숙한 얼굴이 나왔다. 무심코 시선을 주던 지운의 얼굴이 순식간에 굳어졌다. 그리고 이내 그녀는 씁쓸한 얼굴을 했다.

분명 집에 올 때까지만 해도 직장을 구한 것에 기쁘고 들떴지만, 차가운 물을 뒤집어쓴 듯 확 깼다. 멍하니 TV를 응시했다.

다른 광고기 흘러가고 프로그램이 시자이 되고서야 지운은 욕실로 들어갔다. 물을 틀고 양손을 모아 물을 받은 뒤 연거푸 얼굴에 끼얹은 그녀는 질끈 감았던 눈을 떴다.

"잊자. 이젠 미련을 버리자. 미워하지도 말자. 잊자."

벌써 8년이 지난 일이다. 꿈만 같았던 열여덟. 그리고 행복했던 열아홉. 그 꿈 같고 행복했던 시절을 다 뒤엎어 버린 스물. 지금까지도 그 악몽이 계속되고 있는 지독한 참담함에 이를 악물었다.

고작 2년의 행복을 잊지 못해 그동안 멋모르고 날뛰고 올라가려고 기를 썼던 자신의 모습에 조소가 흘러나왔다. 이제는 완전히 잊고 새로 시작하자고 마음을 먹었다.

미련을 떨치듯 거칠게 머리를 흔든 지운은 계속해서 쏟아져 나오는 물을 잠그고 옷을 벗었다.

하늘하늘한 얇은 블라우스. 그리고 무릎길이의 정장치마. 검은색의 숄더백을 마지막으로 걸치고 거울 앞에 서서 옷매무새를 점검한 지운은 거울을 향해 파이팅을 해 보인 뒤 집을 나섰다.

숨을 턱 막히게 하는 더위에 양산을 펼쳐 들고, 잔잔한 걸음으로 걷던 지운은 과감하게 양산을 접어버렸다. 이제는 자기관리에 철저하게 공을 들일 필요가 없다. 피부관리도 마찬가지다. 행여나 주근깨 하나 생길까 그늘을 찾아 걷고 햇빛을 피하며 노심초사할 필요가 없다.

"덥네."

하지만 얼마 가지 않아 햇빛에 익숙하지 않은 피부가 따끔거렸다. 결국 다시 양산을 펼쳐 든 그녀는 버스정류장으로 향했다. 막 도착한 버스의 번호를 확인하고 버스에 오른 지운은 빈자리로 향했다.

워낙 일찍 나온 탓에 자리가 많이 비어 있었다. 한 정거장 지나

갈 때마다 사람들이 탔지만, 지운은 30여 분 뒤에 버스가 가득 찰 때쯤 내렸다.

횡단보도를 건너고 'Anima' 호텔 앞에 선 지운은 잠시 고개를 한껏 뒤로 젖혀 호텔을 올려다봤다. 오늘부터 이곳에서의 생활에 익숙해져야 한다. 결심을 한 듯 결연한 얼굴로 지운은 호텔 안으로 들어섰다.

데스크를 지나 직원에게 신분을 밝히고 직원 전용 엘리베이터가 아닌, 간부들이 사용한다는 엘리베이터에 올랐다. 다이렉트로 고층으로 올라가던 엘리베이터는 15층에서 한 번 섰다. 올라타는 단정한 차림새의 여직원에게 먼저 고개를 숙여 공손히 인사한 지운은 16층에서 여직원이 내리자 다시 인사를 했다. 지운의 인사에 미소를 지은 여직원이 가볍게 고개를 숙여 역시 인사를 건네곤 익숙한 걸음으로 이내 사라졌다.

띵.

목적한 17층에서 선 엘리베이터의 문이 열리자 호흡을 가다듬은 뒤 내려 두터운 유리문을 열고 들어갔다. 아무도 없어 눈을 굴리며 내부를 살핀 지운은 어제 면접을 대기했던 곳으로 향했다. 하지만 어제 임시로 의자를 놓았었던 것인지 깔끔하게 비워져 있었다.

"하아."

자연스레 난감함이 담긴 한숨이 나왔다. 너무 일찍 나온 건 아닌지.

"어, 왔어요?"

갑작스러운 목소리에 놀라 황급히 뒤돌아선 지운은 명호와 마주했다.

"안녕하세요."

당황함도 잠시, 지운은 단정하게 허리를 숙여 인사했다.

"합격 축하해요. 저는 우명호 비서실장이에요. 반가워요."

지운은 친근하게 맞이해 주는 명호를 따라 허리 높이를 훌쩍 넘는 커다란 데스크 뒤로 갔다. 데스크 뒤에는 의자가 놓여 있었고, 노트북 두 대와 컴퓨터가 있었다. 그리고 그 뒤쪽으로는 복합기 등 사무용품들이 가지런하게 정돈되어 있었다.

"여기 앉아요. 참, 한 명 더 올 거예요. 이번에 두 명을 뽑았거든요."

자세한 설명과 이야기는 잠시 뒤에 하자고 한 뒤, 우 실장은 서겸의 사무실로 들어갔다. 배정된 자리에 앉아 두리번거리던 지운은 데스크 아래에 가방걸이가 있음을 확인하고 가방을 걸었다. 책상에 딱 알맞은 높이로 의자가 맞춰진 걸 보니, 지민이 사용했던 의자인 듯싶었다. 마치 파티션처럼 앞을 가로막아 주는 높은 데스크가 마음에 들었다.

바로 앞에 보이는 전무실의 문이 열리자 지운은 자리에서 일어났다. 명호가 편히 앉아 있으라는 듯 손짓을 보인 뒤 혼자 바삐 움직였다.

"우 실장님, 제가 도와드릴 일은 없나요?"

"괜찮습니다. 교육 후에는 윤 비서가 질리도록 하게 될 일이니 지금 쉬어두는 게 좋을 겁니다."

농담을 섞어가며 긴장을 풀어주는 명호를 보니 앞으로의 회사 생활이 순탄할 것 같은 예감에 지운이 미소를 지었다.

사진과 어제 면접 때 실물로 보았을 때 꽤 예쁘장했던 여자가 미소를 지으니 사무실이 환해지는 것 같아 명호는 덩달아 웃었다. 오랜만에 서겸이 한 일 중 마음에 드는 게 후임을 한 명 더 뽑아준 것인데, 거기에 보기만 해도 눈이 정화되는 사람을 뽑아주자 더욱 흡족했다.

"안녕하세요. 제가 늦었습니다."

지운과 같이 합격한 선욱이 머쓱한 얼굴로 들어섰다. 분명 이른 시각에 출발을 했기에 자신이 가장 먼저 출근했을 줄 알았는데 명호가 있자 아차 싶어 그는 허리를 숙여 인사를 했다. 첫날부터 선임보다 늦게 출근한 거에 마음이 쓰였다.

"늦기는요. 다들 일찍 오셨네요."

출근시간보다 무려 40분씩이나 일찍 온 신입들이 대견해 명호는 절로 웃음이 나왔다. 서겸이 오기 전에 간단한 업무는 알려줘도 될 듯싶어 명호는 두 사람을 데리고 전무실로 들어섰다.

"여기는 전무님 사무실입니다. 아침에 출근하면 먼저 들어와서 흐트러진 곳은 없는지 확인을 하세요. 청소를 하라는 건 아닙니다. 청소하는 사람은 따로 있습니다. 그리고 전무님이 오실 시각에 맞춰 커피를 내려놓으시면 됩니다."

그 외에 비교적 가벼운 업무를 지시한 명호는 곧 서겸이 출근할 시각이 다가오자 데스크 뒤로 옮겨갔다. 긴장한 채로 각을 잡고 앉아 있던 선욱과 지운은 서겸이 유리문을 열고 들어서자 자리에서 일어나 허리 숙여 인사를 했다.

"안녕하세요, 전무님."

"좋은 아침. 두 사람 다 입사 축하해요. 우 실장, 잠깐 들어와요."

가볍게 축하를 건넨 서겸은 두 사람과 눈을 맞췄다. 긴장한 눈으로 자신을 올려다보는 지운을 보자 실실 웃음이 새어 나왔지만, 입안을 깨물고 그는 우 실장을 불렀다. 사무실로 따라 들어오는 우 실장에게 서겸은 비밀을 이야기하듯 목소리를 낮춰 말했다.

"김선욱 씨가 유부남인 건 말했나?"

"네? 누구한테요?"

누구한테긴 누구한테겠는가. 눈치라고는 없는 우 실장에게 혀를 찬 서겸은 됐다는 듯 손을 휘휘 내저었다. 우 실장이 떨떠름한 얼굴로 사무실을 나가자 서겸은 의자에 깊숙이 몸을 묻었다.

순전히 지운을 뽑은 건 그녀에 대한 관심 때문이었다. 공과 사를 구분해야 한다는 철칙 따위는 자신에게는 없다. 독립과 동시에 무조건 하고 싶은 대로 하자고 마음을 먹었었다. 물론, 독립 전에도 하고 싶은 건 하고 살았지만. 그래도 어느 정도는 집안에 맞춰서 움직였다.

다시 지운을 떠올린 서겸은 눈을 반짝였다. 관심이 가는 여자를 그냥 손 놓고 볼 위인은 아니기에 일단은 옆에다 두었다.

"스물아홉의 여자. 예쁜 여자. 어려 보이는 여자. 도도한 여자. 경계심도 있고. 또…… 어디선가 본 여자?"

지운에 대한 정리를 하던 그는 또 뭐가 있던가를 생각 곰곰이 생각을 했다.

외모에 관심이 생긴 건 맞지만 다른 이유도 있었던 것 같은데.

"아, 여름에 캐럴을 듣는 여자."

9시가 되자 잔뜩 쌓여 그의 결재를 기다리는 서류를 들춘 서겸은 지운에 대한 생각을 멈추고 일에 빠른 속도로 집중해 갔다.

❖　❖　❖

　두 명이서도 신입이기에 유능했던 지민의 빈자리를 채우지 못해 명호는 숨 돌릴 틈도 없이 바빴다. 다른 곳에서 일을 하다 온 선욱이 그나마 일 처리가 빨랐다. 지운은 선욱만큼 빠르지는 않지만 꼼꼼했고, 한 번 설명한 것은 바로 알아들어 두 번 묻는 일이 없어 편했다.

　흐뭇한 얼굴로 두 사람이 일하는 모습을 바라보던 명호는 일순 지운의 미간이 접히자 무엇이 풀리지 않아 힘들어하는지 궁금해 저도 모르게 한 발 앞으로 나아갔다.

　"우 실장."

　딱 떨어지는 정감 없는 부름에 명호가 내디딘 발을 뒤로 돌려 몸을 돌렸다. 외부에 미팅이 있어 나갔던 서겸이 복귀해 어느새 가까이 와 있었다.

　더운지 정장 겉옷은 벗어서 주머니에 넣은 왼팔에 아슬아슬하게 걸쳐져 있었고, 넥타이는 반쯤 풀려 있었다. 단추까지 풀고 있어서 꽤 자유분방해 보이는 상사의 모습에 속으로 혀를 찬 명호는 선욱과 지운이의 시선에 몸을 바로 하고 단정하게 대답을 했다.

　"네, 전무님."

　딱히 이유 없이 불렀다. 아니, 지운을 바라보고 있는 게 마음에 들지 않아 불러서 시선을 돌렸다. 우 실장을 불러놓고 아무 말 하지 않고 입을 꾹 다물고 있자 신입인 선욱과 지운이 긴장한 채 자신을 바라보고 있는 게 느껴졌다.

서겸은 됐다는 듯 명호에게 손을 흔들어 보인 뒤 지운에게로 시선을 돌렸다.

"오늘 남은 일정이 어떻게 되지?"

금요일인 오늘까지 며칠 지운을 지켜보면서 서겸은 선을 지켰다. 이전의 회사에서 불미스러운 일로 일을 그만둔 지운이기에 선뜻 관심을 표할 수 없었다. 그건 마치 너에게 관심이 있어서 널 뽑았다는 걸 보여주는 것이기에.

서겸은 업무적인 일이 아니면 지운에게 절대 다가가지 않았다. 시간을 두고 지켜볼 마음도 있었고, 제 시선 안에 둔 이상 천천히 움직여도 되기에.

갑작스러운 서겸의 질문에 지운이 빠릿한 손놀림으로 스케줄러를 펼쳐 들었다. 스케줄러에는 서겸의 일, 이 주의 일정이 담겨 있었다. 유능한 비서라면 며칠의 일정을 달달 외워 상사의 물음과 동시에 대답을 해야 하지만, 아직 일이 익숙지 않아 스케줄러를 먼저 찾는 지운의 얼굴이 민망함에 붉게 물들었다.

"오늘 다른 일정은 없으십니다."

스케줄러를 확인한 지운은 '아차' 하는 심정으로 입술을 깨물었다. 분명 30여 분 전에 오늘 남은 일정이 없음을 확인했었는데, 그새 잊어버렸다.

느긋한 눈길로 지운이 하는 행동을 유심히 살핀 서겸은 부드러운 미소를 지으며 지운의 앞으로 다가섰다. 데스크 앞에 선 서겸과의 거리가 꽤 있음에도 지운은 저도 모르게 움츠러드는 자신을 느꼈지만, 애써 아무렇지 않은 척 덤덤한 얼굴을 유지했다.

"어디 봅시다."

머뭇거리다 지운은 스케줄러를 서겸이 볼 수 있게끔 뒤집어 그의 앞에 대령했다.

동글동글 귀여운 글씨체가 가득했다. 꽤 중요한 일정에는 별 모양이 있었고, 색이 다른 글자들이 군데군데 섞여 있었다. 한눈에 들어오는 일정에 서겸은 꽤 만족스러운 듯 고개를 끄덕였다.

"이거 복사해서 가져다줘요."

명호는 서겸을 미심쩍게 쳐다봤다. 분명 월요일에 이번 주 일정을 워드 작업으로 깔끔하게 정리해서 프린트해 전해줬었다. 그리고 오늘 아침에 다음 주 일정 또한 프린트를 해 서겸의 책상 위에 올려두었다.

"전무님, 일정 뽑아드린 거 잃어버리셨습니까?"

"우 실장이 준 거는 정감이 없어."

하다 하다 별거로 트집을 다 잡는다는 듯 쳐다보자 서겸은 어깨를 으쓱해 보인 뒤 무슨 문제 있느냐는 듯 쳐다봤다.

"아, 두 사람 환영 인사를 해주지 않았네."

세 사람의 시선이 그에게서 한순간도 떨어진 적이 없었음에도 서겸은 시선을 모으듯 박수를 친 뒤 그들을 쳐다봤다.

"불금이기는 하지만, 다들 별다른 약속이 없다면 오늘 저녁에 회식을 하지. 환영회 겸."

첫 회식을 빠질 수 없는 데다 자신들을 환영해 주는 자리이기에 지운과 선욱은 알겠다는 대답을 했다. 명호 또한 오랜만의 회식이리 동의했다. 가고 싶은 곳으로 예약을 하라고 지시한 서겸은 자신의 사무실로 들어갔다.

잠깐 자리를 비운 사이 올라온 결재를 검토하던 중 짧은 노크 소리가 들렸다. 서겸은 들어오라는 말을 한 뒤 들고 있던 볼펜을 내려놓았다.

"전무님, 일정입니다."

컬러로 인쇄를 했기에 조금 전에 본 것과 같이 알록달록한 일정이 기록되어 있었다.

"으음, 다음에도 복사해 줬으면 하는데."

서겸의 부탁에 어려운 일이 아니기에 지운은 그의 부탁을 받아들였다. 직접 쓴 손 글씨이기에 조금은 부끄러운 기분도 들었지만, 상사의 부탁이기에 거절할 수도 없었다.

반듯하게 서 있는 지운에게 그만 나가보라는 말을 한 뒤 그녀가 나가자마자 서겸은 다시 일정표를 들여다봤다. 어디에다 둘 것인지 고민하던 그는 책상을 덮은 유리와 책상 사이에 조심스럽게 일정표를 끼워 넣었다. 만족스러운 듯 입가에 미소를 띠운 채 그는 그 위로 서류를 펼쳤다.

3

　회식 장소는 전 국민적으로 사랑을 받는 메뉴인 삼겹살집으로
정했다. 고기의 질이 좋고 같이 나오는 찌개와 반찬의 맛이 일품
이어서 꽤 인기가 많은 고깃집에 일찍이 예약을 한 명호는 6시가
되자마자 지운과 선욱에게 퇴근 준비를 하게 했다.

　눈치를 보다가 서겸마저 6시가 되자 바로 사무실에서 나와 두
사람은 부랴부랴 짐을 챙겨 들고 회사를 빠져나왔다.

　서겸과 명호가 먼저 자리를 잡았다. 마주 보고 앉은 두 사람의
옆으로 지운과 선욱이 자리했다. 지운은 서겸의 반대편으로 다리
를 모으고 앉아 허리를 곧추세웠다.

　"늘 시키던 걸로 할까요?"

　예약을 하지 않았다면 몇 시간을 기다려야 할 판이었다. 번호표
를 뽑아 들고 기다리는 사람들도 더러 있었기에 지운과 선욱은 명

성만큼 맛있는지 사뭇 기대가 되었다. 명호가 손수 주문하자 얼마 가지 않아 상 가득 반찬이 놓였다.

"와, 반찬이 이렇게나 많이 나와요?"

"여기 사장님이 전라도 분이신데 음식 솜씨도 꽤 좋아요."

조심스레 반찬을 맛본 선욱은 감탄사를 내쏟았다.

"불 들어갑니다. 잠시만요."

직원이 갑자기 뜨거운 숯불을 들이댔다. 얼굴 바로 옆에서 느껴지는 열기에 깜짝 놀라는 지운의 어깨를 잡아당긴 서겸은 조심하라고 직원에게 따끔하게 말을 했다. 건성으로 죄송하다는 말을 남긴 직원이 재빠르게 자리를 뜨자 서겸이 혀를 찼다.

"괜찮나?"

"네, 괜찮습니다."

후끈 달아오른 오른쪽 얼굴을 매만지며 지운이 놀란 가슴을 쓸어 내렸다. 바로 고기가 나왔고 비계와 살코기의 환상적인 조화에 선욱이 감탄하며 고기를 구웠다.

"참, 김 비서는 집에 늦게 간다고 연락했나? 아내가 기다릴 텐데."

생전 하지 않던 남의 가정을 걱정하는 서겸의 말에 명호가 의아한 듯 그를 쳐다봤다.

"결혼하셨어요?"

선욱이 결혼한 사실을 미처 몰랐던 지운이 물었다. 선욱은 왼손을 들어 보이며 머쓱한 얼굴로 일찍 결혼했다고 대답했다.

"지금 애가 네 살이에요."

나름 자연스럽게 선욱이 결혼한 사실을 지운에게 알린 서겸은 그동안 꽉 막힌 체증이 내려가는 듯해 개운한 얼굴로 맥주병을 집어 들었다.

술이 들어가자 분위기는 풀어져 여러 이야기가 흘러나왔다. 그러던 중 서겸은 지운의 버릇 하나를 캐치했다.

자신이 이야기를 하는 동안 옆에 앉은 지운은 먹던 것도 멈추고 뚫어져라 자신의 눈을 쳐다보았다. 말을 하고 있는 사람이 신경 쓰일 정도로. 그것은 자신에게만 국한된 게 아니었다. 우 실장이 이야기를 하면 우 실장을, 김 비서가 이야기를 하면 김 비서를 집요하게 응시했다. 둔한 우 실장은 전혀 개의치 않아 했지만, 김 비서는 지운의 시선을 느끼는 듯 가끔 그녀를 쳐다보며 쑥스러운 미소를 흘렸다.

'남자를 환장하게 하는군.'

남자가 착각을 하게 하는 행동이다. 이에 서겸은 뭉글뭉글 질투가 솟아오르자 명호와 선욱의 말을 적당히 잘라 일부러 지운의 시선을 자신에게로 끌어모았다.

"와, 김치 구우니까 장난 아닌데요. 잘 익었어요."

불판에 노릇노릇 구워진 삼겹살과 그 옆에서 약하게 자글자글 끓으며 익힌 김치를 쌈을 싸며 선욱이 또 감탄했다. 고기가 다 익혀질 때쯤 같이 나온 김치찌개도 거의 그가 다 해치웠다.

먹성이 좋은 선욱과 명호를 쳐다보던 지운은 뒤늦게 서겸이 고기 몇 점을 집어 먹었을 뿐이란 걸 알아챘다. 심지어 그는 김치와 삼겹살을 같이 굽기 시작하자 거의 손을 대지 않고 간간이 술잔을 입에 가져갔다.

"식사 시킬까요?"

혹여 서겸이 고기를 좋아하지 않는가 싶어 지운은 눈치껏 식사를 물었다. 고기를 먹은 뒤에는 무조건 냉면이라는 명호와 선욱은 각기 물냉면과 비빔냉면을 시켰고, 서겸과 지운은 누룽지를 시켰다.

숯불을 들고 왔던 직원이 기다란 쇠막대기를 들고 다가오는 걸 본 서겸은 자연스럽게 지운의 어깨를 잡아 끌어당겼다. 놀라 눈을 동그랗게 뜬 지운이 그를 쳐다봤다. 마찬가지로 갑작스럽게 들어와 불을 빼가는 직원을 확인한 지운이 서겸에게 감사의 눈짓을 보냈다.

거의 불이 사그라졌기에 뜨거운 감이 없었지만 얼굴이 달아오르는 듯해 지운은 숯불을 핑계 삼아 얼굴을 감쌌다.

새로이 반찬들이 상에 올라왔다. 뜨거운 누룽지에 조금의 찬물을 섞어 온도를 맞춘 지운은 옆에 앉은 서겸을 흘긋거렸다. 다행히도 그가 맛있게 누룽지를 먹자 지운도 식사를 이어갔다.

"백김치 좋아하세요?"

누룽지에 계속해서 백김치를 올려 먹는 걸 본 지운이 물었다. 별거 아닌 질문에 서겸이 놀란 기색을 내비치자 지운이 더 당황했다.

"음, 백김치 좋아해."

뒤늦게 설핏 웃으며 서겸이 대답했다. 왠지 모를 묘한 느낌을 받았지만, 지운은 대수롭지 않게 넘겼다.

후식으로 나오는 수정과까지 챙겨 먹고 가게를 옮겨 2차로 맥주를 거나하게 마시고 난 뒤에야 그들의 첫 회식은 끝이 났다.

"전무님, 대리 곧 도착한답니다."

방향이 같은 명호가 선욱을 데려다 주기로 했다. 자연스레 서겸은 지운에게 집을 물었다.

"괜찮습니다. 택시 타고 가도 돼요."

"남자인 김 비서도 우 실장이 데려다 주는데."

따라오라는 듯 자신의 어깨를 툭툭 치고 앞서 걷는 서겸을 따를 수밖에 없었다. 뒤따라 걸으면서 자연스레 시선이 앞서 걸어가는 서겸의 뒷모습을 훑었다.

훤칠한 키에 딱 벌어진 어깨. 유독 자세가 곧아서 더 키가 커 보이는 듯했다. 보통 사람들은 한쪽으로 가방을 메는 버릇이 있기에 어깨가 비뚤어진 경우가 많다. 그런데 서겸은 반듯했다.

"이리 오지."

갑자기 멈춰 선 서겸이 뒤돌아 손을 뻗었다. 꼭 그 손을 잡아야만 할 듯 그의 얼굴이 딱딱하게 굳어 있어 지운은 종종걸음으로 걸어가 살짝 그 손끝을 잡았다.

검지와 중지, 약지 세 개의 손가락을 쥔 서겸이 힘주어 끌어당겨 지운을 옆에 세웠다. 그의 왼편에 선 지운은 서겸의 오른쪽으로 휘청거리며 지나가는 두 남자를 보고 움츠러들었다. 지나가면서 그들은 진득한 눈길로 지운을 쳐다봤다.

불쾌한 시선을 처음 느낀 건 아니지만, 절대로 익숙해질 수는 없었다. 다리에서부터 송충이가 스멀스멀 기어 올라오는 느낌에 소름이 끼쳤다. 그 순간 뜨거운 온기가 등 뒤에 느껴졌다. 옆에 있던 서겸이 자신의 뒤에 서서 그들의 시선을 치단했다.

"괜찮나?"

미약하게 고개를 끄덕이는 지운을 확인하고 뒤돌아 두 남자를 노려봤다. 온몸에서 뿜어져 나오는 맹렬한 기세에 두 남자는 황급히 고개를 돌려 빠르게 걸어갔다.

대리운전기사에게 차 키를 건네준 서겸은 지운을 뒷좌석에 먼저 태운 뒤 옆에 올라탔다. 눈을 감고 있었지만, 옆에 앉은 지운이 자신을 쳐다보는 게 고스란히 느껴졌다.

"일은 할 만한가?"

눈을 뜨고 옆으로 고개를 돌려 묻자 갑자기 눈이 마주친 것에 놀란 지운이 한 템포 느리게 고개를 끄덕였다. 역시나 지운은 눈을 피하지 않았다. 오히려 눈을 마주친 채 열심히 배우고 있다는 대답을 했다.

"버릇인가?"

"네? 무슨 말씀이신지……."

별거 아니라는 듯 고개를 흔든 서겸은 다시 눈을 감고 좌석에 머리를 기댔다.

❖　❖　❖

원룸 앞에 도착했을 때, 차에서 같이 내린 서겸은 층수와 위치를 정확하게 물었다. 자신이 건물 안으로 들어갈 때까지도 그는 그 자리를 지켰다. 혹시나 해서 5층인 집으로 들어와 불을 켜고 베란다를 통해 살짝 내려다봤을 때, 올려다보고 있는 서겸과 눈이 마주쳤다.

고개를 숙여 인사하자 그는 가볍게 손을 흔들고 차에 올랐다. 그를 태운 차가 느린 속도로 사라져 갔다. 한참을 베란다에 서 있었다. 오랜만에 받아보는 배려. 가끔 데려다 주는 휘 외에는 그 누구에게도 받아본 적이 없는 배려였다.

씻고 늦게까지 뒤척이다 간신히 잠든 것 같았는데, 그녀의 잠을 방해하는 벨소리가 끊임없이 울렸다. 한계까지 울리다가 끊기고 다시 울리기를 반복하는 탓에 작은 짜증을 내며 지운은 몸을 일으켰다.

"여보세요."

[나야. 자던 중이었어? 그만 자고 나와. 가이드녹음해야지.]

잊고 있었던 약속이다. 거절 의사를 내비쳤지만 휘에게 도리어 거절당했다. 다시 연락을 해서 거절한다는 걸 깜빡 잊어버렸다. 막 입사를 해서 익숙하지 않은 일을 배우느라 신경이 곤두서 있었기 때문이다. 집에 오면 긴장이 풀려 바로 잠이 들었기에 휘나 혜임에게 미처 연락을 하지 못했다.

"아, 미안. 잊고 있었어. 그 녹음 다른 사람한테 부탁하면 안 돼?"

[점심 같이 하게 준비하고 나와.]

어차피 계속해서 전화상으로 거절을 해봤자 휘에게 먹혀들지 않을 거라는 걸 알기에 낮은 한숨을 내쉰 지운은 작업실로 가겠다는 말을 하고 먼저 전화를 끊었다. 나름의 작은 복수를 하고 지운은 침대에서 내려와 스트레칭으로 몸을 풀었다.

길게 쭉 팔을 위로 뻗고 다리를 길게 찢으며 발레리나가 몸을 풀 듯 가벼운 움직임으로 몸의 근육을 일께운 그녀는 갈아입을 속옷을 챙겨 들고 욕실로 향했다.

더운 날씨에 민소매 티와 핫팬츠를 꺼내 입고 긴 머리를 위로 돌돌 말아 묶었다. 양산을 챙겨 들고 나오자마자 숨이 턱 막히는 더위에 잠시 호흡을 고르고 지하철역으로 걸음을 옮겼다.

지하철역에서 빠져나와 10여 분을 걷자 휘의 작업실이 보였다. 여러 작곡가들의 작업실이 몰려 있기도 한 이곳에 터를 잡은 휘가 새삼 대견스러웠다.

"왔어?"

담배를 피우려고 했던 것인지 담뱃갑과 라이터를 들고 건물 밖으로 나온 휘와 마주쳤다. 들어가 있으라는 듯 문을 열고 서 있는 그를 지나쳐 지운은 건물 안으로 들어섰다. 쾌적하고 차가운 공기. 더위에 지친 몸이 환호성을 질렀다.

"왜 서 있어? 점심 뭐 먹을까? 더운데 냉면 어때?"

어느새 담배를 다 태운 휘가 들어왔다. 미약하게 그의 몸에 남은 담배 냄새에 미간이 접혀들어 갔다.

"담배 끊어. 몸에 좋지도 않은데."

"조금씩 줄여 나가는 중이야."

이 말은 작년에도 들었던 말이기에 미덥지가 않아 지운의 얼굴에 의심이 가득했다. 그걸 모르는 체하며 휘는 냉면가게 전화번호를 찾았다.

"물냉? 아니면 비냉?"

"물냉."

자신이 뭐를 시키든 다른 메뉴로 두 개를 시켜 나눠 먹을 걸 알기에 지운은 아무거나 골랐다. 역시나 휘는 각각 하나를 시키고서는 의자를 끌어다 앉았다. 맞은편에 앉은 지운은 어제 늦게 잔 탓에 피곤해 절로 하품을 했다.

"일은 어때?"

"괜찮아. 할 만해. 꽤 좋아. 지민 언니 덕분에 좋은 일자리를 구했어. 들어보니까 내년에 지민 언니 복직해도 잘리지는 않을 것 같아."

"다행이네. 상사는?"

"다 좋아."

웃는 얼굴에는 한 치의 거짓도 없었다. 휘도 다행이라는 듯 웃었다. 늘 어디를 가나 개자식들이 한두 명씩 있어서 지운은 피해를 봤다. 어찌 보면 인복이 없다고 할 수도 있겠다. 워낙 사람들에게 치여서 휩쓸린 적이 한두 번이 아니기에 휘는 늘 그게 걱정이었다.

"오늘은 MR 파일하고 미완성 가사를 줄게."

"가사는 아직 다 완성 안 된 거야?"

가이드녹음에 완성된 가사로 노래를 부르는 경우가 흔한 건 아니다. 보통 허밍으로도 가이드녹음을 하기도 한다. 하지만 휘는 대부분 가사까지 완성이 되어야 가이드녹음을 진행했다.

"작사가가 잠수를 탔거든."

되지도 않은 농담에 피식 웃자 휘가 진짜라고 얼굴을 찌푸렸다. 갑자기 자신을 돌아보는 시간이 필요하다며 훌쩍 여행을 떠나 버린 작사가 때문에 힘들다고 푸념을 늘어놨다.

"그래서 말인데, 네가 한번 해볼래? 작사. 이번 거 발라드야. 네가 한번 해봐."

딱 두 번을 지운이 작사를 한 적이 있었다. 그것도 휘의 권유와

회유에 못 이겨 했었다. 처음에는 작사가가 다듬어줬기에 공동 작사로 올랐고, 두 번째는 그녀의 이름이 단독으로 작사가로 앨범에 올랐다.

"싫어. 어려워."

"부탁이다. 친구 좋다는 게 뭐냐? 내가 이번에 작사가랑 연을 끊고 다른 작사가를 구하던가 해야지, 원."

일단 들어보고 정 못 하겠으면 그때 가서 말해달라며 휘가 지운을 설득했다. 들어보는 거야 어렵지 않으니 알았다고 대답을 하는 지운에게 휘는 다음 주 주말에 가이드녹음을 하자고 못 박았다. 이는 만약 작사를 하게 된다면 그때까지 가사를 써달라는 말이었기에 지운의 얼굴이 흐려졌다.

거절할 타이밍에 하필 냉면이 도착했다. 지운의 얼굴을 또 못 본 척 넘어가며 휘는 냉면에 식초와 겨자를 뿌려 그녀의 입맛에 맞췄다.

핸드폰에 MR 파일을 옮겨 받았다. 미완성 가사라고 준 종이를 보자, 딱 한 줄이 적혀 있었다. '이별을 앞둔 여자의 마음'. 애초에 휘에게 미완성된 가사란 없었다. 자신에게 가사를 쓰게 만들 심보였다는 걸 안 지운이 또 졌다는 듯 어깨를 축 내려뜨렸다.

친구의 마음을 알기에 고마우면서도 부담이 됐다. 휘의 작업실에서 나와 집으로 돌아오는 길에 갖가지 상념에 사로잡혔다. 휘의 이런 제안을 뿌리치려면 뿌리칠 수 있지만, 끝내 그러지 못한 이유는 아직 남아 있는 혹시나 하는 미련 때문일지도 모른다. 손에 든 핸드폰이 무거웠다.

집에 오자마자 핸드폰에 담긴 MR 파일을 재생했다. 부드러운 음률. 가슴을 적시는 멜로디. 딱 한 번 재생해서 들었을 뿐인데 머릿속에 음원이 박혔다.

노래를 듣자마자 지운은 항복했다. 그녀는 노래에 홀렸기에 별수 없이 가사를 적어낼 것이다. 또다시 스멀스멀 올라오는 욕심. 그 욕심을 이렇게라도 채우기 위해 지운은 연습장과 연필을 꺼내 다시 MR 파일을 재생했다.

지운은 MR 파일이 저장된 핸드폰에 이어폰을 연결해 들으며 출근을 준비했다. 1층 로비의 회사 엘리베이터 앞에서도 지운은 노래 듣기를 멈추지 않았다. 엘리베이터 숫자가 바뀌는 걸 응시하면서 머릿속으로는 가사를 떠올렸다.

지하주차장에서 올라온 엘리베이터가 1층에서 멈추자 엘리베이터 문이 열렸다. 한 발짝 걸음을 내딛던 지운은 엘리베이터 안에 있던 서겸과 눈이 마주치자 재빨리 허리를 숙여 인사했다.

"주말에 잘 지냈나?"

"네?"

엘리베이터에 오르는 지운에게 질문을 하던 서겸은 우렁찬 목소리로 반문하는 지운의 모습에 큭큭대며 웃었다. 그가 왜 웃는지, 그리고 왜 그의 목소리가 들리지 않는지 의아해하는 지운에게 서겸이 손을 뻗었다.

자신에게로 뻗어오는 손길에 살짝 움츠러드는 지운이 귀여워 다시 피식 웃으며 서겸이 그녀의 귀에 꽂힌 이어폰을 뺐다.

"노래 크게 들으면 귀에 안 좋은데."

"아, 죄송합니다."

그제야 자신의 귀에 이어폰이 꽂아져 있었음을 알고 지운이 민망한 웃음을 흘렸다. 서겸이 다시 돌려주는 이어폰을 받고 MR 파일 재생을 정지한 지운이 차분한 손길로 이어폰을 돌돌 말아 핸드백 안에 넣었다.

"우리 윤 비서님은 주말에 뭐 하셨나?"

"딱히. 집에서 쉬었습니다. ……전무님은요?"

'우리'라는 단어에 들어간 지극한 친근감이 어색했지만, 또 한편으로는 어색하지 않았다. 똑같이 우리 전무님이라고 해야 하나 잠시 고민을 하다가 그냥 물었다.

"어떤 전무님?"

설마 자신에게 물었냐는 듯 손가락으로 자신을 가리키며 웃는 서겸의 장난에 지운이 눈을 접어 웃었다.

"네, 우리 전무님이요."

성인 남자와 이렇게 장난을 주고받는 경우가 처음이다시피 하지만 전혀 이상하지 않았다. 서겸은 주위 사람을 편하게 해주는 특유의 분위기가 있었다. 가볍지 않으면서도 무겁지 않은 그만의 분위기가.

"딱히. 집에서 쉬었어."

자신의 말을 따라 하는 상사의 장난에 지운이 고개 숙여 터져 나오는 웃음을 감췄다. 그사이 엘리베이터는 그들이 내릴 17층에서 멈췄다.

열림 버튼을 눌러 지운이 먼저 내리게끔 비켜선 서겸이 지운의 뒤를 따라 내렸다. 그래도 상사보다 앞서 걷는 건 예의가 아닌 듯해 지운은 잠시 걸음을 늦췄다가 서겸의 뒤를 따라 걸었다.

"안녕하십니까, 전무님."

"오셨습니까."

일찍 나와 있던 명호와 선욱이 서겸을 향해 인사를 했다.

"모두들 좋은 아침. 윤 비서는 이번 주 일정 업데이트 됐으면 새로 복사해서 가져다주고 우 실장은 잠깐 보죠."

이른 시각이지만, 업무가 시작이 됐다. 다들 큰 불평 없이 각자 제 할 일을 찾았다.

점심시간 전 서겸과 명호는 외부로 미팅을 나갔다. 자리를 지키던 선욱과 지운은 점심 식사를 하고 다시 올라와 느긋하게 쉬었다.

"저, 지운 씨."

"네?"

자신을 불러놓고도 우물쭈물 눈치를 살피던 선욱이 별거 아니라는 듯 고개를 내젓고는 잠시 나갔다 오겠다며 자리에서 일어났다. 점심시간은 개인의 시간이기도 하지만, 비서들의 경우는 그렇지 못하다. 점심시간에도 외부에서 전화가 끊임없이 오기 때문이다. 미안함을 보이는 선욱에게 괜찮으니 다녀오라고 한 뒤, 지운은 핸드폰을 꺼냈다.

한쪽 귀에만 이어폰을 꽂고 MR 파일을 재생했다. 이제는 귀에 익숙해진 멜로디를 어제 하루 종일 붙들고 매달렸던 연습장을 꺼내며 낮게 읊조렸다. 멜로디에 맞춰서 가사를 대입하던 지운은 썼던 부분을 연필로 가로 길게 그어 지운 뒤 그 밑에 다시 가사를 썼다.

수정을 해도 끝이 나지 않을 것 같았다. 아무리 고쳐도 마음에 들지 않아 절로 인상이 쓰였다.

"음음. 아련한……. 아니다. 그리운?"

반복해 가며 같은 부분을 부르던 지운은 마침내 결정된 가사에 별표로 표시를 하고 다음 부분으로 넘어갔다.

"노래로 공부해?"

불쑥 눈앞으로 들어온 손이 남은 한쪽의 이어폰을 집어 들었다. 화들짝 놀란 지운이 숙였던 상체를 들자 어느새 앞에 선 서겸이 이어폰을 귀에 꽂고 MR을 듣고 있었다.

"멜로디 좋은데? 누구 노래? 그보다 우리 윤 비서, 지금 노래 가사 쓰나?"

흥미로운 눈길로 연습장을 훔쳐보던 서겸은 경계 어린 얼굴에 적정선을 넘었음을 인지하고 더는 보지 않겠다는 듯 연습장을 덮어주었다.

"언제 오셨어요?"

"한 5분쯤 됐나?"

5분이나 자신을 보고 있었다는 사실에 지운이 살짝 입술을 깨물었다. 당황함에 허둥지둥 대던 지운은 서겸이 휘가 작업 중인 노래 MR을 듣고 있다는 걸 깨닫고 얼른 정지 버튼을 눌렀다.

실상은 10분이 넘는 시간 동안 지운을 지켜보고 있었다. 처음에는 노래를 듣는 줄 알았는데 연습장에 무언가를 끄적이다 지우는 게 의아해 한참을 봤다. 같은 부분을 계속해서 가사를 바꿔가며 부르는 걸 보고 나서야 지운이 노래 가사를 쓰고 있음을 알아챘다.

얼마나 집중을 하는지 몇 번 낮게 헛기침을 했음에도 지운은 연습장에서 눈을 떼지 않았다. 갑자기 찌푸려 있던 지운의 미간이 활짝 펴지며 얼굴 가득 미소가 피어올랐다. 무언가가 마음에 들었는지 웃는 지운을 보자 서겸의 얼굴에도 절로 미소가 지어졌다. 계속 보고 싶었지만 업무 시간이 다가오기도 했고, 지운이 듣고 있는 노래도 궁금해 들어보려 그녀의 앞에 서서 이어폰을 집어 들었던 거다.

노래가 뚝 끊기자 이어폰을 빼서 지운의 손에 들려주고도 서겸은 그 앞에 버티고 서서 그녀를 내려다봤다.

"우리 윤 비서님은 재능도 많지."

어서 빨리 대답해 달라고 보채듯 서겸이 손가락으로 데스크를 톡톡 두드렸다. 난감함으로 물든 얼굴을 보고도 서겸은 궁금해 죽을 지경이었다. 그래서 지운이 난감해하는 걸 알면서도 끝까지 물고 늘어졌다.

"우리 윤 비서는 글 쓰는 데에도 재주가 있나 봐?"

"친구 부탁으로 노래 가사 쓰는 거예요."

결국 실토하는 지운을 은은한 미소를 지으며 쳐다봤다. 잠깐 들어보니까 노래도 꽤 하는 것 같았다. 다음 회식 때에는 노래방에도 데려가 볼까 생각을 하다 자꾸 자신의 시선을 피하는 지운에게 마저 질문을 했다.

"친구? 작곡가 친구가 있어?"

"네. 유명한 곡도 꽤 있어요. 혹시 '반지를 주며'라는 노래 아세요?"

요즘 가수나 최신가요에 큰 흥미가 없는 서겸은 고개를 저었다.

직접 핸드폰으로 검색을 해서 서겸에게 보여주는 지운의 얼굴에는 친구에 대한 대견함이 가득했다.

"성휘라는 작곡가가 제 친구인데, 히트곡이 많아요."

"남자?"

어떤 가수의 어떤 노래를 만들어줬는지보다는 성별에 관심을 갖는 서겸의 질문에 전혀 눈치를 못 챈 지운이 고개를 끄덕였다.

"흐음, 그렇군. 우리 윤 비서 친구 참 대단하네."

비꼬는 것도 모르는 채 지운이 부끄러움이 담긴 미소를 보였다. 다른 남자 이야기에 부끄러운 얼굴이라. 이에 속이 뒤틀린 서겸이 입꼬리만 올려 웃은 채 뒤돌아 사무실로 쌩하니 들어갔다.

서겸이 갑자기 사무실로 들어가 버리자 시각을 확인한 지운은 곧 업무 시간이 시작되는 걸 확인하고 정리를 했다. 나머지는 퇴근 후 집에서 고민을 하기로 하고, 점심시간 전에 작성하던 워드 파일을 열었다.

"저어, 지운 씨."

선욱이 또 머리를 긁적이며 자신을 부르자 지운이 몸을 돌렸다. 분명 무언가 할 말이 있는데 선욱은 계속해서 눈치만 살필 뿐, 마지막까지 입을 열지 못했다. 이번에도 마찬가지로 고개를 흔들어 별거 아니라는 말을 내뱉었다.

"그러지 마시고 말씀하세요. 무슨 할 말이 있으시잖아요."

때마침 사무실에서 나오던 서겸이 그 모습을 보고 두 사람 앞으로 걸어갔다. 서겸을 확인한 선욱이 정말 아무것도 아니라는 듯 고개를 흔들었다.

"두 사람, 무슨 일 있나?"

"아닙니다. 전무님, 외출하십니까?"

선욱의 태도가 서겸을 거슬리게 했다. 분명 무언가가 있는데 선욱이 그걸 감추고 있다는 게 눈에 확연히 드러났다. 지운도 선욱을 물끄러미 보며 불편한 기색을 내비치고 있었다.

'설마 유부남인 김 비서가……'

서겸은 불쾌해졌다. 가정도 있는 남자가 아무리 어여쁜 여자라지만 지운에게 갖는 관심이 불쾌했다. 심지어 그 여자는 그가 마음을 갖고 있던 여자이기에 그 불쾌감은 한도 없이 치솟았다.

"전무님, 지금 출발하십니까?"

잠시 일을 보고 온 명호가 서겸에게 다가와 물었다. 서겸이 말 없이 걸음을 옮기자 그 뒤를 따르던 명호가 두터운 유리문을 열고 그가 나가기를 기다렸다.

"우 실장님."

다른 사람들과 있을 때에는 존대를 하며 그의 위치를 높여주는 서겸은 둘만 있을 때에는 절대 그러지 않았다. 간혹 존대를 할 때에는 부탁을 하는 경우가 많았기에 명호는 서겸의 말에 귀를 기울였다.

"네, 전무님. 말씀하세요."

"저 두 사람, 같이 두지 마요."

"네? 그게 무슨 말씀이신지……"

서겸의 목소리에는 힘이 담겨 있었다. 거기에 눈빛 또한 날카로웠다. 농담은 아닌 것 같지만, 진심이라기에는 이해하기 힘든 말이었다.

"저 두 사람만 두고 자리 비우지 말라고."

"네? 왜요?"

"김 비서가 우리 윤 비서를 난감하게 하는 것 같은데."

서겸의 단호한 말에 명호는 화들짝 놀랐다. 물론 남자의 눈에 윤 비서가 굉장히 매력적으로 보이는 건 사실이다. 하지만 김 비서는 가정이 있다. 집에 가면 예뻐 죽을 아내와 눈에 넣어도 안 아픈 자식이 있는 김 비서가 설마 하는 생각에 명호는 침을 꼴딱 삼켰다.

"오해하신 거겠지요."

"오해였으면 좋겠군. 일단 난 나갔다 올 테니 잘 지켜봐."

자리를 비우고 싶지 않았지만, 서겸은 선약으로 인해 이따가 와서 보자는 말을 남기고 엘리베이터로 향했다. 그 뒷모습을 확인한 명호는 비서실로 들어와 선욱과 지운을 살폈다.

그러고 보니, 김 비서가 윤 비서를 흘끗거리고 있었다. 윤 비서의 얼굴을 한 번 보고서는 고민을 하듯 허공을 응시하다가 고개를 흔들고는 업무에 집중하려 애쓰는 김 비서를 보고 서겸의 말이 장난이 아니었음을 깨달았다.

"미치겠네."

무슨 사달이라도 나면 어떡하나 고민이 생긴 명호는 머리를 부여잡고 후임의 불순한 태도에 한숨을 쏟았다.

※　※　※

일요일부터 목요일 밤까지 끙끙대고 나서야 가사를 다 썼다. 아침에 가사를 휘에게 메일로 보내고 그의 의견을 기다리고 있었다. 오후가 지나서야 가사가 굉장히 마음에 든다고 문자가 왔다. 그 문자에 절로 미소가 지어졌다. 그 미소를 본 서겸이 물었다.

"우리 윤 비서, 기분이 매우 좋나 봐?"

지운이 웃고 있자 자신도 덩달아 기분이 좋아져 미소가 지어졌다. 가벼운 얼굴로 살짝 고개를 숙이는 지운이 외근을 갔다가 돌아오는 자신을 맞이했다.

"더우시죠? 아이스커피 가져다 드릴게요."

"좋지. 우 실장과 김 비서는?"

"잠시 기획부에 다녀온다고 내려갔습니다."

명호가 선욱과 지운을 둘만 남겨놓지 말라는 말을 잘 이행하고 있는 것 같아 서겸은 만족스러운 얼굴로 고개를 끄덕였다. 사무실로 들어와 겉옷을 옷걸이에 걸고 넥타이를 살짝 푼 그는 그래도 가시지 않는 열기에 옷깃을 잡고 흔들어 바람을 일으켰다.

똑똑똑.

짧은 노크 소리에 대답을 하자 지운이 커피를 들고 들어왔다. 얼음이 동동 띄워진 아메리카노를 한 모금 마신 그는 나가려는 지운을 붙잡았다.

"혹시 캐럴 앨범 있을까? 너무 더워서."

두 사람의 카페에서의 짧은 인연을 떠올린 지운이 미소를 지으며 고개를 저었다.

"근처에 음반 가게가 있던데 사올까요? 아니면 컴퓨터로 재생하실 수 있어요."

곰곰이 생각을 하던 서겸은 이곳에서 인테리어 역할만 하는 플레이어를 보다가 사다 줄 것을 부탁했다. 그러다가 금방 사오겠다고 대답을 하고 나가는 지운을 다시 붙잡았다.

"너무 더우니 밖에 나가지 말고 다음에 사지."

이 더운 날 굳이 밖으로 내보낼 이유가 없기에 서겸은 괜찮다는 지운을 말렸다.

서겸의 사무실 문을 닫고 나온 지운은 황급히 유리문을 열고 들어오는 연회예약부 서 부장의 모습에 재빨리 자리로 돌아와 그를 맞이했다.

"안에 전무님 계시죠?"

"네. 잠시만 기다려 주시겠어요?"

굉장히 급해 보이는 그의 태도에 인터폰을 든 지운은 서겸이 받기를 기다렸다.

[네.]

"연회예약부 서 부장님 오셨습니다."

[들어오라 하세요.]

얼마나 급했는지, 지운이 데스크를 나오기도 전에 직접 서 부장은 문을 열고 들어갔다. 다시 발걸음을 옮겨 탕비실로 들어간 지운은 서 부장이 마실 음료를 탔다.

"윤 비서, 안에 서 부장님 들어가셨어요?"

탕비실에서 나오자 명호가 급히 물었다. 고개를 끄덕이자 명호가 자신도 한 잔 부탁한다면서 서겸의 사무실로 들어갔다.

"무슨 일 있어요?"

"잘은 모르겠는데, 전무님이 화가 많이 나신 것 같아요."

명호와 같이 기획부에서 업무를 보고 있던 선욱은 명호가 전화를 받으며 얼굴이 사색이 되어가는 걸 봤다. 핸드폰 너머로 전무님의 노여움이 담긴 목소리가 들렸던 것이다.

"화가 나셨다고요?"

걱정스러운 얼굴로 서겸의 사무실을 본 지운은 다시 탕비실로 향했다.

노크를 하고 서겸의 사무실로 들어갔을 때 세 사람의 얼굴이 한껏 굳어져 있어서 그들의 눈치를 살피며 차를 내려놓았다. 냉방 때문이 아닌, 서겸이 내뿜는 차가운 분위기에 더욱 싸늘하게 느껴져 지운은 팔에 오소소 소름이 돋아났다. 서겸의 사무실에서 나와 선욱에게 고개를 내저어 안에 분위기가 심상치 않다는 걸 알려주고 지운은 자신의 자리에 가 앉았다.

딱딱한 얼굴을 몇 번 본 적이 있지만, 지금처럼 그가 무섭게 느껴졌던 적은 없었다. 지나가면서 재미있는 장난도 치던 그였기에 이런 간극이 너무 크게 느껴졌을까. 서겸이 굉장히 멀게 느껴졌다.

한 시간이 흐른 뒤 서 부장과 명호가 밖으로 나왔다. 뒤이어 나온 서겸은 말없이 그들을 지나쳐 나갔다.

"무슨 일 있나요?"

선욱이 명호에게 조심스럽게 물었다.

"'율' 그룹에서 이곳 연회장을 예약했거든요. 그것도 다른 기업의 이름으로. 뒤늦게 그게 파악이 됐는데 이제 와 계약을 해지할수도 없고. 난감하네요."

'율' 그룹이라면 모르는 사람이 없는 기업이다. 그것과는 별개로 선욱과 지운은 모르려야 모를 수 없는 기업 이름이다. 바로 그들의 상사가 '율' 그룹의 현 회장인 한진형의 아들이기 때문이다.

가족이 연회장을 빌렸는데 왜 저렇게 화를 내는지 이해를 하지 못하는 두 사람의 얼굴을 보고 명호는 낮은 신음을 내뱉었다. 이것은 상사의 집안일이기에 함부로 말을 해줄 수가 없었다. 어떻게 이해를 시켜줘야 하나 고민하던 명호는 그냥 모르는 게 약이라는 말로 그들에게 함구령을 내렸다.

4

웬만하지 않아서는 이곳, '율' 그룹에 자진해서 오는 경우가 거의 없던 서겸은 거칠게 로비를 지나 엘리베이터에 올랐다. 비서실을 지날 때에도 그를 막는 사람은 없었다.

문을 열기가 무섭게 쾅 닫힌 문에 사무실 주인인 진겸은 올 게 왔다는 심정으로 자리에서 일어났다.

"장난해? 내가 요즘 너무 조용히 있었지?"

거리낌 없이 자기 하고 싶은 대로 하며 살았던 동생이다. 그래도 어릴 때는 잡으면 정도는 지켜주었지만, 다 큰 성인인 동생을 잡기에는 힘이 부친다. 그래서 진겸은 한 수 접고 들어갔다.

"나도 몰랐어. 미안하다. 알았다면 내가 막았을 거야."

욱해서 바로 달려온 서겸은 진겸의 입에서 먼저 미안하다는 소리가 나오자 거칠게 들썩이는 숨을 가라앉혔다. 앉으라는 손짓에 털썩 소파에 주저앉은 서겸은 한껏 뒤로 목을 제치고 천장을 바라봤다.

"계약 취소해. 까짓것 위약금 물어줄게."

"'Anima'도 엄연히 말하자면 우리 '율' 계열이야."

"그럼 위약금 받지 마."

한 치도 물러서지 않는 서겸을 어떻게 달래야 하나 고민하던 진겸은 밀어붙이기로 했다. 어차피 언젠가는 만나야 할 부자(父子)이다. 아버지인 한 회장이 뒤로 꼼수를 써가며 서겸의 호텔에서 연회를 열려고 먼저 움직였다. 진겸은 부디 두 부자가 그만 화해를 했으면 한다. 아니, 하다못해 얼굴만이라도 보고 살았으면 한다.

"계약 해지는 없다. 아버지가 포기할 것 같아?"

속에서 쓴물이 올라왔다. 남이라 생각하고 살아가고 싶었다. 그게 되지도 않는 헛된 희망이라는 걸 알면서도 화가 났다.

"그냥 미국에서 그렇게 살다가 죽을걸 그랬어. 그지?"

천장을 바라보던 얼굴이 제게로 향했다. 동생의 섬뜩한 눈에 저도 모르게 척추를 따라 한기가 흘렀다. 머리카락이 쭈뼛 설 정도로 강한 섬뜩한 눈.

"한서겸."

경고하듯 이름을 부르자 서겸이 자리에서 일어났다. 들어올 때와는 달리 차분한 얼굴로 흐트러진 옷매무새를 다듬은 서겸은 풀려 버린 넥타이까지 반듯하게 다시 매고 문으로 향했다.

느긋한 걸음으로 로비를 걸어 나올 때까지 지나가던 모든 사람들이 자신을 보고 수군거리는 걸 느꼈지만, 한두 번이 아닌지라 신경 쓰이지는 않았다. 이대로 호텔로 돌아가 봤자 일이 손에 잡힐 리가 만무해 발걸음을 돌렸다.

핸드폰을 꺼내 든 서겸은 몇 없는 친구 중 하나인 아민에게 전화를 걸었다.

[여보세요.]

자고 있었던 것인지 잔뜩 가라앉은 목소리가 간신히 사람 말을 내뱉었다.

"지금 가게에서 보자."

[무슨 가게?]

"무슨 가게긴, 네 가게지. 곧 문도 열어야 하잖아."

[곧? 지금이 몇 시인…… 아, 망할 한서겸.]

평소 아민의 출근시간을 생각하면 두어 시간 더 잠을 자도 되지만 자신의 목소리가 심상치 않았기 때문인지, 아민이 불만을 접어두고 부스럭거리며 일어나는 소리가 전화기 너머로 들렸다.

아민이 나올 낌새를 보이자 서겸은 전화를 끊고 그의 가게로 향했다.

계단을 올라가 가게 문 앞에 등을 기대고 선 서겸은 할 일 없이 핸드폰만 만지작거렸다. 아민의 집이 가게 근처이니 금방 올 것이기에 굳이 다른 곳에서 기다릴 필요가 없었다. 역시나 얼마 지나지 않아 아민이 어슬렁어슬렁 계단을 올라왔다.

"빨리 문 열어. 덥다."

"누가 보면 네 가게인 줄 알겠다? 왜? 아예 키도 만들어달라고 하지?"

잔말 말고 빨리 가게 문이나 열라는 손짓에 아민이 거칠게 그를 옆으로 밀어내고 경비시스템을 해지했다. 아민이 어둑한 가게 안을 익숙하게 걸어 들어가 불을 켜고 나서야 서겸은 가게 안으로 들어섰다.

"오늘 이 형이 돈 벌게 해줄게. 비싼 거 내와."

"예, 손님."

비싼 거라는 말에 깍듯이 손님을 대하듯 정성껏 대한 아민은 그의 앞으로 작은 잔과 그 작은 한 잔에 몇 만 원을 호가하는 술을 내왔다.

여자들은 매력적인 미소라고 하지만, 자신이 볼 때는 늘 사람을 짜증 나게 하는 미소가 싹 사라진 서겸을 보고 아민은 같이 술 한 잔을 해야 하나 고민을 했지만, 나중에 손님을 받아야 하기에 슬쩍 핸드폰으로 세진에게 문자를 남겼다.

일찍이 시작된 술이지만 손님들이 차기 시작하는 지금 이 시각까지도 전혀 취하지 않았다. 하기야 술이라면 자신 있는 주당이기에 쉽게 취하지 않는다.

옆에 의자가 뒤로 살짝 끌리더니 사람이 앉았다. 어떤 여인이 앉는 건가 싶어 몸을 튼 서겸은 익숙한 얼굴에 김샜다는 얼굴로 술잔을 집어 들었다.

"아민이가 연락했냐?"

세진은 말없이 핸드폰을 보여주었다.

―서겸 경계 발령. 긴급 출동 바람.

아민이 세진에게 보낸 문자에 피식 웃으며 서겸은 손짓으로 아민을 불렀다. 세진 앞에 같은 술잔을 놓아준 뒤 아민이 솜씨 좋게 잔을 채워주었다.

"무슨 일이야?"

세진이 올 때까지 한마디도 묻지 않았던 아민이 세진이 오자마자 물었다.

"'율' 그룹이 다음 달에 우리 호텔 연회장을 빌렸어. 비겁하게 다른 기업의 이름으로. 알고 보니까 한 회장이 벌인 짓이더라고."

절대 아버지라고 부르지 않는 서겸은 되도록 한 회장이란 호칭도 평소 입에 올리지 않았다. 표정이 사라진 그의 얼굴을 본 세진은 묵묵히 고개를 끄덕이고 그의 어깨를 툭툭 치는 것으로 위로를 했다.

조도가 낮은 조명에 끈적끈적한 재즈음악. 그리고 술. 술이 몸 안에 채워질수록 조금씩 더러웠던 기분도 괜찮아졌다. 계속해서 기분 나빠봐야 자신만 손해이다. 오히려 더 생각하지 않는 게 몸에 이롭다.

"아민아."

드디어 몸이 받아들일 수 있는 알코올의 한계를 넘어섰나 보다. 스멀스멀 기분이 좋아지고 웃음도 피식 새어 나왔다. 그리고 몸에 열이 올랐다.

"더운데 캐럴 없나? 캐럴 틀어주라."

"미친놈. 한여름에 무슨 캐럴이야. 이 자식 취했네."

대리 불러준 테니 집에 가서 발 닦고 자라는 아민과 이상한 사람 보듯이 그를 쳐다보는 세진을 향해 서겸은 혀를 쯧쯧 찼다.

"여름에 듣는 캐럴의 묘미를 모르는 불쌍한 것들."

캐럴을 이야기하자 자연스레 한 여자가 머릿속에 떠올랐다. 흘러내리는 머리카락을 귀 뒤로 넘기고 연습장에 무언가를 끼적이던 모습. 들릴 듯 말 듯 작은 허밍과 맑은 목소리. 무언가 잘 풀리지 않는지 연필로 연습장을 콕콕 찍어대다가 내려놓곤 피아노를 치듯 움직이던 손가락. 엄지부터 새끼손가락까지 순차적으로 책상을 두드리던 지운.

"아, 가사 완성됐냐고 물어볼걸."

"뭐?"

옆에 앉은 세진이 물었다. 대답을 않고 서겸은 술잔을 집어 들었다.

아직은 혼자만의 짝사랑 중이고, 한동안은 짝사랑을 즐겨볼까 해서 서겸은 자신의 비밀스러운 짝사랑을 지키기 위해 세진의 질문을 회피했다.

혼잣말을 하다가 입을 꾹 다무는 서겸에게서 시선을 돌린 세진은 아민에게 눈짓을 했다. 슬그머니 핸드폰을 꺼낸 아민은 대리운전업체에서 연락이 오기를 기다렸다.

❖ ❖ ❖

아침 일찍 일어나 스트레칭을 했다. 평소와 달리 공들여 몸을 쭉 폈다. 유연하게 휘는 몸의 상태를 보니 컨디션은 괜찮은 것 같았다.

"흠흠. 아아, 도레미파솔라시도."

낮은 도부터 높은 도까지 몇 차례 음계를 올려 목 상태까지 체크를 한 지운은 텀블러에 따뜻한 물을 가득 채우고 집을 나섰다.

몇 번이고 입안에서 가사를 읽고 멜로디에 대입을 한 끝에 지운은 휘의 작업실 앞에 도착했다.

가이드녹음이 오랜만인지라 녹음 부스 안에 들어갔을 때 살짝 긴장이 되었다. 아무리 편한 친구라고 해도, 휘는 이 곡을 쓴 작곡가이다. 그 작곡가가 보고 있는데 긴장이 해소될 리가 없다.

보면대에 자신이 쓴 가사가 같이 뽑힌 악보를 펼쳐 놓고 지운은 헤드폰을 썼다. 헤드폰에서 휘의 목소리가 들렸다.

"일단 전체적으로 한 번에 가보자."

부분부분 녹음을 하기 전 한 번에 불러서 감성을 한껏 끌어올리자는 말이었다. 지운은 알았다는 듯 고개를 끄덕였다. 커다란 창 너머로 휘가 프로의 얼굴로 지운에게 고개를 끄덕였다. 부드러운 멜로디가 흘러나왔고, 박자에 맞춰 고개를 움직이던 지운은 노래가 시작되는 정확한 지점에서 목소리를 뽑아냈다.

이제는 내게 아무 감정 없다는 당신. 나는 고개를 끄덕였지요.
행복하라는 마지막 말. 나는 고개를 끄덕였지요.
우연히 마주치면 웃으며 인사하자는 당신.
나는 또 그저 고개를 끄덕여요.
내 거짓말이 보이지 않나요.
당신이 행복하지 않기를. 당신이 후회하기를.
그래서 꼭 날 그리워하기를.

당신은 내 거짓말을 알고 있지요.

그래서 쳐다보지 못하는 거죠.

아직 미련이 남은 내 눈을.

아직 당신을 사랑하는 내 마음을.

휘는 안타까움을 자아냈다. 멜로디와 가사는 완벽하게 맞아떨어졌다. 그리고 지운의 목소리는 그 완벽함을 견고하게 만들었다. 애처로움이 가득 담긴 얼굴은 노래에 심취한 모습. 그 모습에 그마저 빠져들었다.

이 노래는 지운의 노래였다. 다른 누구도 이만큼 불러내지 못하리라. 한 차례 노래가 끝나고도 여운에 빠져 있는 지운은 이 노래의 주인이었다.

"어때?"

작은 소리로 묻는 지운이 자신의 눈치를 살피자 웃음이 새어 나왔다. 가수로서 작곡가의 기대에 부응을 했는지 조심스레 걱정하는 모습.

"좋았어. 짧게 끊어서 가자."

가이드녹음에 이렇게까지 공을 들이지는 않는다. 하지만 지운이기에 휘는 가수들에게 하는 것과 마찬가지로 엄격하게 하나하나 체크를 했다.

같은 부분을 몇 번이고 부르고 다시 듣고 반복을 하다가, 그제야 휘는 잠시 쉴 것을 허락했다.

"오랜만에 녹음하니까 힘들다."

"그러니까 내가 하자고 할 때 자주 해."

따뜻한 물로 목을 적시는 지운이 서글픈 미소를 지었다. 저 작은 부스 안에 들어가기까지 그렇게나 주저했으면서도, 이렇게 잠시 나오는 것조차 아까웠다.

십 년도 더 전에는 지금보다 더 열악한 녹음실에서 피를 토하는 심정으로 노래를 했다. 작곡가에게 눈물이 쏙 빠지도록 혼쭐이 났고, 멤버 언니들과 서로를 위로하며 같이 노래하자고 응원을 했다. 잠시 그 모습이 눈앞을 스쳐 지나갔다.

생각에 빠진 지운의 옆모습을 보던 휘는 먼 곳을 응시하는 눈 너머로 지운이 무엇을 보고 있는지 알기에 잠시 시간을 주었다.

"다시 녹음할까?"

녹음부스 안으로 들어간 지운은 악보를 보고 다음 녹음할 부분을 체크했다. 간간이 헤드셋을 통해 들려오는 휘의 요구를 꼼꼼히 악보에 기록하고 녹음을 이어갔다.

부스를 나올 때에는 힘이 빠져서 터덜터덜 걸어서 의자에 앉았다.

"녹음한 거 파일 줄까?"

"아니."

그동안 지운이 그의 곡을 가이드녹음한 것은 발라드 세 곡에 댄스 세 곡, 총 여섯 곡이다. 지금이 일곱 번째 곡이었다. 그동안 단 한 번도 지운은 자신이 녹음한 노래를 가져가지 않았다.

어차피 가수가 새로 부르면 자신이 부른 파일이 세상에 내보이게 될 경우는 절대 없다. 이제는 아무도 알아주지 않는, 이 세계에서 퇴출당한 자신이 부른 노래가 무슨 가치가 있겠는가. 소장 따위 아무런 의미가 없다.

휘가 마지막으로 들어보려는지 재생을 했다. 지운은 부를 때와는 달리 차가운 얼굴로 녹음실을 빠져나왔다.

오늘 불렀던 멜로디가 계속해서 입에 담겨 있자 애써 지운은 캐럴을 흥얼거렸다. 자신의 노래가 아닌 다른 가수의 노래가 될 노래를 더는 부르고 싶지 않았다.

"집으로 갈 거야?"

"아니, 혜임이네 가게에 가려고. 너는 더 작업해야 하지?"

"응. 저녁에 갈 수 있으면 들를게. 술 한잔하자."

고개를 끄덕인 지운은 인사를 하고 휘의 작업실을 빠져나왔다.

양산으로 햇빛의 공격을 막아냈지만, 지글지글 끓어오르는 뜨거운 아스팔트에서 올라오는 열기는 피할 수가 없었다. 아지랑이가 피어오르는 도로를 주행하는 차들이 마치 불구덩이 속으로 돌진하는 것처럼 환각에 빠지는 등 미약한 현기증이 일었다.

"나 왔어."

오랜만에 오는 카페 내부는 그전보다 더욱 온도가 내려가 있어서 갑작스러운 찬 공기를 들이마신 폐가 잔기침을 쏟아내게 했다.

유독 에어컨에 쥐약인 지운은 자잘하게 올라오는 닭살에 양팔을 비볐다. 반가워하는 민우에게 눈으로 인사한 그녀는 손님을 피해 안쪽으로 걸어 들어갔다.

커다란 유리창으로 쏟아져 들어오는 햇살이 가득한 카페 내부는 굉장히 따스한 분위기였지만, 지운은 조금씩 몸의 온도가 내려가자 그 싸늘함을 견디지 못해 바삐 움직이는 민우 몰래 에어컨의 온도를 높였다.

"언제 왔어?"

안쪽에 따로 마련된 직원용 휴게실에서 혜임이 나오면서 지운에게 물었다. 에어컨 컨트롤러 앞에 서 있던 지운은 얼른 걸음을 옮겼다. 혜임이 에어컨 컨트롤러를 확인하기 전에.

"방금. 주말이라 그런지 손님이 많네."

"얼음이 바닥이 날 지경이다. 커피 줄까?"

"아니. 좀 도와줄까?"

말이 끝나기가 무섭게 혜임은 지운을 카운터 앞에 데려다 놨다.

"부탁할게. 나 잠깐 한 시간만 나갔다가 온다."

혜임하고 수다를 떨고 가라앉은 기분을 전환할 생각으로 왔던 지운은 작은 불만을 담은 손길로 혜임이 앞에 놓고 간 앞치마를 둘렀다. 몇 차례 손님들이 그녀의 앞에 서서 주문을 하고 결제를 했다.

"누나, 잠깐 쉬어요."

손님이 뜸해진 사이 민우는 테이블을 닦을 행주를 들고 부산스럽게 움직였다. 이상하게 손님들이 밀려들다가도 꼭 한 번씩은 카페가 텅 빌 정도로 한산해질 때가 있었다. 이때를 놓치지 않고 민우는 정리에 나섰다.

그녀와 달리 더위를 잘 타는 민우에게 미안하지만 지운은 에어컨의 온도를 1도 더 올렸다. 그리고 카페 내부를 채우던 최신가요를 끄고 캐럴을 틀었다.

"사장님이 또 뭐라고 하실 텐데요."

혜임이 오기 전에 끄면 된다고 어깨를 으쓱인 지운은 의자에 걸터앉아 턱을 괴고 캐럴을 따라 불렀다. 그동안 내내 입에 붙었던 노래를 털어내려는 듯 지운은 간주 부분까지 허밍으로 따라 불렀다.

Last Christmas I gave you my heart
But the very next day you gave it away
This year to save me from tears
I'll give it to someone special

딸랑.

문이 열리는 소리에 목소리를 서서히 낮추다가 완전히 노래를 멈춘 지운은 다가오는 손님을 맞이하기 위해 자리에서 일어났다.

"설마 했는데. 여기 있었네."

익숙해진 저음의 목소리와 눈에 익은 얼굴. 서겸이 쓰고 있던 선글라스를 코끝까지 내려 눈을 치켜떴다. 마치 지운이 맞는지 확인을 하듯이. 그녀임을 확인한 그는 선글라스를 완전히 벗어 들고 옅은 미소를 지었다.

"전무님."

첫 만남이 이곳이었기에 서겸을 여기서 만난 것에 의아함은 없지만, 당황함은 있었다. 상사에게 몰래 다른 일을 하는 걸 들킨 것마냥 지운은 당황함에 눈을 파르르 떨었다.

"아이스아메리카노로. 아, 우리 윤 비서도 마실 거 같이 계산하지."

신용카드와 적립카드를 지운에게 건넨 서겸은 어느새 지운의 옆에 서서 호기심 어린 눈으로 자신을 쳐다보는 민우에게 한쪽 입끝을 올려 웃어 보였다. 카드를 받아 들고 어쩔 줄 몰라 하던 지운은 고민 끝에 서겸의 적립카드에 두 잔을 더 적립했다. 계산을 하고 두 개의 카드를 돌려주는 지운에게 민우가 바짝 다가섰다.

"누나?"

왜 지운에게 우리 윤 비서라는 호칭을 썼는지 궁금해하던 민우는 왠지 모를 서겸의 싸한 눈초리에 지운에게 묻지를 못했다. 영수증까지 받았음에도 자리에서 꼼짝 않는 서겸과 그런 서겸을 물끄러미 쳐다보는 지운. 두 사람을 번갈아 보던 민우는 지운의 손에 들린 종이에서 주문을 확인했다.

"누나, 제가 만들게요."

민우의 목소리에 지운은 고맙다는 듯 고개를 끄덕이고는 허리에 두른 앞치마를 풀었다.

카운터 끝에 난 길로 걸어오는 지운을 본 서겸은 저도 모르게 눈을 크게 뜨고 그녀를 훑었다. 하얗고 가느다란 다리가 눈에 들어왔다. 에지힐이 감싼 발목은 한 손에 다 들어올 듯 가늘디가늘었다.

호텔에서 보던 것과는 다른 분위기의 지운이 그의 시선을 흩뜨렸다. 절로 침이 목 뒤로 넘어가고 다리에서 눈을 떼기가 어려웠다. 간신히 시선을 올리자 시원하게 드러난 양팔과 조금은 깊게 파인 민소매 티가 또 한 번 서겸의 눈을 즐겁게 해주었다.

"흐음."

이제는 습관처럼 그에게서 한 발짝 뒤로 떨어져 서 있는 지운에게 더 가까이 오라는 듯 고개를 까딱였다. 머뭇거리다가 옆으로 선 지운이 먼저 안내를 하듯 그를 지나쳐 앞서 걸었다. 지운의 뒤로 따라 걸어가며 서겸은 다시 그녀의 다리를 눈으로 훑었다.

짧은 바지 아래로 가늘어지는 허벅지와 무릎 뒤의 접히는 부분. 그 아래로 살짝 통통해지는가 싶더니 급격히 가늘어지며 한 줌도 안 돼는 발목이 꽤나 남자의 심금을 울렸다. 남자를 감동하게 하는 예술은 멀리 있는 게 아니다.

"이 자리가 가장 시원해요."

에어컨 바람이 직통으로 쏟아지는 테이블보다는 이렇게 바람이 벽을 맞고 되돌아오는 자리가 더 낫다. 피부 건조함도 덜 느껴지고 냉방병 예방 차원에서도. 적정한 자리를 선택해 서겸이 먼저 앉기를 기다렸다.

"앉아."

"아, 감사합니다."

이러려던 의도가 아니었는데, 마치 남자가 의자를 빼주기를 기다렸던 것처럼 되어버렸다.

서겸이 옆으로 와 긴 팔로 의자를 빼 먼저 앉기를 청했다. 그의 친절에 지운이 작게 웃으며 자리에 앉았다. 테이블 아래로 사라지는 다리에 아쉬운 눈빛을 보낸 서겸도 지운의 앞에 앉았다.

"여기는 어쩐 일이세요?"

"아, 잠깐 병원에 다녀오느라."

병원이라는 말에 지운이 찬찬히 그의 얼굴을 살폈다. 어디 아픈 사람 같지는 않았다. 여유롭게 짓고 있는 미소와 느긋한 얼굴은 환자가 가지는 특유의 고통이 없었다.

"어디 다치셨어요?"

"뭐, 마음이 다쳤다고나 할까."

지운은 입을 다물고 서겸의 분위기를 살폈다. 어제 그렇게 회사

를 나간 서겸은 퇴근 때까지 돌아오지 않았다. 지운은 명호가 6시
가 되자마자 그만 퇴근을 해도 된다고 내몰아 선욱과 같이 이른
퇴근을 했다.

명호가 함구령을 내렸기에 어제 서겸을 찾는 사람들에게 그들
은 외부에 급한 미팅이 있어서 외근을 나갔다고 둘러댔다. 공적인
일에 그의 사적인 일이 개입되었다는 것만 눈치껏 알아챘지만, 더
는 깊이 관여를 하지 않았다. 더 아는 척을 하기에는 서겸을 난처
하게 만들 것 같아 지운은 대화 주제를 옮겼다.

"날씨가 많이 덥죠?"

"그러네."

병원에 다녀왔다고 함에도 별다른 반응이 없는 지운의 태도가
맥 빠지게 했다. 아침에 일어났을 때 술독에 빠졌다가 나온 듯 속
이 울렁거리고 두통이 심했다. 헛구역질을 여러 차례 하다가 참지
못하고 병원에서 약을 지어 먹었다. 그냥 약국에서 숙취 해소제를
사 먹으면 될 것을 알코올에 전 뇌는 오로지 병원밖에 생각을 해
내지 못했다. 그래도 병원에 다녀온 보람이 있었다. 이렇게 지운
을 만나게 되었으니.

"카페에 들어오면서 캐럴이 흘러나오기에 혹시나 했더니 우리
지운 씨가 있네."

'우리 지운 씨'라는 호칭에서 지운의 눈이 크게 떠졌다. '우리
윤 비서'에도 완전히 익숙해지지 않았는데.

드르르륵 차임벨이 울리자 서겸이 자리에서 일어나 민우를 향
해 걸어갔다. 내심 지운이 커피를 받으러 오기를 바랐던 민우는
힘이 빠진 얼굴로 서겸에게 커피가 담긴 잔을 건넸다.

서겸은 가지고 온 커피를 지운의 앞에 놓아주며 궁금증을 담아 말했다.

"흐음. 주말인데 카페에서 알바까지 하고. 여기는 관둔 줄 알았는데."

전에 왔을 때 지운이 관뒀다는 말을 들었기에 왜 이곳에 있는지 궁금했다. 보자마자 묻고 싶었던 마음과는 달리 참았다가 뒤늦게 물었지만, 지운은 그의 관심을 여전히 눈치채지 못하고 있었다.

"친구가 운영하는 카페인데 놀러 왔다가 잠깐 도와주는 거예요."

"우리 지운 씨는 착하기까지 하네. 주말에 친구도 돕고. 나 착한 거에 약한데."

언뜻 내비쳤지만, 지운은 민망하다는 듯 고개를 숙였다.

"전무님, 다른 일 있으시면……."

"밖에서는 전무님 소리 듣기 싫은데. 거기다 주말에는 더욱더. 그냥 이름 불러."

꽤나 난처한 부탁을 하는 서겸에게 지운이 눈동자를 굴려가며 딴청을 부렸다. 서겸은 끝까지 그녀의 시선을 따라 움직이며 눈을 맞췄다.

"무리한 부탁인가?"

"네? 그게 조금은. 그래도 어떻게 그래요."

더 밀어붙이다가는 지운이 도망이라도 갈 기세라 서겸은 한발 물러섰다. 알겠다는 듯 고개를 끄덕이고는 커피를 들고 빨대를 쭉 빨았다. 조금은 쓴 커피가 입안 가득 채워졌다.

'딸랑' 소리가 울리고, 혜임이 카페 안으로 들어섰다. 같이 몰고 들어온 열기를 공기 중에 퍼뜨려 식히던 혜임은 카운터 뒤가 아닌 손님들이 앉는 테이블에 지운이 앉아 있는 걸 보고 멈칫했다. 그리고 그녀의 앞에 앉아 있는 남자의 뒷모습에 입을 벌리며 놀라움을 표했다.

"누구야?"

"그, 예전에 카페에 와서 지운이 누나한테 관심을 표하던 남자인데. 둘이 아는 사이인가 봐요."

"윤지운이 자신에게 관심 있어 하는 남자하고 같이 앉아 있다고?"

"그게 아니라. 아, 몰라요. 물어보지도 못했어요. 아까 서로 전무님하고 비서라는 호칭을 쓰던데."

전무님이라면 그녀의 사촌 언니인 지민이 이야기했던 남자가 틀림없다. 왜냐, 지민의 자리를 대신해 지운이 일을 하고 있으니 말이다. 천천히 생각을 하던 혜임은 예전에 카페에 와서 지운에게 작업을 걸던 남자가 현재 그녀의 상사라는 것까지 연결을 시키고는 감탄사를 내뱉었다.

"와아! 무슨 인연이래. 재미있네, 이거. 민우야, 케이크 하나 꺼내라. 치즈케이크."

민우는 재빨리 조각케이크를 꺼내 접시에 옮겨 혜임에게 주었다.

이미 혜임이 민우에게서 케이크를 받아 들 때부터 지운은 눈치를 챘다. 혜임이 한껏 궁금한 얼굴로 다가오자 난감함에 미간을 접었다.

지운이 누군가를 발견하고는 난감해하는 걸 구경하던 서겸은 그 대상자가 테이블 옆으로 오자 천천히 고개를 돌렸다.

서겸의 얼굴을 본 혜임은 일차적으로 그의 외모에 놀랐고, 이차적으로는 옷 밖으로도 드러나는 탄탄한 상체에 놀랐다. 접고 있는 다리 길이를 보면 키도 꽤 클 것이다.

"안녕하세요."

"안녕하세요. 우리 지운 씨 친구분이시죠?"

서겸이 먼저 아는 체를 해주자 혜임은 치즈케이크를 테이블 위에 내려놓고 재빨리 엉덩이를 들이밀었다. 옆으로 밀려나 앉는 지운이 살짝 만류하듯 옆구리를 찔렀지만 내색하지 않고 앉아 서겸을 뚫어져라 쳐다봤다. 사람의 시선에 익숙한지 서겸은 여유롭게 의자에 등을 기대고 앉아 더 살펴보라는 듯 시간을 주었다.

"저 지민 언니 사촌 동생이에요."

"아, 우리 박 비서. 반가워요."

지운에게는 '우리 지운 씨'이더니 지민에게는 '우리 박 비서'다. 지운에 대한 호감을 감추지 않는 서겸을 혜임이 경계심 어린 눈으로 찬찬히 뜯어봤다. 예의 가득한 미소는 손색이 없었고, 눈빛 또한 강인했다.

"그럼 이야기 나누세요."

이 정도 살폈으면 됐으니 혜임은 자신이 퇴장해야 할 때임을 알고 자리에서 일어났다. 더 있다가는 나중에 지운에게 설교가 섞인 잔소리를 들을 것 같아 냉큼 자리를 떴다.

혜임이 가고 나서 두 사람은 특별한 말없이 자신의 몫의 커피를 마셨다. 침묵이 불편해지자 지운은 앞에 놓인 치즈케이크를 서겸의 앞으로 밀어주었다. 그는 하나뿐인 포크를 들고 작게 조각을 내어 포크로 찍은 뒤 지운에게 내밀었다.

"저는 많이 먹었어요. 전무님 드세요."

"난 크게 먹을래."

지운이 포크를 집기 위해 손을 뻗었지만, 서겸은 그 손을 피해 직접 먹여주려 했다. 지운이 작게 입을 벌려 치즈케이크를 머금었다. 서겸은 크게 조각을 내어 먹은 뒤 맛있다는 듯 고개를 끄덕였다. 그 뒤로도 두 번 더 서겸은 지운에게 케이크를 먹여주었다. 지운은 받아먹으면서 혜임의 눈치를 살폈다. 다행히도 밀려오는 손님 탓에 혜임과 민우는 정신이 없어 보였다.

바깥에서는 뜨거운 햇빛이 유리창을 뚫고 들어왔지만, 시원한 에어컨이 그 열기를 중화시켜 주는 곳에서 두 사람은 함께했다.

창밖을 보며 지나가는 사람들을 구경하던 서겸은 그곳에서 눈을 떼지 않은 채 지운에게 물었다.

"노래 가사는 다 썼나?"

가벼운 미소를 지으며 창밖의 무엇을 보는지 궁금해서 그의 시선을 좇던 지운이 서겸의 옆모습으로 시선을 옮겼다. 햇빛에 유독 더욱 하얗게 빛나는 옆모습이 서늘했다. 그 순간 서겸이 고개를 돌렸다. 그의 눈빛은 굉장히 따뜻했다.

"네."

"다음에 기회가 된다면 그 노래 불러 줄 수 있을까? 궁금하거든."

정말 궁금한 것인지 그의 태도가 모호했다. 바로 고개를 돌려 창밖에 집중을 하던 서겸은 돌연 자리에서 일어나 지운의 앞에 놓인 비워진 플라스틱 컵을 집어 들었다.

"제가 치울게요."

종종걸음으로 뒤따르는 지운이 손을 뻗었지만, 팔을 위로 들어 피한 서겸은 직접 분리수거를 해서 버렸다.

"그럼 월요일에 보지. 주말 잘 보내고."

가볍게 손을 흔드는 서겸에게 깍듯이 인사를 하자 그가 선글라스를 쓰다가 피식 웃었다. 문을 열고 나간 서겸은 금세 시야에서 사라졌다.

"흐응. 우리 지운 씨."

비음이 섞인 목소리에 고개를 돌리자 앞으로 기대서 턱을 손으로 받치고 자신을 쳐다보는 두 쌍의 눈과 마주쳤다. 궁금증이 가득한 혜임과 민우의 얼굴에 어색하게 웃으며 지운이 다가갔다.

"전무님이 엄청나게 잘생겼다는 말 없었잖아."

"거기에 카페의 그 남자라는 말도 없었죠."

"야, 김민우. 네가 낄 자리는 아니라고 본다?"

"에이. 사장님, 이러시면 저 상처받죠. 제가 지운이 누나를 얼마나 좋아하는데."

"아까 그 남자 못 봤냐? 너는 상대도 안 되겠더라."

두 사람의 만담을 지켜보던 지운은 그들에게 서겸에 대해 간략하게 소개를 했다. 자신도 면접을 봤을 때 엄청 놀랐다는 말을 덧붙이면서. 뭔가 더 있을 거라며 눈을 빛내는 혜임은 마치 그녀가 숨기고 있기라도 한 듯 추궁하는 눈빛이었다.

입사를 하고도 일에 적응하느라, 그리고 지난 한 주간은 휘의 부탁으로 노래 가사를 쓰느라 혜임에게 따로 연락한 적이 없기에 그녀에게 감추는 비밀을 본의 아니게 만든 것 같아 마음이 불편해졌다.

"네 전무님은 너한테 지대한 관심이 있어 보이던데?"

"맞아요. 처음에 카페에 왔을 때부터 그랬어요."

일에 적응을 하느라 서겸을 처음 만났던 일을 잊고 있었다. 민우의 말에 더욱 불편함이 들어 지운의 얼굴이 굳어졌다.

"일개 아르바이트생. 쉬지 말고 청소 좀 하지?"

전의 회사에서 좋지 않은 일로 금방 관뒀던 지운임을 알기에 혜임은 민우의 입을 막았다. 입술을 앞으로 쭉 빼고 삐친 민우가 대걸레를 찾아 나섰다.

"아까 그 남자 괜찮아 보이더라."

"좋은 분이셔."

남자에게 칭찬이 인색한 지운의 입에서 좋은 사람이라는 말이 나오자 혜임은 흐뭇하게 웃었다.

뭐, 상사면 어때라. 둘이 은근히 잘 어울리던데.

"휘랑 잠깐 통화했는데. 노래 가사 좋다고 칭찬하더라."

지운이 서겸에 대한 경계심이 더 생길까 싶어 혜임은 얼른 화제를 돌렸다. 가사보다는 멜로디가 굉장히 좋다고 오히려 휘의 칭찬을 하는 지운을 혜임은 안타까운 눈으로 바라보았다. 저렇게 음악을 좋아하는데. 속상한 마음을 숨긴 채 지운을 따라 휘를 칭찬하는 일에 합류한 혜임은 속으로 언젠가 휘의 노래가 아닌, 지운의 작사도 아닌, 가수 윤지운이 부르는 노래를 칭찬하는 날이 오기를 간절히 기도했다.

5

월요일. 아침 일찍 출근을 했다. 평소보다 더 빨리 출근한 탓에 불이 켜지지 않은 비서실이 음침하게 느껴지기도 했다. 재빨리 불을 켜고 에어컨을 틀어 온도를 조절한 지운은 자신의 스케줄러를 꺼내 복사기 앞에 섰다.

절전 버튼을 누르자 윙 소리와 함께 복사기가 드륵드륵 소리를 냈다. 스케줄러를 꾹꾹 눌러 펼치고 뒤집은 뒤 복사 버튼을 눌렀다. 푸른 빛이 섞인 하얀 빛이 좌에서 우로 이동을 하며 스캔을 시작했다. 미처 가려지지 않아 눈까지 들어오는 빛에 재빨리 눈을 감았다. 감은 눈으로도 빛이 움직이는 게 느껴졌다.

복사된 부분만 오려내고 까맣게 나온 부분을 파쇄한 지운은 곧바로 서겸의 사무실로 들어섰다. 블라인드를 다 내려놓았던 탓에 사무실은 암흑에 휩싸여 있었다. 환한 비서실로부터 등 뒤에서 들어오는 빛이 어둠을 가르고 그녀가 가야 할 길을 비춰줬다.

　손을 더듬어 불을 켠 지운은 서겸의 책상 위에 복사한 일정을 올려놓으려다 결재서류가 뒤죽박죽 얽혀 있는 걸 보고 먼저 정리를 하려 책상을 빙 돌아갔다. 의자를 살짝 뒤로 빼고 책상 앞에 선 지운은 꼼꼼한 눈길로 결재서류를 분리해 한쪽으로 쌓아놓았다. 그리고 책상을 덮은 유리가 온전하게 드러났을 때 지운은 멈칫했다.

　유리 밑으로 자신이 복사해 준 일정표가 꽂혀 있었다. 동글동글 앙증맞은 글씨체가 가득한 종이가 꽂혀 있자 지운의 얼굴이 순식간에 달아올랐다. 도대체 왜 여기에다 이걸 꽂아놓은 것인지. 물론 바로 보기 좋게 꽂아놓았을 것이다. 하지만 그의 이런 사소하고 다정한 행동들은 지운을 오해하게 만들었다. 마치 오래오래 두고 보려고 소중하게 간직하려 놓아둔 것처럼 느껴져 착각을 일으킨다.

　어제도 그랬다. 직접 치즈케이크를 떠먹여 주더니 같은 포크를 썼다. 남자와 같이 물건을 쓰는 건 익숙하지 않았다. 그래서 시간이 지나면서 자꾸 그 모습이 생각났다. 자신이 살짝 머금었던 포크를 그도 머금었다. 그리고 그 포크를 다시 자신이 머금었다. 마치 연인끼리 하는 행동을 그는 서슴없이 했다.

　연인이라는 단어를 떠올린 지운의 얼굴이 더욱 붉어졌다. 화끈거리는 얼굴을 식히려 손바람을 일으키던 그녀는 시각을 확인하고는 종이를 빼려고 유리 밑을 만지작거렸지만, 어떻게 넣었는지 좀처럼 빼기가 어려웠다. 길지 않은 손톱으로 어떻게든 빼보려 노력하던 지운은 결국 포기하듯 한숨을 내쉬고 새로 복사해 온 일정표를 그 위에 덮었다.

금요일에 일찍 퇴근했던 서겸은 월요일 회의를 시작으로 정신없이 일에 몰두했다. 그의 왼편으로 최종 결재를 기다리고 있는 결재판이 있었지만, 서겸은 시선조차 주지 않았다.

똑똑.

짧은 노크 후에 명호가 들어와 서겸 앞에 섰다. 명호는 그 자리에서 뚫어져라 연회 예약 건 결재판을 주시하며 소리 없이 서겸을 압박하고 있었다. 그렇게 10여 분이 지나자 결국 서겸은 들고 있던 펜을 내팽개치고 팔짱을 껴 명호와 눈을 마주했다.

"왜."

"결재해 주셔야죠."

기어코 승인을 하지 않겠다는 듯 버티던 서겸은 명호에게 한 가지 제안을 했다.

"이거 승인해 주면 다음 달에 나 제주도 출장 좀 가게 해주든가."

"일정 잡겠습니다."

웬일로 순순히 끄덕이는 명호를 의심스레 쳐다보던 서겸은 마지못해 한다는 손길로 결재판을 집어 들었다. 느릿하게 펼쳐 들고 오타를 찾기라도 하듯 공들여 한 자 한 자 읽어 내려갔다. 마침내 서겸이 서명을 하자 명호는 재빨리 결재판을 챙겨 들었다.

한참 만에 전무실에서 나온 명호는 개운한 얼굴로 지운을 불렀다.

"이거 연회예약부 서 부장님에게 전해줘요."

"알겠습니다."

연회예약부 서 부장이라는 말에 선욱이 관심을 보였다. 금요일 이후로 내내 무슨 일로 서겸이 화를 냈는지 궁금해하던 선욱은 슬쩍 지운에게 눈짓을 했다. 그녀는 모르는 척 결재판을 받아 들고 두터운 유리문을 열고 나왔다.

열린 엘리베이터에 올라타고 문이 닫히자 서서히 숫자가 바뀌었다. 하나씩 내려가는 숫자를 세던 지운은 손에 들린 결재판을 슬쩍 넘겼다.

연회장의 예약을 허가하는 문서에 적힌 예약 날짜 등을 훑고 마지막에 검은 펜으로 남겨진 서겸의 필체를 눈에 담았다. 그의 이름이 유려하게 곡선을 이루듯 적혀 있었다. 유려한 글씨체가 딱 그와 어울렸다.

도착했는지 엘리베이터 문이 열렸다. 곧장 연회예약부로 향한 지운은 문이 열리는 소리에 힐끔힐끔 자신에게로 눈을 돌리는 사람들에게 차분하게 고개를 숙여 인사한 뒤 부장실로 걸어갔다.

"어이구, 전무님께서 결재⋯⋯."

지운이 무언가를 들고 오자 냉큼 일어나 반겼지만, 서 부장은 미처 말을 끝내지 못했다.

"전무님께서 승인하신 서류입니다."

지운의 말에 터질 듯이 두근거리던 심장이 조금씩 제 속도로 뛰는지 붉으락푸르락했던 서 부장의 얼굴이 제 색을 찾아갔다. 시원한 에어컨이 틀어졌음에도 땀을 뻘뻘 흘리며 긴장하고 있던 서 부장은 손수건으로 이마를 훔치고 지운에게서 결재판을 받아 들었다.

"허허허. 있네, 여기 전무님 사인이."

서겸의 서명을 확인한 서 부장은 한시름을 놓았다. 미처 제대로 알아보지 않고 꽤 유명한 기업의 이름만 믿고서 연회장 예약이 들어오자 냉큼 오케이를 했다. 뒤늦게 '율' 그룹이 뒤에 있다는 걸 알고 수습을 하려 했지만, 이미 내뱉은 말을 도로 주워 담을 수는 없었다.

'율' 그룹이라면 질색하는 서겸에게 보고를 올리러 갔을 때에는 정말 죽고 싶은 심정이었다. 어린 전무가 서늘한 눈빛만으로 그를 베어버리려 할 때에는 혹여나 이러다 잘리는 건 아닌지 걱정까지 했다.

"전무님께서는 별다른 말씀은 없으셨고?"

"네, 없으셨습니다."

무사히 승인을 받았다는 것에 만족하는지 서 부장은 싱글싱글 웃으며 지운에게 차 한 잔을 마시고 가라고 말했다. 정중하게 거절을 한 지운은 다시 17층으로 올라가면서 곰곰이 생각했다.

다음 달에 있을 연회에서 꼭 무슨 일이 벌어질 것 같은 불길한 예감에 작은 진저리를 친 지운은 머릿속으로 오늘 남은 일정을 떠올렸다.

"다 같이 점심 먹으러 가지."

엘리베이터 문이 열리고 막 한 발을 내딛으려던 지운은 앞에 서 있는 서겸에게 놀라 눈을 동그랗게 떴다. 부딪칠 뻔했기에 순간 심장이 철렁 내려앉았다. 그런 지운의 어깨를 살짝 밀어 엘리베이터 안으로 들어선 서겸의 뒤로 명호와 선욱이 올라탔다.

"이런. 많이 놀랐나?"

"아닙니다."

살짝 고개를 흔들며 눈을 내리까는 모습에는 아직 놀란 흔적이 남아 있었다. 웃음을 삼킨 서겸은 지운에게서 시선을 떼지 않고 그녀의 표정 하나하나 눈에 담았다.

지하주차장에 도착한 명호는 당연하다는 듯이 서겸의 차로 걸어갔다. 따로 지정석이 되어 있기에 서겸의 차는 늘 같은 곳에 주차되어 있었다. 보조석 옆으로 걸어간 명호는 어서 서겸이 잠금을 해제해 주기를 기다렸다.

당연하다는 듯 지운과 선욱이 뒷좌석에 오르기 위해 운전석과 보조석 뒤에 섰다. 이왕이면 지운이 앞에 탔으면 했지만 눈치라고는 눈곱만큼도 없는 명호가 빨리 문 열지 않고 뭐 하냐는 듯 쳐다봤다.

"타지."

상사가 운전하는 차에 올라탄 선욱은 불편한지 꼿꼿하게 등을 세우고 앉았다. 덩달아 불편하게 앉은 지운이 슬쩍 상사의 눈치를 살폈다. 명호가 거리낌 없이 향해서 따랐던 두 사람은 자신들이 탄 차가 서겸의 차라는 걸 알고 불편함을 감추지 못했다.

"내가 운전을 못 하나? 이래 보여도 무사고인데. 편하게 앉아."

"전무님, 저번에 교통사고 당하셨잖아요."

불편해 보이는 지운을 편하게 해주려고 한 말인데 명호가 죽자고 달려들었다. 슬쩍 곁눈질로 노려보자 명호가 어색하게 웃었다. 더욱 분위기가 이상해지자 서겸은 포기하고 운전에만 집중을 했다.

근처 한식당에 도착한 그들은 미리 예약을 해놓았기에 바로 식사가 가능했다.

구수한 된장찌개에 여러 가지의 나물들. 된장에 버무려진 이름을 잘 모르는 나물들은 비슷비슷해 보였지만 각기 다른 향을 가지고 있었다. 입안으로 퍼지는 향긋함이 한층 더 입맛을 돋웠다. 그리고 시원하고 상큼한 물김치가 더위에 지친 입안을 생기 돌게 했다.

잘 익은 김치부터 총각김치, 오이소박이 등 모든 반찬에 절로 젓가락이 향했다. 밥 한 숟가락에 먹는 반찬은 여러 가지였다.

"반찬 더 달라고 해야겠네."

유독 나물에 손을 많이 가져가는 지운을 본 서겸은 보기만 해도 배부르다는 듯 미소를 짓고 종업원을 불렀다. 반찬 그릇들이 치워지고 새 반찬 그릇이 대신 자리를 차지했다.

대화 없이 계속되는 식사가 불편한지도 모를 정도로 맛있는 음식에 흠뻑 빠져 있던 지운은 아직 절반도 비워지지 않은 서겸의 밥그릇을 확인한 뒤 속도를 늦췄다. 이미 명호와 선욱은 공기를 하나씩 더 시킨 상태다.

좋아한다고 했던 백김치와 나물들을 번갈아 가며 먹는 서겸을 몰래 훔쳐보던 지운은 문득 한 가지를 깨닫고 그의 식사에 집중을 했다. 서겸은 빨간 고춧가루가 들어간 반찬은 절대 입에 가져가지 않았다.

밥을 먼저 입에 넣고 반찬을 넣기 전 뜸을 들이던 그가 열무김치 줄기 하나를 들었다. 입에 넣고 몇 번 씹지도 않고 그는 삼키더니 물 잔을 집어 들었다. 단번에 물을 다 비워내는 걸 본 지운은 물병을 들고 그의 잔에 물을 따라주었다.

하마터면 웃음이 나올 뻔했다. 우리 전무님은 애석하게도 매운 반찬을 드시지 못하나 보다. 그렇다는 건 매운 음식을 먹지 못한다는 것. 그래서 백김치를 좋아한다고 했나 보다.

명호와 선욱이 있기에 매운 음식을 먹지 못하냐고 묻지를 않고 지운은 마저 식사를 이어갔다. 은근히 남자들은 이런 거에 자존심 상해한다는 걸 알기에 조용히 그녀만 알고 넘어갔다.

"입에 맞았나?"

"네, 굉장히 맛있었어요."

맛있었냐는 질문을 공기 두 그릇씩 비운 명호와 선욱에게는 할 필요가 없어 보여 서겸은 지운에게 물었다. 깨끗하게 비워진 공기 그릇을 보니 잘 먹은 것 같아 그도 더한 포만감이 들었다.

이 식당은 그가 자주 오는 곳이기도 했다. 담백하니 간이 세지도 않고 여러 나물들과 반찬이 꼬박꼬박 나오는 데다가 직접 담근 된장으로 만든 찌개는 아주 일품이었다.

꼭 지운을 데려오고 싶었기에 이곳을 예약했다. 비록 명호와 선욱이라는 짐도 같이 끌고 왔지만.

"커피 한잔하고 가지. 친구 네로 갈까?"

"전무님, 어디요?"

한식당은 우연히도 방향이 혜임이 운영하는 카페와 같았다. 이왕이면 지운의 친구 가게로 가서 매상을 올려주고 점수 좀 따보자는 생각에 서겸이 제안을 했다. 역시나 눈치가 없는 명호가 어디를 말씀하시는지 모르겠다며, 전에 우리가 갔던 카페는 오는 길과 반대 방향에 있다고 훼방을 놓았다.

"우 실장은 참……."

'나대.' 라는 말을 입안으로 삼키며 서겸은 미간을 접었다.

우리 지운과 김 비서만 없었다면 바로 면박을 줬을 텐데.

"근처에 제 친구가 운영하는 카페가 있어요. 거기 말씀하시는 것 같아요."

"전무님이 그걸 어떻게 알아요?"

명호가 고개를 갸웃거리며 물었다. 지운과 서겸의 첫 만남에 대해서 모르는 명호와 선욱은 서로 눈을 맞춰 뭐 아냐는 질문을 서로에게 던졌다.

"주말에 제가 그곳에 있었는데 우연히 오셨어요."

구구절절 다 설명할 필요가 없기에 지운은 적당히 넘겼다. 두 사람의 남다른 인연에 대해서 떠벌리고 싶은 생각이 없던 서겸은 지운의 설명에 다른 말없이 고개를 끄덕였다. 명호와 선욱 몰래 지운에게 눈빛을 보낸 서겸은 지운이 살포시 미소를 짓자 간질거리는 가슴께를 손가락으로 살짝 긁었다.

알고 보니 저 여자, 미소도 치명적이다. 보면 볼수록 딱 내 타입인데.

"아, 나 웃는 거에 약한데."

저도 모르게 나온 말에 세 사람이 주목했다. 별거 아니라는 듯 으쓱인 서겸은 먼저 자리에서 일어났다.

배불러서 운전을 못 하겠다는 서겸은 명호에게 차 키를 던져 주고 운전석 뒤에 앉았다. 역시나 그의 예상대로 지운이 보조석 뒤에 앉았다. 그의 옆에.

카페 위치를 모르는 명호에게 길을 알려주기 위해 지운은 가운데 자리에 반쯤 걸치듯 옆으로 옮겨 간간이 몸을 앞으로 뺐다. 그 탓에 서겸과 더 가까워졌다. 서겸은 에어컨의 냉기를 뚫고 전해지는 지운의 온도에 슬며시 눈을 접었다.

"이쪽에 카페 내기 쉽지 않은데. 임대료가 비싸지 않아요?"

"네. 비싸기는 하지만 다행히 유동인구가 많아서 장사가 잘 돼요."

근처에 병원도 있고 지하철역까지 있기에 지운의 말대로 유동인구가 많았다. 명호가 갓길에 주차를 하자 지운은 문을 열고 차에서 내렸다. 지운은 서겸이 그녀가 내린 쪽으로 내릴 기세를 보이자 보도로 올라와 열린 차 문을 잡고 기다렸다. 불쑥 몸을 빼고 나온 서겸이 땅에 발을 딛고 섰을 때 본의 아니게 그의 바로 코앞에 서게 됐다.

정면으로 눈이 마주치자 재빨리 시선을 내렸다. 물끄러미 자신을 내려다보던 서겸이 낮게 말했다.

"고마워."

뭐가 고맙다는 것인지 판단이 되지 않아 다시 고개를 돌렸을 때 그는 차 문을 붙들고 있는 자신의 손을 잡아떼더니 힘주어 밀어 차 문을 닫았다.

"별말씀을요."

더위를 몰고 오는 약한 바람이 불었다. 순간 열이 올라 뒷목에 땀방울이 맺혔다.

"덥군. 들어가지."

이미 카페로 들어간 명호와 선욱을 따라 걸음을 옮기려던 서겸이 불쑥 손을 뻗어 지운의 허리를 감쌌다. 가던 방향과 다르게 뒷걸음질을 친 서겸이 바짝 지운의 허리를 잡아당겼다. 아슬아슬하게 자전거 한 대가 그들을 지나쳤다.

강하게 풍겨오는 남자의 스킨 냄새에 머리가 아찔했다. 타인의 온도에 이마에까지 땀이 맺혔다.

그때까지도 지운은 알아차리지 못했다. 서겸의 손이 허리에 감겨 있음을.

"괜찮아?"

툭툭 서겸이 감은 팔로 지운의 허리를 건드렸다. 그의 품에 얼굴을 묻은 채 얼어 있던 지운이 고개를 들었다. 또 한 번 눈이 마주쳤다.

걱정스레 지운을 쳐다보던 서겸이 고개를 내렸다. 가까이 다가오는 얼굴에 지운이 움찔하며 눈을 감았다. 이마에 따뜻함이 닿았다.

"열이 나는 것 같은데. 얼굴이 빨개."

콧잔등과 입술 근처에 서겸의 숨결이 닿았다.

"눈 떠. 위험하잖아."

이렇게 남자에게 착각을 주면 어쩌자는 건가. 놀라서 눈을 감았다는 걸 알기에 망정이지. 이대로 입을 맞춰도 어색하지 않을 정도로 가까이 있었다.

열을 재듯 닿고 있던 이마를 떼자 지운이 고개를 획 돌렸다. 여전히 그녀의 허리에 감고 있던 팔을 풀고 한 걸음 물러났다.

서겸이 무슨 의도로 한 말인지 알아차리지 못한 지운은 자전거가 오는 줄도 몰랐냐. 눈을 뜨고 다니라는 충고로 들었다. 민망함에 얼굴이 더 달아올랐다. 방금 전 민망함이 아닌 다른 감정으로 수줍게 발갛게 물들었던 얼굴이 이번에는 새빨갛게 물들었다.

"감사합니다."

"별말씀을."

이미 시야에서 사라진 자전거를 찾듯 자전거가 사라진 방향을 주시하던 서겸이 먼저 걸음을 옮겼다. 그를 뒤따르던 지운은 간질거리는 콧등을 손가락으로 긁었다.

카페 내부는 사람들로 들끓었다. 아직 주문을 하지 못한 듯 명호와 선욱이 메뉴판을 올려다보고 있었다.

"어? 지운아."

그들의 앞에 서 있던 혜임이 서겸의 뒤로 들어오는 지운을 맞이했다. 커피를 내리고 있던 민우가 살짝 고개만 돌려 그녀를 확인했다.

"점심 먹고 들어가는 길에 들렀어."

"그래? 안녕하세요."

"또 보네요."

서겸에게 반갑게 인사한 혜임이 슬쩍 서겸에게 자리를 내어주는 두 남자를 응시했다.

"이쪽은 우명호 실장님, 그리고 김선욱 비서님이셔. 여기는 제 친구예요, 박혜임."

"안녕하세요. 우명호입니다. 하하. 윤 비서 친구분도 굉장히 미인이시네요."

들뜬 목소리로 인사를 하며 명호가 손을 내밀었다. 혜임은 화사한 미소로 답하며 그의 손을 잡고 악수를 했다. 명호의 인사 뒤로 선욱도 인사를 했다.

"누나, 왔어요?"

민우가 혜임의 뒤에서 상체를 내밀었다. 비키라는 듯 혜임이 등으로 밀쳐 내자 입술을 쭉 내밀더니 물러났다.

"주문하지. 골랐어?"

명호와 선욱에게 주문을 재촉한 서겸은 고개를 돌려 지운에게 물었다. 눈을 깜빡이던 지운이 낮은 목소리로 라떼를 주문했다.

"커피는 제가 쏠게요."

혜임이 지갑을 여는 서겸에게 눈을 찡긋하며 말하자 그가 그럴 순 없다며 카드를 내밀었지만 혜임이 받지를 않았다. 서겸은 미소를 지으며 감사하다는 고갯짓을 했다.

주문이 밀려 있어서 기다림이 길어질 것 같아 남자 셋은 테이블을 잡고 앉았다. 지운은 혜임의 근처에 서서 잠시 이야기를 나누었다.

"그런데 너 어디 아파? 얼굴이 상기됐는데."

"으응? 아, 냉방병 때문인가 봐."

"으이그. 카디건 가지고 가. 회사에서 걸치고 있어."

에어컨에는 젬병인 지운의 얇은 민소매 블라우스가 그러지 않아도 신경이 쓰였다. 저러다 여름 감기에 걸리지 않을까 싶어서 직원용 휴게실로 지운을 보냈다. 그곳에 그녀가 입던 카디건이 있기에.

지운이 사라지는 방향으로 혜임의 시선뿐만 아니라 다른 이의 시선도 따랐다. 서겸은 잠시 사라졌던 지운이 카디건을 가지고 나오자 한쪽 눈썹을 치켜세웠다.

"조금 춥나?"

"네? 시원한데요? 요즘에 워낙 날씨가 더워서. 저는 아주 딱 좋습니다."

딱 적당히 시원한 온도에 무척 만족스러워하던 명호가 서겸의 말에 의아하다는 듯 고개를 갸웃거렸다.

'참, 없어…… 우 실장은. 눈치가.'

고개를 절레절레 저은 서겸은 이제 막 카디건을 걸치는 지운에게로 시선을 돌렸다. 서겸은 지운이 카디건의 마지막 맨 위 단추까지 단단히 잠그는 모습을 내내 걱정스러운 눈빛으로 지켜보았다.

무난한 며칠이 흘렀다. 여름휴가 시즌에 호텔에서 선보일 다양한 이벤트 기획을 짜느라 바쁜 서겸은 계속되는 회의에 사무실을 나서거나 들어올 때 잠깐씩 얼굴을 보여줬다. 그 짧은 시간에도 서겸은 비서들과 대화하는 걸 잊지 않았다.

간혹 입고 있는 옷을 칭찬하거나, 오늘의 날씨에 관한 이야기를 나눴다. 심지어 어디서 듣고 왔는지 연예계 스캔들까지도 이야기했다. 짧은 상사와의 담소는 일을 하는 데 작은 활력소가 되어주기도 했다.

권위적이지만은 않은 상사. 재치 있고 따뜻한 상사 밑에서 일을 한다는 것은 직장에서 받는 스트레스도 덜 받게 했다.

명호와 선욱이 잠시 자리를 비운 사이에 서겸이 사무실에서 나왔다. 그는 홀로 앉아 있는 지운의 앞으로 걸어가 데스크에 살짝 몸을 기댔다.

"우리 윤 비서는 여름휴가 언제 갈 거지?"

"저도 휴가를 쓸 수 있나요?"

전혀 생각지도 못했다. 입사한 지 얼마 되지 않은 신입인데다가, 호텔은 갖가지 이벤트 준비로 바빴다.

"그럼. 휴가는 가야지. 이번 휴가 계획은 있나?"

"생각 안 해봤어요."

설레 고개를 젓는 지운이 슬쩍 달력을 쳐다봤다. 지운은 서겸의 얼굴을 쳐다볼 수가 없었다. 자꾸만 그와의 일이 되풀이되었다.

치즈케이크를 떠먹여 주던 모습과, 같은 포크를 아무렇지도 않게 사용하던 그. 그리고 카페 앞에서 허리를 감싸고 이마를 맞대느라 가까이 있던 얼굴. 얼굴에 흩뿌려지던 그의 숨결. 허리와 이마에 아직도 그의 체온이 남아 있는 것 같았다.

대화 도중에 눈을 피하는 경우가 없던 지운은 요즘 조금씩 이렇게 눈을 피했다.

지운의 저런 모습이 좋은 징조인지를 가늠하는 듯 서겸의 눈이 가늘어졌다.

"전무님은 휴가 계획 세우셨어요?"

그러고 보니 서겸이 휴가를 쓴다는 말을 들어본 적이 없다. 일정에도 휴가는 없었다.

"어떤 전무님?"

또 그의 짓궂은 장난이 발동했다.

"우리 전무님이요."

툭툭. 서겸이 일정한 리듬으로 데스크를 두드렸다. 움직이는 그의 손가락을 응시하던 지운은 그의 목소리가 들리자 고개를 들었다.

"난 다음에. 우리 비서님들이 쉴 틈을 안 주고 부려먹네."

주객이 전도된 말에 웃음이 터졌다. 정말로 힘들어 죽겠다는 듯, 일 좀 그만 물어다 달라고 울상을 짓는 그의 모습은 리얼했다. 지운의 웃음이 커졌다.

"사무실 온도가 낮은 것 같은데 온도 좀 올려. 감기 걸릴라."

여리한 몸을 감싸고 있는 루즈핏의 긴 카디건이 눈에 들어왔다.

"우 실장님하고 김 비서님은 지금 온도가 딱 적당하다고 하세요."

"당신은 춥잖아. 에어컨 바람 싫어하면서."

당신이라는 말에 놀란 것인지, 아니면 에어컨 바람을 싫어하는 걸 그가 알아서 놀란 것인지. 아니면 둘 다에 놀란 것인지.

지운의 동공이 커졌다. 그녀의 새카만 동공에 오롯이 저만이 비춰지는 걸 보며 서겸이 손을 뻗었다. 얼굴로 향해 오던 손이 살짝 비켜가 그녀의 어깨로 향했다.

어깨에 닿는 가벼운 감촉이 금세 떨어졌다. 그의 손을 따라 시선을 움직였다. 긴 머리카락이 그의 손가락 사이에 대롱 매달려 있었다.

"머리카락."

재빨리 그의 손에 들린 자신의 머리카락을 잡았다. 그의 손가락 사이에서 머리카락을 빼내 휴지통에 버린 뒤 허리를 곧추세웠다.

"에어컨 온도 올려."

마지막 당부를 한 서겸은 다시 사무실로 들어갔다.

금요일 저녁. 가족들을 데리고 시골에 간다는 선욱은 미리 양해를 구하고 일찍 퇴근을 했다. 명호를 도와 마무리를 한 지운은 상사인 그를 먼저 보냈다. 서겸은 저녁 만찬에 초대되어 외출한 상태였고, 그에게 문자로 퇴근을 알리고 일찍 집에 들어가라는 명호의 지시가 있었지만 지운은 기다렸다.

인터넷을 켜고 습관적으로 방문하는 사이트에 들어가 뉴스를 훑었다. 사회면을 지나 차례로 스포츠, 그리고 연예기사를 클릭했다.

"아, 휘가 프로듀싱한 그룹이네."

곧 컴백을 알리는 기사가 떴다. 기사 중간에 휘의 이름까지 확인한 지운은 이전 버튼을 눌러 그 페이지를 나와 다른 기사를 훑었다. 그중에 그녀가 아는 두 이름이 같은 기사의 제목에 올라 있었다. 마우스 휠을 내리는 지운의 손이 멈칫했다. 클릭을 할 듯 말 듯 마우스 왼쪽에 올라간 검지가 까딱였다.

"우리 윤 비서, 뭐 하시나."

갑작스레 들린 서겸의 목소리에 놀란 지운의 검지에 힘이 실렸다. 딸깍거리는 짧은 소리와 함께 화면이 바뀌었다. 더욱 커진 기사 제목에 시선이 빼앗긴 듯 지운은 눈 깜빡임도 없이 화면을 응시했다. 그 모습을 기이하게 여긴 서겸이 지운의 뒤로 서서 허리를 숙였다.

옆얼굴로 서겸의 얼굴이 들어오자 놀라 몸을 뒤로 뺐지만, 그가 버티고 선 탓에 의자가 밀리지 않았다. 오히려 그가 숙이고 있었기에 그의 어깨에 머리를 기대는 꼴이 돼버려 다시 몸을 앞으로 숙였다.

얼은 듯 마우스에 손을 올리고 가만히 있는 옆모습을 훑었더니 지운이 자신의 지긋한 눈빛에 미묘한 표정을 지었다. 슬쩍 자신의 손을 마우스 위에 겹치자 그녀가 고개를 돌렸다. 얇은 책 한 권 정도 두께만큼의 거리로 좁혀졌다. 놀라서 눈을 끄게 뜨고 끔뻑거리는 지운이 귀여워 설핏 웃음이 나왔다.

"어디 보자. 이하은, 서민혁, 이별 스캔들 속 데이트."

기사 제목을 읽는 서겸의 부드러운 저음과 자신의 손 위에 올려진 그의 커다란 손. 그리고 몸을 감싸고 있는 그의 온기.

"흐음. 며칠 전에 헤어졌다는 기사가 났던 커플이군. 아닌가 봐."

스타 커플의 이별에 관한 기사가 나돈 지 얼마 되지 않아 데이트하는 사진이 공개되었다.

휠을 내리느라 손가락이 닿았다. 휠의 움직임을 따라 자신의 중지도 따라서 움직였다. 같은 움직임을 보이는 손을 뚫어져라 쳐다봤다.

손안에 가득 담길 듯 작은 손을 만져 보고 싶어 기사가 궁금한 척 마우스를 잡았다. 동시에 지운의 손도 잡았다. 역시나 손에 가득 담긴다. 그리고 부드럽다. 휠을 움직이면서 더욱 손을 만졌다. 너무나 부드러워서 절로 입꼬리가 올라갔다. 이 부드러움을 더 느끼고 싶었지만 가슴에 닿은 지운의 몸에서 좋은 향기가 올라왔다. 훅 치밀어 오르는 욕망에 재빨리 물러났다.

기사를 다 훑은 서겸이 숙이고 있던 상체를 세우고 손을 거둬갔다.

일순 한꺼번에 사라지는 그의 온기를 제치고 서늘한 에어컨 바람이 휘감아왔다. 마우스 위에 놓인 손이 온기를 잃었다. 온기를 잃은 몸이 아쉬움에 잘잘하게 떨렸다.

"금요일인데 일찍 퇴근 안 하고 뭐 해?"

"아, 드릴 게 있어서 기다렸어요."

후다닥 모든 화면을 끄고 자리에서 일어난 지운은 가방을 들고 손을 넣어 휘저었다.

"나한테? 다음에 줘도 되는데."

무엇을 주기 위해 기다렸는지 설렘을 갖고 기다리는 그의 앞으로 지운이 앨범을 내밀었다. 무슨 앨범인지를 확인한 서겸이 호쾌하게 웃으며 받아 들었다.

포장된 비닐을 뜯고 눈이 내리는 검푸른 배경의 도시가 그려진 표지를 보고 뒤로 돌려 트랙을 살폈다.

"아하. 캐럴 앨범. 올여름은 우리 윤 비서 덕에 시원하게 보내겠어."

플라스틱 커버를 열어 CD도 확인했다. 표지와 똑같은 그림이 원형의 CD에 박혀 있었다.

"이거 주려고 기다린 거야? 저녁은 먹었나?"

"우 실장님과 간단하게 먹었습니다."

저녁 만찬에 다녀온 서겸은 자신을 기다리느라 저녁을 놓친 건 아닌지 걱정을 했다. 다행히도 명호와 먹었다고 하니 구겨지려던 그의 얼굴이 도로 펴졌다.

"금요일 저녁인데 약속 없어?"

"네. 피곤하실 텐데 어서 퇴근하세요."

"별일 없으면 우리 영화나 볼까? 이대로 집에 가기는 심심해서.

이런 선물도 받았고."

앨범의 한쪽 모서리를 잡아 마름모로 세워진 앨범을 손목 스냅으로 흔드는 서겸이 툭 던지듯 제안을 했다. 그의 손목 움직임에 따라 앨범이 오른쪽, 왼쪽으로 빙그르르 돌았다. 플라스틱 표면이 조명을 받아 반짝거리기를 반복했다.

"영화요?"

앨범의 모서리가 왔다 갔다 하는 아찔함에서 눈을 떼고 그를 올려다봤다.

"그럼 기다려. 잠깐 정리만 하고 나올 테니."

가벼운 발걸음으로 그가 사무실로 들어갔다. 털썩 주저앉은 지운은 차가워진 자신의 뺨에 손을 올렸다. 생각과 달리 뺨에는 온기가 잔존했다.

"영화?"

영화를 보러 간 지 꽤 오래되었다. 이전 5년가량은 사람들이 많은 곳을 피했고, 그 뒤로는 영화관 같은 장소를 같이 갈 만한 사람이 없었다. 어쩌다가 시간이 맞아 혜임과 휘와 같이 간 게 전부다. 그런 곳을 서겸과 같이 가게 생겼다.

두근두근 심장의 울림이 느껴졌다. 매일 뛰는 심장의 울림이 느껴지자 괜스레 호흡이 가빠지는 기분에 차분히 심호흡을 했다.

오랜만에 영화를 보러 가는 것이기에 설레는 것이라 생각을 마무리한 지운은 사무실에서 나오는 서겸을 뒤따랐다. 두터운 유리문을 열고 그가 시운을 앞세웠다. 다시 안으로 들어간 그가 소등을 했다.

"아, 전무님. 제가."

소등하는 것도 잊어버렸던 지운이 허둥지둥 들어가려 했지만 이미 어둠을 뚫고 그가 다가왔다.

"아, 무서워라."

어깨를 움츠리며 그가 무서웠다는 듯 진저리를 쳤다. 그의 장난에 지운이 입을 가리고 웃었다.

"우리 윤 비서는 어두운 거 안 무서워하나 봐."

그의 장난은 모든 상념에서 깨어나게 했다. 방금 본 기사도 잊게 했다. 아니, 그가 온 뒤로 기사에 대해 전혀 생각하지 못했다, 전혀. 기사 따위는 눈에 들어오지 않았다.

"왜 그래?"

흔들리는 눈망울에 서겸이 고개를 비스듬히 숙여 지운의 안색을 살폈다.

조금씩 짙어지는 동공. 그리고 무언가에 빨려가듯 지운이 현실 세계에서 멀어지고 자신만의 세계에 들어서려 하고 있다는 걸 느꼈다.

탁.

서겸이 손가락을 튕기며 최면에서 깨어나게 하듯이 소리를 냈다. 짧은 경고음에 지운이 고개를 바로 하고 그를 올려다봤다.

"어디 안 좋은가?"

걱정스러운 서겸의 얼굴이 앞에 있다. 남들보다 뛰어난 섬세한 이목구비. 날카로운 턱 선 아래로 툭 튀어나온 울대. 딱 벌어진 어깨와 두어 개 풀어헤친 셔츠 속에 감춰진 탄탄한 몸. 상의를 팔에 걸치고 느슨히 서 있지만 그가 발산하는 기는 단단했다. 성인 남자가 내뿜는 기.

"윤지운."

그가 이름을 불렀다. 마치 오랫동안 불러왔던 이름인 듯 자연스럽게.

"괜찮아요. 그냥 잠깐 생각할 게 생각나서."

"생각할 게 생각났다고?"

말이 되는 듯 안 되는 듯 이상한 말을 내뱉자 서겸이 의아해했지만 모르는 척 엘리베이터 버튼을 눌렀다.

"피곤하면 영화는 다음에 볼까?"

"다음에요?"

"그러는 게 좋겠군. 안색이 안 좋아. 우 실장이 뭐라 해도 에어컨 온도 좀 올려."

고집스레 카디건을 걸치면 걸쳤지 절대 에어컨 온도를 낮추지 않는 지운이 못마땅했다. 다음 주 월요일에 직접 명호에게 에어컨 온도를 올리라는 말을 해야겠다는 생각을 한 서겸은 열리는 엘리베이터에 지운을 먼저 태웠다.

전 회식 때는 대리가 운전을 했지만, 지운의 집을 머릿속에 새겨놓았기에 헤매는 거 없이 도로를 달렸다. 낮게 켜놓은 라디오에서는 재즈 선율이 흘러나왔다. 허스키한 여자 목소리가 그 선율 위에 얹어졌다.

Norah Jones의 Don't know why.

왜 내가 당신에게 가지 않았는지 모르겠다는, 하지만 영원히 당신은 내 마음속에 있을 거라는 가사. 자신도 모르는 자신의 마음. 복잡한 여자의 마음이 담긴 노래.

오가다 많이 들어본 멜로디는 서겸의 귀에도 익숙했다. 음음음, 허밍으로 음률만 따라 하는 그의 목소리 아래 작은 목소리가 겹쳐졌다. 이에 서겸은 조금씩 허밍을 낮췄다.

무심결에 따라 부르는 듯 지운이 여리한 목소리로 소리를 내고 있었다. 운전에 집중하는 척 듣고 있다는 기색 없이 서겸은 지운의 노래를 감상했다.

어둠을 가르는 헤드라이트. 길가를 비추는 가로등. 길 가는 사람들을 현혹시키는 네온사인. 그 모든 것을 등지고 그 둘은 어두운 차 안에서 함께했다.

짧은 거리 끝에 지운의 집에 도달했다.

"데려다 주셔서 감사합니다."

"조심히 들어가. 주말 잘 보내고."

선뜻 들여보내기가 아쉬웠다. 고개를 숙여 인사를 한 지운이 차 문을 열고 건물 안으로 들어갔다. 그녀의 모습이 사라지자 운전석을 열고 내렸다. 그리고 천천히 층을 셌다.

"하나, 둘, 셋, 넷, 다섯."

5층. 불이 꺼진 집이 환해질 때까지 고개를 들고 있던 서겸은 뻐근해진 목을 돌려 풀어준 뒤 다시 차에 올랐다.

"윤지운."

지운이 앉아 있던 보조석을 손으로 쓸어내렸다. 아직 온기가 남아 있어 따뜻했다.

이 온기를 집에까지 가지고 갈 수 있다면.

듣고 있던 재즈 선율 때문일까. 마음이 뒤숭숭해졌다. 밤이 만들어내는 외로움이 사뭇 그를 덮쳤다. 이 외로움을 떨칠 수 있다면 뭐든 할 수 있을 것 같은 기분.

핸들을 팔로 감싸고, 머리를 대고 옆에 지운이 앉아 있던 모습을 그린 서겸은 당장 올라가서 지운을 끌어내고 싶은 위험한 마음이 생기자 재빨리 자리를 떴다.

이곳에서도 느릿한 재즈 선율이 흘렀다. 갈색 액체가 담긴 잔을 빙빙 돌려가며 얼음이 부딪히는 소리를 안주 삼아 술을 마시는 서겸의 앞으로 아민이 섰다.

"너, 그런 얼굴로 올 거면 오지 마."

"무슨 얼굴?"

남자가 가질 수 있는 모든 얼굴을 담고 있는 친구의 모습이 조금은 낯설었다. 뭐랄까. 상처를 받은 것 같으면서도, 여자를 생각하는 얼굴. 아련함과 쓸쓸함을 담은 얼굴. 사랑과는 거리가 먼 서겸이기에 그것은 배제를 했지만, 그것 말고는 설명이 되지 않는 얼굴이었다.

"재수 없는 얼굴."

"이 얼굴이 재수 없으면 네 얼굴은?"

토닥거리던 두 사람의 옆으로 여자 손님 두 명이 다가왔다. 그중 한 명이 자주 오는 손님인지 아민이 아는 체를 했다. 그녀는 서겸의 왼쪽 두 번째 떨어진 곳에 앉았고, 같이 온 다른 여자가 그의 왼쪽에 앉았다.

"안녕하세요."

아민과 이야기를 나누는 친구와 마치 일행이 아닌 듯 여자는 서겸에게 살갑게 인사를 했다. 서겸은 가볍게 고개를 끄덕였다.

"혼자 오셨나 봐요."

"네."

지운을 생각하고 있었는데 다른 여자가 다가왔다. 금발에 가깝게 탈색된 머리카락. 꽤 돈을 들인 것 같지만 끝이 갈라졌고 푸석했다. 하지만 외모는 흔한 미모가 아니었다. 도톰한 입술. 남자들에게 야릇한 상상을 하게 하는 입술이 특히나.

그래도 지운이 생각이나 하련다.

왜 지운에게서 눈을 뗄 수가 없을까. 그녀는 눈치가 없었다. 잦은 외근으로 바쁜 와중에도 왜 자신이 틈틈이 사무실에 들르는지를 모른다. 꼭 하루에 한 번씩은 말을 걸기 위한 구실을 찾는다는 것도. 왜 보지도 않던 연예 가십거리를 읽는지도 모른다.

"같이…… 할까요?"

흐느끼듯 말을 하는 여자의 목소리는 교태스러웠다. 남자에게 나쁜 상상을 하게 하는.

"아민아, 여기 같은 걸로."

은밀함이 담긴 말을 술을 같이하자는 말로 알아들었다는 듯 서겸은 무심하게 자신이 마시는 것과 같은 걸 시켜줬다. 아민이 똑같은 잔을 여자에게 주었다.

"조금 독한 것 같아요. 한 잔 마시면 취할 것 같은데."

잔에 입만 대고 뗀 여자가 얼굴을 찡긋거렸다. 서겸의 한쪽 입술 끝이 올라갔다.

"혼자 온 남자에게 이렇게 다가오면 안 되지."

서겸이 그윽한 목소리로 낮게 속삭였다. 여자가 집중하듯 몸을 가까이 숙였다.

"제가 뭘요?"

다 아는 선수끼리 왜 이러시나. 알면서도 서로의 내숭을 모르는 척해주는 것도 선수로서의 자질이다.

"혼자 오는 남자를 유혹하면 위험하다는 거 모르나?"

"저는 위험을 즐기거든요."

아예 서겸을 향해 몸을 돌린 여자가 자신의 매력을 과시했다. 깊게 파진 가슴골을 내보이며 여자는 서겸의 어깨에 팔을 얹었다.

"즐긴다니 기꺼이 즐기게 해드려야지."

탁.

서겸이 자신의 어깨에 올려진 여자의 팔을 내쳤다. 여자의 팔이 힘없이 떨어지다가 의자에 부딪혔다. 둔탁한 아픔에 여자의 눈썹이 찌푸려졌고, 그 아래 눈빛이 사나워졌다.

"뭐 하는 거예요?"

"낯선 남자를 유혹하면 위험하다는 거 모르나? 이런 대우를 받게 된다고."

더 다가오면 뒷일은 장담 못 한다는 듯 서겸이 으르렁거렸다. 비틀린 입매와 접힌 미간, 날카로운 눈빛이 단번에 그의 섬세한 얼굴을 위험하게 만들었다.

"재수가 없으려니."

옆자리에서 친구가 무슨 일을 당하는지 지켜봤음에도 친구는 구경만 할 뿐이었다. 여자는 화가 난 듯 핸드백을 들고 가게를 빠져나갔다. 뒤늦게 친구가 아민에게 미안하다는 말을 남기고 따라갔다.

"뭐냐, 너. 꽤 괜찮았는데."

서겸의 행동이 이상하다. 같이 즐기러 가지는 않을지언정 여자에게 저렇게 매너 없이 군 적은 없었다.

"그냥, 귀찮아서."

느른하게 몸을 스툴 바에 기대고 서겸은 아민을 물끄러미 쳐다봤다.

"뭐야, 그 눈빛은. 너 나 좋아하냐?"

자신이 내뱉은 말에 소름이 돋은 얼굴로 아민이 물러났다.

"아, 나 술이 역류하는 것 같아."

서겸 또한 아민의 말에 질색을 했다.

"네가 이상하게 쳐다보니까 그렇지."

도리질을 치며 아민이 다시 다가왔다.

"아민아, 캐럴 없냐?"

"미친놈."

다가온 것만큼의 두 배는 더 멀리 떨어진 아민이 핸드폰을 찾아대리를 불렀다. 빨리 서겸을 돌려보내기 위해.

6

결국 앓아버렸다. 서겸의 말대로 에어컨 온도를 조절했어야 했나 보다. 여름 감기는 지독했다. 열기에 온몸에서 땀이 흘렀다. 푹 젖은 이불이 열기를 머금고 있었지만 추웠다. 바들바들 떨었다.

"지운아, 정신이 좀 들어?"

언뜻 전화가 온 것 같아서 받았던 기억이 설풋 있지만, 그게 누구였는지는 모르겠다. 까무룩 잠이 들었다가 눈을 떴을 때 옷은 갈아 입혀졌고, 덮고 있던 이불 또한 바뀌었다.

"혜임이?"

"응, 나야. 정신이 들어? 이렇게 아파서 어떡해. 내가 전화 안 했으면 어찔 뻔했어."

손에 들린 수건으로 이마를 훔쳐 주던 혜임이 안쓰러운 눈길로 지운을 내려다봤다. 하얗게 입술이 갈라져 뜨거운 숨을 내뱉던 지운의 체온이 지금은 많이 떨어졌다. 온도계에 적힌 숫자를 입술로 읽은 혜임이 옆 바닥에 주저앉았다.

"119 부르려다 말았어. 어때?"

"아파."

갈라진 목소리가 애처로웠다. 눈에 눈물까지 글썽거리는 지운이 비가 내리는 거리에 버려진 강아지처럼 처량했다. 일찍 여읜 부모님 대신 조모의 손에서 자란 지운은 아파도 아프다는 말을 잘 하지 않았다. 그런 지운이 아프다고 한다.

"지금이라도 병원 갈래?"

병원에 가면 이 지독한 아픔에서 벗어날 수 있을까. 머리가 빙글빙글 돌고 목이 따끔했다. 침을 삼키는 것도 힘들었다.

"안 되겠다. 병원에 가야겠다. 휘를 부를게."

혼자서 어찌어찌 옷을 갈아입히고 간호를 했지만, 진작 구급차를 불렀어야 했나 보다.

핸드폰을 찾아 전화를 거는 혜임의 모습이 분주했다. 그 모습을 마지막으로 지운은 다시 암흑에 휩싸였다.

"지운아, 지운아, 좀 일어나 봐. 응?"

당장 달려오겠다는 휘는 왜 진작 부르지 않았냐며 화를 냈다. 다시 눈을 감은 지운의 얼굴에 맺힌 땀을 닦으며 혜임은 초조하게 기다렸다.

탕탕탕.

"문 열어."

현관문 너머로 다급한 목소리가 들렸다. 문을 열자 휘가 달리듯 들어와 바로 지운을 안아 들었다.

"병원부터 가자. 얘 언제부터 이랬어?"

"모르겠어. 내가 점심쯤에 전화했는데 다 죽어가는 목소리더라고."

지체할 시간이 없어 휘는 바로 밖으로 나왔다. 황급히 혜임이 뒤따르며 문단속을 했다. 아직 더위가 가시지 않아 열기가 가득해 지운을 안고 계단을 내려오는 휘의 등에 땀이 맺혔다. 그보다 더 한 열기를 내뿜는 지운의 안색을 확인하며 휘는 근처 가장 가까운 병원을 머릿속으로 찾았다.

"감기입니다."

의사의 말은 간단했다. 혹시 신종플루는 아닌지 걱정을 하는 두 사람에게 의사는 단조로운 목소리로 체온도 정상을 찾았으니 링거를 맞으면 돌아가도 된다는 말을 했다.

"다행이다. 신종플루는 생각도 못 했어."

병원에 오자마자 신종플루인지 검사를 해달라는 휘의 말에 혜임은 아찔해졌었다.

"후우, 마실 것 좀 사올게."

지운의 옆에 앉아 미안함과 놀람으로 눈물을 글썽거리는 혜임의 등을 토닥인 휘는 병원 내 매점으로 향했다. 하얀색에 파란 글자로 병원 이름이 새겨진 환자복을 입은 사람들이 그의 눈앞을 왔다 갔다 했다. 부딪히면 그들에게 상해를 입힐 것 같아 휘는 조심스럽게 피해서 걸음을 옮겼다.

"이래서 병원이 싫어."

간병인들까지 다 아파 보이는 모습에 절로 눈살이 찌푸려졌다.

시원한 음료 두 개와 깨어나면 지운에게 먹일 죽까지 포장을 한 뒤 휘는 응급실로 돌아왔다.

"뭐야? 죽?"

"응. 미리 사놨어. 이따가 집에 데려가면 먹여야지."

이제는 편안한 얼굴로 누워 있는 지운을 보며 두 사람은 가슴을 쓸어 내렸다.

"너 가게는?"

"민우가 친구 불러서 같이 보고 있어. 다른 카페에서 아르바이트하는 친구가 쉬는 날이라고 도와준대."

"다행이네."

조금 진정이 되는지 혜임이 미소를 보였다. 휘도 미소를 흘리며 지운이 깨어나기를 기다렸다. 응급실은 소란스러웠다.

의사와 간호사를 찾는 높은 목소리부터 엉엉 우는 소리. 시끄러운 소리 때문에 지운이 깰까 봐 노심초사했지만, 지운은 아무 소리도 못 듣는 듯 고요했다.

"많이 아픈가 봐."

"여름 감기가 더 독하다고 하잖아."

링거가 다 들어갔음에도 지운은 눈을 뜨지 않았다. 입원실로 올라갈 거냐는 간호사의 말에 혜임은 고개를 저었다.

"그냥 입원하는 게 낫지 않아?"

"집에 가자."

혜임도 병원 분위기가 썩 내키지 않았는지 집으로 가자고 했다. 다시 지운을 조심스레 안아 든 휘가 차분한 발걸음으로 주차장으로 향했다.

"우리 집으로 갈까?"

좁은 지운의 집보다 넓은 그의 집으로 가자는 말에 혜임이 갈등했다. 그녀는 부모님과 같이 지내니 아픈 지운을 데리고 갈 수는 없었다. 물론 부모님들은 괜찮다 하실 테지만, 깨어난 지운이 부담스러워할 것이다. 그렇다고 좁은 지운의 원룸에 가는 것도 마음이 편치 않았다.

"그럴까?"

휘의 집에서 몇 번 잔 적이 있기에 갈아입을 옷 한두 벌쯤은 있을 것이다.

"얘는 누가 보면 내내 잠 못 잔 사람인 줄 알겠어. 안 일어나네."

휘의 집으로 온 뒤, 한참의 시간이 지나 밤 10시가 다 되어가는데도 지운은 좀처럼 깨어나지 않았다. 먹은 것도 없고, 약도 먹어야 하기에 혜임은 억지로 흔들어 깨웠다.

"지운아, 지운아? 일어나 봐."

"으음…… 혜임이?"

낮게 갈라진 목소리와 함께 지운이 눈을 끔뻑거렸다. 빡빡한지 한참을 끔뻑이던 지운이 되찾은 시력으로 혜임을 봤다.

"여긴…… 크흠. 어디야?"

잔뜩 쉬어버린 자신의 목소리가 익숙하지 않아 지운이 미간을 찌푸렸다. 멍한 머리에도 목 관리부터 떠오르자 지운은 입을 닫았다.

"휘 집이야. 말 많이 하지 마."

목 상태에 예민한 지운임을 알기에 혜임은 지운이 묻기 전에 오후의 일을 간략히 설명했다. 일어나려는 듯 몸에 힘을 주는 그녀를 도와 일으켜 등 뒤에 베개를 받쳐 준 뒤 휘를 불렀다.

"성휘, 빨리 가져와."

문이 열리고 침대 옆 스탠드만 켜진 방의 불을 켜고 휘가 모습을 드러냈다. 반대로 스탠드 불을 끈 혜임이 옆으로 엉덩이를 옮겨 앉았다. 쟁반에 커다란 그릇과 수저 하나만을 챙겨온 휘가 지운의 다리 위로 쟁반을 내려놨다.

"죽 데웠어. 좀 먹어. 약도 먹어야 해."

기력 없는 손놀림으로 수저를 집어 든 지운은 울컥했다. 뜨거운 응어리가 목을 타고 올라왔다.

"고마워."

갈라지는 목소리로 가까스로 내뱉은 지운은 응어리를 다시 넘기듯 침을 삼켰다. 찌릿, 하는 아픔이 느껴졌다.

수저 절반쯤 죽을 떠 입안에 담고 몇 차례 씹었다. 뜨겁지 않고 적당하게 따뜻한 죽을 넘기자 아픔은 덜했지만, 삼킬 때마다 미간이 찌푸려지는 건 어쩔 수 없었다.

"더 먹어."

수저를 내려놓을까 싶어 혜임이 쟁반을 두드리며 재촉했다.

"천천히 먹어."

재촉하는 손을 막은 휘가 그러지 말라는 눈초리를 보냈다. 샐쭉하니 고개를 돌리는 혜임의 뒤통수를 쓰다듬은 그는 지그시 지운을 쳐다봤다.

"오늘은 여기서 자고 가. 내일 집에 데려다 줄게."

커다란 침대를 두 여자에게 양보를 하고 휘는 거실로 나왔다. 약을 먹고 다시 잠이 든 지운과 그녀를 간호하느라 피곤했을 혜임을 위해 한껏 소리를 죽인 채 TV 시청을 하다 그도 스르륵 잠이 들었다.

일요일 오후에 집에 데려다 준 휘와 간호를 해준 혜임에게 괜찮다고 웃으며 그들을 돌려보냈다. 한사코 가지 않으려는 혜임에게 아프면 다시 부르겠다는 말로 간신히 그녀를 돌려보냈다.

약한 윙 소리를 내며 돌아가는 선풍기를 끄고 지운은 작은 베란다로 향하는 유리창을 열었다. 창문 너머로 아래를 쳐다봤다. 그제 저녁. 서겸의 차가 있었던 곳을 내려다봤다. 바로 가지 않고 한참을 그 자리에서 머물렀던 서겸.

"한서겸."

조심스레 그의 이름을 불렀다. 장난기 가득한 그의 눈빛과 부드러운 미소. 자상한 목소리. 언뜻언뜻 닿았던 그의 체온. 이렇게 남자를 생각한 게 얼마 만인지 헤아렸다.

그 사람 앞에서는 내가 아닌 것 같다. 그날 데려다 주고도 바로 사라지지 않는 차를 보며 계속 그 자리에 있어주기를 바랐다. 그의 차가 사라지고도 한참을 밖을 보고 있다가 들어와 씻고 누웠다. 그때부터 으슬으슬 몸이 떨렸다.

"아파서 그런가 봐."

아프면 다 누군가가 옆에 있어주기를 바란다. 아프기 전 마지막으로 그를 봤기에 아프면서 그를 떠올렸을 거다. 왠지 그러면 걱정 가득한 얼굴로 간호를 해줄 것 같다. 아프지 말라고 다정하게 속삭여 주면서. 아니, 어쩌면 아픈 자신을 웃게 해주기 위해 장난을 걸어올지도 모른다.

"나 많이 아픈가 봐."

아직도 그에게 아프다고 투정부리는 자신의 모습이 환영처럼 눈앞에 스쳐 지나갔다.

아직 회복되지 않은 몸으로 걷는 게 곤혹스러웠다. 당장 신고 있는 힐을 벗어 던지고 싶었다. 버스에서 내렸을 때 식은땀으로 등이 축축했다.

띵.

엘리베이터 문이 열리자 올라탔다. 몇 명이 먼저 타 있었다. 가볍게 고개 숙여 인사를 한 뒤 지운은 뒤돌아서서 올라가는 숫자를 쳐다봤다.

"우리 윤 비서, 나 안 보이나 봐?"

부드러우면서도 가벼운 말투. 익숙한 목소리에 지운이 몸을 돌렸다. 안쪽에 타 있던 서겸의 모습이 눈에 들어왔다. 같이 타고 있던 사람들은 전무인 그가 비서에게 친근하게 말을 하자 신기한 얼굴로 그들을 쳐다봤다.

직원들에게 살갑게 인사를 한 적이 없고 무심하게 구는 전무가 이런 사람이었나, 구경하듯 보던 사람들은 저들이 내려야 할 층에 당도하자 내렸다.

"윤 비서."

얼굴이 창백한 지운에게 다가선 서겸은 조심스러운 눈으로 그녀를 살폈다. 눈빛만으로도 그녀가 다칠 것 같아서.

"어디 아파?"

"괜찮습니다."

"괜찮은 게 아닌데. 어디 좀 봐."

최대한 부드럽게 턱을 잡아 올려 눈을 맞춘 서겸이 다 말해보라는 듯 그녀를 응시했다. 그 눈빛이 마치 모든 걸 다 받아줄 것 같아 저도 모르게 입이 열렸다.

"감기예요. 조금 아팠어요."

그의 미간이 접혔다. 힘이 들어간 입매에서 바로 그러게 내가 에어컨 온도 높이라고 하지 않았냐는 타박이 흘러나올 것 같았다.

"지금도 아파?"

예상과 다른 걱정이 담긴 말이 나왔다. 눈이 따끔거렸다. 아직 잠긴 목이 물에 푹 잠긴 듯 침만 꼴딱꼴딱 넘어갔다.

"많이 아픈가 보군. 이리 와."

17층에서 엘리베이터가 멈췄다. 그가 이끄는 대로 걸었다. 잡힌 팔목이 아려왔다.

"전무님."

그가 향하는 방향에 놀라 불렀지만, 서겸의 걸음은 멈추지 않았다.

간혹 늦은 시각까지 야근을 하다가 회사에서 자게 되는 경우를 대비해서 준비된 수면실이 있었다. 호텔이니 쉴 방 하나 더 꾸미는 건 일도 아니다. 비서실과 반대 방향에 있는 방에 들어가 서겸은 지운을 소파에 앉혔다.

"저쪽이 침실이야. 오늘은 좀 쉬는 게 낫겠군. 안색이 많이 안 좋아."

"괜찮습니다."

"아픈 사람 일 시킬 만큼 나 못된 상사 아니야. 되고 싶은 생각도 없고."

따뜻한 물을 떠와 지운의 손에 들려주며 서겸이 단호하게 말했다.

"병원에는 갔나?"

"네, 친구들과. 많이 좋아졌어요."

"지금이 많이 좋아진 거면 얼마나 아팠다는 거야."

자신이 상상한 여러 가지 경우 중에 서겸은 걱정이 한껏 실린 얼굴을 보여주었다.

"푹 쉬어. 점심때까지는 나오지 말 것. 상사로서의 명령이야."

자신이 있으면 쉬지 못할 것 같아 서겸은 그곳을 빠져나왔다. 마지막으로 돌아봤을 때 지운은 따뜻한 물이 들린 잔을 꼭 쥐고 미소를 짓고 있는 것 같았다.

명호와 선욱에게 지운이 아파서 쉬고 있으니 그냥 내버려 두라고 했다. 괜히 걱정한답시고 가서 귀찮게 하지 말라는 말에 명호가 뚱한 얼굴로 고개를 끄덕였다.

"왜, 뭐가 불만인데."

"전에 저 감기 걸렸을 때 가까이 오지 말라고 하면서 직접 마스크까지 사다 줬었잖아요."

행여나 옮을까 봐 질색했던 서겸이 이번에는 아예 지운을 격리시켰다. 아픈 사람에게 어찌 그리 매정할 수 있나, 상사를 노려봤다.

"무슨 생각 하는 거야."

눈치 없는 일인자가 또 눈치 없이 군다.

"아닙니다."

그러는 거 아니라는 눈빛을 마지막으로 명호가 뒤돌아 사무실을 나가려 했다.

"아, 우 실장. 비서실 내 에어컨 온도 좀 올려. 윤 비서 또 감기 걸릴라."

"아, 네."

서겸의 말에 뒤통수를 긁적이며 명호는 사무실을 나왔다. 곧장 에어컨 온도를 확인했다. 20도. 적정 온도가 몇인지를 생각하던 명호는 손가락으로 버튼을 눌렀다.

"김 비서, 내일부터 우리도 여름철 적정 온도 지킵시다. 전무님 지시예요."

"네."

몇 도 올린다고 해서 땀이 날 정도로 더운 건 아니기에 선욱은 상관없다는 듯 어깨를 들썩였다.

염치없이 잠깐 누워서 쉰다는 게 또 잠이 들어버렸다. 분명 소파에 누워 있었던 것 같은데, 눈을 뜨니 침대 위에 누워 있었다. 그리고 침대 옆 탁자에는 죽 가게의 이름이 적힌 봉투가 있었다.

누군가가 자신을 침대로 옮겨놓았다는 생각에 아연실색한 지운은 속으로 비명을 질렀다.

"하아."

깊은 한숨이 쏟아져 나왔다. 누군지는 모르겠지만 고마움보다는 민망함이 컸다. 자리에서 일어나 헝클어진 머리를 정돈하고 구겨진 옷을 펴고 나와 반대 방향으로 향했다.

"윤 비서."

막 두터운 유리문을 열고 들어서는데 데스크 앞에 서 있던 우실장이 그녀를 불렀다.

"윤 비서, 괜찮아요? 몸은 어때요?"

명호가 들고 있던 서류를 내려놓고 물었다. 덩달아 선욱도 지운에게 시선을 돌렸다. 세 남자의 시선을 한 몸에 받은 지운이 고개를 끄덕였다.

"괜찮아요. 감사합니다."

"아직 목소리가 가라앉았는데요. 더 쉬어요."

"아닙니다."

흘끗 시각을 확인하니 2시가 넘었다. 오후 업무가 시작된 지 30분도 더 흘렀다.

"죽은 먹었어요?"

명호가 물었다. 자신을 침대로 옮긴 사람이 명호라는 생각에 눈앞이 아찔해졌다. 당황함으로 물든 지운의 얼굴에 명호가 의아해했다.

"전무님, 죽 어디에 뒀습니까?"

"탁자 위에 올려두었는데. 못 봤나?"

정처 없이 방황하는 눈빛에 서겸이 일 보라고 두 사람에게 손짓을 하고 지운을 다시 밖으로 이끌었다. 왔던 방향으로 되돌아가던 지운이 서겸을 올려다봤다.

"혹시 전무님이 저를……."

"저를, 뭐?"

아침과 같은 상황이 되풀이됐다. 그의 손에 이끌려 소파에 앉았다. 다른 점이 있다면, 물 잔이 아닌 죽이 담긴 봉투를 그가 내밀었다.

"일단 먹지. 식지 않은 것 같은데. 그래도 데워줄까?"

"아니요. 그냥 먹을게요."

차분히 수저를 놀리는 지운을 쳐다보다가 그녀의 얼굴에 불편함이 물들자 서겸은 몸을 뒤로 젖혀 소파 등에 목을 기대고 눈을 감았다.

편안하게 앞에 앉아 있는 서겸의 앞에서 식사를 하는 건 조금 곤혹스러웠다. 하지만 한편으로는 자신을 소파에서 침대로 옮긴 이가 명호가 아닌 그라는 생각에 조금은 안도했다.

"감사합니다."

수저를 내려놓고 감사의 인사를 하자 슬쩍 그가 눈을 떴다. 비워진 양을 가늠하듯 그릇을 본 그가 몸을 곧추세웠다.

"말은 많이 하지 않는 게 좋을 것 같군. 목소리도 다 나을 때까지."

"괜찮아요."

"자꾸 괜찮대. 그럼 내가 안 괜찮은 걸로 하지. 계속 누워 있는 게 불편하면 나와서 앉아 있어."

내가 졌다는 투로 항복 선언을 하는 서겸이 먼저 자리에서 일어났다. 그를 따라 다시 사무실로 돌아와 지운은 업무에 복귀했다.

❖ ❖ ❖

더위는 기승을 부렸고, 이제 다음 주면 8월이 시작된다. 명호는 짧은 휴가를 떠났고, 선욱은 일찍 퇴근을 했다. 짙은 어둠에 완벽한 방음 때문에 비가 내리는지 몰랐다. 1층으로 내려왔다가 비가 쏟아지는 걸 본 지운은 우산을 가지러 가기 위해 걸음을 돌렸다.

17층에 도달했을 때에는 어둠으로 멈칫했다. 센서등이 바로 켜져 복도를 지나 두터운 유리문을 밀었다. 불이 꺼져 있어야 할 서겸의 사무실에 불이 켜져 있었다. 살짝 문이 열린 틈으로 빛이 새어 나오고 있었다.

"전무님?"

살짝 높은 목소리로 불렀지만 답이 없었다. 조금씩 가까이 가자 익숙한 멜로디가 들렸다.

Last Christmas I gave you my heart
But the very next day you gave it away
This year to save me from tears
I'll give it to someone special

"전무님."

살짝 열린 문에 노크를 하자 그 힘에 밀려 문이 스르륵 열렸다. 인기척을 느낀 서겸이 지운을 확인하고 반가운 미소를 지었다.

"우리 윤 비서, 아직 퇴근 안 한 거야?"

외근을 나갔다가 돌아왔을 때 소등이 된 터라 모두들 퇴근한 줄 알았다. 금요일이기에 더욱이.

"비가 와서 우산 가지러 왔어요."

"아. 같이 나가지."

올 때 비가 많이 내렸다. 강풍이 동반되어 꽤 세차게 내리는 비를 감당하지 못하는 사람들이 이리저리 휩쓸렸다. 휘청거리는 나무들과 날아다니는 갖가지 물건들로 위험했던 게 떠올라 서겸은 지운을 데려다 주기로 마음먹었다.

캐럴이 흘러나오는 플레이어를 끄고 서겸은 소등을 했다. 눈앞에 드리워진 어둠에 익숙해지지 않았는지 지운이 제자리에서 움직이지 않았다. 그런 그녀의 손목을 잡아 이끌었다.

"빨리 나가자. 무섭잖아."

옆에서 낮은 웃음소리가 들렸다.

"저녁 먹고 들어가지? 아직 저녁 전이면."

그의 제안에 지운이 조심스레 고개를 끄덕였다. 지하주차장으로 내려와 그의 지정 주차 공간으로 향했다. 비로 물기를 머금은 바닥이 조금은 미끄러웠다. 역시나 걷던 지운이 삐끗했다.

"조심."

뒤에서 지운의 허리를 잡은 서겸이 차 앞까지 부축했다. 보조석에 앉히고 문까지 닫아준 그는 차를 돌아 운전석에 앉았다.

"먹고 싶은 거 없어?"

"음……. 샤브샤브 어때요?"

괜찮다는 듯 그가 고개를 끄덕이고 시동을 걸었다. 주차장을 빠져나오기 전에 세찬 빗소리가 들렸다. 막 빠져나왔을 때 앞 유리창을 뚫어버릴 듯한 기세에 지운이 움찔거렸다. 갑자기 물벼락을 맞은 듯.

"비가 많이 와요."

"응. 태풍 올라온다더니, 벌써 영향권 아래인가?"

앞이 거의 보이지 않아 차의 속력이 나지 않았다. 까딱까딱 핸들을 두드리던 그가 고개를 돌렸다.

"에어컨 온도 어때? 끌까?"

"딱 좋아요. 끄면 너무 습할 것 같아요."

이미 나온 지 오래됐음에도 그는 간간이 물었다. 비서실 온도가 너무 낮은 건 아닌지 직접 체크까지 했다.

"전무님은 참 다정하세요."

"친구 녀석들이 들으면 기함하겠군. 아, 우 실장도."

멋쩍어하면서도 그는 기분이 좋은지 슬며시 눈을 접어 웃었다. 느릿느릿하게 가게 앞에 도착을 해서도 문제였다. 주차를 하고 서겸은 나오지 말라고 말하더니 뒷좌석에서 우산을 챙겨 들고 먼저 차에서 내렸다. 그가 문을 연 틈에 비가 세차게 들어찼다.

"내리지."

돌아온 그가 문을 열고 머리 위로 우산을 씌워주었다. 자신이 내리는 방향으로 우산을 들고 있는 탓에 그의 등이 흠뻑 젖었다.

"전무님, 다 젖으셨어요."

"괜찮아. 당신은 흰색 블라우스잖아."

또 당신이라 칭한다. 그 호칭을 의식하는 사람은 저뿐인 듯 그는 우산을 기울이고 가게 입구까지 가는 데만 집중을 했다.

가게 안으로 들어와 우산을 접고 우산꽂이에 꽂은 그는 젖은 겉옷을 벗었다. 비가 스며들어 그의 셔츠도 젖었다. 단단한 어깨에 옷이 들러붙어 그의 근육을 드러냈다.

"좀 닦으세요."

자리에 앉아 티슈를 꺼내 그의 어깨를 두드렸다. 손에 닿는 열기에 놀라 움찔하자 그가 손에서 티슈를 빼앗아 마저 닦았다.

"육수 뭐로 드릴까요? 보통하고 매운 맛 있어요."

불쑥 들어온 직원이 성급하게 메뉴를 물었다. 보통으로 시키자 다른 직원이 바로 와서 상을 채웠다.

"샤브샤브 좋아해?"

"맵지 않은 거 생각하다가 떠올랐어요."

맵지 않은 음식을 생각했다는 지운의 말에 서겸이 눈썹을 치켜세웠다.

"전무님 매운 거 못 드시잖아요."

몇 년을 함께하는 명호도 가끔 잊어버리는 그의 식성이다. 남 앞에서 먹지 못한다고 티를 내지 않았기에 알아차리는 사람도 적었다. 심지어 그의 가족인 형도 자신이 매운 걸 잘 못 먹는다는 사실을 알지 못하니 말 다 했다.

"어떻게 알았어?"

아니라고 잡아뗄까 하다가 확신에 찬 어조에 서겸은 순순히 시인을 했다.

"백김치 좋아하시고, 나물 좋아하시는 거 보고요. 다른 반찬은 잘 안 드셔서 알았어요. 특히 김치를."

"기분 좋군. 나에 대한 관심인가?"

지운이 얼굴을 붉히며 고개를 숙였다.

"아, 나 관심 받는 거에 약한데."

지운의 얼굴이 더욱 붉어졌다. 그 모습을 본 서겸의 미소도 더욱 진해졌다.

가게를 나서기 전 서겸은 마음의 준비를 하듯 숨을 크게 들이쉬었다. 우산을 펼쳐 들고 지운에게 손을 뻗었다. 한 박자 늦게 지운이 손을 잡고 우산 안으로 들어왔다.

말없이 바로 차까지 걸어가 지운을 먼저 태운 서겸은 우산을 접어 뒷좌석 바닥에 던지고 운전석에 올랐다.

"전무님 다 젖으셨잖아요."

우산을 갖고 운전석에 올라타면 지운에게도 피해를 줄 수 있기에 서겸은 그냥 자신이 젖고 말았다.

"괜찮아. 그보다 당신이 또 감기 걸리는 건 아닌지 걱정이네."

"그 당신이라는 말……."

그 말 좀 하지 말아달라는 말이 입안에서 맴돌았다. 그렇게 친근한 호칭을 아무렇지도 않게 남발하지 않았으면 했다. 옆에 있기만 해도 두근거린다. 집에 가서도 생각이 난다. 날 두근거리게 하고 자꾸 생각이 나는 남자가 자신을 당신이라 부르니 어쩔 때는 혼란스러웠다.

"당신이라는 말, 뭐?"

느긋하게 미소를 지으며 묻는 그의 얼굴이 얄미웠다.

"하지 말아주셨으면 해요."

"왜?"

"그야……."

지운이 말을 잇지 못하자 분위기가 가라앉았다. 세찬 빗소리만이 그들 사이에서 흘렀다. 입술을 깨물고 난처해하는 얼굴을 본 서겸이 차에 시동을 걸었다.

지운의 집 앞에 도착할 때까지 두 사람은 말이 없었다. 적당히 주차를 한 뒤 서겸은 차의 시동을 껐다.

"뭐 하나 물어봐도 될까?"

툭툭 핸들을 두드리던 손이 일순 멈추고 서겸의 목소리가 들렸다. 지운의 대답이 나올 때까지 손가락이 멈췄다.

"네."

툭툭 다시 서겸의 손가락이 움직였다.

"나 어때?"

"전무님이요? 다정하시고, 유머 감각도 있으시고 좋아요."

좋다는 지운의 말을 놓치지 않고 서겸이 치고 들어갔다.

"그래? 다행이네. 나도 당신이 꽤 좋거든."

짙은 눈길로 서겸이 지운을 쳐다봤다. 또 그가 하지 말라는 호칭을 사용했다.

"우 실장이 눈치 없는 건 조금 짜증이 나고 말았는데, 당신한테는 조금 서운해지려고 하네."

"네? 전무님, 무슨 말씀을……."

카페에서 첫 만남부터 자신에게 작업을 걸었던 걸 이 여자는 다 잊었나 보다. 회사 내에서도 간간이 신호를 보냈는데, 이 여자는 그 신호를 못 알아챘다. 당신이라는 호칭에 민감해하는 걸 알면서도 계속 썼다. 눈치채고 그러는 줄 알았더니 아니었다. 그저 친근한 호칭에 대한 거부감이었다니 입안이 썼다.

그럼에도 이 여자가 좋다.

지운에게 넌지시 표했던 관심이 약했을지도 모른다. 혹여나 그녀가 도망갈까 봐 멀리서 훅훅 약하게 입 바람을 부는 정도였으니. 조금은 강도를 높여야 할 것 같았다.

서겸은 최대한 놀라지 않게 정중한 어조로 말했다.

"나, 한서겸은 당신, 윤지운에게 교제를 청합니다."

"전무님?"

이런. 강도를 높인다는 게 조절 미스로 너무 과하게 높였다. 놀라서 눈을 동그랗게 뜨는 지운이 귀엽다. 그래서 더 참을 수 없는지도 모른다. 다 이 여자가 사랑스러워서다.

"몇 주를 그렇게 신호를 보냈는데 이제는 알아차리지, 좀?"

멍하니 그를 올려다보는 지운에게 서겸이 이끌리듯 상체를 숙였다. 달칵, 안전벨트를 풀고 지운의 어깨에 손을 올렸다. 천천히 고개를 숙이자 지운이 움찔거리며 눈을 꼭 감았다. 단단히 어깨를 잡아 고정을 한 그는 고개를 속삭였다.

"눈 떠. 위험하다고 했잖아."

그 말에 눈을 뜨던 지운은 도로 눈을 감았다. 가까이 다가온 그의 숨결이 콧잔등에 뿌려졌다. 그리고 부드러운 입술이 닿았다.

서겸은 지운의 윗입술을 쓸더니 어느새 아랫입술을 빨아들였다. 입술을 붙이고 살짝 비벼대더니, 살짝 벌어진 틈으로 그의 혀가 침입했다. 부드럽게 입속을 유영하던 그는 거칠게 지운의 혀를 잡아끌었다.

"으음."

단번에 깊이까지 파고드는 그의 혀에 지운이 낮은 신음 소리를 냈다. 그녀의 신음 소리에 서겸이 몸에 힘을 빼고 뒤로 물러났다. 하지만 아직도 두 사람의 얼굴은 가까웠다.

"윤지운."

"전무님."

서로를 부른 채 미동도 없이 바라봤다. 지운은 열기가 가득한 눈에 잠식되어 버릴 것 같아 눈을 감았다. 그리고 또 입술이 닿았다. 가볍게 접촉만 하고 떨어지는 입술.

"내가 청한 교제에 대한 답은 내일 듣도록 하지."

서겸은 또 비에 젖었다. 그의 배려로 거의 젖지 않은 채 건물 안으로 들어온 지운은 주춤주춤 계단을 올랐다.

고개를 들고 틈으로 충충이 켜지는 센서등을 확인하던 서겸은 문이 열리는 소리가 얼핏 들리자 다시 건물 밖으로 나왔다. 그는 지운의 집에 불이 켜지는 걸 확인하고 나서야 차에 올랐다.

지운은 집으로 들어오자마자 불을 켜고 베란다로 향했다. 그가 운전석에 오르는 모습이 굵은 빗줄기 사이로 흐릿하게 보였다. 그리고 그의 차가 서서히 사라졌다.

7

답을 내일 듣겠다던 그의 말은 거짓이 아니었다. 아침에 멍한 정신으로 스트레칭을 하던 지운은 핸드폰 울림에 팔을 위로 쭉 뻗으며 걸음을 옮겼다.

두 시간 뒤 집 앞으로 가겠다는 문자가 들어왔다. 그 문자를 이해하려는 듯 유심히 보던 지운은 뒤늦게 머릿속으로 들어오는 글자에 동공을 키웠다. 다시 읽어도 문자 내용은 바뀌지 않았다.

―어제 내내 고민하느라 내 생각을 했나? 두 시간 뒤에 당신 집 앞에서 기다리지.

"두 시간."

두 시간의 주어진 시간. 갑자기 손에 땀이 찼다. 시간보다는 앞에 적힌 내용에 지운의 심장이 거세게 뛰었다. 그의 말대로 그의 생각을 하느라 잠을 설쳤다. 그가 전해준 열기가 식지 않아 쉽사리 잠들지 못했다. 아직도 입술이 뜨겁다.

충분히 준비할 시간을 주었음에도 당장 그가 올 것만 같은 초조함이 들었다. 갈아입을 속옷만 챙겨 들고 욕실로 들어가 옷을 벗었다.

쏴아아. 샤워기 아래에 서서 물을 틀었다. 고스란히 떨어지는 차가운 물을 맞자 정신이 퍼뜩 들었다. 오소소 돋는 소름에 냉큼 뒤로 물러나 늦게나마 온도를 다시 맞췄다.

씻으면서도 샴푸가 아닌 린스를 먼저 손에 짜는 바람에 씻는 데 시간이 지체되었다. 스킨을 바르면서 한 번. 로션을 바르면서 한 번. 아이크림, 썬크림 등 손으로 찍어 바르면서 시계를 흘끗거렸다. 얼굴에 손이 가는 횟수만큼 시선은 시계로 향했다.

"뭘 입지?"

옷장을 열어 걸려 있던 원피스들을 꺼내 침대 위에 늘여놓던 지운은 돌연 다 집어 다시 걸었다. 왜 서겸이 온다는데 이렇게 공들여서 준비를 하는 것인지, 새침을 떠는 것도 잠시, 다시 옷장을 열어 걸어 넣었던 옷을 죄다 꺼냈다.

산뜻한 노란색 원피스를 몸에 대고 거울을 훑었다.

"병아리 삐약삐약도 아니고."

아웃. 못마땅한 눈초리로 훑다가 지운은 흰 원피스를 집었다. 자잘한 주름이 잡힌 치마는 무릎 위의 길이까지 떨어졌고, 잘록한 허리를 더욱 강조하는 디자인으로 어깨선에 살짝 걸쳐지는 소매는 팔뚝을 더욱 가늘어 보이게 했다.

옷을 입고 머리를 한 손에 모아 위로 올렸다가 돌돌 말았다가 가볍게 땋다가 시계를 확인하고는 저려오는 팔을 퉁퉁 치며 고민을 했다.

이내 곧 결심을 한 듯 지운은 머리를 옆으로 가볍게 땋아 내려갔다. 끝에는 얇은 머리끈으로 묶은 뒤 땋은 부분을 조금씩 잡아 당겨 한층 더 풍성해 보이도록 했다.

어느덧 서겸이 정해준 시간이 되어가고 있었다. 핸드폰을 찾아 문자가 온 시각을 다시 확인한 지운은 토트백을 찾아 물건을 옮겨 담고 긴 끈을 어깨에 걸쳤다.

"후우."

막상 거울을 보니 너무 과하게 준비를 한 것 같다. 마치 데이트를 나가는 여자처럼. 긴장과 설렘이 담긴 자신의 얼굴이 조금은 낯설었다.

집 앞까지 온다는 사람을 기다리게 하는 건 옳지 않다는 생각에 지운은 15분의 여유를 두고 집을 나섰다.

하나하나 계단을 내려갈 때마다 또깍또깍 소리가 났다. 3층과 4층의 중간 지점까지 내려왔다. 잠시 서서 호흡을 가다듬은 지운은 3층으로 내려갔다. 그리고 2층과 3층의 중간 지점. 작은 창을 뚫고 들어오는 햇빛이 부유하는 먼지를 보석으로 만들고 있었다. 눈을 게슴츠레 뜨고 바라보다 다시 걸음을 옮겼다.

2층을 지나 1층. 환한 빛이 한꺼번에 들어오고 있어 입구 쪽으로 시선을 주기가 힘들었다. 지운은 한 발 한 발 그 빛 속으로 걸어갔다. 햇빛이 그녀의 하얀 발목을 간지럽혔다. 종아리를 타고 올라와 무릎을 지나 하얀 원피스를 더욱 눈부시게 했다. 그리고 완전하게 그녀가 밖으로 나왔다.

환하게 눈이 부실 것 같았던 시야가 그림자로 인해 또렷했다. 눈앞에는 물기를 머금은 새빨간 장미가 자신을 향해 만개해 있었다.

"전무님."

서겸이 조금은 멋쩍은 얼굴로 그녀를 내려다봤다.

"고백의 정석이라고나 할까. 꽃이 빠질 수가 없잖아."

덤덤하게 말을 하고 있지만 그의 얼굴이 어색함에 씰룩거렸다. 여유는 온데간데없이 그의 눈동자가 미약하게 흔들렸다.

천천히 지운이 손을 뻗어 꽃다발을 받았다. 그녀의 품에 꽃다발을 넘겨주면서 서겸의 손이 스쳤다. 장미의 붉은색이 조금씩 지운의 얼굴로 옮아 그녀의 얼굴이 붉어졌다.

"의외예요. 이런 낭만적인 면도 있으시고."

여자의 마음쯤은 간단하게 가져갈 것 같은 얼굴을 가지고 있으면서도 하는 행동은 섬세했다.

"의외의 면이 이것뿐일까. 더 궁금하지 않아?"

"전무님은 제가 궁금하세요?"

"흐음. 그래서 흔히들 연애가 서로를 알아가는 시간이라고 하지."

부끄러워하면서도 마주친 눈은 피하지 않는다. 그녀의 버릇이 튀어나왔다.

지운은 서겸의 부드러운 미소와 오롯이 자신만을 담은 그의 눈동자를 바라봤다. 서겸은 느긋하게 그녀의 대답을 기다리는 듯했지만, 초조함으로 살짝 눈빛이 흔들렸다.

"혹시 마음에 둔 남자가 따로 있나?"

뒤늦게 물어보는 그의 말에 지운이 고개를 숙였다. 이에 서겸의 눈이 더욱 크게 일렁거렸다.

고개를 숙이자 향긋한 장미의 향기가 폐부 깊숙이 들어왔다. 그 향을 음미하면서 서겸이 한 말을 되뇌었다.

마음에 둔 남자. 확실하게 단정을 지을 수는 없지만, 조금이나마 자신의 마음을 차지한 남자가 생겼다. 바로 앞에 있는 서겸. 그가 하는 행동을 곱씹고, 설레고 기대한다는 건 그에게 마음이 있다는 증거. 오늘도 그에게 잘 보이기 위해 얼마나 많은 준비를 했던가.

지운은 굳이 자신의 마음을 부정하지는 않았다.

"전무님 말대로 어제 전무님 생각하느라 잠을 설쳤어요."

"좋은 징조군. 나는 매일이 그렇거든. 그래도 피곤하지가 않아. 오히려 당신 생각을 더 하려고 늦게 자거든."

지운의 말에 서겸의 눈동자가 깊어졌다. 조금의 흔들림도 없이 지운을 담아냈다. 지운의 얼굴이 붉어졌다. 서겸의 말이 부끄러운 듯 꽃다발로 얼굴 절반을 가렸다. 아니, 절로 지어지는 미소를 가렸다. 그녀도 여자이기에 남자인 서겸이 하는 이런 말이 듣기 좋았다. 비록 남들이 듣기에는 조금은 민망할지라도.

"내가 보기에는 당신도 초기 증상인 것 같은데. 내 교제를 받아주겠어?"

어차피 드러난 같은 감정. 더는 도망가지 못하도록 서겸이 지운의 한쪽 팔을 잡았다. 지운이 잡힌 손을 빼내지 않은 채 그를 향해 미소를 지었다.

그의 교제 신청에 대해 지운은 대답을 하지 않았다. 그럼에도 서겸은 느꼈다. 지운이 한 발짝 다가왔음을.

"앞으로 잘 부탁해."

"잘 부탁드립니다."

이제 막 시작하는 연인들이 만들어내는 분위기가 부끄러운지 살짝 해가 구름 뒤로 숨었다가 그들이 궁금해서 다시 얼굴을 내밀었다.

서로에게 잘 부탁한다는 인사를 하고 한동안 말없이 서 있기만 했다. 이제 막 연인이 된 그 순간을 만끽이라도 하듯. 하지만 햇빛의 질투 어린 열기에 두 사람은 결국 차로 옮겼다.

짙은 장미향이 코끝에 맴돌았다. 꽃잎에 방울 맺혀 있던 물방울이 코끝에 닿았다.

"흐음. 고개 좀 들지?"

꽃잎의 수를 세기라도 하는 듯 꽃에만 집중하고 있는 지운의 모습에 서겸이 시동을 걸던 손을 옮겨 그녀의 볼을 쿡쿡 찔렀다.

"하지 말아요."

뾰로통하게 쳐다보는 지운이 사랑스러워 서겸은 아예 핸들을 감싸고 그 위에 살짝 기대어 그녀를 바라봤다. 지그시 쳐다보는 시선에 지운이 더욱 고개를 숙였다.

"오늘따라 더 예쁘네."

"그만해요."

그만하라고 타박을 하는 지운의 입가가 늘어졌다. 쑥스러움에 결국 지운이 꽃다발을 들어 얼굴을 가렸다.

"빨리 출발해요."

"어디로?"

"어디든이요."

서겸의 장난에 결국 지운이 웃어버렸다. 어색함도 잠깐, 그가 이끄는 편안한 분위기에 남은 건 설렘뿐이었다.

작은 진동으로 차체가 흔들렸다. 핸들에서 떨어진 서겸은 천천히 차를 출발시켰다. 운전하는 틈틈이 자신의 연인이 된 여자를 흘끗거리면서.

처음으로 온 건물 뒤편에 자리한 주차장에 들어서자 지운이 차에서 내리기 전 슬쩍 시각을 확인했다.

"우리 밥 먹어요?"

"조금 이른가?"

"12시도 안 됐으니 이르기는 한데. 아침 안 드셨어요?"

"응. 바빴거든 나도. 그 많던 꽃집도 오늘따라 왜 보이지 않던지."

손에 들린 꽃다발과 서겸을 번갈아 본 지운은 생각해 보니 저도 아침을 걸렀다는 걸 떠올렸다. 그가 준 두 시간 동안에 밥을 먹을 시간은 없었다.

차에서 내리면서 앉았던 자리에 살포시 꽃다발을 놓아둔 지운은 불안한 얼굴로 차 안을 흘끗거렸다.

"왜?"

"꽃이 시들 것 같아요."

서겸에게 처음으로 받은 꽃이 시들 것 같아 지운은 울상을 지었다. 방울방울 맺혀 있는 물방울이 모조리 사라지고 나면 꽃잎이 시들시들해질 텐데 하는 걱정이 얼굴에 다 드러났다.

보조석 문을 다시 연 서겸이 꽃다발을 꺼내 들었다. 그러고는 가장 탐스러운 한 송이를 뽑았다. 운전석과 보조석 사이에 있는 컵 홀더에 놓아두었던 물병을 꺼낸 서겸은 뚜껑을 열었다. 아침에 편의점에 들러 사 마시고 반쯤 남은 물병에 장미꽃을 꽂았다.

"한 송이라도 살릴까, 그럼."

번거로울 걸 알면서도 '그럼 가지고 가든가.' 라든가, '어쩔 수 없지. 다시 사줄게.' 하는 게 아닌 이렇게 섬세하게 생각해 주는 서겸에게 한 걸음 다가갔다. 그리고 그의 어깨에 살포시 머리를 기댔다.

"고마워요."

스스럼없이 다가오는 지운이 예뻐 서겸의 눈가에 자잘한 주름이 잡혔다. 장미꽃을 꽂은 물병을 다시 컵 홀더에 꽂아놓고 서겸은 지운의 손을 잡았다. 한 번 힘을 꽉 주자 아픈 듯 지운이 살짝 이맛살을 찌푸렸지만, 이내 풀리는 힘에 서겸을 흘겨보듯 쳐다봤다.

"뭐예요."

"뭐긴, 당신 손잡는 중."

아직 당신이라는 단어에는 익숙해지지는 않았지만, 금방 익숙해질 것 같은 느낌에 지운은 군말 없이 서겸을 뒤따랐다.

지운이 처음 오는 건물은 잡지에도 실리는 유명한 이탈리아 음식점이었다. 건물 외관도 굉장히 독특하고 창의적인 이곳은 건축가가 이 건물로 상을 받기도 했다. 건물 자체의 네임 밸류가 꽤 값나가는 이곳을 서겸은 낯선 기색 하나 없이 들어섰다.

"어서 오세요."

이십대 중반의 젊은 남자가 문을 열어주고 바로 자리를 안내했다. 외관만큼이나 독특한 내부 인테리어가 눈을 끌었다. 동그르르. 지운의 눈동자가 돌아갔다.

지운의 의자를 먼저 빼준 웨이터가 그녀가 앉는 속도를 맞춰 다시 의자를 앞으로 밀었다. 서겸은 자신의 의자도 빼주기 위해 다가오는 웨이터에게 됐다는 듯 손을 들어 보이고, 지운이 앉는 걸 확인한 뒤 자리에 앉았다.

다른 웨이터가 왼팔에 암 타월을 걸치고 정중한 태도로 투명한 물 잔에 물을 채웠다. 메뉴판까지 잊지 않고 챙긴 그는 짧게 고개를 숙이고 자리를 떴다.

"뭐 좋아해?"

"으음. 다 잘 먹어요. 전무님은요?"

손가락으로 툭 메뉴판을 넘기던 서겸이 지운의 말에 고개를 들고 그녀를 응시했다. 그녀의 질문에 답이 없자 지운이 서겸을 쳐다봤다. 말없이 쳐다보는 그는 삐뚜름하게 고개를 옆으로 기울였다.

"내 이름이 전무님이었던가?"

지운의 얼굴이 난처함에 물들었다. 그녀도 잘못된 호칭이라는 걸 알지만, 섣불리 고개를 저을 수가 없었다. 지운에게는 지금 이 속도도 벅찼다. 서겸이 편하게 풀어주지 않았다면 한 걸음 다가가기는커녕, 두 걸음 물러섰을지도 모른다.

난처해하는 지운의 얼굴에 서겸이 부드럽게 웃었다. 지운이 그의 웃음을 따라 웃었다. 서겸이 배려해 준 만큼 그녀도 노력해야 한다는 걸 인식했다.

"미안해요. 제가 실수했어요."

충분히 서겸이 기분 나빠했을지도 모른다. 호칭으로 그를 밀어 냈다. 전무님이라는 호칭에 익숙하더라도 단둘이 있을 때는 사용을 해서는 안 된다. 자신도 그가 윤 비서라고 칭했다면 기분이 좋지는 않았을 터.

"우리가 상사와 부하 직원 관계를 벗어났다는 걸 잊지 말아줬으면 좋겠군."

서겸은 정확하게 지적을 했다. 더는 돌아갈 수 없다는 걸. 두 사람의 관계가 상하 관계가 아닌 동등한 관계가 되었음을 인지시켰다.

"그런 의미로 내 애칭은? 우리 지운이는 평소에 그런 로망 없었나?"

무겁게 가라앉으려는 분위기를 서겸은 바로 가볍게 띄웠다. 어떠한 닭살 돋는 애칭이라도 다 받아들이겠다는 듯 그가 포옹을 하듯 양팔을 벌렸다.

"애칭 로망이요? 푸홋. 그런 게 어디 있어요."

그런 게 어디 있냐고 하면서도 지운의 머릿속으로는 흔히들 하는 애칭들이 쓱 지나갔다. 달링, 허니, 자기. 심지어 우리 애기야까지. 절대 내뱉지 못할 애칭에 지운은 고개를 흔들었다.

"그럼 일단은 가볍게 서겸 씨로 시작하지."

많이 봐줬다는 듯 서겸이 어깨를 으쓱였다. 동의한다는 듯 고개를 끄덕였지만, 과연 자신이 언제 그의 이름을 부를 수 있을지.

아직은 쉽사리 그의 이름이 입 밖으로 나오지 않는다. 그의 앞에서.

크림파스타와 알리오올리오파스타를 주문한 뒤 가벼운 침묵이 감돌았다. 불편함이 감도는 건 아니었지만 신경이 쓰이는 침묵이다.

"이래 보여도 첫 데이트라 긴장 중인데."

본 식사에 앞서 마늘바게트가 나왔다. 평소라면 아무 생각 없이 먹었겠지만, 혹여나 서겸과 대화를 할 때 마늘 냄새를 풍길까 싶어 지운은 입에 대지 않았다. 서겸 또한 포크로 바게트를 찔러볼 뿐 먹을 의사는 없어 보인다.

"안 믿는 눈치네."

지운이 들켰다는 듯 살짝 혀를 빼서 깨물었다. 느긋하게 의자에 등을 기대고 있던 서겸이 앞으로 바짝 다가와 그녀에게 손을 뻗었다.

부드러운 피부가 손끝에 닿았다. 방금 전 살짝 모습을 드러냈다가 숨은 붉은 혀를 찾아 입술을 살짝 건드렸다. 피부보다는 촉촉함이 감도는 입술은 이미 감춘 혀를 다시 드러내지 않았다.

살포시 눈을 내리깔고 자신의 얼굴에 닿은 손가락을 보던 지운이 그의 손을 잡았다.

"전무님은 손이 참 예뻐요."

"칭찬과 스킨십은 고마운데, 호칭은 방금 전에 이름으로 하기로 하지 않았나?"

"으음."

어린아이가 어른의 손을 잡듯 그의 손가락 세 개를 쥔 지운이 볼에 바람을 넣고 고개를 돌렸다. 모르쇠로 일관하는 그녀의 모습에 서겸이 짐짓 엄한 얼굴을 보였다.

"약속을 지키지 않으면 벌이 뒤따를 텐데."

"약속까지는 아니었는데요."

"이제는 말대꾸까지."

"말대꾸가 아니라 사실을 말한 거예요."

서겸이 헛웃음을 보였다. 말은 그랬지만, 서겸은 지운과의 이런 토닥거림이 싫지 않은 눈치였다.

투툭. 툭툭.

식사를 하고 근처 공원을 걸었다. 차가운 커피를 손에 들고 걷다가 조금 덥다 싶으면 잠시 멈춰서 그늘 아래를 찾아 들어갔다. 그리고 다시 그늘을 벗어나 걸어가는데 갑작스러운 소낙비가 내렸다.

"이런."

휙. 손에 들린 커피를 빼앗은 서겸이 옆에 있던 쓰레기통에 버리고 지운의 손을 잡고 뛰었다.

구두 때문에 휘청거리는 지운의 허리를 감싸고 비를 피하다 보니 두 사람은 얼마 못 가 푹 젖어버렸다. 차에 올라탄 서겸은 지운이 닦을 만한 수건이 없자 난감함에 미간을 긁적였다.

"나 때문에 더 젖어서 어떡해요."

뛰면서 잠깐 삐끗한 것인지 발목이 시큰거렸지만 지운은 내색하지 않고 푹 젖은 서겸에게 미안함을 비쳤다. 젖은 머리를 손으로 빗어 넘긴 서겸은 개의치 않는다는 듯 어깨를 으쓱였다.

이마를 가리고 있던 부드러운 머리카락이 물에 젖어 그의 매만짐에 따라 완전히 뒤로 넘어갔다. 매끈하게 드러난 이마를 따라

한 줄기의 물이 흘렀다. 서겸은 손가락으로 이마의 물기를 훑은 뒤 지운을 난감하게 쳐다봤다.

"옷이 다 젖었어, 당신."

그제야 지운은 자신이 흰색 원피스를 입었음을 자각하고 서둘러 손으로 가슴께를 가렸다. 에어컨 바람을 조절하면서 서겸은 그 모습을 보고 웃음을 삼켰다.

"아, 나 섹시한 거에 약한데."

지운이 부끄러운 듯 고개를 푹 숙였다. 의자 밑으로 숨어들어 갈 듯한 기세에 서겸이 그녀의 어깨를 잡아 위로 끌어 올렸다.

"일단 옷부터 갈아입어야겠다."

손으로 지운의 얼굴에 묻은 물기를 훔친 서겸은 재빨리 사이드 브레이크를 풀었다.

"춥지는 않아?"

에어컨 바람에 한기가 돌자 서겸은 히터로 바꿔 약하게 틀었다. 물에 젖어 달라붙는 옷을 떼기 위해 손가락으로 들어 올리던 지운이 괜찮다고 대답을 했다. 자꾸 축 늘어지는 옷이 안에 속옷을 고스란히 내비쳤다.

서겸은 자꾸 시선이 옆으로 향하자 곤혹스러움에 헛기침을 했다. 물에 젖은 옷이 지운의 얇은 허벅지를 고스란히 내비쳤다. 하얀 피부가 언뜻 보이며 그의 목마름을 부추겼다.

지운의 집 앞에 도착을 한 서겸은 차에서 내려 품 안으로 지운을 끌어안고 건물로 향했다. 그 비를 다시 고스란히 맞으며 건물 안으로 들어섰을 때 지운은 서겸을 바라보지 못하고 재빨리 뒤돌았다.

"보지 말아요."

물에 젖은 뒷모습도 그에게는 치명적이다. 여리여리한 뒷모습. 가느다란 끈이 날개뼈를 가르는 것까지 다 보였다.

지운의 집 안으로 들어온 서겸은 그녀를 욕실로 들여보냈다.

"오늘은 이만 가는 게 좋겠어."

욕실에 들어왔어도 밖에 서겸이 있기에 지운은 젖은 옷을 벗지 못했다. 왜 물소리가 들리지 않는지 눈치를 챈 서겸이 똑똑 욕실 문을 두드리고 말했다.

"난 갈 테니까 걱정 말고 씻어."

문밖으로 메아리처럼 들리는 목소리에 지운이 살짝 문을 열었다. 이미 서겸은 현관까지 걸어가 신발을 신은 상태였다. 수건으로 앞을 가리고 나오는 지운에게 손을 들어 보인 서겸은 나오지 말라는 말을 마지막으로 나갔다.

삐리릭. 도어록이 잠기는 소리가 들리고 현관문이 한 번 덜컹거렸다. 문이 잘 잠겼나까지 확인한 뒤 서겸은 계단을 밟고 내려갔다.

수건으로 몸을 칭칭 감고 욕실 문을 열고 나왔다. 후끈한 욕실 안의 열기가 밖으로 빠져나갔다.

지운은 옷을 챙겨 입고 젖은 토트백 안에서 핸드폰을 꺼냈다. 서겸의 번호를 찾아 조심스럽게 통화 버튼을 눌렀다.

뚜르르르. 몇 번의 신호음 끝에 지금은 전화를 받을 수 없다는 안내멘트가 들렸다. 전화를 끊고 서겸에게 메시지를 남긴 뒤 지운은 침대 위에 누웠다.

시큰거리는 발목에 다시 자리에서 일어난 지운은 파스를 찾아

붙였다. 살짝 삐끗한 정도였기에 이따가 찜질이나 하자는 생각으로 버렸다. 지금은 손가락 까딱하기도 귀찮았다.

　띠링.

　짧은 메시지 소리에 지운은 핸드폰을 집어 들었다.

　—현관문 앞에 약 놔뒀어. 혹시 모르니 먹어. 그리고 첫 데이트가 이렇게 끝나 버려 유감이군.

　현관문 앞에 약을 놔뒀다는 서겸의 문자에 지운은 절뚝거리며 현관으로 걸어갔다. 문을 여는데 문밖에서 둔탁한 소리가 났다. 드르륵. 손잡이에 걸려 있었는지 봉지가 바닥에 떨어져 문이 열리는 대로 끌렸다.

　지운은 약이 담긴 봉투보다는 문 옆에 고이 놓아진 장미 꽃다발을 집어 들었다. 약간은 시들해진 꽃잎을 살짝 건드리고 그 옆에 있던 물병을 집어 들었다. 탐스러운 장미꽃 한 송이가 그녀를 향해 만개해 있었다.

　바닥에 떨어진 봉지까지 집어 들고 들어온 지운은 핸드폰을 찾아 전화를 걸었다.

　[여보세요.]

　"저예요. 약 고마워요. 다시 왔다 간 거예요?"

　[또 감기에 걸리면 안 되니까. 씻었나?]

　"네. 집에 도착했어요?"

　[응. 따뜻한 차 한 잔 마시고 쉬어.]

　"네. 그리고 꽃 고마워요."

[아아.]

짧은 대답 뒤로 둘은 말이 없었다. 서로의 숨소리를 들으며 잠시 여운을 즐겼다.

❖　❖　❖

따르르릉. 전화벨 소리에 반사적으로 지운이 전화기를 집어 들었다.

"네. 한서겸 전무님 비서실에 윤지운입니다."

소속과 이름을 밝히자 전화기 너머 짓궂은 웃음소리가 들렸다.

[윤지운의 남자 한서겸입니다.]

지운이 또르르 눈을 굴려 명호와 선욱의 동태를 살폈다.

"네, 전무님."

[우 실장과 김 비서 뭐 하는지 눈치 보지 말고 잠깐 들어와.]

지운이 뭘 하는지 눈에 훤하다는 듯 서겸이 말했다. 지운은 놀란 기색을 감추고 태연하게 대답을 했다.

"네, 일정 복사해서 가지고 가겠습니다."

[무슨 일정? 우리 데이트 일정?]

뚝 전화를 끊고 지운은 스케줄러를 들고 복사기 앞에 섰다. 잠깐 명호의 시선이 스쳐 지나갔다. 지운의 심장이 잠깐 멈추었다.

"아침에 복사해서 가져다 드리지 않았어요?"

다시 들고 있던 서류를 훑으며 명호가 물었다.

"실수로 파쇄하셨대요."

똑똑똑.

짧은 노크 끝으로 문이 열리고 지운이 종종 걸어 들어갔다. 문을 닫은 지운은 파쇄기 앞으로 걸어갔다. 그리고 들고 있던 종이를 파쇄기에 넣었다.

덜덜덜. 지이잉. 지지직. 파쇄기가 작동하면서 종이를 갈기갈기 자르는 소리가 났다. 왠지 그 소리에 오싹해진 서겸이 낮게 기침을 했다.

"뭐…… 해?"

"전무님."

엄한 목소리에도 서겸은 싱긋 웃으며 가까이 오라는 듯 손짓을 했다. 그의 책상 건너편에 선 지운이 그에게 부탁했다.

"이러다가 우 실장님이랑 김 비서님이 알아차리면 어떡해요."

"우리 지운이는 사내연애의 묘미를 모르나 봐."

사귄 지 2주차. 지운도 이제는 서겸의 장난을 의연하게 넘길 수 있었다.

지난주 내내 줄기차게 부르는 탓에 명호의 눈치를 봤다. 비서실장보다 신입 비서를 자주 찾을 일이 뭐 있겠는가. 명호는 전혀 의심하지 않는 것 같았지만, 선욱은 아니었다. 저번 주 목요일에 선욱이 전무님과 무슨 일이 있냐고 물었었다.

"어머, 우리 전무님은 사내연애의 묘미를 자알 아시나 봐요?"

눈을 가늘게 뜨고 지운이 추궁했다. 서겸은 양팔을 들어 항복을 한 뒤 자리에서 일어났다.

"이만 나가 볼게요."

뒷걸음질치는 지운의 팔을 잡아 품으로 끌어당겼다.

"사내연애의 장점이 뭔지 알아?"

"자주 본다는 거요?"

"딩동댕."

서겸이 잘 맞췄다며 짧게 볼에 뽀뽀를 했다. 상이라는 얄궂은 핑계를 대며.

"그럼 사내연애의 단점은?"

"들키면 안 된다는 거?"

상사와, 그것도 직속 상사와의 연애는 남들에게는 뒷이야깃거리가 된다. 당사자들 또한 피곤해지게 마련이다. 거기에 서겸은 전무라는 직함을 달고 있어 그 여파가 클 것이다. 새삼 그 생각에 지운의 어깨가 축 늘어졌다.

'율'이라는 대기업을 이끄는 한 회장의 둘째 아들.

"땡."

점점 생각으로 빠져드는데 서겸이 귀에 대고 땡을 외쳤다.

"그럼요?"

"자주 볼 때마다 보기만 해야 한다는 거."

쪽. 반대쪽 볼에 입술이 닿았다. 그만하라고 그의 어깨를 살짝 밀쳤지만 서겸은 끄떡도 하지 않았다.

"키스해 주면 오늘은 그만 부르지."

서겸이 키를 맞추려는 듯 책상에 엉덩이를 걸치고 앉아 자세를 낮추었다.

"전무님."

"아니면 이따가 30분 뒤에 보고."

30분 뒤에 또 부르겠다는 말에 지운이 고개를 흔들었다. 지운이 가까이 다가갔다. 서겸은 눈을 감고 그녀의 허리에 느슨하게 팔을 감았다.

어깨에 온기가 닿았다. 양어깨를 잡고 균형을 잡은 지운이 가까이 다가오는 게 느껴졌다. 턱 아래에 달콤한 숨이 닿았다. 그리고 입술에 부드러운 무언가가 닿았다. 입만 맞추고 바로 물러서려는 지운의 아랫입술을 빨아들였다. 이로 잘근 깨물자 지운의 어깨가 움찔거렸다.

"으음."

고개를 꺾어 더욱 깊숙하게 지운의 입속으로 침투를 했다. 점점 뒤로 젖혀지는 지운의 등을 감싸고 혀를 찾아 옭아맸다.

서로의 타액이 섞이고 호흡이 섞였다.

"하아, 지운아."

지운의 목덜미에 얼굴을 묻고 서겸이 숨을 들이켰다. 고르지 못한 숨에 지운의 가슴이 크게 들썩였다. 빠르게 뛰는 맥박에 입술을 묻고 서겸이 닿았다가 떨어지는 지운의 몸을 감싸 안았다.

"오늘 친구들하고 약속 있는데 같이 가자."

"오늘은 저도 친구랑 약속 있어요. 혜임이랑 휘요."

지운이 그의 허리에 팔을 감았다.

"약속? 그런 말 없었잖아."

"전무님도 그런 말 없었잖아요."

서로 자신의 친구에게 연인을 소개해 주려 했다. 텔레파시가 통해도 뭐 이런 게 통하냐고 서겸이 낮게 툴툴거렸다. 아쉬운 듯 간신히 몸을 뗀 서겸은 지운의 얼굴을 손으로 감쌌다. 작은 얼굴이 그의 손에 부드럽게 부비적댔다.

"그럼 오늘은 당신 친구를 만나지. 내 친구들은 다음에."

"그래도 돼요? 이미 약속한 거 아니에요?"

짧은 통화로 혜임에게 서겸의 이야기를 했다. 혜임이 왜 이제야 이야기를 하냐고 펄쩍대더니 냉큼 약속을 잡았다. 휘에게까지 약속을 잡은 혜임이 오늘 꼭 그를 데려오라고 엄포를 놓았다.

동시에 약속이 잡혀 서겸을 데려가지 못해 혜임에게 잔소리를 듣는 것보다, 소중한 친구들에게 그를 소개하는 기회를 미루게 되어 아쉬웠는데 그가 같이 가겠다고 한다.

"괜찮아. 내 친구들은 나중에 봐도 돼."

환하게 미소를 짓는 지운의 얼굴에 서겸이 자신의 얼굴을 손으로 감싸고 눈을 감았다.

"그렇게 웃지 마. 이따가 또 부를지도 몰라. 나 그런 미소에 약하다고."

"또 부르면 그때는 우 실장님 들여보낼 거예요."

"아쉬워도 오늘 우리의 비밀 연애는 여기까지."

그러지 않아도 명호의 잔소리가 늘었다. 굳이 불러서 들을 필요까지는 없기에 서겸은 재빨리 지운을 밖으로 내보냈다.

"다들 일 다 끝났으면 어서 퇴근해요."

내일 있을 회의 준비로 바쁜 명호가 선욱과 지운에게 말했다. 선욱은 말이 떨어지기가 무섭게 짐을 챙겼다. 그러고는 서겸의 사무실로 들어가 먼저 양해를 구하고 퇴근을 했다.

"김 비서 무슨 바쁜 일 있어요?"

"아까 아이가 아프다고 하더라고요."

"그럼 빨리 퇴근을 할 것이지. 윤 비서도 퇴근해요."

시계를 흘끗 쳐다본 지운은 서겸의 사무실로 향했다.

"저 나가서 기다릴게요. 우 실장님이 퇴근하라고 하시네요."

기다렸다가 같이 가기로 했는데, 명호가 저리도 퇴근을 하라고 하니 눈치가 보이는지 지운이 울상을 지었다. 적당히 일이 남았다고 하면 되지만, 그녀가 하는 일이 무엇인지 아주 잘 아는 명호는 꼭 다음날 해도 되는 일이라며 퇴근을 종용했다. 좋은 상사가 되고 싶어 하는 마음에 그러는 걸 알기에 굳이 남아서 그의 배려를 무시할 수가 없었다.

"내가 말했잖아, 우 실장 눈치 없다고."

종종 서겸이 우 실장이 눈치가 없어 답답하다고 할 때가 있었는데, 지운은 오늘 그의 말에 동감을 했다. 선욱은 조금씩 눈치를 채는 것 같아 아슬아슬한데.

"나 지금 갈 거야. 같이 나가자. 같이 나가도 우 실장은 눈치 못 챌걸."

겉옷을 챙겨 든 서겸은 중요 문서를 금고에 넣어 잠근 뒤 컴퓨터를 껐다. 소등을 하고 어두운 사무실을 나오자 명호가 서류를 보느라 숙이고 있던 허리를 폈다.

"나 퇴근. 윤 비서도 퇴근. 우 실장은?"

"저는 조금 더 있다가 퇴근하겠습니다."

서겸의 말대로 두 사람이 같이 나서는데 명호는 별다른 눈치가 없었다. 그저 제 할 일이 바빠 서겸이 슬쩍 지운의 손을 잡는 것도 보지 못했다.

"봐봐. 내 말 맞지?"

엘리베이터에 올라 지운의 어깨를 감싸 안은 서겸은 어서 동조

하라는 듯 지운을 살짝 흔들었다.

"네, 맞아요."

거 보라는 듯 거만하게 서겸이 턱을 들었다. 지운은 웃음을 숨기려 고개를 숙였다.

8

혜임의 카페에서 만나기로 했기에 서겸과 지운은 그곳으로 향했다. 민우가 반갑게 손을 흔들더니 한구석을 가리켰다. 혜임과 휘가 앉아서 들어오는 두 사람을 보고 있었다.

"어서 와요. 밖에 덥죠?"

"여름이니 더워야죠."

혜임의 인사를 받은 서겸이 지운을 안쪽에 먼저 앉히고 자리에 앉았다. 모두 자리를 잡고 앉자 혜임이 지운을 뚫어지게 쳐다봤다. 그 시선에 지운이 얼굴을 붉히고 서겸을 소개했다.

"이쪽은 나랑……."

이렇게 혜임과 휘에게 남자를 소개한 적이 없어서 지운은 머뭇거렸다. 그 머뭇거림이 이런 상황이 낯설어서고 부끄러워서라는 걸 알기에 서겸은 기분 나쁜 기색 없이 웃었다. 오히려 이런 상황을 낯설어하는 지운이 그를 즐겁게 했다.

"교제 중인."

서겸이 슬쩍 지운의 귓가에 말했다.

"교제 중인 한서겸 씨."

서겸의 말을 따라 하며 지운이 소개를 했다.

"그리고 이쪽은 제 친구 성휘. 알죠? 작곡가예요."

"아아, 반갑습니다. 한서겸입니다."

익숙하게 명함을 꺼내 휘에게 건네고 악수를 청했다.

"성휘입니다. 저는 명함이 따로 없습니다."

"저도 명함 한 장 주세요."

혜임이 양손을 겹쳐서 내밀었다. 서겸은 크게 한 번 웃더니 명함 한 장을 더 꺼내 혜임의 손 위에 올려두었다.

"앞으로 지운이한테 무슨 일 있으면 서겸 씨한테 연락드리면 되죠?"

"네, 꼭 주세요."

모의를 작당하듯 눈빛을 주고받는 두 사람을 휘는 묵묵히 쳐다봤다. 그리고 지운의 얼굴을 살폈다. 살포시 미소를 짓는 지운의 얼굴에는 그늘이 없었다. 버릇대로 말하는 사람의 얼굴을 뚫어져라 쳐다보는 지운은 서겸이 말을 할 때는 몸도 같이 옆으로 돌려 그에게 집중을 했다. 서겸은 그런 지운의 의자 등받이에 팔을 올려 감싸듯 편안하게 자세를 잡고 눈을 맞췄다. 마치 자신의 영역 안에 그녀를 두듯이.

"지운의 상사시라고요."

"하하. 상사보다는 연인이죠."

능청스럽게 말을 피하는 서겸에게 휘는 얼굴을 굳혔다. 정반대의 성격을 가진 남자에게 비롯되는 본능적인 반감. 그러다 휘는 픽 웃음을 흘렸다.

"뭐, 지금은."

지금이라고 한정 지으면서 언제든 상사만으로 돌아갈 수도 있다는 여지가 담긴 말에 서겸이 슬쩍 한쪽 입꼬리를 올렸다가 다시 내렸다. 그는 휘의 도발을 그냥 흘렸다. 어차피 지금 이 자리에서 싸움을 벌여봐야 지운과 혜임이 있으니 절대적으로 자신이 불리하다는 걸 감지했기에. 지금은 무슨 짓을 해서든 잘 보여야 할 때다.

반응을 보이는가 싶더니 바로 여유로운 태도로 돌아가는 서겸이 못마땅한 듯 휘는 미간을 접었다.

"원래 사회생활을 그렇게 하시나 봐요."

또 이어지는 도발에 서겸이 지운을 내려다봤다. 휘의 말에는 가시가 숨어 있었다. 부하 직원에게 손을 뻗는 남자를 비난하는 가시가.

"우리 지운이가 사회생활과 연애 생활의 경계를 흐리게 만들 만큼 예뻐서."

휘의 예의 없는 말에 난처해하던 지운이 서겸의 말에 그를 향해 고개를 돌렸다. 부드러운 미소를 지으며 사랑스러운 눈길로 자신을 바라보는 그에게 그녀도 미소로 화답했다.

"으이그, 우리 휘 오빠 납시셨네. 그만하고 술이나 마시러 가죠."

혜임이 그만하라는 듯 휘의 어깨를 두드리고 일어났다.

휘는 은근슬쩍 지운의 탓으로 미루는 서겸이 더욱 못마땅했다. 하지만 가만히 생각해 보니 앞뒤 잴 것 없이 지금 지운에게 빠져 있다고 말하는 것이라 휘는 접힌 미간을 폈다.

민우에게 평소보다 이른 시각에 마감을 지시하고 근처 자주 가는 가게로 향했다. 월요일부터 스트레스를 받은 사람들이 많은지 가게는 북적북적했다. 여기저기에서 손이 위로 튀어 오르더니 사람들이 이모를 애타게 불렀다.

"뭐로 드릴까?"

원형의 은색 판을 둘러앉자 냉큼 사람들이 찾는 이모가 물었다. 그 와중에도 옆에 테이블에서 소주 한 병 더 달라고 이모의 등을 두드렸다.

"매운 닭발하고요, 오돌뼈 3인분이요."

매운 닭발에 서겸의 눈가가 움찔거렸다. 그 모습을 본 지운이 풋 웃다가 휘와 눈이 마주쳤다.

"왜?"

"아니, 아무것도."

지운이 손을 절레절레 흔들었다.

"오돌뼈도 매운 건 아니지?"

서겸이 지운에게 고개를 숙여 조용히 물었다.

"푸흣. 아니요."

삼킨 웃음이 더욱 터져 나와 지운은 어깨를 들썩였다. 그에 지운의 말에 의심이 든 서겸이 물통을 사수하듯 혜임의 옆에 있던 물통을 집어 들어 제 옆에 가져놨다. 근심 가득한 서겸의 얼굴을 본 지운은 눈에 눈물을 고여가며 웃었다. 그 웃음에 서겸이 오돌뼈도 매운 거 맞지 하며 낮게 소곤거렸다.

"끅. 아니요. 하하. 아니라니까요."

웃음을 참으려 애쓰던 지운이 서겸의 어깨에 얼굴을 묻었다. 어떻게든 웃음을 참아보려.

"뭐야, 뭐가 그리 재미있는 건데. 에잇. 이래서 커플이랑 같이 있으면 안 되나 봐. 둘만 웃지 말고 우리도 좀 알려주지?"

혜임이 툴툴대며 젓가락으로 물 잔을 두드렸다. 혜임의 불평만큼 챙챙 물 잔을 두드리는 횟수가 늘어났다.

별거 아니라고 새침을 떠는 서겸의 말에 지운은 웃음을 도무지 멈추지 못했다.

"지운이가 저렇게도 웃었나."

휘의 말에 혜임이 앞에 앉은 두 사람을 봤다. 지운의 계속되는 웃음에 난처해하는가 싶더니 서겸은 포기를 한 듯 그래, 계속 웃어라 하는 태도로 지운의 등을 두드렸다.

"괜찮은 것 같지. 아니, 괜찮은 거 맞지?"

서겸을 본 적이 있던 혜임도 계속해서 걱정을 했었다. 지운은 그전 회사에서 결혼한 유부남 상사가 스토커처럼 쫓아다녀 일을 그만뒀었다. 꿈을 접고 시작한 사회생활이 개차반으로 끝나게 되면서 지운이 상처를 많이 받았었다. 사회생활 전에도 비슷한 일이 여러 차례 있었다.

매번 비슷한 일. 그랬기에 지운이 상사인 서겸에게 마음을 움직이는 걸 눈치채고 걱정을 했다. 서겸의 첫인상이 좋았지만 걱정되는 건 어쩔 수 없었다. 그런데 다행히도 지운이 웃고 있다.

"괜찮네, 뭐."

휘는 마지 못한다는 듯 고개를 끄덕였지만 혜임은 휘가 서겸을 조금은 인정했다는 걸 알기에 툭 그의 어깨를 밀쳤다.

"미안. 이제 괜찮아."

다 웃은 것인지 지운이 눈가를 훔치며 자세를 바로 했다. 마침 대답이 교묘하게 맞아떨어졌다. 자신들이 나누던 말을 웃느라 듣지 못한 지운이 내뱉은 말에 혜임이 휘를 보며 몰래 웃었다.

"뭐 때문에 웃은 건데?"

"아무것도 아니야."

혜임의 질문에 또 지운이 웃음을 터뜨릴 기세를 보였다. 더 묻다가는 지운이 웃다가 죽을 판이라 혜임은 됐다는 식으로 고개를 흔들었다.

"쟤가 연애를 하더니 모든 게 다 재미있나 보다."

"불 들어갑니다."

갑자기 들리는 목소리에 서겸이 반사적으로 지운의 어깨를 잡아당겼다. 너무 세게 잡아당긴 탓에 지운이 서겸의 품으로 폭삭 안겨들었다. 그런데 불은 혜임과 휘를 가르고 들어왔다. 은색의 원형판 가운데 동그랗게 뚫린 곳으로 빨갛게 화를 내는 숯불을 놓은 아저씨가 서겸과 지운을 흘끗거렸다.

"아아."

민망한 듯 서겸이 말꼬리를 늘리고는 지운의 자세를 바로 세워 줬다.

"스톱. 스킨십 금지. 우리 앞에서 더는 스킨십 금지예요. 손잡기 없기. 안기 없기. 그 이상도!"

혜임의 지적에 서겸이 주의하겠다는 듯 항복하는 손을 들어 올렸다.

"형님, 한 잔하시죠."

휘가 초록색 술병을 따고 서겸에게 들어 보였다. 형님이라는 말에 지운이 고맙다는 듯 웃었다. 먼저 서겸에게 다가와 준 휘가 고마웠다.

반면 형님이라는 말에 서겸은 움찔거렸다. 무슨 의도가 숨겨져 있는 건 아닌지 잠깐 고민을 하던 서겸은 평소처럼 유들거렸다.

"그럴까. 휘 동생도 한 잔하지."

동생이라는 단어에 휘의 미간이 꿈틀거렸지만, 별다른 반응 없이 초록색 병을 서겸에게 건넸다.

"저도요."

혜임이 자신의 잔도 내밀었다. 맑은 소주가 잔에 채워졌다.

"저는요?"

옆에 앉은 지운이 살포시 잔을 들어 서겸에게 초롱초롱 눈빛을 빛냈다.

"술 마시게?"

"그럼요. 마셔야죠."

회식 때 마시기는 했지만, 그때는 맥주를 마셨었다. 소주를 탐내는 눈빛을 보니 술을 못하는 건 아닌 것 같지만 서겸은 걱정이 되었다.

"우리 지운이 주량이……."

서겸이 물었다.

"적당히 마셔요."

지운의 청순한 대답에 서겸은 말문이 막혔다. 그 '적당히' 가 가장 무서운 법이기에.

낮은 한숨을 내쉰 서겸은 지운의 잔에도 마저 술을 채웠다. 허공에서 부딪힌 네 개의 잔이 각자의 입에 닿았다. 그리고 맑은 액체가 입속으로 빨려 들어갔다.

"윽."

쓴 액체가 혀에 닿고 목으로 넘어가자 자동으로 미간에 힘이 들어갔다. 바로 물 잔을 집어 드는 두 여자와 달리 서겸과 휘는 덤덤함을 유지했다.

지운은 물로는 부족한지 숟가락으로 콩나물국을 떴다. 차갑게 식힌 콩나물국이 입안으로 넘어가자 알코올의 쓴맛이 가라앉았다.

비워진 잔을 채우려는지 혜임이 술병을 집어 들었다. 서겸과 휘, 지운과 자신의 잔까지 따랐다.

"천천히."

고기도 나오지 않은 상태에서 급히 술을 마시는 건 좋지 않다는 판단에 서겸이 지운의 잔을 옆으로 치웠다.

"잠시만요."

이모가 오돌뼈와 매운 닭발을 불판 위에 올렸다. 이미 다 조리되어 나온 닭발을 호일을 깔고 온기만 잃지 않도록 사이드에 놓았다. 마지막으로 일회용 비닐장갑을 네 사람에게 주었다.

"여기 닭발 진짜 맛있어요. 소주가 절로 들어간다니까요. 왼손에 장갑을 끼고 이렇게 들고 먹으면 끝."

시범을 보이듯 혜임이 왼손에 일회용 비닐장갑을 끼우고 닭발을 집어 들었다. 시뻘건 양념에 버무려진 닭발을 입속에 넣더니 뼈만 추려내 뱉었다. 닿기만 해도 입술을 불태울 듯한 빨간 양념이 묻은 혜임의 입술을 본 서겸이 진저리를 치며 고개를 돌렸다.

혜임이 흡사 순간 마녀처럼 보였다. 설마 지운도, 하는 순간 이미 비닐장갑을 왼손에 끼운 지운이 닭발을 향해 손을 뻗었다.

"안 매워?"

"매콤해요."

지운도 보란 듯이 닭발을 입으로 가져갔다. 입가에 살짝 양념이 묻었다. 왼손에는 비닐장갑, 오른손에는 젓가락. 지운의 양손을 본 서겸은 손가락으로 그 양념을 닦았다. 손에 묻어 나온 빨간 양념을 물수건으로 닦고 그는 음료수 하나를 주문했다.

"속 쓰릴지도 모르니까 이거라도 마셔."

지나가던 이모가 툭 내려놓은 음료수를 따라 지운의 앞에 놓아주고 혜임에게도 따라주었다.

"한 번 드셔보세요. 닭발 못 먹어요?"

혜임이 하나 더 뜨며 서겸에게 권유를 했다. 휘도 장갑을 끼고 먹고 있었다.

"저는 괜찮습니다. 많이 드세요, 고기는 제가 구울 테니."

집게를 들고 오돌뼈를 뒤집으며 서겸이 정중히 거절했다.

노릇하게 익어가는 오돌뼈를 지운과 혜임 앞에 적당히 놓아주고 소주잔을 집어 들었다. 그러자 나머지 세 사람이 동시에 잔을 집어 들었다.

"혼자 마시면 안 되죠. 같이 마셔야죠."

"이런."

이 모임은 무조건 같이 짠을 해야 하나 보다. 당연하다는 듯 허공에 잔이 올라왔다. 이에 서겸은 되도록 먼저 잔에 손을 가져가지 않았다.

"시작한다. 오늘이 마지막 회야."

옆 테이블에서 호들갑스러운 목소리가 들렸다. 흘끗 화면을 확인한 휘가 자리에서 일어났다.

"오늘은 이만 하죠."

갑자기 끝나 버리는 술자리에 서겸이 분위기를 살폈다. 술을 조금 과하게 마신 듯한 혜임이 TV를 노려봤다.

"저런, 미친."

욕까지 튀어나왔다. 일어난 휘가 그런 혜임을 만류했다.

"빨리 가자."

"계산은 내가 하지."

휘에게 혜임과 지운을 부탁한 서겸은 계산을 했다. 흘끔 뒤를 돌아보니 휘가 혜임을 끌고 나가다시피 했고, 그 뒤로 지운이 흔들 걸음으로 따랐다.

"이하은 저 나쁜 년. 우리 지운이 이리 와. 언니가 안아줄게."

흔들흔들 팔을 벌리고 어서 오라는 혜임의 품에 지운이 안겼다. 툭툭. 등을 두드리는 것인지 때리는 것인지. 술기운이 올라 힘 조절이 되지 않는 혜임은 가히 폭력적이었다. 휘가 그만하라고 떼어 놓으려 해도 지운을 놓을 수 없다는 듯 힘을 주고 버텼다. 그 탓에 흔들거리는 몸이 휘청거렸다.

"엄마야!"

막 넘어지려는 걸 서겸이 간신히 받아냈다. 두 여자의 무게를 버티던 그는 휘가 혜임을 회수해 가자 지운을 바로 세웠다.

"어? 서겸 씨."

"그래. 술을 마셔야 내 이름을 불러주는구나."

헤헤거리며 웃는 지운을 덥석 혜임이 뒤에서 껴안았다. 또 위태위태. 넘어지기 직전 휘가 혜임을 끌어당겼다.

"지운아, 이리 와. 저 나쁜 이하은. 내가 혼쭐 내줄 테니까."

"그만해."

"이하은이 누구인데 그래요?"

"그 계집애가 누구냐면……."

혜임의 입을 휘가 틀어막았다. 손에서 벗어나려 발버둥을 치던 혜임을 더욱 옭아매며 휘가 얘가 취했다고 어서 가자고 서겸에게 눈치를 줬다.

"혜임아."

위태로운 걸음으로 지운이 혜임에게 팔을 뻗으며 걸었다. 앞으로 걷는 것인지, 옆으로 걷는 것인지. 서겸이 지운의 뻗어진 팔을 잡아 자신에게로 당겼다.

풀썩. 힘이 풀린 채 안겨오는 지운의 허리를 단단히 감고 휘를 쳐다봤다.

"저는 혜임이 데려다 줄게요. 지운이 부탁합니다."

눈을 부릅뜨고 혜임이 팔을 마구 저었다. 더 몹쓸 꼴 보이기 전에 사라지자고 휘가 혜임을 억지로 길가로 데려갔다. 바로 앞에 서 있는 택시에 혜임을 밀어 넣고 휘가 떠났다.

"윤지운."

"왜, 한서겸."

"얼씨구. 왜, 한서겸? 알코올이 사람을 참 대책 없이 강심장으로 만들지. 그치?"

분명 괜찮은 것 같았는데, 가게에서 나오는 순간 지운이 취해 버렸다.

"어? 우리 전무님 닮았네요."

돌연 고개를 든 지운이 손가락으로 서겸을 가리켰다. 초점이 잘 맞춰지지 않는지 지운의 미간이 잔뜩 접혔다.

"그러게요. 많이 닮았죠?"

손가락을 손으로 쥐고 내리며 서겸이 포기를 한 듯 장단을 맞췄다. 어차피 무슨 말을 해봤자 지운의 뇌에까지 전달되지 않을 것 같아서.

"아니네. 우리 한서겸 닮았네요."

"그러게요. 한서겸도 많이 닮았겠죠, 내가."

지운이 '어, 진짜 많이 닮았다.'를 연발하며 흔들흔들 가만히 있지를 못했다. 지나가는 사람들이 흘끗 지운을 쳐다봤다. 서겸은 픽 웃으며 지운을 부축해서 차로 향했다.

뒷좌석에 지운을 태우고 대리운전기사를 부른 뒤 운전석에 올랐다. 시동을 켜놓고 에어컨 온도를 조절한 뒤 다시 내려 지운의 옆에 올랐다.

"우리 지운이는 술주정도 있구나."

"아닌데? 없는데?"

정색을 하며 고개를 흔들던 지운이 서겸의 얼굴로 가까이 다가 왔다.

"이러면 위험한데."

알코올이 섞인 숨이 얼굴에 뿌려졌다. 알코올로 입술이 빨개졌다. 얼굴이 상기된 게 딱 취했다.

"우리 전무님 닮았네요."

"네. 아마, 한서겸도 닮았을 겁니다, 내가."

지운의 술주정을 파악한 서겸은 장단을 맞췄다. 지운이 손뼉을 치며 맞아. 한서겸도 닮았네. 꺄르륵 웃었다.

"윤지운."

"왜."

반항기 어린 얼굴로 그를 쏘아본다. 서겸이 내가 뭘 어쨌냐는 듯 어깨를 으쓱이자 지운이 눈에 힘을 풀었다.

"우리 앞으로 술 줄이자."

"네."

고분하게 대답을 한다. 서겸이 착하다는 듯 지운의 머리를 쓰다듬었다. 배시시 웃으며 지운이 그의 어깨에 기댔다.

"흐음. 나 술 취한 여자한테도 약한가 봐."

서겸이 지운의 이마에 살짝 입을 맞췄다. 지운이 이마에 닿는 게 무엇인지 확인하려는지 고개를 들었다. 그녀의 입술에 그가 입술을 댔다. 움직임 없이 가만히 있기를 수십 초. 지운이 몸을 뒤로 빼더니 후아후아, 숨을 들이켰다.

"숨 안 쉬고 있었어?"

숨을 몰아쉬다가 사레가 들린 지운이 기침을 했다. 서겸이 귀여워 미칠 듯한 눈으로 보다가 지운을 품으로 끌어당겼다.

"확 덮쳐 버린다."

"나 머리 아파요."

잔뜩 잡힌 분위기가 순식간에 깨졌다. 머리가 아픈지 부여잡은 지운이 서겸의 어깨를 두드렸다. 그때 그의 핸드폰이 울렸다. 거의 다 왔다는 대리운전기사에게 위치를 정확하게 알려준 뒤 그는 지운을 내려다봤다. 어느새 그녀는 그의 다리를 베고 누워 있었다.

"윤지운. 자?"

"응."

"집에 가야지."

"응. 나 집에 가요."

퍽이나 잘도 집에 가겠다. 그래도 귀엽다. 이런 모습을 설마 다른 놈한테 보여준 건 아니겠지, 잠깐 걱정을 했다.

혜임과 휘를 제외하고는 없기를 바라던 그는 조금 전 혜임이 내뱉은 말을 떠올렸다.

"그런데 이하은이 누구야?"

"이하은?"

감겨 있던 지운의 눈이 떠졌다. 멍한 눈빛이 서겸에게로 향했다. 그러나 망막의 끝에는 그가 잡히지 않는 듯했다.

"이하은. 나쁜 사람. 배신자."

다시 지운의 눈이 감겼다. 더 묻고 싶었지만 잠에 빠져든 지운은 반응이 없었다. 그리고 대리운전기사가 차에 올라탔기에 서겸은 입을 다물었다.

❖　❖　❖

칙칙폭폭. 뿌우뿌우.

낯선 소음에 눈이 번쩍 떠졌다. 암흑에 휩싸인 시야. 아무것도 보이지 않아 지운은 눈을 깜빡였다. 그럼에도 시야가 확보되지 않았다. 완전한 암흑.

부스럭. 뒤에서 움직임이 났다. 지운은 숨을 죽였다. 그러고 보니 무언가가 그녀의 허리에 올라와 있었다. 그리고 몸 뒤로 단단한 무언가가 있었다.

지운은 금세 알아챘다, 자신이 누군가의 품에 안겨 있음을. 그것도 남자 품에. 두려움에 지운은 눈을 질끈 감았다. 움직이고 싶었지만, 너무 무서워서 숨도 제대로 쉬어지지 않았다.

칙칙폭폭. 뿌우뿌우.

또 시작되는 소음에 뒤에 있던 남자가 부스럭대며 더욱 가까이 다가왔다. 품에 자신을 더욱 꽉 끌어안더니 목덜미에 얼굴을 묻었다.

"아, 제발."

너무 놀라 말이 튀어나왔다. 제발 떨어져 달라고 속으로 빌던 게 목소리를 타고 흘러나왔다. 뒤에 있던 남자의 움직임이 더 커졌다.

칙칙폭폭. 뿌우뿌우.

벌떡 남자가 일어나더니 지운의 위로 올라탔다.

"꺅!"

소리를 지르자 남자가 귀를 막고 주저앉았다.

기차 알람을 끄기 위해 지운을 넘어가던 서겸은 지운의 고함에 깜짝 놀라 귀를 막았다. 정작 놀란 사람은 그인데 지운이 더욱 놀란 듯 소리를 질렀다. 일단 하나부터 해결하자는 심정으로 서겸은 침대 아래에서 막 빠져나오는 기차를 잡아챘다.

하나의 소음이 끝났다. 소리를 지르던 지운도 서서히 잦아들고 있었다.

잠이 확 깼다.

"이 소리에 놀란 거야?"

서겸이 기차를 흔들어 보였다. 깜깜한 방에 아무것도 보이지 않는 지운에게는 소용이 없었지만.

"누구세요?"

더듬더듬 자신의 몸을 더듬던 지운은 옷이 그대로 입혀져 있는 걸 확인하고 덜덜 떨며 물었다.

"그쪽 전무님하고 한서겸 닮은 사람."

"네?"

"나라고, 윤시운."

기차를 레일 위에 올려놓고 서겸은 침대 옆에 있는 스탠드를 켰다. 주황빛이 감도는 빛이 켜지자 침대 머리 쪽에 붙어서 경계 어린 눈으로 자신을 쳐다보는 지운이 보였다.

"전…… 무님?"

"왜 그래?"

겁에 질린 얼굴. 새하얗게 질린 얼굴은 술 때문이 아닌 겁에 질린 얼굴이었다. 놀란 서겸이 머리를 쓸어 넘기고 지운에게 다가갔다.

"윤지운, 괜찮아?"

"아아. 나는, 나는 누가……."

또르르 눈물이 흘렀다. 서겸의 얼굴을 확인한 지운이 서럽게 울었다. 엉엉 우는 지운을 품에 안고 서겸은 토닥였다. 좀처럼 진정이 되지 않으면서도 서겸에게 무언가를 말하려 애쓰는 지운에게 그는 괜찮다고 다독였다.

"이제 좀 진정이 되나?"

지운이 고개를 끄덕였다. 서겸은 티슈를 찾아 지운에게 건넸다. 그리고 자신의 몸을 닦았다. 잘 때 위에는 무언가를 걸치지 않기 때문에 그의 상체는 맨몸이었다. 지운의 눈물로 젖은 몸을 닦자 지운이 고개를 돌렸다.

"죄송해요. 흑. 많이 놀라셨죠."

"괜찮아. 당신은?"

젖은 얼굴을 서겸이 손으로 쓸었다. 아직도 놀란 게 진정이 되지 않았는지 몸이 파르르 떨었다.

"죄송해요. 누군가 같이 누워 있어서 놀랐어요."

뭐 때문인지 알겠다는 듯 서겸이 고개를 끄덕였다.

"내 집이야. 어제 당신이 차 안에서 잠들어 버려서. 기억나?"

지운의 집으로 가봤자, 잠든 지운이 깨어나지 않는 한 집에 들어갈 수가 없어 서겸은 자신의 집으로 왔다. 역시나, 그가 안아 들고 집으로 들어와 침대에 눕히는 순간까지 지운은 깨지 못했다.

"아니요. 기억이 잘……."

지운은 눈을 굴리며 서겸의 방을 살폈다. 그의 집에서 자신이 그와 잠들었다는 사실에 꿈뻑꿈뻑 눈이 바쁘게 움직였다.

"하나도 기억이 안 나?"

서겸의 얼굴이 짓궂게 변했다.

"왜요? 혹시 제가 실수라도."

아직 깨지 않은 머리를 굴려가며 지운은 기억을 더듬었다.

"흐음. 실수라고 해야 하나."

서겸의 목소리가 묘하게 변했다. 단단한 상체 앞으로 팔짱을 낀 그는 위험하게 보였다. 본능적으로 지운이 뒤로 물러났다.

"어제 나한테 한서겸이라고 했는데. 당신의 술주정 몰라?"

"제가요?"

눈을 깜빡이던 지운은 순간적으로 기억을 떠올렸다. 드문드문 몇 장면이 눈앞을 스쳐 지나갔다. 경악에 물드는 얼굴을 본 서겸이 기억이 났냐고 물었다.

"그게, 저…… 죄송해요."

얼굴을 붉히고 푹 고개를 숙인 지운이 잘못을 시인했다.

서겸에게 전무님 닮았다고 하고, 한서겸을 닮았다고 손가락질을 했던 제 모습을 떠올린 지운은 민망함에 고개를 들 수가 없었다.

"다행이네, 기억을 잃는 건 없어서. 그거 안 좋다고 하던데."

안절부절못하는 지운의 어깨를 끌어당긴 서겸은 그녀의 목덜미에 얼굴을 묻었다.

"어제의 우리 첫날밤이 이렇게 허무하게 가버렸다고. 술에 취해 잠든 누구 때문에."

굳어가는 지운을 뒤로 넘어뜨리고 서겸이 따라서 상체를 숙였다. 긴장으로 물든 얼굴이 바로 가까이에 있었다. 바들바들 떠는 모습이 사자 앞에 놓인 토끼를 연상시켰다.

"잠이 덜 깬 모습도 예쁘네."

쪽. 이마에 입을 맞춘 서겸이 몸을 일으켰다. 몸을 돌려 만 지운이 그에게 등을 보였다.

"이런. 너무 상심하지 마. 앞으로도 밤은 많다고."

미안하고 부끄러움에 그런다는 걸 알면서도 서겸은 일부러 장난을 걸었다. 계속된 긴장으로 지운의 몸이 뻣뻣해졌다. 더 계속되다가는 지운이 몸살을 앓을 것 같아 그는 긴장을 풀어주려 했다.

"정말 죄송해요."

"윤지운, 괜찮아."

쓱쓱 등을 쓰다듬는 따뜻한 온기에 서서히 지운이 굳어진 몸을 풀었다. 침대에서 일어난 서겸은 불을 켰다. 지운이 뉘었던 몸을 일으켜 조심스레 서겸의 방을 구경했다.

방 안에 나열된 기차 레일. 레일 주변으로 실물과 흡사한 건물 장난감과 사람 장난감. 논과 밭 모형 등의 자연까지. 실제 한 마을을 재현해 놓은 것처럼 굉장히 리얼리티했다.

"이게 아까 그 소리 내던……."

"응. 기차 알람. 시간 맞춰서 움직여 소리를 내."

서겸이 보여주겠다는 듯 기차의 버튼을 눌렀다. 기차가 다시 요란한 소리를 내며 레일 위를 질주했다.

"어렸을 때 이거 비슷한 거 있었어요."

"지금 나 이 나이에도 장난감 가지고 논다고 놀리는 거야?"

"푸훗, 아니에요. 오랜만에 보니까 신기해서요."

바닥에 앉아 있던 서겸이 바짝 다가왔다. 침대 위에 앉아 있는 지운의 목 뒤를 잡고 끌어내려 가볍게 입을 맞춘 그가 귓가에 속삭였다.

"굿모닝."

"아, 네."

"씻어. 저쪽이 욕실. 나는 거실 욕실에서 씻을게."

서겸이 방문을 닫고 나갔다.

칙칙폭폭. 뿌우뿌우.

기차가 침대 아래로 삐쭉 얼굴을 내밀더니 달아났다. 다시 그 기차가 돌아올 때 서겸처럼 기차를 낚아채고 버튼을 눌러 끈 지운이 뒤늦게 욕실로 향했다.

거울에 비친 모습을 보고 지운은 속으로 소리를 질렀다. 그러다 출근이 떠오른 지운은 급히 물을 틀었다.

샤워를 한 지운은 어쩔 수 없이 입었던 옷을 다시 입었다. 고기 냄새가 뒤섞여 있어서 이대로 서겸 앞에 서기 부끄러웠지만 선택의 여지가 없었다. 헤어드라이기로 머리를 말리고 욕실에서 나왔다.

"다 씻었어?"

그대로 옷을 입고 있는 걸 본 서겸이 탈탈 머리를 털던 수건을 어깨에 걸치고 이마를 긁적였다.

"일단 내 옷 줄게."

"아니요. 빨리 집에 가야겠어요. 출근 준비하려면."

시계를 확인한 지운이 발을 동동 굴렀다. 집에 가서 옷을 갈아입고 빠르게 준비를 하면 늦지 않을지도 모른다.

"데려다 줄게. 잠깐 기다려."

드레스룸으로 향하며 서겸이 어깨에 걸친 수건을 끌어 내렸다. 그때 지운의 눈에 무언가가 들어왔다. 서겸의 왼쪽 어깨 아래에

글귀가 적혀 있었다.

"그거 문신이에요?"

지운이 서겸의 뒤를 따라 걸어가며 물었다. 까맣게 처음 보는 그림 같은 글씨가 그의 몸에 새겨져 있었다.

"응. 이제 봤어?"

이걸 볼 틈이 어디에 있었겠는가.

"무슨 뜻이에요?"

"이거? 나 자신을 좋아하고 사랑하라. 이거였던 것 같아."

대략 그 정도 의미일 거라며 서겸이 드레스룸으로 들어갔다. 그의 의외의 모습을 본 지운은 더 물어보고 싶은 게 생겨서 그를 기다렸다. 멀끔하게 옷을 다 갖춰 입은 서겸이 거울 앞에 서서 자신의 모습을 훑었다.

"어때?"

지운이 손가락으로 오케이를 만들었다.

"이리 와."

어서 품에 안기라고 팔을 뻗었지만 지운이 멈칫했다. 그의 옷에 고기 냄새가 밸까 싶어서. 서겸은 개의치 않고 품에 가득 안았다가 그녀를 풀어줬다.

"혼자 살아요?"

"응. 집 구경은 나중에 다시 시켜줄게."

호기심 어린 눈으로 방을 나서 거실을 지나가면서 지운이 기웃거렸다. 닫힌 다른 방문 너머가 꽤 궁금한지 눈을 떼지 못했다.

"문신은 언제 했어요?"

지운이 몸을 획 돌려 그에게 물었다. 서겸이 곤란한 질문을 받은 듯 이마를 긁적였다.

"열아홉 살에."

"미성년자일 때요?"

눈을 동그랗게 뜨고 지운이 물었다.

"음. 거친 인생을 살았지, 내가."

거만한 얼굴로 말을 내뱉은 그가 씨익 웃으며 지운의 손을 잡았다.

"학교 다닐 때 일진, 뭐, 그런 건 아니었죠?"

"나 고등 과정까지는 미국에 있었어. 대학은 한국에서 다녔고. 일진, 그런 거는 아니었는데, 한국보다는 조금 자유로웠다고나 할까. 그래도 나 꽤 우등생이었어. 장학금 한 번 놓친 적이 없다고. 아, 한 번 있었나."

장학금 이야기에서는 손가락으로 브이를 그리며 그가 윙크를 했다.

"보통은 반대이지 않아요? 대학을 해외로 가잖아요. 뭐, 유학이나."

"조기유학이 유행했어. 군대도 가야 해서 대학은 한국으로. 우리 집안이 좀 웃겨."

무언가 그의 어투가 신랄해졌다. 지운은 눈치껏 더 묻지 않았다.

지운의 집으로 가는 동안 내내 지운이 어제의 일에 대해 물었다. 혹시나 자신이 기억하지 못하는 일이 있나 걱정이 되어서. 서겸은 느물느물 알려줄 듯 말 듯 약을 올리더니 하나 생각이 난 듯 물었다.

"이하은이 누구야?"

"……왜요?"

"갑자기 혜임 씨가 그 여자 욕을 하더군."

그랬던 것 같기도 하다. 그리고 서겸이 차 안에서 물었던 것 같기도.

갑자기 조용해지자 서겸이 전방을 주시하던 시선을 옆으로 옮겼다. 표정이 없어진 얼굴에 서겸은 말을 돌렸다. 그도 문신 이야기를 할 때 하기 싫은 이야기는 쏙 빼놓았기에 same same이라 생각하며.

"차가 많네. 우리 지각하면 어떡하나."

이른 시각임에도 차들이 도로에 많았다. 지운의 집 앞에 도착한 서겸은 같이 따라 내렸다.

"커피 한 잔 줘."

지운의 원룸에 들어선 서겸은 올라오기 전의 말과는 달리 직접 커피를 내렸다. 그사이 지운은 욕실에서 옷을 갈아입고 나와 가볍게 화장을 하려 화장대 앞에 앉았다.

커피를 들고 느긋하게 벽에 기대선 서겸의 시선에 지운이 선크림을 짜다 말고 그를 쳐다봤다.

"왜요?"

"여자 화장하는 거 처음 봐서. 계속 해."

구경할 테니 계속 하라는 말에 지운이 욕실을 쳐다봤다. 들어가서 화장을 하고 나오는 게 나을 듯싶어서.

"아아, 알았어. 안 볼게."

지운이 편히 화장을 할 수 있게 서겸은 반대로 몸을 돌렸다. 커피 한 잔을 다 마시고 몸을 돌리자 막 립스틱을 집어 드는 지운과 거울을 통해 눈이 마주쳤다.

"립스틱 바르게?"

"네. 왜요?"

"잠깐 이리 줘봐."

순순히 그의 손에 들려주자 서겸이 한쪽 다리를 바닥에 대고 앉았다.

"바르기 전에 모닝 키스."

새가 모이를 쪼듯 몇 차례 입술을 닿았다 떼던 서겸이 고개를 꺾고 깊숙이 침투했다. 치열을 훑고 도망가는 혀를 옭아맨 그는 지운의 향을 맛보았다. 그의 어깨에 손을 올린 채 균형을 잡고 있던 지운의 팔을 잡고 서겸이 뒤로 넘어갔다.

둔탁한 소리를 내며 그의 등이 바닥과 부딪혔다. 놀라서 눈을 크게 뜬 지운의 눈에 눈을 감고 자신에게 열중한 서겸의 얼굴이 들어왔다. 너무 가까워서 초점이 잘 맞지 않았다.

"하아, 윤지운."

몸을 돌려 바닥에 지운을 눕힌 서겸이 다시 고개를 내렸다. 이마, 코, 입술에 차례로 키스를 한 그는 어깨 양옆에 팔을 지탱했다.

"이왕 지각한 거 오늘 결근 어때?"

목소리가 낮아졌다. 파르르 떨리는 지운의 눈을 본 서겸이 조르듯 지운의 손을 잡고 흔들었다.

"응? 그러면 내가 비밀 하나 더 알려줄게."

"무슨 비밀이요?"

"문신 말고도 다른 거 하나 더 있거든."

"다른 거?"

궁금하기는 하는지 지운이 눈을 동그랗게 떴다. 문신이 있던 곳을 만지려는지 그녀의 손이 어깨 뒤로 흐르듯 넘어갔다.

"다른 데에도 문신 있어요?"

"아니, 문신은 아니고. 가르쳐 줄까?"

은근하게 물으며 서겸이 지운의 목덜미에 얼굴을 묻었다. 숨을 들이켜며 지운의 머리카락을 손에 감았다. 부드럽게 감기는 머리카락에 짧게 입을 맞춘 그가 목덜미에도 입을 맞췄다.

한 번, 두 번. 세 번째에는 길게 이어지며 쇄골까지 그의 입술이 흘렀다. 혀가 맛보듯 지운의 피부를 핥았다.

"서겸……."

여리한 목소리가 그를 불렀다. 그 목소리가 흘러나온 곳을 찾아 서겸의 입술이 움직였다.

"윤지운, 너 때문에 미치겠다."

갑작스레 달아오른 몸이 주체가 되지 않았다. 이대로 안아버리고 싶어 서겸은 이를 악물었다.

지난밤. 제 옆에서 잠이 든 지운을 하염없이 보기만 하다가 참지 못하고 품에 꼭 안았다. 답답한지 몸을 뒤척이는 지운을 단단히 껴안고 무슨 생각을 했는지 안다면 이 여자는 저 멀리 도망가리라.

"서겸 씨."

새카맣게 짙어지는 그의 눈동자에 그의 어깨를 감싼 팔을 풀었다. 지운이 거부를 나타내자 서겸의 눈에 안타까움이 지나갔다.

"내 신체 비밀은 다음 기회에 밝혀야겠군."

낯선 사람을 보는 듯 경계심이 조금씩 어리는 지운의 눈빛에 서겸이 물러났다. 지운의 손을 잡아 단숨에 일으킨 서겸이 나가서 기다리겠다고 집을 나섰다.

어서 출근을 해야 한다는 걸 알지만 지운은 파르르 떨리는 손으로 풀린 머리를 다시 묶을 수 없어 한참을 집 밖으로 나올 수 없었다.

핸드폰 진동이 울리기 시작했다. 서겸은 발신자를 확인하고는 다시 주머니에 집어넣었다.

"전무님."

보조석이 열리고 지운이 올라탔다. 할 말이 많은 얼굴로 그를 쳐다보는 눈에 서겸이 미소를 지었다.

"많이 놀라게 했나 보군, 내가 여러모로."

일어나서부터 방금 전까지 놀랐을 지운에게 그가 미안함을 표했다.

"아니에요. 저, 궁금해요."

"응? 뭐가?"

서서히 시동을 걸던 서겸이 물었다.

"전무님의 신체…… 비밀이요."

서겸의 얼굴이 천천히 돌아갔다. 얼굴을 붉힌 채 고개를 푹 숙인 지운이 손가락을 꼼지락댔다.

"고마운데, 이왕이면 전무님이 아니라 서겸 씨의 신체 비밀이 궁금하다고 해주지."

다시 여유를 되찾은 그가 능글맞게 말했다. 어서 다시 말해보라는 그의 요구에 지운이 볼에 바람을 넣고 고개를 획 돌렸다.

"빠른 시일 내에 알려줄게."

돌아간 고개를 부드럽게 잡아 다시 돌린 그가 볼에 짧게 입을 맞췄다.

이미 출근 시각을 넘겼기에 회사로 가는 길이 더욱 짧았다. 막 힘없이 바로 도착을 한 그는 지각한 사람답지 않게 유유자적이었지만, 지운은 초조함에 입술을 깨물었다.

"어떡하죠? 지각을 해서."

"괜찮아. 상사인 나도 지각인데."

"그보다 같이 이렇게 들어가면……."

명호와 선욱에게 지각에 대한 사유를 만들어내느라 고민을 하던 지운이 서겸을 얄밉게 노려봤다.

처음 느꼈다. 저 여유가 가득한 웃음이 밉게 보이는 걸.

"왜 그렇게 봐? 나 상처받게."

그런 시선에 상처받았다는 듯 서겸이 가슴을 부여잡았다.

"우리는 우연히 여기에서 만난……."

변명거리를 만들어내기도 전에 엘리베이터가 17층에서 멈췄다. 띵 소리와 함께 문이 열렸는데, 앞에 서 있는 두 사람의 모습에 지운의 얼굴이 하얗게 변했다.

"어? 두 분이 같이 오시네요."

"전무님? 윤 비서."

선욱과 명호가 서겸과 지운을 봤다. 막 지운이 서겸에게 말을 걸면서 그의 팔을 잡았던 터라 어정쩡한 모습으로 팔을 내리는 지운이 그들의 시선을 피했다.

"두 사람은 어디 가?"

"잠깐 연회예약부에. 그보다 전무님, 지각하셨습니다. 윤 비서도요."

명호가 따끔하게 서겸에게 말했다. 지운에게도. 그 경고가 먹혀들 리가 없는 서겸은 자신이 그랬냐는 태도를 일관했고, 지운은 고개를 숙여 죄송하다고 사과를 했다. 선욱이 묘한 눈으로 두 사람을 훑었지만, 명호는 그들이 지각한 것에만 정신이 팔려 앞으로는 주의해 달라고, 혹여 늦으면 미리 연락을 주라고 잔소리를 했다.

"역시 우리 우 실장."

뒷말로 '참 눈치가 없어.'라고 혼잣말로 중얼거리며 서겸이 엘리베이터에서 내렸다. 뒤따라 지운이 내리며 명호에게 다시 고개를 숙였다.

"저기, 지운 씨. 아니다. 이따가 이야기해요."

지운을 불렀는데 서겸이 같이 가던 길을 멈추고 돌아섰다. 서겸의 매서운 눈초리에 선욱이 고개를 흔들었다. 할 말이 많은 얼굴로 사라지는 선욱이 불안한지 지운이 또 입술을 깨물었다.

"어떡해요. 눈치챘나 봐요."

"그보다 호칭이. 이름을 부르는 것보다는 윤 비서라고 해야 하지 않나? 친구도 아닌데 이름을 부르는 건 좀 그렇다."

나중에 주의를 줘야겠다고 중얼거리며 서겸이 지운의 어깨를 감싸 안았다.

9

지이익. 지이익. 볼펜이 일정 간격으로 종이 위를 왔다 갔다 했다. 죽죽 그어지는 선들이 모여서 굵어지더니 하얀 종이를 까맣게 물들였다.

"전무님, 듣고 계십니까?"

"응. 이번 주 금요일에 그 연.회.가 열린다는 거잖아."

서겸의 목소리가 연회라는 단어에서 힘이 실렸다. 못마땅함이 가득 담겨.

대기업들과 중견, 중소기업들이 같이 거대 프로젝트를 진행한다. 신문에도 실릴 만큼 꽤 이슈가 되었다. 일본과 미국에 뒤처지는 조명 기술에 우리나라 정부가 큰맘 먹고 돈을 풀기로 했다. 아마 엄청난 정부 예산이 이 연구에 쏟아지게 될 것이다.

조명 산업이 꽤 많은 이윤을 창출할 거라는 분석에 정부가 더는 뒤처질 수는 없다는 판단으로 몇몇 대기업과 중견, 중소기업을 끌어모았다. 거기에 '율' 그룹도 포함되었다.

이번 금요일에 프로젝트 성공을 기원하는 연회를 이곳, 'Anima' 호텔에서 개최한다. 각계 정계인들도 초대를 받은 이번 연회는 일개 프로젝트 때문에 열리는 게 아니다. 물론 이 연회에서 겸 역시 초대를 받았다. 더불어 이 호텔의 전무이자, 실제적인 경영을 맡고 있는 그가 큰 연회가 열리는 데 얼굴을 비추지 않을 수가 없었다. 하지만 서겸은 관심이 없다는 태도를 일관했다.

"진짜로 참가 안 하실 겁니까?"

"응. 내 호텔에서 열리는 연회를 내 손으로 망치는 꼴 보고 싶은 거 아니지? 와, 우 실장한테 그런 변태적인 취미가 있는지 몰랐네."

명호의 가슴이 순간 크게 들썩였다. 그냥 연회에 참석하지 않게 적당한 스케줄을 잡아달라고 부탁을 하면 어디가 덧나기라도 하는 걸까.

"제주도 리조트 완공 마무리 단계입니다. 가서 확인하셔야지요."

"아아, 그래야지. 이번 주 금요일이 좋겠어. 가는 김에 주말까지 좀 쉬다가 와야지."

"네네, 그러셔야죠. 저는 금요일에 갔다가 그날 오겠습니다."

일정 체크를 하며 명호가 대답했다. 그의 대답에 죽죽 펜으로 줄을 긋던 서겸이 펜을 내려놓고 왜냐는 듯 그를 쳐다봤다.

"저녁 연회에 저는 참석을 해야죠. 전무님도 안 가시는데 저까지 빠질 수 없잖습니까."

"내 말이. 준비할 것도 많은데 왜 우 실장이 가려고 해? 난 우리 윤 비서랑 갈 건데."

"김 비서랑 가시죠, 그럼."

"제주도, 그 좋은 데를 남자랑 왜. 우리 윤 비서랑 갈래. 김 비서랑 가도 어차피 방 두 개 잡을 건데."

"네네, 그러시든가요."

대놓고 지운과 놀러 가겠다는데도 명호는 역시 눈치를 채지 못했다. 그러지 않아도 연회 준비로 정신이 없었기에 출장지에 따라오지 않아도 된다는 서겸의 말에 되레 명호는 좋은 기색을 표했다.

출장 준비를 하겠다며 명호가 서겸의 사무실을 나왔다. 선욱과 지운을 불러 두 사람에게 몇 가지를 지시한 뒤 출장 이야기까지 꺼냈다.

"윤 비서는 이번 주 금요일에 출장 갈 것 같아요. 괜찮죠?"

"제가요?"

"네. 제주도 리조트 완공 마무리 단계인데 전무님께서 한 번 확인차 가실 겁니다. 워낙 이 리조트에 심혈을 기울이셨거든요."

선욱이 지운을 흘끗거렸다. 지운은 그런 선욱의 시선을 외면했다. 요즘 불편할 정도로 자신을 쳐다보는 선욱에게 조금씩 지운은 거리를 두고 있었다. 그의 입에서 무슨 말이 나올지 걱정되어 되도록 둘이 있는 상황을 피했다.

"김 비서."

사무실에서 나오던 서겸이 그 모습을 보고 선욱을 불렀다. 지운에게서 눈을 떼지 못하는 선욱에게 경고 어린 음성으로 그를 불렀다. 화들짝 놀라며 선욱이 자세를 바로 했다.

"네, 전무님."

"우리 윤 비서에게 할 말이 있나?"

"아, 아닙니다."

지운이 그냥 가라는 듯 눈치를 줬지만, 더는 그냥 두고만 볼 수 없는 서겸이 그들 앞에 섰다. 전혀 아무런 기색도 느끼지 못한 명호가 궁금한 듯 쳐다봤다.

"있는 것 같은데. 이야기하지. 나도 궁금할 지경이거든."

"나중에 윤 비서에게 따로 묻겠습니다."

서겸이 스치듯 경고를 한 뒤부터 선욱은 지운의 이름을 부르지 않았다. 윤 비서라고 칭하는 말에 서겸이 느슨히 몸에 들어간 힘을 풀었다. 하나, 따로 묻겠다는 말에 그의 머리로 열기가 확 치솟았다.

"따로 물을 게 뭐가 있지?"

들을 때까지 절대 자리를 뜨지 않겠다는 듯 서겸이 버티고 섰다. 따로 불러서 묻는다는 게 그와 만나고 있는 거 아니냐는 질문일 것으로 예상이 되었다. 지운의 얼굴에 핏기가 가셨다. 그녀도 그렇게 예상을 한 듯.

"나도 아는 일 같은데. 나한테 묻지?"

확신을 한 서겸이 괜찮다는 듯 지운에게 부드럽게 시선을 주고 선욱을 쏘아봤다.

"네? 그냥 나중에 윤 비서에게 따로 물어…… 전무님께서도 아시나요, 그럼?"

"뭔데요? 나한테 물어요."

눈치 없이 명호가 끼어들었다. 자신이 알려줄 테니 물으라고. 지운의 일에 우 실장 네가 뭘 알겠냐고 서겸이 어이없는 눈초리를 보냈지만, 명호는 지운에게 자신이 도와주겠다는 듯 웃어 보였다.

"아, 다들 아시는 거였구나. 괜히 저만 눈치를 봤네요."

선욱이 조금은 편한 얼굴로 지운을 향해 웃었다. 뭔가 조금 이상했다. 서겸도 지운도 뭔가 다름을 느꼈다.

"실은 과거 일이라 이야기 꺼내기가 좀 그랬는데. 다들 아시는 것 같으니 물을게요."

과거라는 말에 서겸이 의아한 눈빛을 보냈다. 지운에게 네 과거를 왜 김 비서가 알고 있냐고. 지운은 도리질을 쳤다. 눈으로 많은 이야기를 주고받는데 선욱이 물었다.

"지운 씨, Flos 맞죠? 나 처음에 면접실에서 봤을 때 깜짝 놀랐잖아요. 저 팬이었거든요. 아, 이거 아는 체해도 되나, 엄청 고민했어요."

"Flos?"

"팬?"

지운의 눈동자가 더는 커질 수 없을 만큼 커졌다. 서겸과 명호가 뒤이어 물었다.

"어? 다들 아셨던 거 아니에요? 지운 씨, 예전에 Flos 멤버였잖아요. 해체하기 전까지 제가 얼마나 팬이었는데요. 멤버가 이하은이랑 김수진, 박희진……."

오히려 더 당황한 선욱이 장황하게 말을 잇다가 입을 다물었다. 놀란 기색을 감추지 못하는 지운을 보고 괜한 이야기를 꺼낸 것 같아 선욱이 당황했다.

이래서 지운에게 따로 물어보려 했는데. 다 아는 것 같았던 서겸과 명호가 지운만큼 놀랐다.

"어, 나 아는데. 예전에 활동했던 가수. 나 고등학생 때 인기 많았는데."

명호가 더듬더듬 내뱉었다. 그러고는 지운을 위아래로 훑었다.

눈을 깜빡이며 하얗게 질린 얼굴은 지금 이 상황을 피하고 싶음을 여실히 드러내고 있었다. 지운의 팔을 잡은 서겸이 입을 열었다.

"두 사람은 일 봐. 윤 비서는 나 좀 보지."

나왔던 사무실로 지운을 끌고 들어가 서겸이 문을 닫았다. 그리고 따라 들어올 기색을 보인 명호에게 들어오지 말라는 경고를 하듯 문을 잠갔다.

"앉아."

소파에 앉히는 대로 지운이 주저앉았다. 그녀의 이마에 송골송골 식은땀이 맺혔다. 손가락으로 쓱 닦아주자 지운이 화들짝 놀라며 몸을 뒤로 뺐다.

"마실 것 좀 줄까?"

"아니요. 저 나가볼게요."

지운의 눈이 정처 없이 헤맸다. 눈을 마주치면 안 되기라도 할 듯이. 잡혀온 죄인처럼 지운은 불안해 보였다.

"지운아, 추궁하려고 데려온 거 아니야."

그녀를 달래듯 서겸이 어깨를 쓰다듬었다. 이대로 밖으로 나가봤자 명호와 서욱 때문에 불편할 거다. 물론 그들이 이런 지운의 모습을 보았으니 더는 묻지는 않겠지만.

불시에 해머로 뒤통수를 맞으면 이런 느낌일까. 눈앞이 깜깜해졌다. 서겸이 아니었다면 그 자리에서 주저앉았을지도 모른다. 굉장히 오랜만에 들어보는 Flos. 순식간에 잊었던 모든 일들이 자신을 향해 쏟아졌다. 책꽂이에 꼭꼭 꽂아두었던 기억들이 와르르 무너지면서 자신을 덮쳤다.

"지운아, 나 좀 봐봐."

아득해지는 정신을 잡아주는 서겸의 목소리에 차츰 지운이 정신을 되찾았다. 걱정이 가득한 눈빛에 지운은 왈칵 울음이 쏟아질 것 같았다. 그 눈이 말했다, 다 괜찮다고.

"미안해요. 내가 갑자기……."

"미안할 것도 많아, 이 아가씨는."

톡톡. 손가락으로 볼을 두드리던 그가 부드럽게 볼을 감쌌다. 짧게 입을 맞춘 그는 화제를 돌렸다.

"이번 금요일에 갔다가 주말까지 쉬다 올 거야."

갑작스러운 화제 변화가 어색하지만, 지운은 고개를 끄덕였다. 당장 모레가 금요일이다. 내일 하루만 버티면 된다는 생각이 머릿속을 지배했다. 모레가 되면 이대로 다시 도망갈 수 있을 것 같아 지운은 매달리듯 서겸을 쳐다봤다.

"아니다. 내일 출발하자. 생각해 보니 내일하고 금요일 이틀 동안 확인을 해야겠어. 내가 얼마나 리조트에 공들였는데."

서겸이 안심하라는 듯 지운의 손을 꽉 잡았다.

도망가고 싶다면 같이 도망가리라.

출장을 핑계로 서겸은 지운을 일찍 퇴근시키기로 했다. 짐을 챙겨 들고 죄송하다는 말을 남기고 걸어 나가는 지운을 명호와 선욱이 묵묵히 쳐다봤다. 선욱은 지운이 숨기고 싶어 했던 과거를 자신이 떠벌리게 된 것 같아 더욱 면목이 없는 얼굴이었다.

"나 잠깐 외근."

"네?"

뒤에서 명호가 무슨 외근이냐고 물었지만 서겸은 대충 손을 흔들어 보인 뒤 막 두터운 유리문을 열고 나왔다. 막 닫히는 엘리베이터에 발을 끼운 그는 다시 열리는 엘리베이터에 올랐다.

"'혼자 갈 수 있어요. 또는 혼자 있고 싶어요.' 라는 말 빼고 해."

절대 혼자 보내지 않겠다는 듯 단호하게 서겸이 말했다.

"보내주세요."

"으음."

지운의 말에 서겸의 입에서 고뇌의 신음이 흘러나왔다.

"그 말도 빼고. 아니, 나 지금 아무 말도 안 들려."

자신에게서 등을 지는 서겸을 보며 지운은 입을 다물었다. 지금은 그와 실랑이를 벌일 힘이 없었다. 그저 아무 생각 없이 쉬고 싶을 뿐.

불이 들어온 1층을 다시 눌러 취소한 서겸은 지하주차장 층수를 눌렀다. 엘리베이터가 열렸을 때 서겸은 손을 뒤로 뻗어 지운의 팔을 잡고 성큼성큼 걸어 나갔다. 근무 시간이기에 지하주차장에는 아무도 없었다.

버티는 지운을 억지로 태우고 바로 차를 출발시켰다. 그녀의 집으로 향하는 내내 서겸도 입을 열지 않았다.

집에 도착하고 차를 세우자마자 내리는 지운을 그도 뒤따랐다. 따라오지 말라는 듯 지운이 쏘아봤다.

한여름의 열기보다 지운의 눈빛에 타 죽을지도 모르겠다.

"더운데 들어가지."

"싫어요. 가세요."

차갑게 말하는 지운의 얼굴을 보며 서겸은 턱에 힘을 주었다. 무작정 밀어내기만 하는 모습을 보니 실망감에 그는 화가 났다.

"나도 싫어. 같이 들어가."

"싫어요. 귀찮게 왜 이래요!"

"귀찮아? 귀찮다고 했어? 윤지운, 너!"

서겸의 얼굴이 딱딱하게 굳었다. 말을 하려다 만 그를 보고 지운이 소리쳤다.

"지금 화내는 거예요? 왜? 멋대로 따라와 놓고. 싫다고 했잖아요!"

"그래, 내가 멋대로 굴었다."

획 뒤돌아 지운이 건물 안으로 뛰듯이 들어갔다. 서겸이 땅을 발로 찬 뒤 지운을 뒤쫓았다. 빠르게 계단 위로 올라가는 그녀의 팔을 낚아챘다.

"이거 놔요! 혼자 있고 싶어요!"

"윤지운. 너 이러는데 내가 어떻게 혼자 둬!"

절대 아무것도 묻지 않을 생각이었다. 김 비서가 Flos 멤버의 이름을 나열하면서 이하은이라는 이름이 섞여 나올 때 지운의 얼굴이 더 핏기가 가시는 걸 보고 김 비서의 입을 막아버리고 싶었다. 김 비서가 중간에 입을 다물지 않았다면 진짜 그리 했을 거다. 지운이 이야기하고 싶지 않은 걸 억지로 들출 생각은 전혀 없었다. 있었다면, 혜임에게서 이하은이라는 이름을 들었을 때 그날

캤을 거다.

지운이 거세게 저항하는 탓에 계단 위에 있는 두 사람이 위태하게 흔들렸다. 올라가려는 지운과 붙잡는 서겸의 실랑이가 거세질수록 두 사람의 몸이 크게 흔들렸다.

"윤지운!"

서겸의 손에 힘이 더욱 들어가자 지운이 그 반동으로 갑자기 딸려왔다. 두 사람의 몸이 기울어졌다. 서겸이 놀라 소리를 지르며 지운을 오른팔로 품에 안았다. 그리고 왼손으로는 계단 난간을 쥐었다.

"꺄악!"

가까스로 계단 아래로 구르는 건 면했다. 지운을 잡으며 버티느라 두 사람의 체중을 견딘 왼팔에 무리가 갔다. 잔뜩 늘어진 근육에 서겸의 입에서 낮은 고통 소리가 흘러나왔다. 이를 악물고 견딘 서겸은 지운을 먼저 살폈다.

"당신, 괜찮아? 다친 곳은?"

지운의 얼굴을 감싸고 살펴보는 그의 얼굴에는 놀란 흔적이 가시지 않았다. 하마터면 지운이 다칠 뻔했기에 서겸은 놀란 가슴을 진정할 수가 없었다. 지운도 마찬가지로 놀라서 눈을 동그랗게 뜨고 서겸을 올려다봤다.

"이봐요. 무슨 일 있어요?"

3층의 오른쪽 집 현관문이 열리고 뽀글뽀글 파마를 한 아주머니가 고개를 쏙 내밀었다.

"아가씨, 괜찮아요? 경찰 부를까?"

집 밖에서 남녀가 싸우는 소리에 현관문에 귀를 대고 듣고 있던 중, 여자의 고함에 놀라 현관문을 연 여자는 머릿속으로 온갖 생각을 떠올렸다. 뉴스에서 보던 범죄가 일어나는 건 아닌지 무서워서 섣불리 밖으로는 나가지 못하고 머리만 빼서 동태를 살폈다.

"괜찮습니다."

서겸이 그를 수상하게 보는 여자에게 고개를 흔들었다. 그럼에도 여자의 의심스러운 눈초리는 변하지 않았다. 서겸이 붙들고 있는 지운을 보며 여자는 눈짓을 했다. 말만 하라고. 경찰 불러주겠다고.

"괜찮아요."

지운의 뒤이은 대답에 여자의 눈이 호기심이 가득한 눈으로 바뀌었다.

"후우, 올라가자."

계속해서 구경거리가 될 수는 없기에 서겸이 지운의 어깨를 감쌌다. 여자의 시선이 또 이상하게 변할까 싶어 지운도 더는 반항 없이 그를 따랐다. 그들이 5층에 올라갈 때까지도 여자는 무슨 소리라도 들으려는지 문 안으로 머리를 넣지 않았다.

"들어가. 내가 옆에 있는 게 그 정도로 싫다면 어쩔 수 없지."

덤덤하게 말을 했지만, 서겸은 속에서 올라오는 쓴물에 얼굴을 찌푸렸다. 입안도 쓰고 속도 썼다. 심장도 따끔거렸다. 그는 지운의 태도에 상처를 받았다.

"억지로 알려고 할 생각은 없었어. 그것만은 오해하지 말았으면 좋겠군. 쉬어."

상처받은 얼굴로 서겸이 돌아섰다. 무거운 발걸음 소리가 계속해서 아래로 멀어졌다.

"서겸 씨."

발걸음이 들리지 않고서야 지운은 그를 불렀다. 하지만 서겸에게 닿지 못했다.

집 안으로 들어선 지운은 재빨리 베란다로 향했다. 창문을 열어 내려다봤을 때 서겸의 차는 이미 멀어지고 있었다.

"서겸 씨."

양손으로 얼굴을 감싸고 지운은 주저앉았다. 감은 눈앞에 방금 전의 서겸의 얼굴이 떠올랐다.

그는 정말로 걱정했다. 자신의 과거가 궁금해서 따라온 게 아니라 걱정이 되어서 온 것이다. 그런 그를 자신은 어떻게 했더라? 밀어냈다. 그를 밀어냈다. 그리고 망연자실한 그의 얼굴. 자신 때문에 그는 상처를 받았다. 그는 내 상처를 감싸주려 했는데.

조금씩 지운의 몸이 흔들렸다. 그리고 얼굴을 감싼 손이 젖어가기 시작했다.

❖ ❖ ❖

충격이 너무 컸다. 그래서 도망치듯 벗어났다. 누구나 비밀은 있다. 그 비밀을 지키기 위해서는 당연히 타인을 밀어낼 수 있다. 자신이라도 그랬을 테니. 알고 있음에도 충격이었다. 지운이 밀어낸 것뿐이다. 헤어진 게 아니라. 그런데 버림받은 기분. 참담했다.

"윤지운. 윤지운. 지운아."

끼익. 달리던 차가 갓길로 획 들어서며 급정거를 했다. 다행히 도로에 차가 많지는 않았다.

차를 세운 서겸은 핸들을 주먹으로 내려쳤다. 갈수록 속이 쓰렸다. 심장이 아팠다.

"그냥 싸운 거야. 어떤 커플이든 싸우잖아."

버림받은 게 아니라고 자신에게 최면을 걸 듯 말을 반복했다. 그럼에도 더러운 기분이 나아지지 않았다.

"미치겠다, 윤지운."

다시 되돌아가야 하나 고민하던 서겸은 결심 어린 얼굴로 사이드미러를 확인한 뒤 차선을 갈아탔다. 그리고 빠르게 질주했다.

끼이익. 급하게 세워진 차 안에서 서겸은 튕겨져 나오듯 성급히 나왔다. 바로 앞의 건물로 성큼성큼 걸어갔다. 벌컥 열린 문에 안에 있던 사람들이 놀라 쳐다봤다.

"서겸 씨?"

혜임이 주문대 안에서 걸어 나왔다. 잔뜩 구겨진 얼굴을 본 혜임은 서겸에게 섣불리 다가가지 못했다.

"부탁 좀 하죠."

"무슨 일 있어요?"

혜임이 이끄는 대로 안쪽으로 들어간 서겸은 그곳이 직원들 휴게실임을 알고 놓여진 소파에 털썩 주저앉았다.

"무슨 일이에요?"

흐트러진 감정을 정리하는 듯 서겸이 미간을 접고 숨을 골랐다. 머릿속이 뒤죽박죽 엉켰다.

"지운이에게 좀 가줘요."

"지운이요? 두 사람 무슨 일 있어요?"

입을 꾹 다물어 버리는 서겸을 보고 혜임은 답답함에 제 가슴을 쳤다. 서겸의 구겨진 얼굴은 화가 났다기보다는 마치 아파하는 것 같았다.

"조금 싸웠습니다. 지운이가 혼자 있는데, 부탁해요."

세상에 어느 커플이 싸우고 난 뒤에 연인의 친구를 찾는가, 제 친구를 찾아서 하소연을 하지. 혜임은 직감했다, 지운에게 일이 생겼음을.

"싸운 거 아닌 것 같은데요."

서겸이 목에 걸린 넥타이를 풀었다. 저도 답답한지 목을 죄고 있는 단추를 풀었다. 그의 손아귀에 들어간 힘 때문에 넥타이가 형편없이 구겨졌다.

"일이 좀 있었습니다. 부탁할게요. 지운이한테도 묻지 말고 그냥 살펴주세요. 지금 집에 있습니다."

목에 칼이 들어가도 말하지 않을 것 같아 혜임은 한숨을 쉬고 포기했다. 지운에게 가서 알아보는 게 더 빠를 것 같아 그녀는 허리에 맨 앞치마를 풀었다.

"이따가 전화드릴게요."

고맙다는 듯 서겸이 고개를 끄덕였다.

데려다 주겠다는 서겸을 마다하지 않고 혜임은 그의 차를 타고 지운의 집에 당도했다. 신호를 무시하지는 않았지만, 속도를 무시한 그의 운전에 혜임은 오는 내내 조마조마했다. 도착해서 지운이 있는 곳을 올려다보는 그의 눈빛이 심상치 않았다.

"감사합니다."

"그럼 부탁합니다."

혜임은 차에서 내려 건물로 향했다. 그때까지도 서겸의 차가 시동이 걸리는 소리가 나지 않았다.

초인종을 누를까 하던 혜임은 바로 도어록을 해제하고 집 안으로 들어갔다.

"지운아? 지운아!"

지운을 부르던 목소리가 침대 앞에 주저앉은 그녀를 보고 커졌다. 지운의 어깨를 잡고 살짝 흔든 혜임이 그녀의 얼굴을 살폈다. 하얗게 뜬 얼굴이 울었는지 젖어 있었다.

"혜임아?"

"응, 나야. 무슨 일이야? 응? 왜 울었어?"

"혜임아, 내가, 내가 그 사람을……."

'상처 줬어.' 라는 말을 끝내 하지 못하고 지운이 울먹였다.

"그 사람이라니? 서겸 씨? 무슨 일이야? 응?"

서겸이 자신을 데려다 줬다는 말은 하지 않은 채 혜임은 먼저 상황 파악을 위해 지운에게 물었다. 흔들리는 동공이 생각에 빠지는 듯 아득해졌다.

"그 사람이 알았어."

"뭘 알아?"

"Flos."

혜임의 얼굴이 굳어졌다. 어차피 알게 될 일일지도 모른다, 두 사람이 끝까지 간다면. 하지만 이 일을 밝히기에는 이른 시기일지도 모른다. 이제 막 두 사람은 시작한 단계인데.

"자세히 말해봐. 어떻게?"

"김 비서님이 나를 알아보더라고. 멤버들 이름까지 정확하게 알더라."

"그래서?"

지운은 김 비서가 알아본 것과, 서겸이 그 자리에서 자신을 빼내어준 것. 그리고 그가 출장을 앞당겨 준 것과 걱정되어 집까지 데려다 준 일을 모조리 털어놓았다.

"그냥 네가 Flos 멤버였다는 것만 알게 된 거잖아."

알고 있다. 하지만 하나를 알게 되면 두 개를 알고 싶은 게 사람의 마음이다. 그가 캐낼까 무서워 도망쳤다. 그러면 쉽게 과거의 일을 알아낼 수 있을 것이다. 그러면 그 일까지도. 다시 그 고통을 들추고 싶지 않았다. 아무에게도 들키고 싶지 않다. 아니, 무엇보다 추했던 자신의 모습을 들키고 싶지 않다. 그날의 치욕과 굴욕 그리고 상처에서 벗어나기 위해 얼마나 발버둥을 쳤는가. 그에게 추한 모습을 보이고 싶지 않았다. 그래서 그를 밀어냈다.

"너, 서겸 씨 왜 좋아?"

지운이 고개를 들어 혜임을 바라봤다. 뜬금없는 질문이 의아한 듯.

"응?"

"왜 좋냐고. 좋으니까 만나는 거잖아."

중요한 것이니 꼭 대답하라는 말에 지운은 생각했다. 왜 그가 좋은지를.

장난기 가득한 얼굴이 먼저 떠올랐다. 그리고 회식 때 든든했던 모습. 집에 데려다 줬던 그. 아플 때 보여줬던 자상함. 또 아플까 봐 몰래 약을 사다 줬던 그 사람.

"모르겠어. 그냥 좋은 것 같아."

어느 시점부터 그를 마음에 두게 되었는지 모른다. 그냥 조금씩 그에게 마음을 열었던 것 같다. 꼭 짚어 어떤 부분이 좋아서가 아니라 그가 보여준 모든 모습에 이끌렸다.

"질문을 바꿀게. 그가 네 일을 안다고 해서 널 싫어하게 될까?"

지운은 섣불리 대답할 수가 없었다. 머뭇거리며 지운이 말했다.

"그럴지도. 지금도 날 싫어하게 됐을지도 몰라. 내가 그 사람에게 모진 말을 했어. 싫다고, 귀찮다고 했어. 내가 상처를 줬어."

"하아. 널 싫어하는 사람이 나한테 와서 부탁을 할 리가 없잖아."

"부탁?"

"서겸 씨가 찾아왔어. 너랑 싸웠다고. 너 좀 살펴달라고. 그런데 이건 싸운 게 아니라 서겸 씨가 일방적으로 당한 것 같다? 그런데도 서겸 씨 아무 말도 안 했어. Flos, 꺼내지도 않았다고. 그냥 네 걱정만 했어."

"억지로 알려고 할 생각은 없었어. 그것만은 오해하지 말았으면 좋겠군. 쉬어."

서겸은 걱정을 했다. 그는 진심으로 자신을 걱정했다.

"알아, 나 걱정한 거."

너무 늦게 알아버렸다. 그가 상처받은 얼굴로 돌아서고 나서야 알아차렸다.

"너 서겸 씨랑 헤어질 거 아니라면 이야기해 보는 게 어때?"

"싫…… 어."

절대 그 일은 이야기할 수 없다. 하고 싶지가 않다. 그가 알게 되는 건 죽어도 싫다.

"서겸 씨, 지금 밑에 있을 거야. 나 데려다 줬거든."

조금 커진 눈으로 혜임을 보던 지운은 초조함에 머리를 쓸어 넘겼다. 서겸이 가지 않고 되돌아왔다는 혜임의 말에 심장이 거세게 뛰었다. 불안함 때문이 아닌 기쁨으로.

그가 자신을 등지지 않았다.

"어떻게 할래?"

뻔히 보이는데도 여태 불안함이 남아 있는 지운의 등을 두드린 혜임은 잘 생각해 보라는 말을 남기고 집을 나섰다.

터덜터덜 1층으로 내려오자 차에 기대어 서 있던 서겸이 놀라 혜임을 쳐다봤다.

"왜……."

혹시나 지운이 문을 열어주지 않은 것인지, 그렇다면 지운은 뭘 하고 있는 것인지, 울고 있는 건 아닌지 걱정을 하며 서겸이 물었다.

"올라가 봐요. 지운이가 서겸 씨 기다려요."

자신을 밀어냈던 연인이 찾는다는 말에 서겸이 얼굴을 쓸어내렸다. 안도감에 속에서 짙은 숨이 흘러나왔다.

"고마워요."

혜임이 무슨 이야기를 해주었음이 틀림없다. 고마움은 다음에 갚기로 하고 서겸은 달렸다. 지운의 집 앞까지 두세 계단을 한꺼번에 올랐다. 그리고 5층으로 가는 마지막 계단을 남기고 천천히 걸었다. 집 앞에 지운이 서 있었다.

"윤지운."

머뭇거리는 지운을 품에 안기 위해 서겸은 발을 뗐다. 그리고 드디어 품에 안았다.

"고마워, 다시 찾아줘서."

원망이 한순간에 눈 녹듯이 사르르 가라앉았다. 지운이 그를 찾는다는 혜임의 말에도 반신반의했었다. 지운의 팔이 그의 허리를 감쌌다.

"나 할 말이 있어요."

결심 어린 목소리에 더욱 힘을 주어 안았다.

"이야기하지 않아도 돼. 괜찮아."

"그래도 할래요. 하지만 다 이야기하지는 않을 거예요. 조금만, 조금만 이야기할게요."

이야기하겠다는 지운을 데리고 집 안으로 들어온 서겸은 억지로 그녀를 침대에 눕혔다. 일어나려는 지운을 덮치듯 그가 안았다.

"한숨 자자."

이야기를 하겠다고 고집을 부리는 지운이 더욱 불안해 서겸은 듣고 싶지 않았다. 그런 그를 밀어내고 몸을 일으켜 앉은 지운이 단호하게 말했다. 결국 그도 일어나서 들을 준비를 했다. 몇 분의 정적이 흘렀다. 그리고 지운의 입이 열렸다.

"나 Flos라는 그룹의 멤버였어요. 이하은이 누구냐고 물었죠? 같은 그룹이었어요."

"그래."

"멤버는 총 네 명이었어요. 정규 2집 활동을 마무리하고 다음 앨범 준비 중이었어요. 녹음도 다 했고요. 그런데 돌연 해체했어요. 이유도 듣지 못한 채 해체당했어요."

아직도 왜 해체가 된 것인지 정확한 이유는 모른다. 짐작만 하고 있을 뿐.

"셋은 퇴출당했는데, 하은 언니만 남았어요. 그리고 언니가 솔로앨범을 냈어요, 같이 녹음했던 노래로."

그때 남은 멤버들이 배신감에 하은을 찾아갔었다. 하지만 만나지도 못했다. 그렇게 하은은 멀어졌다.

"배신인가?"

"몰라요. 그럴지도. 하은 언니는 그 뒤로 계속해서 앨범을 내고 연기도 하고, 요즘 엄청 잘나가는데."

"그래서 혜임 씨가 욕을 했군."

그러고 보니 기사에서 몇 번 이하은을 봤던 것 같기도 하다. 최근에는 지운이 보던 기사에서 봤다. 그때 지운의 표정이 어땠더라?

"그것 때문만이 아니에요."

뭐가 더 있다는 지운의 말에 서겸이 계속하라는 눈짓을 보냈다. 하지만 머뭇거리며 눈치를 보는 지운을 보자 왠지 들어서는 안 될 말 같아 불길함을 느꼈다.

"제가 만났던 남자가 있는데……."

"남자?"

서겸의 상체가 들썩였다.

"네. 그런데 그 남자가 어느 날 갑자기 헤어지자고 했어요. 그러곤 얼마 지나지 않아 기사가 났어요, 하은 언니랑……."

눈치를 보던 지운이 눈을 질끈 감고 말했다.

과거 이야기에 남자 이야기까지 껴 있을 줄은 몰랐기에 서겸은 어안이 벙벙했다.

지금 우리 지운이 무슨 말을 한 거야.

머리가 생각을 하려는 듯 억지로 돌아갔다. 그리고 기억의 끄트머리에서 기사를 찾았다. 이별 기사에도 불구하고 데이트를 했다는 커플.

"서민혁."

맞다는 듯 지운이 고개를 끄덕였다.

"그 자식과 만났었다고?"

서겸의 얼굴이 점차적으로 붉어졌다. 속에서 나는 열을 내뿜듯 그가 콧바람을 내쉬었다.

자신도 과거가 없는 건 아니지만, 지운의 과거가 용납이 되지 않는 걸 보니 어쩔 수 없는 이기적인 사내인가 보다. 두 사람이 얼마나 만났고, 얼마나 사랑했는지 묻고 싶었다. 요목조목. 자신보다 그 남자가 잘해줬는지.

"화났어요?"

"조금은."

솔직하게 말이 튀어나왔다. 아니, 솔직히는 많이 화가 났지만 작게 표현을 한 거다.

"그래서 혜임 씨가 싫어한다고?"

고개를 끄덕이는 지운을 보며 서겸은 화를 삼켰다. 과거일 뿐이다를 되뇌며.

"과거가 밝혀지는 게 싫어?"

"아무래도……. 그때의 저는 굉장히 못났어요. 자격지심. 맞아요. 자격지심 때문에 추했어요. 그거 알아요? 대중들은 쉽게 열광하고 빠르게 식어요. 눈에 보이지 않으면 잊어버리죠. 전 그걸 받아들이기 힘들었어요."

자신을 좋아한다고, 자신밖에 없다던 팬들은 너무도 쉽게 자신을 잊었다. 그리고 소속사에서는 의도적으로 버린 세 명의 존재를 지웠다.

"노래를 너무 하고 싶어서 이 길 저 길을 찾았어요. 오디션을 보러 가면 저를 알아본 다른 참가자들이 비웃었어요. 그 눈빛이 잊히지 않아요. 결국 너도 보잘것없는 존재였구나. 구경을 하듯 보는 그 시선 속에서 노래를 부르는 게 힘들었어요. 망친 오디션도 많았어요. 많이 변했어요. 나는 갈수록 집착을 했고, 추해졌어요. 조금씩 병들어갔죠."

한순간에 잃어버린 대중들의 사랑, 잊혔다는 것과 겪어야 했던 시선들과 치욕들. 한동안 대인기피증도 있었다.

"치료도 받았어요. 차차 좋아졌어요. 헤임이 카페에서 일도 했고, 짧게나마 직장도 다녔고. 정말 신기하게도 알아보지를 못하더라고요. 하기야 시간이 많이 지났으니까요."

가끔 빤히 쳐다보는 시선이 느껴졌지만, 직접적으로 와서 물은 적은 한 번도 없었다. 무엇보다 소속사가 Flos의 존재를 지우려 했고, 하운도 방송에서 과거 이야기는 일체 꺼내지 않았다. 그게 컸을 것이다, 아예 없던 것처럼 잊힌 데에는.

자신의 치욕스러웠던 날을 고백하는 지운의 얼굴이 빨갛게 물들었다.

서겸은 묵묵히 지운의 이야기를 듣고 그녀의 머리를 쓰다듬었다. 다정스레. 그 고통을 잘 헤쳐 온 지운을 대견하다는 듯, 잘 견뎌주어서 고맙다는 듯 바라봤다. 그렇게 지운의 상처를 감싸 안았다. 그런 그의 행동에 조금씩 진정이 되는 듯 지운이 혈색을 되찾아갔다.

"그리고 좀 복합적인 건데, 이거는 말 못 해요."

다 이야기를 하고 싶지만, 할 수가 없다. 이것만은.

이야기에 서민혁이 껴 있어서 감춘 이야기가 궁금해져 버렸다. 절대 캐지 않기로 했는데. 남자 이야기라면, 머리가 아파왔다.

서겸은 애써 화제를 돌리려 했지만, 궁금증에 이야기가 계속 그쪽에서 맴돌았다.

"노래 계속 하고 싶어?"

"아니요. 포기했어요. 가끔씩 휘 부탁으로 부르는 걸로 만족해요."

"휘 동생의 부탁? 작사한 거 아니었어?"

"가이드녹음이라고, 가수들이 본녹음을 하기 전에 하는 거 있어요."

이 여자는 뭐 이리도 감춰둔 게 많단 말인가. 그것도 큼직한 걸로다가.

이야기를 하고 진이 다 빠졌는지 지운의 몸이 스르륵 아래로 기울어졌다. 서겸의 가슴에 기댄 지운이 작게 속삭였다.

"아까는 미안했어요."

"이미 잊었어."

지운의 등을 감싼 서겸이 고개를 흔들었다. 이렇게 품에 안겨 있지 않은가.

10

오랜만의 감정 소모로 인해 몸이 축 늘어진 서겸은 이대로 집에 간다 한들 잠이 오지 않을 것 같아 숨BAR로 향했다. 세상사의 근심걱정으로부터 숨으러 오라는 뜻으로 지은 BAR의 상호 '숨바꼭질'은 이곳 단골손님들에겐 간단히 숨BAR라는 애칭으로 불리고 있었다.

"왔냐. 무슨 일 있냐?"

아민이 서겸을 맞이했다. 지금 앞에 있는 또 다른 친구이자 매형인 세진보다는 나은 얼굴이었지만, 서겸도 꽤 지친 얼굴이기에 아민은 속으로 한숨을 내쉬었다.

"세진이도 있었네. 나도 같은 걸로."

세진은 묵묵히 손을 들어 인사를 대신했다.

"세진이야 누나랑 지금 싸우고 온 거고. 넌 왜 그래?"

좋아죽는 첫사랑과 결혼한 주제에 할 거는 다 한다는 눈으로 세진을 쳐다본 서겸은 아민에게 손을 내저었다. 묻지 말라고.

"짜증 나는 것들. 그보다 너, 전에 약속 멋대로 깨놓고. 그 여자분은 언제 소개해 줄 건데?"

오랜만에 친구가 연애를 한다고 하니 아민은 물론 남 일에 관심을 갖지 않는 세진도 궁금한 눈초리다. 서겸이 그들에게 보여준다고 하더니 약속을 깬 것이다.

"나중에."

"둘이 싸웠어?"

딱 견적이 나온다는 얼굴로 아민이 물었다. 여기가 무슨 결혼상담소, 연애상담소냐고 중얼거리던 아민이 결국에는 부러움이 담긴 눈으로 두 친구를 흘겼다.

"몰라도 된다."

"이럴 거면 뭐 하러 왔대?"

'비밀이오.' 하면 더욱 궁금해지게 마련. 아민이 술집 바텐더는 고객과 비밀유지서약을 한다며 절대 어디 가서 말 안 할 테니 털어놓으라고 서겸을 꼬드겼다.

"비밀유지서약 같은 소리 한다. 네가 무슨 의사냐. 변호사야?"

"얌마, 내가 이래 봬도 세진이 저 자식 상담도 많이 해줬거든? 내가 누나랑 세진이 화해시킨 것만 해도 얼만데."

자세한 것은 친구이자 손님인 세진과의 비밀유지서약으로 말은 못 한다고 하면서 자신을 노려보는 세진의 눈을 피해 아민이 싱글거렸다.

"너 조만간 네 매형한테 한 대 맞겠다."

그러지 않아도 아민은 세진을 매형이라고 부르는 거에 아직도 불만을 가지고 있었다. 가족들 앞에서 우거지상으로 어쩔 수 없이 매형으로 부르던 모습이 아직도 잊히지 않는다고 서겸이 약 올렸다.

　"그 여자분이랑 무슨 일 있었어?"

　잠잠하게 있던 세진까지 합세해 물었다. 서겸은 잔을 비우고 탁 내려놓았다.

　"후우, 조만간 보여줄게."

　세진은 눈치껏 더는 묻지 않았다. 아민은 궁금해 죽을 지경인지 서겸에게 몇 번 캐묻듯 질문을 하더니 굳게 닫힌 친구의 입에 흥미를 잃고 핸드폰을 꺼내 들었다.

　워낙 과묵한 세진과 기분이 가라앉은 서겸과 같이 있자니 아민은 심심해 몸살이 날 지경이었다. 가게를 봐야 하니 그들과 같이 술을 마실 수는 없고, 핸드폰을 꺼내 기사를 훑었다.

　"와. 이하은 드라마 끝난 지 얼마 안 됐는데 벌써 새 영화 촬영한다고 하네."

　이하은이라는 이름에 서겸이 흘끗 아민을 쳐다봤다. 아민이 입 모양만으로 '왜' 라고 질문을 했다.

　"너네 이하은이 전직 가수였던 거 알아?"

　"우리나라 사람들 중 그걸 모르는 사람이 있나? 이하은이 지금 얼마나 잘나가는데."

　서겸이 계속해서 말해보라는 듯 고개를 끄덕였다.

　"작년에 연기대상 받고, 연이어 지금 방영하는 드라마로 요즘 주가 높은 최고의 CF퀸이잖아. 연인인 서민혁도 유명한 뮤지컬

배우고."

아민의 입에서 서민혁이 나오자 서겸의 안면 근육이 꿈틀거렸
다.

"그러고 보니 Flos 생각나네. 왜 그동안 잊고 살았지? 아, 난 이
하은보다는 윤지운이 더 좋았는데."

과거 Flos 이야기까지 거슬러 올라간 아민이 내뱉은 말에 서겸
은 술을 마시다 사레가 걸렸다. 독한 알코올이 잘못 넘어가자 토
악질이 나올 정도로 역했다. 콜록거리는 서겸에게 아민이 물을 주
며 혀를 찼다.

"미친놈. 천천히 마셔라. 술이랑 웬수졌냐."

"네가 윤지운을 어떻게 알아?"

간신히 기침을 멈춘 서겸이 물었다.

"나 Flos 팬이었는데, 너 기억 안 나? 내가 너 군대 입대할 때
Flos 앨범 선물로 줬던 거. 아, 지금 생각하니 아깝네. 이제는 구
하려 해도 못 구할 텐데. 너 그거 아직 있냐?"

"무슨 앨범?"

기억을 더듬던 서겸은 '아' 하는 단말마의 탄성을 내놓으며 스
톨 바를 내려쳤다. 깜짝 놀란 아민이 얼마짜리인 줄 아냐고, 이거
부서지면 네가 새로 해줄 거냐고 삐쭉거렸다.

"야, 나 간다."

서겸은 뒤에서 아민이 불러도 멈추지 않고 밖으로 내달렸다. 대
리를 부를 시간도 아까워 그는 지나가는 택시를 잡아탔다.

집에 도착한 서겸은 예전 물건들을 모아둔 방으로 향했다. 모아
놓았다기보다는 처분해야 할 것들임에도 귀찮아서 쌓아두었다.

청소가 잘 되어 있지 않은 방이기에 그가 움직일 때마다 캐캐묵은 먼지가 일어났다.

"콜록. 어디 있더라."

소매로 코를 막고 서겸은 오른손으로 상자를 하나하나 들췄다. 군대에 있을 때 사용했던 물건들은 분명 따로 보관되어 있을 것이다. 입대를 하면서 아민이 준 CD와 CD플레이어를 어딘가 보관해 뒀다.

"이건가?"

상자 하나를 바닥에 놓고 그 앞에 주저앉은 서겸은 물건 하나하나를 꺼냈다. 과거를 추억하기보다는 물건 찾는 데에 열중했기에 오랜만에 보는 물건들에도 그는 감흥이 없었다. 하나하나 그의 주변으로 상자에서 나온 물건이 쌓여갔다.

"여기 있다."

드디어 찾고자 하는 물건을 찾았다. CD플레이어 안에는 듣다가 만 CD가 있었다. 그리고 그 아래로 CD케이스가 있었다. 그 물건을 꺼낸 서겸은 잠시 회상에 잠겼다.

입대 전 아민과 세진과 함께 술을 마시면서 한 걸그룹의 무대를 TV로 봤다. 정확히 생각나지는 않지만, 아민이 누가 제일 예쁘다고 했던 것 같다. 그게 Flos였다니.

CD케이스의 뒷면을 보던 서겸은 자신이 즐겨 들었던 트랙을 확인했다. 부른 사람은 지운이었다. 그의 얼굴에 미소가 번졌다.

"윤지운, 여기 있네."

지운의 이름을 손가락으로 훑은 서겸은 CD플레이어가 아직 작동이 되는지를 확인했다. 사용한 지 굉장히 오래된 플레이어가 작동될 리 없었다. 낙심한 그는 CD를 꺼내 손가락에 조심히 끼우고 자리에서 일어났다. 노트북을 찾으러.

❖ ❖ ❖

굉장히 날씨가 화창했다. 지운은 침대에 앉아 멍하니 베란다를 통해 하늘을 보고 있었다. 어제 유난히도 길었던 하루를 생각하던 그녀는 시계를 확인했다.

아침 일찍 서겸에게서 문자가 왔다. 데리러 가겠다고. 출근은 하지 말라고. 오늘 두 사람은 제주도로 출장을 간다. 지운은 아침이 되자 맑아지는 정신으로 생각해 보니 어제의 일에 얼굴이 달아올랐다.

앞으로 명호와 선욱을 어떻게 봐야 할지. 그보다 당장 서겸의 얼굴을 어떻게 볼지. 과거를 털어놓아 마음이 한결 가벼워졌지만, 부끄러웠다. 자신의 행동이.

다시 시계를 보고 지운은 침대에서 내려왔다. 주말까지 있다 올 것이기에 짐의 양이 제법 되었다. 문이 잠겼는지를 확인하고 캐리어를 들고 계단을 내려가니 팔이 뻐근해졌다.

"무거워?"

잠시 캐리어를 내려놓고 팔을 접었다 펴는데 서겸이 다가왔다. 청바지에 티 한 장을 입은 그는 쓰고 있던 선글라스를 벗으며 지운을 향해 미소 지었다.

"좋은 아침."

쪽. 볼에 그의 입술이 닿았다. 어제 아무 일도 없었다는 듯이 그가 행동했다. 작은 목소리로 지운이 따라 말했다. 좋은 아침.

"공항으로 바로 가서 비행기 타야 해. 그리고 다른 호텔에 짐 풀고 우리 리조트 돌아볼 거야. 그 뒤로는 자유 시간."

늘 일정을 브리핑하던 것과는 반대로 서겸이 오늘의 일정을 브리핑했다. 지운이 내려놓은 캐리어를 가뿐하게 든 서겸은 남은 손으로 그녀의 손을 잡고 차로 향했다.

"내가 특별히 스포츠카로 빌렸어."

공항에 도착하면 바로 차가 대기해 있을 거라며 기대해도 좋다고 말하는 그를 향해 지운이 살포시 웃어 보였다. 행여나 자신을 보고 불편해할까 봐 미리 분위기를 풀어주는 그의 마음을 그녀가 눈치챘다.

"고마워요."

"뭘, 이 정도 가지고."

어떤 의미의 감사 인사인지 알면서도 서겸은 능청스럽게 무거운 가방 하나를 들어준 게 대수냐는 식으로 굴었다. 지운의 미소가 더욱 커졌다.

"더운데 캐럴 들을까?"

서겸이 플레이 버튼을 눌렀다. 'We wish you a merry christmas'가 차 안에 흘렀다. 서겸이 흥얼거리며 따라 불렀다. 지운에게 같이 부르자고 조르던 그는 그녀가 조금씩 따라 부르자 입을 꾹 다물고 듣기만 했다.

공항에 도착해 비행기를 타고 제주도에 도착할 때까지 분위기는 조금씩 활기를 띠어갔다. 서겸의 장담대로 떡하니 대기하고 있는 스포츠카 뒷자리에 짐을 실으며 지운은 실감했다, 제주도에 온 것을.

"공식적으로는 일 때문에 온 거지만, 우리는 비공식적으로 하계휴가를 온 거야. 오케이?"

"지금은 공식적인 일에만 집중을 해주세요, 전무님."

유능한 비서 흉내를 내듯 지운이 칼같이 잘랐다. 재미있다는 듯 그녀를 쳐다본 서겸이 장단을 맞췄다.

"그럼, 우리 윤 비서. 갈까?"

하루 묵는 데 수십만 원을 호가하는 호텔에 도착해 짐을 풀고, 리조트를 돌아보고, 다시 호텔로 돌아왔을 때 시각은 이미 저녁을 훌쩍 넘기고 있었다. 늦은 저녁을 먹기 위해 호텔 내에 있는 식당으로 향하며 서겸이 물었다.

"소감은? 어땠어?"

마주 잡은 두 손이 그들 사이에서 흔들거렸다. 단단하게 깍지를 낀 손을 내려다보던 지운이 고개를 들고 서겸과 눈을 맞췄다.

"좋았어요. 굉장했어요. 살고 싶을 만큼."

"그럼 굉장해야지. 누가 만든 건데."

"음. 건축가가?"

의기양양하던 서겸이 픽 웃으며 고개를 흔들었다.

테이블에 앉은 지운은 밖을 내다봤다. 바로 야외 수영장으로 향하게 구조가 되어 있었는데, 야외에서도 식사를 즐길 수 있게 테이블이 곳곳에 놓여 있었다. 가족 단위로 온 구성원이 꽤 되었는데, 아이들은 수영장 안에서 놀면서 간간이 부모에게 손을 흔들었다.

"여기 너무 좋아요. 저기 밖에서 노래 부르나 봐요."

야외에 조그마하게 마련된 무대 위에 외국인 여성이 롱드레스를 입고 마이크를 들고 있었다. 노래를 부르는 것인지, 밖의 테이블에 앉은 사람들이 모두 무대를 향하고 있었다.

"내 리조트가 더 좋다고."

"네네, 여기도 좋다고요."

　식사를 마치고 두 사람은 야외로 자리를 옮겼다. 아이들이 물놀이하는 소리와 어우러진 노래가 은근히 로맨틱했다. 외국인 여성의 풍부한 음량이 가슴에 스몄다.

"흐음. 나 좀 봐주지?"

　무대에서 눈을 떼지 못하는 지운을 보자 서겸은 가슴께가 서늘해졌다. 그의 눈에 안타까움이 설핏 지나갔다. 툭툭 손가락으로 테이블을 치자 지운이 무대에서 시선을 돌렸다.

　와인잔을 들고 빙빙 돌려 향을 음미한 지운이 입에 와인을 머금었다. 꿀꺽 삼키자 서겸이 치즈 한 조각을 입에 물려주었다.

"서비스 좋은데요."

"다른 서비스도 좋을 텐데."

　서겸이 은근한 눈빛을 보냈다. 놀라 눈을 동그랗게 뜨는 지운을 보고 그가 호탕하게 웃었다.

"놀리지 말아요."

"놀리는 게 아니라 유혹하는 거야, 이 아가씨. 꼭 중요할 때 눈치 없게 굴더라."

　자신을 흘겨보는 지운의 팔을 잡아 일으킨 서겸이 그만 올라가자고 눈짓을 했다. 왠지 그를 따라가는 걸음이 떨렸다. 이 이후에 있을 무언가를 생각하며 지운은 눈을 내리깔았다.

"왜 조용해지는 건데?"

객실에 도착할 때까지 지운은 입을 다물었다. 평소와 달리 종알종알 하루 종일 이야기하던 입이 다소곳하게 다물려 있었다.

지운을 담은 서겸의 동공이 즐거움에 빛이 났다. 그리고 기대감에.

"흐음. 오늘 내 신체 비밀을 알려줄까?"

그가 객실 문에 한쪽 어깨를 기대서며 물었다. 한동안 지운에게서 말이 없었다.

"나를 애태우려 했다면 성공이야. 이리 와. 알려줄게. 꼭 알려주고 싶어."

여자에게 선택을 준답시고 빼는 건 자신의 성미에 맞지 않았다. 오히려 선택을 주는 게 여자에게 부담되고 난감할 때가 있다, 지금처럼.

서겸은 더는 지체 없이 지운의 팔을 잡고 자신의 객실로 끌어들였다. 등 뒤에서 문이 닫히자 지운의 어깨가 움찔거렸다. 서겸이 그녀의 뒤에 바짝 섰다. 뒤에서 어깨를 감싸 안고 목덜미에 얼굴을 묻은 그가 숨을 들이켰다.

"지운아."

낮게 부르는 목소리에 지운이 반응을 했다. 그대로 그녀의 고개만 옆으로 돌려 서겸이 입을 맞췄다. 부드럽게 입가를 맴도는 입술이 벌어지고 그의 혀가 지운의 입안으로 들어갔다. 지운의 몸을 돌려 서겸이 벽으로 밀었다. 벽과 그의 사이에 갇힌 지운에게 깊이 키스를 하며, 그가 지운의 허리에 팔을 둘렀다.

"하아."

잠시 입술이 떨어진 틈을 타 지운이 숨을 몰아쉬었다. 그녀의 손이 서겸의 어깨를 잡았다. 단단한 근육이 두터워 그녀의 손에 다 잡히지 않았다.

지운의 목줄기를 따라 내려가던 입술이 다시 올라와 그녀의 숨결을 훔쳤다. 도망치는 혀를 찾아 얽고 맛보았다.

"서겸 씨."

어깨에 올려진 팔이 서겸의 목을 감쌌다. 목에 키스를 하며 쇄골까지 내려간 서겸이 자신을 부르는 목소리에 대답하듯 손에 힘을 주었다. 어느새 가슴으로 옮겨간 그의 손이 부드러움을 만끽하려는 듯 바쁘게 움직였다. 다른 손이 옷을 끌어 올렸다. 바지에서 완전히 블라우스를 뺀 그의 손이 무례하게 안으로 파고들었다.

속옷 위를 맴도는 손이 등 뒤로 돌아가 단번에 브래지어 후크를 풀었다. 느슨해진 속옷에 압박감이 사라지고 가슴에 닿는 그의 손에 지운의 입에서 신음이 흘러나왔다.

"하아, 핫."

서겸이 강하게 여린 살을 빨아들었다. 흔적을 남긴 그가 돌연 지운에게서 몸을 뗐다. 급하게 숨을 몰아쉰 서겸은 지운을 안아 들고 안으로 성큼성큼 걸음을 옮겼다. 흐트러진 옷을 갈무리하지 못한 채 지운은 서겸에게 안겨 침실로 옮겨졌다.

부드럽게 지운을 눕힌 서겸은 그녀를 다리 사이에 가두고 급하게 셔츠를 벗었다. 단단한 가슴이 지운의 눈길을 받고 실룩댔다. 흐트러진 지운의 블라우스를 벗기느라 서겸이 그녀를 살짝 안아 들었다. 브래지어까지 한꺼번에 벗기자 지운이 가슴을 가렸다.

"가리지 마."

손을 잡아 위로 올려 고정시킨 서겸이 거침없이 그녀의 가슴 위로 얼굴을 내렸다. 부드러움이 얼굴에 닿자 그의 입에서 거친 숨이 토해져 나왔다. 핑크빛 돌기가 그의 입에 삼켜졌다.

"하아, 서겸……."

서겸이 조금씩 아래로 내려갔다. 그가 맛본 피부에는 그의 손이 자리했다. 홀쭉한 배 아래까지 입을 맞춘 서겸이 몸을 들었다.

눈을 맞추며 서겸이 나머지를 탈의했다. 더불어 지운의 것까지. 부끄러움에 지운의 몸이 발갛게 달아올랐다. 아니, 그가 전해주는 열기에.

천천히 그가 그녀를 가득 채워왔다. 아득해지는 그녀의 시선을 서겸이 억지로 맞추려는 듯 돌아가는 얼굴을 잡아 고정했다. 자신에게서 눈을 떼지 말라는 듯.

"윤지운."

가빠지는 호흡에 대답할 틈도 없었다. 온 신경이 그를 향했다.

서겸이 지운의 손을 잡아 자신의 심장에 가져다 댔다. 마치 이 심장이 누구 때문에 빠르게 뛰는지 알고 있냐는 듯. 더듬더듬 지운이 가슴을 만지자 그가 더욱 빠르게 몸을 움직였다. 그리고 완전하게 그녀를 집어삼켰다.

물이 가슴께까지 차오르자 서겸이 수도꼭지를 잠갔다. 욕실 안을 시끄럽게 메우던 소리가 단숨에 끊겼다. 서겸이 몸을 돌려 앉아 거품만 손가락으로 쿡쿡 가르는 지운의 어깨를 잡아 끌어당겼다. 순순히 끌려오면서도 막상 그의 몸이 닿자 지운이 피하듯 몸을 움츠렸다.

"윤지운."

거품이 묻은 손으로 지운의 얼굴을 만지자 그 거품이 그대로 옮겨갔다. 얼굴을 찡긋거리는 지운의 몸을 돌려 마주 본 서겸이 눈을 마주치지 못하는 그녀를 보고 숨죽여 있었다.

"부끄러워? 그런 모습 보이지 마. 나 약하단 말이야."

"자꾸 뭐만 하면 약하대."

서겸이 한 팔을 세워 욕조에 머리를 기댔다. 삐뚜름해진 시선으로 서겸이 정말 모르냐는 듯 쳐다봤다.

"몰랐나? 나 윤지운한테 약한 거."

약하기는. 지운이 낮게 투덜거렸다. 분명히 방금 전 그녀는 침대에서 사정을 하듯 그에게 말했다. 그만하라고. 그럼에도 인정사정없이 밀어붙이던 남자가 내뱉는 믿음이 안 가는 말에 코웃음을 쳤다.

"왜 눈을 못 맞춰. 누가 이야기하면 또렷이 쳐다보면서."

"아, 그거 버릇이에요."

"응. 버릇인 거 알겠더라."

지운은 굳이 그 버릇이 왜 생겼는지는 말하지 않았다. 활동을 하던 시절, 게스트로 출연하면 MC가 말하는 말 한마디를 놓치지 않기 위해 그 사람을 뚫어져라 쳐다봤다. 그게 버릇이 되어 지금까지 이어졌다.

"그보다 비밀이 뭐예요?"

지운이 자신의 어깨 뒤를 만지작거렸다. 서겸의 문신이 있는 곳을 더듬 듯이. 그가 살짝 몸을 돌려 문신을 다시 보여줬다.

"뭔 것 같아?"

곰곰이 생각을 하던 지운이 모르겠다고 고개를 흔들었다. 서겸이 물 묻은 손으로 머리를 완전하게 넘겼다. 반듯한 이마가 드러나자 지운이 그쪽에 시선을 두었다. 요목조목 훑었지만, 작은 상처 하나 보이지 않았다.

"그쪽이 아니라 여기."

서겸이 귀를 가리켰다. 하지만 귀에서도 무언가를 발견하지 못했다. 서겸이 직접 지운의 손을 잡아 자신의 귀를 만졌다.

"뭔지 알겠어?"

"피어…… 싱했었어요?"

"응."

귀의 위쪽에 뚫린 구멍이 손에 잡혔다. 옆으로도. 그리고 귓불 위에까지 연달아.

"잠깐 기다려 봐."

서겸이 몸을 일으키려는 듯 욕조에 양팔을 올렸다. 지운이 화들짝 놀라며 시선을 돌렸다. 그가 빠져나가자 물이 그만큼 부피가 줄었다. 지운은 더욱 숙여 물속에 몸을 감췄다. 대충 거품을 닦은 그가 밖으로 나가더니 다시 돌아왔다.

"큭큭. 나 좀 봐."

물속에 다시 들어온 서겸이 주먹을 쥐고 있던 손을 폈다. 그의 손안에는 금속 물체가 있었다.

"이게 뭐예요?"

"피어싱."

양쪽으로 창처럼 뾰족한 금속 물체를 서겸이 손안에서 굴렸다. 이게 피어싱? 하는 눈으로 지운이 쳐다봤다.

"이거는 이렇게 하는 거야."

서겸이 한쪽 뾰족한 창을 돌돌 돌리자 따로 분리가 되었다. 거울을 보지 않고 그는 능숙하게 귀에 착용을 했다. 다 착용한 걸 본 지운이 눈을 동그랗게 떴다. 귀 윗부분으로 들어가더니 귓바퀴 아래쪽으로 나왔다. 서겸은 풀었던 부분을 다시 돌려 연결했다. 창이 완전하게 그의 귀를 뚫었다. 위에서부터 비스듬하게 아래로.

"이런 걸 했어요?"

고작 작은 물건 하나가 그의 이미지를 180도 바꿔놓았다. 더 위험스럽게 보이려는지 그가 험한 인상을 지어 보였다.

"어때?"

"음. 신기해요."

그가 이런 걸 했다니, 정말 의외다. 문신도 그랬고, 피어싱도 놀라웠다. 이것 말고도 귀에 뚫은 다른 구멍에 차는 피어싱도 있다고 그가 말했다.

"학창 시절이 의심되는데요."

"반항하던 시기가 있었다고나 할까? 하지만 잠깐이었어."

"그 잠깐 사이에 이걸 다 한 거예요?"

더 물어도 되는지 지운이 머뭇거렸다. 자신도 그에게 말하기 싫은 부분이 있다. 그가 말하기 싫다면 묻는 건 예의가 아니다. 아무리 연인 사이라도.

"연애가 알아가는 단계라잖아. 궁금한 거 있으면 물어봐. 대답해 줄 수 있는 부분까지는 해줄게. 눈치 보지 마. 내가 알아서 어련히 걸러 이야기할까. 나도 나 불리한 부분은 말 안 한다고."

찡긋. 서겸이 윙크를 했다.

"반항은 왜 했어요?"

가장 본질적인 부분을 물었다. 조심스럽게 물었지만, 의외로 서겸은 아무렇지도 않게 대답했다.

"해외에 있는 게 싫었어. 그래서 한국에 들어오려고 문제를 일으켰지. 그런데도 데리러 오지 않더군. 대학 덕에 간신히 왔어."

"왜 한국에……."

지운이 궁금한 게 뭔지 알아차린 서겸이 계속 말을 이었다.

"알지 모르겠지만, 나 사생아야. 말이 좋아 '율' 그룹 차남이지, 형이랑은 어머니가 달라."

지운의 눈이 흐려졌다. 더는 말하지 않아도 된다고 그녀가 말렸지만, 서겸은 고해성사를 하듯 계속 이야기했다.

"뭐, 내 생모가 나를 낳고 얼마 안 가 교통사고로 죽었어. 그 뒤로 난 집에 들어갔고, 초등 과정부터 미국에서 보냈어. 쭉."

영어를 한마디도 못 해서 초반에는 거의 왕따나 다름없었다고 쭈욱 몸을 늘이며 말했다. 안쓰러운 손길이 그의 어깨에 닿았다. 그 손을 잡아끈 그가 온전하게 지운의 품에 안겼다.

"잘 컸어요."

"고맙군."

그가 집안과 그리 관계가 좋지 않다는 걸 알고 있다. 그럼에도 이렇게 번듯하게 자란 그가 사랑스러웠다.

"잘 커서 내 앞에 나타나 줘서 정말 고마워요."

"고마우면 잘해."

삐기듯 말한 그가 마지막에 낮게 말했다, 고맙다고.

❖ ❖ ❖

엎드린 채 잠이 든 그의 모습을 눈에 담았다. 낯선 언어가 박힌 날갯죽지를 손으로 부드럽게 쓸었다. 간지러운지 그가 미간을 접으며 몸을 뒤척였다.

"일어나요, 어서."

어깨를 잡고 흔들자 서겸이 가늘게 눈을 떴다. 눈 안으로 들어오는 빛이 너무 밝아 서겸이 다시 눈을 감았다.

"윤지운?"

잠깐 뜬 눈으로 보인 인영이 지운이 맞는지 서겸이 물었다. 허스키하게 가라앉은 목소리에 지운이 설풋 웃었다.

"일어나요. 어제 늦게까지 대체 뭐 한 거예요."

씻고 나서 잠이 든 자신과 달리 그는 노트북을 가지고 나갔다. 베란다로 나간 그는 유리문을 통해 자신이 잠들 때까지 바라보더니 무언가를 했다. 그게 마지막 기억이었다.

"뭐 했더라?"

잠이 깨지 않는지 서겸이 중얼중얼 헛소리를 했다. 그러더니 획 지운을 끌어당겨 자신의 위에 눕혔다.

"모닝 사랑 어때?"

그의 손이 지운의 가운 안으로 들어왔다. 지운이 화들짝 놀라며 몸을 일으켰다.

"징신 차려요, 한서겸 씨"

얼굴이 붉게 바뀌어가는 지운을 흐뭇하게 보던 서겸이 벌떡 일어났다. 마주 보고 앉은 그가 지운의 입에 살짝 입을 맞췄다.

"굿모닝. 좋군. 기차가 아닌 당신이 깨워주니까."

"어서 씻어요."

이불이 흘러내리며 그의 상체가 드러났다. 거리낌 없이 일어설 그임을 알기에 지운이 재빨리 침대에서 일어나 몸을 돌렸다. 사그락 소리가 들렸고, 언뜻 보니 아무것도 걸치지 않은 그의 뒤태가 욕실 안으로 사라졌다.

대충 이불을 정리한 지운은 자신의 짐가방이 건넛방에 있음을 깨닫고 난감함에 입술을 깨물었다. 어제 입었던 옷을 다시 입고 짐을 가지러 가야지 하던 중, 욕실 안쪽에서 소리가 들렸다.

"왜요?"

문밖에 서서 크게 외치자 안쪽에서 작은 목소리가 들렸다.

"뭐라고요? 안 들려요!"

더 크게 말을 해달라고 해도 소용이 없었다. 결국 지운이 문을 살짝 열었다.

"방금 뭐라고 했어요?"

"당신 가방 거실에 있다고."

내심 지운이 문을 벌컥 열고 들어와 주기를 바랐던 서겸은 아쉬움에 입맛을 다셨다. 같이 일어나 씻으면 좋았을걸. 빨리 씻고 나가고 싶은 마음에 샴푸를 짜고 머리를 감는 그의 손이 바쁘게 움직였다.

탈탈 머리를 털고 나오자 옷을 다 입어가는 지운이 보였다. 원피스를 걸친 지운은 양손을 등 뒤로 뻗어 지퍼를 올리느라 애쓰고 있었다. 어깨에 수건을 걸친 서겸이 그녀의 등 뒤로 걸어갔다.

"벌써 씻었어요?"

"응. 잠가줘?"

원피스 지퍼를 손가락으로 잡은 서겸이 천천히 위로 끌어 올렸다. 잘못하다가는 지운의 살이 지퍼에 끼일 것 같아서 조심스러웠다.

지퍼를 다 올리기 전 서겸이 드러난 목덜미에 입술을 가져갔다.

"오늘 밤에는 이 지퍼를 올리는 게 아니라 내리는 영광을 나에게 주길."

쪽. 오늘 밤에 이 원피스를 벗기겠다는 으름장을 마지막으로 서겸이 짓궂게 웃었다.

잠시 후 서겸이 옷을 다 입자 두 사람은 1층으로 향했다. 곳곳이 커다란 유리로 되어 있어 환한 빛이 안으로 쏟아져 들어왔다. 서겸은 꼼꼼하게 살피며 걸었다.

"어딘가 단점이 있을 거야. 우리는 그걸 보완하자."

호텔을 경영하는 사람다운 말을 처음 듣는 듯 지운이 눈을 반짝였다. 서겸이 머쓱하게 웃으며 모닝 뷔페로 향했다.

먼저 가져다주는 커피로 입가심을 한 두 사람은 각자 먹고 싶은 음식을 찾아 떠났다. 서겸은 줄을 서 있으면서도 눈으로 지운이 어디에 있는지를 확인했다. 먼저 양손에 음식을 든 그가 지운에게로 향했다.

"나는 저거."

양손 가득 음식을 들고 있으면서도 서겸은 다른 음식을 탐냈다. 하기야 자신도 배가 고픈데, 남자인 그는 더 배가 고프겠지.

"또 어떤 거요?"

"다른 건 먹고 보자."

이건 맛있고, 저건 별로다 등 음식 맛을 평가하던 두 사람은 30분이 채 되지 않아 배부름에 배를 두드렸다.

"그거 맛있어?"

마지막으로 과일과 요거트를 먹는데 서겸이 지운의 손에 들린 요거트를 보며 물었다.

"먹어봐요."

시큼한 맛을 별로 좋아하지 않는 터라 요거트를 먹는 건 정말 오랜만이었다. 지운이 수저로 떠서 그의 앞에 내밀었다. 입을 벌린 서겸에게 주는가 싶더니 장난을 치듯 그의 입가에 묻혔다.

"쿡쿡. 입에 묻었다."

웃는 지운을 황당하게 보던 서겸이 야릇한 눈으로 보면서 혀를 내밀었다. 그리고 쓱 입가를 핥았다.

"나 지금 무슨 상상했게."

"글…… 쎄요. 저는 별로 알고 싶지 않은데."

위험하게 빛나는 눈이 경고했다. 지운은 말하지 말라고 고개를 흔들었다.

"당신의 가슴에 요거트를 묻히고……."

"그만. 내가 잘못했어요. 말하지 말아요!"

"그럼 말 안 하고 난 계속 상상할게."

"상상도 하지 말아요!"

서겸은 이 요거트가 테이크아웃이 되는지 궁금하다며 주위를 두리번거렸다. 지나가는 직원에게 물어볼 기세에 지운이 먹던 요거트를 내려놓고 그의 손을 잡고 그곳을 빠져나왔다.

질끈 묶은 머리를 보고 서겸은 속으로 제발을 외쳤다. 지금이라도 그녀가 마음을 바꾸기를 바랐다.

"목 뒤에 내가 마크 남겨놨는데."

"알아요."

목 뒤뿐이랴. 앞에도 그가 남겨놨다. 가방을 뒤적거려 손수건을 꺼낸 지운은 돌돌 말아 목을 감쌌다. 거울로 확인을 한 지운은 싱긋 웃으며 서겸을 향해 돌아섰다.

"빨리 가요."

"보다시피 날씨가 엄청 더워."

"그래서 선크림 발랐잖아요. 혹시나 해서 양산도 챙겼고."

제주도 하면 올레길. 기어코 올레길을 걷겠다는 지운을 서겸은 내내 말렸다. 가벼운 옷차림에 산뜻한 얼굴을 보고 그는 양손으로 얼굴을 감쌌다.

"그렇게 쳐다보지 말라니까."

"가요. 안 그러면 나 진짜 혼자 가요."

이 좋은 곳에 와서 왜 굳이 걸어야 하냐고. 나름 계획을 짜놓았던 서겸은 원망스러운 눈길로 지운을 바라봤다.

"일사병 걸릴지도 몰라."

"가다가 얼음물 사면 돼요."

"우리 지운이가 이렇게 건강할 줄은 몰랐다. 어젯밤에 괜히 일찍 재웠어."

못 들은 척 지운이 그를 스쳐 지나갔다. 챙겨온 운동화를 신고 끈을 질끈 동여맨 지운이 서겸의 운동화를 신기 편하게 가지런히 놓았다.

"오늘 밤은 내 맘대로 한다."

서겸이 포기를 하고 신발에 발을 넣었다.

기껏 렌트한 스포츠카를 버려두고 두 사람은 걸었다. 올레길을 표시하는 리본이 달린 걸 확인하고 천천히 걸었다. 지운은 햇빛에 약한 피부가 따끔거릴 때쯤이면 그늘로 피해 걸었다. 그런 지운을 본 서겸이 양산을 펼쳐 들고 지운의 위로 씌워주었다.

"괜찮아요."

"응."

건성으로 대답하며 서겸이 앞으로 걸어야 할 거리를 가늠했다. 끝이 보일 리가 없었지만. 그래도 걷다 보니 괜찮았다. 즐거워 보이는 지운의 얼굴을 본 그의 얼굴에서 미소가 어렸다.

가는 도중 틈틈이 물을 마시고 군것질도 했다. 구경을 하면서 걷는 재미가 쏠쏠했다.

"어? 해안가다."

걷다 보니 해안가도 나왔다. 모래사장을 거닐다 말고 지운이 주저앉았다.

"이거 소라예요."

모래를 탈탈 털더니 귀에 가져갔다. 쏴아아. 바람과 파도 비슷한 소리가 났다. 서겸에게도 들려주려는 듯 소라를 들고 지운이 그에게 다가갔다. 허리를 숙여주는 그의 귀에 가져갔다.

"파도 소리."

"굳이 이거 아니어도 지금 들을 수 있는데."

바로 앞에 펼쳐진 바다를 서겸이 손가락으로 가리켰다.

"에이, 무드가 없어."

"언제는 로맨틱하다며."

서겸이 지운의 이마를 손가락으로 튕겼다.

해안가의 끝에는 돌이 무성했다. 그 돌을 밟고 위로 향하라는 표시가 되어 있는 길을 그가 눈을 찌푸리며 쳐다봤다.

"돌아갈까? 위험할 것 같은데."

그래도 가겠다며 지운이 먼저 앞장섰다. 서겸은 뒤따르며 지운이 넘어지지 않도록 부축했다. 중반쯤 오르자 이게 산행인지 도보인지 알 수가 없을 정도로 가팔라졌다. 미끄러지면 뒤에서 오는 서겸도 다치기에 지운은 한 발 한 발 신중하게 내디뎠다.

다행히 두 사람은 별 탈 없이 다 올라갔다. 위에서 내려다보자 뿌듯함에 지운이 허리에 손을 얹고 멀리 내다봤다.

"야호라도 하지 그래?"

행여나 지운이 넘어질까 봐 온 신경을 곤두세웠던 서겸이 안도의 숨을 내쉬었다. 툭툭 잘했다고 지운의 어깨를 토닥였다.

그날 저녁. 마음대로 하겠다던 서겸은 포부와는 달리 지운을 얌전히 재웠다. 퉁퉁 부운 다리를 정성껏 마사지해 주는 서비스를 해줌과 함께.

11

칙칙폭폭. 뿌우.

"으음."

부스럭거리는 소리와 함께 자신을 감싸고 있던 팔이 떨어져 나갔다. 잠이 덜 깼는지 발걸음 소리가 질질 끌렸다. 기차 알람을 끈 그가 다가오는 게 느껴졌다.

털썩.

침대 가장자리가 푹 꺼져들었다. 그러고는 눈앞이 밝아졌다. 슬쩍 눈을 뜨자 속옷 한 장만 걸친 서겸이 등을 보이고 앉아 있었다. 스탠드의 노란 빛이 그를 비췄다.

"몇 시예요?"

"일어났어?"

두 사람 다 목소리가 갈라져 있었다. 특히나 지운이. 서겸이 키득거렸다. 새벽 내내 그의 귓가를 즐겁게 해주었던 지운의 신음 소리.

몸을 일으킨 지운이 습관적으로 스트레칭을 했다. 팔을 앞으로 쭉 뻗고 위로 쭉 뻗으며 몸을 깨웠다. 고개만 돌려 지운을 보던 서겸이 몸까지 돌려 지운의 스트레칭을 감상했다.

팔을 위로 쭉 뻗자 탄력적인 가슴이 위로 모였다. 핑크빛 돌기가 바짝 곤두서서 그를 유혹했다. 둥그스름한 가슴 윤곽에 입안에 침이 고였다.

"으음. 아침부터 서비스가 좋은데."

지운이 화들짝 놀라며 손으로 가슴을 가렸다. 분명 잘 때 그와 마찬가지로 속옷을 걸쳤는데, 브래지어가 온데간데없이 사라졌다. 사라진 브래지어를 찾는 듯 지운이 두리번거렸다. 서겸은 흘끗 반대편 바닥을 봤다.

어제 잠결에 자신이 벗겨서 던진 것 같은데.

모르는 척 서겸은 자리에서 일어나 지운을 안아 들고 욕실로 향했다.

출근길은 조용했다. 지운은 생각에 잠긴 듯 아득한 시선으로 무릎 언저리를 봤고, 서겸은 신호에 걸려 잠시 정차를 할 때 그녀를 살폈다.

"출근하기 싫어?"

"해야죠."

지금 피한다고 한들 명호와 선욱을 평생 보지 않을 건 아니다. 더욱이 일을 그만둘 생각이 없으니.

회사에 도착할 때까지 지운의 얼굴은 굳어 있었다. 지하주차장에 주차를 한 뒤에도 차에서 내리지 않는 지운의 손을 잡은 서겸이 지금이라도 집으로 돌아갈지를 물었다. 지운은 괜찮다고 애써 웃으며 먼저 차에서 내렸다. 엘리베이터로 향하는 지운을 서겸이 뒤따랐다.

띵.

맑은 소리와 함께 엘리베이터 문이 열렸다. 지운이 내릴 때까지 열림 버튼을 누르고 있던 서겸은 그녀가 내리자 따라 내렸다. 심호흡을 한 지운이 두터운 유리문을 열었다.

"안녕하세요."

"안녕하세요, 전무님, 윤 비서."

일찍 출근한 명호가 그들을 맞이했다. 서겸은 불안했다. 저 눈치 없는 우 실장이 무슨 말을 할지.

"이번 주 일정은 제가 뽑았습니다. 지운 씨는 출장보고서 작성하세요."

다행히 아예 눈치가 없지는 않은지 명호가 별말 없이 오늘 해야 할 일을 지시하고는 서겸을 따라 전무실로 들어갔다. 서겸은 겉옷을 벗어 옷걸이에 걸치고 의자에 몸을 묻었다.

"여기 이번 주 일정입니다."

일정표를 받아 든 서겸의 안면 근육이 꿈틀댔다. 명호의 손글씨가 알록달록하게 A4용지를 채우고 있었다.

"뭐…… 야?"

"윤 비서의 방식대로 했습니다."

금요일 저녁, 이걸 만드느라 명호는 늦게 퇴근을 했다. 뿌듯한 얼굴로 어깨를 쭉 펴는 명호를 본 서겸은 욱하고 올라오는 성질을 죽였다.

"쓸데 없…… 따라 할 게 따로 있지."

월요일 아침부터 명호에게 큰 소리 쳐봤자 자신만 손해라는 생각에 서겸은 재빨리 말을 바꿨다. 나름 순한 말을 내뱉고 옆으로 휙 종이를 던진 서겸은 금요일에 있었던 연회 보고나 하라고 명호에게 말했다.

어차피 연회 내용은 별로 관심이 없을 테고, 별 탈 없이 무사히 마쳤는지만 궁금해할 서겸임을 알기에 명호는 짧게 보고를 했다. 무사히 연회가 잘 끝났다는 보고에 서겸이 그의 노고를 치하했다.

"참, 한진겸 이사님께서 찾으셨습니다."

진겸이 혹시나 했지만 역시나 연회에 참석하지 않은 동생에게 혀를 찼단 말은 하지 않았다.

"뭐, 그랬겠지. 그만 나가 봐."

"아, 어떤 여자분께서 전무님을 찾으셨는데, 신분을 확인하기도 전에 사라지셔서 누군지는 파악하지 못했습니다."

나가려던 명호가 마침 생각난 일을 전했다. 연회에 초대된 사람들은 많았다. 하나하나 챙기느라 워낙 정신이 없을 때, 어떤 여자가 와서 서겸을 찾았었다. 참석하지 않았다는 그의 대답에 여자는 더는 볼일이 없다는 듯 몸을 돌려 사라졌다.

"그래? 알았어."

누군지 관심 없는 듯 서겸이 나가 보라고 손을 흔들었다.

비서실로 나오자, 이제 막 출근한 것인지 선욱이 가방을 내려놓으며 지운의 눈치를 봤다.

"안녕하세요."

명호와 지운에게 인사를 한 선욱이 서겸의 사물실로 들어갔다가 나왔다. 서겸에게 인사한 선욱이 쭈뼛쭈뼛 지운의 앞에 섰다.

"저, 윤 비서……."

지운이 자리에서 일어났다. 그러고는 차분하게 허리를 숙였다.

"두 분께 그런 모습 보여서 민망하네요. 그날은 죄송했습니다."

"아니, 아니에요. 내가 미안해요. 괜한 이야기를 꺼내서."

선욱이 손을 빠르게 내저으며 덩달아 허리를 숙였다. 명호가 난처한 듯 이마를 긁적였다.

"뭐, 윤 비서가 괜찮다면야 우리는 괜찮아요. 그러니 너무 마음 쓰지 말아요."

명호가 허허 웃으며 지운의 어깨를 토닥였다. 윤 비서의 개인사를 너무 생각 없이 말한 선욱에게는 따끔하게 지적을 하고, 자신도 주의할 테니 걱정 말라는 말을 했다.

"감사합니다."

그들의 배려에 지운은 목이 멨다. 그녀는 이곳에 와서 서겸뿐만 아니라 명호와 선욱 같은 좋은 사람을 만나게 되어서 다행이라는 생각을 했다.

오후에 서겸은 명호를 데리고 외부에 나갔고, 선욱과 지운이 비서실에 남아서 업무를 봤다. 3시가 넘어가자 졸음이 몰려와 두 사람은 커피를 타서 조금의 여유를 즐겼다.

"한서겸!"

갑자기 열린 문으로 여자가 들어오면서 서겸의 이름을 불렀다.

놀란 선욱이 커피잔을 내려놓다가 책상 위에 엎질렀다. 보고 있던 파일이 젖을까 봐 허둥지둥 휴지로 커피를 닦는 선욱을 대신해 지운이 여자를 맞이했다.

"누구시죠? 전무님은 지금 외출 중이십니다."

단발머리의 여자는 굉장히 키가 컸다. 아찔한 높이의 힐을 신은 여자는 몸에 딱 떨어지는 세련된 정장 차림이었다. 머리 한쪽을 귀 뒤로 넘기며 여자가 지운을 돌아봤다. 여자의 눈썹이 위로 추 켜올라 갔다. 지운을 위아래로 샅샅이 훑은 여자가 커피를 닦고 있는 선욱을 역시 훑었다.

여자가 팔을 앞으로 교차해 팔짱을 꼈다. 한쪽 다리를 앞으로 넘겨 꼬아 비스듬히 선 채로. 정장치마 아래로 드러난 여자의 매 끈한 다리를 선욱이 본능적으로 흘끗거렸다.

"우 실장은 어디 갔죠?"

"같이 외출 중이십니다."

차분하게 대답하는 지운이 여자의 얼굴에 속으로 감탄을 했다. 도회적인 이미지의 여자는 굉장한 미인이었다. 공들여 화장한 얼 굴을 보며 지운은 서겸과 무슨 사이인지를 가늠했다.

"그럼 안에서 기다리죠."

"죄송하지만, 외부인을 안으로 들일 순 없습니다. 실례가 되지 않는다면 신분을 여쭤봐도 될까요?"

지운의 정중한 말에 여자가 그게 뭐 대수냐는 듯 어깨를 올렸다 가 내렸다.

"가족이에요. 형수님. 안에서 기다려도 되죠?"

"전무님께 확인할 때까지 기다려 주시겠어요?"

사무실로 막 들어가려던 여자는 제법이라는 눈으로 지운을 쳐다봤다. 선욱이 전화기를 들고 명호에게 전화를 걸었다.

"비서가 바뀌었다더니. 이름이 뭐예요?"

"윤지운입니다."

차분하게 대답하는 지운에게 여자가 손을 내밀었다. 갑작스레 청하는 악수에도 당황하지 않고 지운이 손을 맞잡았다.

"윤하나예요. 같은 윤씨네. 당장 들어오라고 해요. 안 그럼 비서들이 괴로울 거라고."

맞잡은 손을 위아래로 흔들며 하나가 선욱에게 말했고, 선욱이 그대로 명호에게 전했다.

"지금 들어오고 계시다고 하네요. 안에서 기다리셔도 될 것 같습니다."

선욱의 말에 지운이 하나를 안내했다. 익숙하게 서겸의 사무실로 걸어 들어간 하나는 소파에 앉아 지운에게 차를 부탁했다.

"시원한 아이스티요. 혹시 같이 제주도 여행, 아니, 출장 간 비서가 그쪽이에요?"

"……네."

한 박자 늦은 대답에 하나의 눈이 가늘어졌다.

"이 자식이. 하라는 일은 안 하고 연애나 하고 있어."

"네?"

차분하던 지운이 당황하자 하나의 입에서 짧은 웃음이 흘러나왔다. 아이스티나 빨리 가져다 달라는 말에 지운은 탕비실로 향했다. 얼음까지 넣고 탕비실에서 나왔을 때 막 들어서는 서겸과 명호와 마주쳤다.

"형수님은?"

"안에 계세요."

뛰어왔는지 서겸의 숨이 거칠었다. 뒤따라온 명호도 마찬가지였다.

"나도 시원한 물 한 잔만."

다시 탕비실로 들어간 지운은 명호의 것까지 준비했다. 먼저 명호에게 건네주자 그가 고맙다는 말을 하고는 단번에 잔을 비웠다.

똑똑똑.

짧은 노크에 안에서 서겸의 대답이 들려왔다. 문을 열고 들어간 지운은 차분한 손길로 잔을 내려놓았다.

"고마워."

"나가지 말고 앉아요."

막 잔을 집어 들던 서겸이 하나를 쏘아봤다.

"왜? 내 비서한테."

"비서는 개뿔. 나 다 듣고 왔거든?"

앉으라는 하나와 나가 보라는 서겸의 사이에서 지운은 난처한 듯 입술을 깨물었다. 결국 졌다는 듯 서겸이 지운의 팔을 잡아 제 옆에 앉혔다.

"제주도에서 둘이 데이트한 거 아버님도 아셔."

서겸의 얼굴이 딱딱하게 굳어졌다. 지운도 놀라서 큰 눈으로 하나를 쳐다봤다.

"경쟁사 호텔에서 네 신분 하나 확인 못 했겠니? 둘이 같이 방쓴 것도 다 알아."

지운이 당황함에 얼굴을 붉혔다. 둘째 날 아침 지운의 방을 체크아웃하고 내내 서겸과 한 방을 썼었다.

적나라하게 쳐다보는 하나의 시선에 몸 둘 바 몰라 하며 서겸을 쳐다봤다. 표정이 사라진 그의 얼굴에 지운은 더욱 불편해졌다.

무거운 정적이 흘렀다.

서겸은 내심 당황했다. 하나의 말을 곱씹으면, 이미 지운의 존재가 한 회장의 귀에 들어갔다는 것이기에.

"윤하나."

사무실 문이 벌컥 열리고 장신의 남자가 안으로 들어왔다. 하나의 얼굴에 낭패감이 지나갔다. 그보다 열린 문밖에 서 있던 명호와 선욱이 눈을 동그랗게 뜨고 지운을 쳐다봤다. 아니, 서겸이 여태 잡고 있는 지운의 팔을 봤다. 차를 가지고 들어간 지운이 꽤 시간이 흘러도 나오지 않아 의아했는데, 떡하니 서겸의 옆에 앉아 있다. 묘한 분위기에 명호가 눈치를 보다가 사무실 문을 닫았다.

"여보, 왔어?"

"너, 내가 가지 말라고 했지?"

하나의 입에서 나온 호칭에 놀란 지운이 남자의 얼굴과 서겸의 얼굴을 번갈아 쳐다보았다. 매력적이면서 선한 눈매가 서겸과 꼭 닮았다. 시선을 끌어당기는 분위기 또한 똑같았다. 지운은 다시 서겸을 돌아보았다.

눈이 마주친 서겸이 지운에게 자신의 형이 맞다고 고개를 끄덕였다.

"어머, 내가 도련님도 보러 못 와?"

커다란 눈을 여러 차례 깜빡이며 하나가 남편에게 애교를 피웠다. 그럼에도 남편의 엄한 눈초리가 가시지 않자 모르는 척 고개를 돌렸다.

"괜씸하잖아, 떡하니 연회에 맞춰서 제주도로 튄 게. 더욱이 여자를 끼고."

하나가 슬쩍 지운에게로 시선을 던지자 진겸이 아내의 시선을 따라 지운을 봤다. 서겸이 잡고 있는 팔도. 시선이 불편했는지 지운이 팔을 흔들어 서겸의 손을 떨쳐 냈다.

"한진겸입니다. 저 녀석 형이에요."

"윤지운입니다."

지운이 자리에서 일어나 진겸의 손을 맞잡았다. 손이 가볍게 위아래로 흔들렸다.

"형하고 형수님, 이제 그만 나가 주지?"

대놓고 쫓아내는데도 진겸은 아무렇지도 않은 얼굴로 하나의 옆에 앉았다. 지운에게도 앉으라는 손짓을 했다. 마치 이 사무실의 주인처럼.

지운은 진겸과 하나가 비슷한 성격임을 느꼈다. 이왕 이렇게 된 거, 궁금증이나 풀고 가자는 얼굴을 하는 진겸과 하나를 마주 보고 앉은 그녀는 차분한 얼굴로 덜덜 떨리는 심경을 감췄다. 처음으로 서겸의 가족과 마주하는 자리. 지운은 떨렸다.

"그만 보지? 우리 지운이 긴장했는데."

떨리는 손끝을 본 서겸이 지운의 손을 툭툭 두드렸다. 진겸과 하나가 비슷한 얼굴로 서겸을 쳐다봤다. 마치 못 볼 걸 본 듯.

"뭐? 우리 지운이?"

"어머. 자기야, 들었어?"

놀라는 두 사람과 달리 서겸은 태연한 얼굴로 느슨하게 소파에 등을 기댔다.

진겸은 앞에 앉아 있는 지운을 꼼꼼하게 살폈다. 이미 지운의 출생부터 전무실 비서로 입사하기까지의 정보가 적힌 서류가 자신과 아버지의 책상 위로 배달되어 있었다.

서겸이 연회에 참석하지 않을 거라 예상은 했지만, 막상 노골적으로 만남을 회피한 서겸의 야멸찬 행동에 아버지는 크게 상심을 하셨다. 둘째 아들이 본인을 피한다는 것도 물론이지만, 호텔에서 열리는 큰 연회에 실질적인 경영자라 할 수 있는 서겸이 참석하지 않고 제주도로 피했다는 것에 화를 내셨다. 공적인 일에 사적인 감정을 끌어들인 것에 실망을 하셨으리라.

연회가 끝나자마자, 아니, 그전에 아버지가 비서를 통해 미리 서겸의 행방을 조사하셨다. 그러다 지운의 존재가 발각되었다. 여비서와 같이 출장을 빙자한 여행. 그것도 여행 내내 두 사람은 같은 방을 썼다. 꽤 사적인 부분까지 파고들어 가려는 아버지를 하나가 중간에서 말렸다.

진겸은 슬쩍 서겸에게 눈치를 줬다.

"흠흠. 오늘은 이만하지. 우리가 무례하게 굴었다면 미안해요."

지운의 앞에서 할 이야기가 아니기에 진겸은 그만 지운을 내보내려 했다. 눈치껏 지운이 자리에서 일어나 공손히 인사를 하고 사무실을 빠져나갔다. 그 뒷모습을 서겸이 놓치지 않고 끝까지 지켜봤다. 문이 닫히기 전 지운에게 슬쩍 웃어주기까지.

"이왕 올 거면 연락이나 하고 오지 그랬어."

"네가, 아니, 도련님이 행여나 순순히 소개해 줬겠어요."

미국에서부터 알고 지낸 하나다. 그녀는 형과 꽤 오랜 시간 연애를 하다가 4년 전에 결혼했다. 두 사람이 만나게 된 계기가 어찌 보면 자신이기에, 이 둘을 보고 있으면 흐뭇했다.

"연애하는 게 뭐 감출 일이라고."

"그럼, 소개를 해줬을 거라고?"

정말이냐는 표정으로 두 사람이 서겸을 응시했다. 서겸은 그게 뭐 대수냐는 식으로 어깨를 들썩였다.

이전에도 서겸이 몇 번 여자를 만나는 것 같았지만 절대 먼저 말을 꺼낸 적이 없었다. 물론 형인 진겸에게 시시콜콜 자신의 일을 이야기하는 건 아니지만, 하나에게는 가끔 이야기를 하기도 했다. 거의 대부분이 하나가 캐물어서이기는 하지만. 이번에도 캐묻기 위해 기습 방문을 한 하나가 달라진 서겸의 모습을 보고 설마 하며 물었다.

"나이가 몇이래?"

"스물아홉. 예쁘지? 예뻐서 내가 뽑았잖아. 일도 잘해."

묻지도 않은 이야기까지 꺼내며 서겸이 실실거렸다. 오히려 당황한 사람은 진겸과 하나였다. 그전에는 여자 나이도 몇 번이고 물어야 선심 쓰듯이 알려줬는데.

"예쁘긴 하던데. 성형은?"

"형수님보다 더 예쁘다고 질투하시면 쓰나."

하나가 얼굴을 찡그리며 서겸을 노려봤다. 아내의 어깨를 두드려 진정시킨 진겸이 하려 했던 이야기를 꺼냈다.

"이미 아버지에게 보고가 들어갔어. 나도 마찬가지고. 그런데 과거가……."

"과거가 뭐. 노래를 좋아했을 뿐이고, 노래를 불렀을 뿐이야.

이 정도면 양반이지. 내 과거는 더하면 더했지, 덜하지 않은데.”

싹 굳은 얼굴로 서겸이 차갑게 말했다. 자신의 여자를 지키려는 본능이 발휘된 사내의 모습은 형인 진겸에게도 위협적으로 다가왔다. 순식간에 전환된 분위기에 하나가 머뭇거리다 입을 다물었다.

진겸은 됐다는 듯 손을 내저었다.

더 이야기해 봤자 서겸의 화만 돋울 것이기에. 이 정도면 서겸의 마음도 확인했고.

“됐다. 아버지한테는 내가 말씀드리마. 대신 회사에 한 번 와.”

일어나지 않으려는 아내의 팔을 잡아 억지로 일으킨 진겸이 서겸의 사무실을 나섰다. 밖으로 나오자 묘한 분위기 속에서 세 명의 비서가 자리에 앉아 있다가 일어나서 인사를 했다.

“분위기가 왜 이래.”

진겸과 하나를 배웅하러 나온 서겸은 명호와 선욱의 얼굴을 보고 걸음을 멈췄다.

“전무님, 설마 윤 비서와.”

“아아…….”

총대를 멘 듯 명호가 물었다. 선욱은 슬그머니 서겸과 지운을 번갈아 봤다.

“우 실장, 내가 말했던가? 참 눈치가 없어. 그러고 보니 김 비서도.”

서겸의 긍정을 담은 대답에 선욱이 놀란 듯 입을 벌렸다. 명호는 배신당한 얼굴로 서겸을 노려봤다. 명호가 씩씩거리기 일보 직전에 서겸은 지운의 앞으로 걸어가 말했다.

"앞으로 비서를 뽑을 때에는 비서의 자질 중에 눈치도 봐야겠어."

결국 명호가 폭발했다. 어떻게 아랫사람에게 손을 뻗칠 수가 있냐고, 소문이라도 나면 어떻게 할 거냐는 그의 말에 지운의 얼굴이 사색으로 변했다. 그녀도 내심 걱정하고 있던 부분이었다. 게다가 방금 전에 서겸의 형과 형수님을 만나고 더 걱정을 하던 참이었다. 두 사람의 여행 소식에 이렇게 득달같이 달려오지 않았는가.

"남자인 내가, 여자인 지운이를 좋아한다는데 왜. 쓸데없는 걱정 하지 말고 일이나 해."

사뿐하게 명호의 말을 무시하고 서겸은 지운을 사무실로 데려갔다.

"하실 말씀 있으세요? 없으시면 나가 보겠습니다."

서겸이 얼굴을 찌푸리며 소파에 앉지 않는 지운의 앞으로 걸어가 섰다.

"화났어? 형수님이 나 없을 때 뭐라고 했어?"

지운이 천천히 고개를 저었다. 그럼 뭔데. 왜 이렇게 차가운 건데. 칭얼거리듯 말하는 서겸이 지운의 어깨에 얼굴을 내렸다. 지운이 밀어내려는지 그의 어깨에 손을 올리고 힘을 주었다.

"이상한 상상 하지 마. 두 사람은 그냥 내가 연애를 한다니까 궁금해서 온 거야."

어깨에 올려진 지운의 손을 잡아 내리며 서겸이 말했다. 별거 아니니 걱정 말라고, 지운의 등을 토닥이며 서겸이 달랬다. 이상하게 그의 한마디에 불안감이 조금씩 줄어들었다.

"알았어요. 알았으니까 그만 놔줘요."

"응. 오늘 우리 집에 갈 거지? 어제 구경 다 못 했잖아."

제주도에서 오자마자 서겸의 손에 이끌려 그의 집으로 갔다. 집을 구경시켜 주겠다던 그는 내내 침실에 그녀를 묶어두었다. 그 말에 또 속지 않을 거라며 지운이 고개를 흔들었다.

"잊었나 본데, 당신 짐이 아직 내 집에 있는데."

결국 그날 지운은 퇴근을 서겸의 집으로 했다.

❖ ❖ ❖

띠리리리.

전화벨이 울렸다. 제주도를 다녀온 뒤 명호가 서겸에게서 오는 내선통화는 따로 구분하기 위해 벨소리를 지정해 놓았다. 지운이 막 받으려는데 명호가 자신이 받겠다며 수화기에 손을 가져갔다. 짧게 통화를 한 명호가 수화기를 내려놓았다. 그리고 얼마 뒤 이번에는 서겸이 직접 사무실에서 나왔다.

"어제 이사진들과 회의했을 때 그 파일……."

지운에게 걸어가며 묻는데 명호가 그의 앞을 가로막았다. 그러고는 지운에게 손을 뻗었다. 지운이 파일을 명호에게 건네주자, 명호는 그 파일을 서겸에게 건네주었다.

"우 실장."

서겸이 낮게 불렀다. 명호는 표정 변화 없이 할 말 있으면 하라는 식으로 그를 쳐다봤다.

"됐다."

서겸이 포기를 한 듯 물러섰다.

점심을 먹고 다 같이 호텔 내부를 돌았다. 오랜만에 서겸이 여기저기 다 체크를 하고 다니자 직원들이 긴장한 얼굴로 서겸이 다른 곳을 보는 틈을 타 지적받을 곳은 없는지 살폈다.

"고객 민원 정리 한 거 좀……."

서겸이 뒤돌아 지운에게 말을 하는데 명호가 갑자기 그 사이로 끼어들었다. 지운의 손에 들린 파일을 빼앗아 서겸에게 건넸다.

"우 실장, 그만 좀 하지?"

결국 서겸의 입에서 한계에 달한 듯한 말이 나왔다. 화를 꾹꾹 눌러 담은 서겸이 파일을 명호의 가슴에 던지듯 안겨주고는 앞서 걸었다. 선욱이 쩔쩔매다가 서겸의 뒤를 따랐다. 지운도 직원들에게 가볍게 고개를 숙인 뒤 서겸을 뒤따랐다. 남겨진 직원들은 뭐가 마음에 들지 않아 서겸이 저리도 화가 났는지 알 수가 없어 하얗게 얼굴이 질렸다.

엘리베이터에 모두 다 올라타고 서겸은 답답한지 넥타이를 끌렀다.

"우 실장, 언제까지 이럴 건데?"

"뭐가요."

"뭐기는! 너!"

지운을 보고 참으려는지 서겸 말을 삼켰다. 날이 갈수록 명호의 태도에 지운도 힘들어했다. 회사에서 내내 긴장을 하다가 퇴근 후 그 긴장이 풀리는지 지운은 축 늘어졌다. 그 때문에 번번이 데이트다운 데이트를 못 했다. 오늘은 그의 친구들에게 지운을 소개하기로 했다. 한데 가기도 전에 저렇게 지운의 기분이 가라앉아 있자 서겸은 울화가 치밀었다.

"네가 왜 지운이하고 내 사이를 반대하는데?"

"반대라니요! 눈치 없는 사람은 제가 아니라 전무님이십니다."

"뭐?"

눈치 없는 명호에게 그 말을 들은 게 억울한 서겸이 황당해하며 한쪽에 어깨를 기대고 섰다.

"제가 그러지 않으면 두 사람 사이를 직원들이 눈치챌 게 아닙 니까."

그러니까 이 모든 게, 두 사람이 같이 있는 모습을 직원들에게 보여주지 않기 위해서였단다.

명호는 나름 서겸과 지운을 지켜주고 있었다. 그것도 몰라주는 상사에게 토라진 듯 명호가 툴툴댔다.

"우 실장, 우 실장의 그 이상한 행동이 더 직원들의 의심을 부추 긴다는 생각은 안 해봤어?"

"이상한 행동이라니요?"

"우 실장 행동이 진짜 부자연스럽거든."

명호가 정말이냐는 듯 선욱과 지운을 쳐다봤다.

선욱은 슬그머니 고개를 숙였다. 지운과 서겸의 관계를 알고 나 서 명호가 그를 따로 불러 나름의 작전을 세웠다. 소문이 나면 두 사람이 괴로울 테니 우리가 두 사람을 지켜주자던 명호의 의견에 선욱도 동의를 했다. 하지만 그가 봐도 명호의 태도는 영 아니올 시다였다.

지운은 고개 숙인 선욱을 보고 명호에게 고개를 저었다.

"이제 알았으면 평소처럼 행동하지?"

더 이상 했다가는 서겸이 잘라 버리겠다고 으름장을 놓았다. 명호는 머쓱한 얼굴로 머리를 긁적였다.

색색의 조명이 빠르게 지나갔다. 서겸이 RPM을 높일수록 그 속도도 빨라졌다. 창밖으로 지나가는 여러 색의 네온간판을 눈으로 훑던 지운은 서겸의 손이 쓱 하니 허벅지 위로 올라오자 고개를 돌려 그의 손을 툭 내려쳤다.

"아, 미안. 기어에 손을 올린다는 게."

찡긋. 윙크를 하며 능청스럽게 구는 그에게 경고의 시선을 던지고 지운은 전방을 주시했다.

"어? 저기죠?"

지운이 손가락으로 앞쪽을 가리켰다. 서겸은 서서히 속도를 줄이고 갓길로 빠져나왔다. 주차장에 주차를 하고 두 사람은 내렸다.

"카페 이름이 참 좋아요."

세상의 모든 근심 걱정으로부터 도망 오라며 지었다는 숨바꼭질. 줄여서 숨BAR라고 부른다고 서겸은 설명을 해줬다. BAR 이름을 정말 잘 지었다고 감탄하는 지운에게 서겸은 심술궂은 목소리로 다른 이중의 의미가 담겼다고 했다. 불륜의 메카라는 둥, 바람피우는 사람들이 숨는 곳이라는 둥. 지운은 적당히 뒷말은 걸러들었다.

계단 위로 올라가면서도 서겸은 뭐가 못마땅한지 툴툴거렸다. 지운이 문을 열고 들어가려 하자, 서겸이 손을 뻗어 문을 활짝 열어주었다. 은은하게 흘러나오는 재즈 선율에 지운의 얼굴에 미소가 지어졌다.

"그렇게 웃기 있기 없기."

툴툴대던 서겸이 지운의 허리를 감싸 안고 가볍게 볼에 키스를 했다. 갑작스러운 스킨십에 움츠러들던 지운이 그의 허리를 꼬집었다.

"사람들 보잖아요."

"있기 없기."

사람들이 보든 말든 제 여자 단속에 여념이 없는 그에게 지운이 낮게 '없기'라고 대답을 하고 올라간 입꼬리를 끌어내렸다.

스툴 바 뒤에 서 있던 아민은 문 앞에서 애정행각을 벌이는 친구를 보며 헛웃음을 내뱉었다. 먼저 와 있던 세진과 아미가 아민을 따라 서겸을 보고 같은 표정을 지었다.

스툴 바 앞에서 지운은 눈치껏 앞의 세 사람이 서겸이 말한 친구들이라는 걸 알아차리고 고개를 숙여 인사했다.

"자리 옮기자."

인사할 틈도 없이 서겸이 걸음을 옮겼다. 그의 팔에 허리를 내맡긴 지운은 얼결에 걸음을 옮겼다.

높은 의자에 앉을 때 엉덩이를 위로 치켜세우며 끝에 걸터앉은 뒤 엉덩이를 뒤로 움직여 가며 자리를 잡는 여자들의 섹시한 자태를 감상하는 친구의 변태적인 취향을 알고 있기에 서겸은 지운을 절대 그곳에 앉히고 싶지 않았다.

넓은 테이블을 가르고 한쪽에 서겸과 지운이 앉았다. 반대쪽에는 세진과 아미, 그리고 아민이 앉았다.

"이쪽은 허아민, 차세진. 그리고 이쪽은 아민이 누나이자 세진이 안사람 허아미. 여기는 우리 윤지운."

서겸의 소개에 지운이 부끄러운 얼굴로 고개를 숙였다. 이렇게 애인의 친구들에게 소개를 받는 건 처음 있는 일이기에 인사도 조심스러웠다.

"윤지운?"

마주 보고 앉은 뒤 아민은 어디선가 본 듯한 얼굴에 지운을 뚫어져라 쳐다봤다. 그러다 서겸의 입에서 나온 이름에 눈이 튀어나올 듯 커다랗게 떴다. 서겸은 아민의 그 모습을 보고 올 것이 왔다는 듯 고개를 내저었다.

"나 팬이었어요."

서겸은 슬쩍 지운을 살폈다. 미리 아민에게 언질을 줘야 하나 고민하다가 그냥 내버려 뒀다. 아민이 언질을 준다고 해도 모르는 척할 위인이 아니기에. 부디 지운이 놀라지 않고 기분 상해하지 않기를 바랐다.

그런 서겸의 기대와 달리 지운은 너무 놀라 말문이 턱 막혔다. 슬쩍 지운이 서겸의 팔을 잡았다.

"맞아. 네가 팬이었던 Flos의 윤지운 맞아. 그런데 오늘은 내 여자로 온 거거든?"

서겸이 지운의 어깨에 팔을 걸치고 끌어당겼다. 세진이 적당히 하라고 아민의 어깨를 어깨로 쳤다.

"Flos? 네가 팬클럽에 든다고 난리 쳤던 그?"

그러나 엄한 아민이 더 나섰다. 세진은 마누라를 단속하랴, 처남을 단속하랴 바쁘게 두 사람을 번갈아가며 옆구리를 찔렀다. 괜찮냐는 세진의 눈초리에 서겸이 고개를 끄덕였다.

"와, 진짜 예쁘다. 내 앞에 윤지운이 앉아 있다니 신기해. 그런데 말도 안 돼. 왜 하필 서겸이 자식을!"

서겸의 얼굴이 구겨졌다. 머리를 부여잡고 현실을 부인하는 아민의 등짝을 내려친 세진이 대신해서 미안함을 표했다.

"그보다 너, 전에!"

이전에 서겸이 BAR에 왔을 때 이하은 이야기가 나오면서 지운의 이름까지 나왔었다. 그날의 이야기를 하려던 아민은 날카로워지는 서겸의 눈초리에 뒷말을 삼켰다. 하기야 그날의 이야기가 뭐 그리 중요하리요. 지금 떡하니 윤지운이 한서겸 옆에 있는데.

"둘이 어떻게 만났어요?"

아미가 몸을 쑥 앞으로 빼고 물었다. 세진이 익숙하게 앞에 놓여진 물 잔을 옆으로 치웠다. 지운이 말해주기를 바라는 아미의 눈초리에 서겸은 입을 꾹 다물었다. 아민으로 인해 놀란 가슴을 가까스로 진정시킨 지운은 더듬더듬 회상을 해가며 아미의 질문에 대답했다.

지운의 이야기가 길어질수록 아미의 눈이 초롱초롱 빛났다. 반면 아민의 얼굴은 더욱 어두워졌다. 좋아했던 여자 연예인과 친구의 연애 이야기가 의외로 충격이었다.

"내가 그때 진짜 순수한 마음으로 얼마나 좋아했는데."

"네가 미성년자였던 지운 씨를 좋아하는 것 자체가 불순해 보이거든?"

아미가 동생을 비꼬았다.

"어허. 세상 모든 오빠 팬을 모독하는 말이야, 그건."

"네가 불순하다고! 너한테만 한정된다."

토닥거리는 남매 사이에서 세진은 무덤덤했다. 워낙에 자주 있는 일이기에.

"그보다 뭐라도 마시자."

서겸의 한마디에 아민이 자리에서 벌떡 일어났다. 상체를 조금 숙인 아민이 정중한 목소리로 물었다.

"손님, 어떤 걸로 하시겠습니까?"

갑작스러운 아민의 태도 변화에 지운의 웃음이 터졌다. 그 미소에 아민이 웃으면서 지운을 흐뭇하게 바라봤다.

"윤지운, 있기 없기."

분명 들어오기 전 당부를 받았음에도 지운이 그 예쁜 웃음을 남발하자 서겸의 미간이 꿈틀거렸다. 서겸이 무슨 말을 하는지 유일하게 알아들은 지운이 재빨리 웃음을 수습했다.

"뭐가 있고 없어?"

"몰라도 돼."

나머지 세 명이 무엇을 마시든 관심이 없던 아민은 지운이 뭘 마셔야 할지 모르겠다는 말에 아주 친절하게 메뉴 하나하나를 알려주었다. 그럼에도 결정을 못 내리자 아민이 맛있는 거 모두 하나씩 마셔보라고 권했다. 어차피 계산이야 돈 많은 서겸이 다 할 테니.

간간이 아민이 서겸의 과거를 폭로하겠다고 일화를 꺼내놓았다. 그는 꽤 관심 있게 듣는 지운에게 저 녀석이 얼마나 못됐었는지를 낱낱이 고발했다. 하나하나 꺼낼 때마다 서겸이 그만하라고 말렸지만, 지운이 가만히 좀 있어보라는 타박에 본전도 못 찾았다.

"그만 마시지?"

처음에는 칵테일을 잘 모르는 지운이 먹어보지 못한 걸 골고루 먹는 게 좋아 지켜봤지만, 가만 보니 여러 술을 섞어 마시는 것과 다름없기에 서겸이 말렸다. 하지만 이미 여러 가지를 섞어 마신 지운의 몸은 흔들리고 있었다.

"응? 조금만 더요. 나 이거 하나만 더 마실래요. 응?"

서겸이 빼앗아간 메뉴판을 기어코 다시 빼앗더니 펼쳐 들고 하나를 콕 짚었다. 어깨에 기대며 애교를 피우는 지운에게 결국 서겸이 마지막 하나라고 고개를 끄덕였다.

"그만 마셔."

세진도 아미의 잔을 빼앗아 들었다. 아민은 뭘 그만 마시냐며 누나에게 메뉴판을 들이밀었다. 하지만 바로 세진의 싸늘한 눈초리에 아민은 들이밀었던 메뉴판을 고이 접어 한쪽으로 치웠다.

마지막 잔까지 비우고 네 사람은 자리에서 일어났다. 아민은 가게 정리를 한다고 문까지만 그들을 배웅했다.

"지운아, 우리 2차 갈까?"

"언니, 2차요? 나 머리 아픈데."

어느새 친해져서 말까지 놓고 있는 두 여자의 팔을 각기 잡고 있던 세진과 서겸은 눈으로 대화를 했다. 서로 고생이 많다는.

"술 줄이기로 했던 것 같은데."

"으음, 서겸 씨."

못 들은 척 지운이 그의 팔을 감싸 팔짱을 꼈다. 고스란히 느껴지는 지운의 무게를 버티던 서겸이 세진과 아미를 먼저 보냈다.

"오늘은 서겸 씨 집으로 갈래요."

예쁘게 눈까지 접어 웃는 지운을 차에 태운 서겸은 술이 확 깨는 걸 느꼈다. 이대로 자신이 운전해서 빨리 갈까 고민을 하는데, 다행히도 대리운전기사가 빨리 왔다.

집 안으로 들어와 제대로 신발을 벗지도 않고 두 사람은 엉켰다. 입을 맞춘 채 집 안으로 들어온 서겸은 소파 위로 지운을 넘어뜨렸다. 뒤로 쏠리는 중력에 지운이 놀라 그의 목을 팔로 감쌌다.

"으음."

떨어지지 않은 입에서 지운의 불만 섞인 신음이 흘러나왔다. 블라우스 단추를 풀며 서겸이 목덜미를 더듬었다. 지운의 입에서 키득거리는 웃음이 흘러나왔다. 몸을 일으킨 그가 웃는 지운을 내려다봤다.

"오늘따라 기분이 좋아 보이는데?"

"좋아요, 무지."

여태 벗지 못한 지운의 구두를 벗겨 뒤쪽으로 던지던 서겸도 그녀를 따라 웃었다. 제 손으로 블라우스를 벗고 브래지어까지 벗은 지운이 묶었던 머리를 풀었다. 긴 머리가 흘러내리면서 가슴을 가렸다. 슬쩍 서겸이 손으로 가슴을 가린 머리카락을 치웠다.

지운이 팔을 뻗어 그의 윗옷 단추를 풀었다. 단추를 다 풀고 옆으로 제친 뒤 그의 탄탄한 상체를 손으로 쓸어내렸다.

"문신 보여줘요."

"당신, 은근히 그거 좋아하더라."

빨리 보여달라고 옷을 끌어 내리는 손길에 순순히 마저 옷을 벗은 서겸이 뒤돌아 앉았다. 지운이 문신을 따라 손가락을 움직였다. 그러곤 그의 목을 감싸고 등에 상체를 맞붙였다.

등에 부드러운 여체가 닿자 서겸의 몸에 힘이 들어갔다. 자신의 목을 감싼 여린 팔에 자잘하게 입을 맞추고는 자리에서 일어났다. 딸려 올라오는 지운을 등에 업고 서겸이 거실을 거닐었다.

"와. 나 이렇게 업힌 거 엄청 오랜만이에요."

지운이 말을 할 때마다 그녀의 가슴이 등에 닿았다가 떨어지는 느낌이 좋았다. 그대로 침실로 들어가 그녀를 침대 위에 내려놓고 그 위로 올라탔다.

가슴 선을 따라 손을 움직이다 한 손에 움켜쥐고 힘을 줬다. 지운이 상체를 들썩이며 신음을 내뱉었다. 바짝 곤두선 돌기를 입에 머금고 혀를 굴리던 서겸이 지운의 옷을 마저 벗겨내었다.

"아웃. 하아."

촉촉하게 젖은 곳을 서겸의 손가락이 가르고 들어갔다. 바짝 조여오는 느낌에 서겸이 더욱 빠르게 손가락을 움직였다.

"서겸 씨……."

가슴과 아래에서 전해져 오는 느낌에 지운이 몸을 한껏 비틀었다. 어서 빨리 채워주기를 바라는 여자의 몸짓에 서겸이 남은 옷을 벗고 지운을 채웠다.

12

보통 그가 '율' 그룹에 오면 가는 곳은 딱 한 곳이었다. 진겸의 사무실. 하나, 오늘 서겸은 다른 곳으로 발걸음을 했다.

의외의 장소에 그가 모습을 드러내자, 그곳에 있던 사람들도 놀랐다. 당황해 헛손질을 한 비서가 수화기를 다시 들고 그의 방문을 알렸다. 사무실 안쪽에서 큰 소리가 나기도 했다.

비서가 수화기를 내려놓기도 전에 서겸은 당당하게 회장실 문을 열고 들어섰다.

의자에 앉아 있던 한진형 회장이 자리에서 일어났다.

두 부자는 서로 마주 보고 앉아 묵묵히 시간을 보냈다. 비서가 가져다준 차도 얼음이 녹았고, 잔의 표면에 맺힌 물방울들이 흘러 테이블을 적셨다. 천천히 서겸이 잔을 들어 입을 축였다. 서겸은 잔의 모양을 따라 테이블 위에 생긴 동그란 물 자국 옆에 잔을 내려놓았다. 또 놓은 잔을 따라 다른 동그란 물 자국이 생겼다.

"뒷조사를 하셨다고요?"

"크흠."

서겸의 질문에 불편한지 한 회장이 헛기침을 했다. 작은아들의 얼굴을 보기가 원체 힘들었다. 그런 아들이 여자 일로 이렇게 찾아와 따지자 못마땅함에 한 회장의 얼굴이 구겨졌다.

"부모도 없고, 노래나 했던 여자를. 쯧."

혀를 차는 한 회장을 서겸이 비웃었다.

"부모 없이 자란 건 저도 매한가지입니다."

한 회장의 얼굴이 벌게졌다.

서겸의 어미를 사랑하지 않았던 건 아니다. 그랬기에 보내줬다. 죽은 듯이 조용히 서겸을 키우며 살겠다는 여자의 청을 들어줬다. 그런데 그녀가 일찍 세상을 뜰 줄은 몰랐다. 자신을 똑 닮은 아들을 낳고.

서겸에게 애정이 없다면 거짓말이리라. 오히려 더 애틋했다. 하지만 본처가 서겸의 존재로 상처를 받았다. 그래서 일찍이 미국으로 보냈다. 틈이 날 때마다 미국으로 건너가 서겸이 성장하는 모습을 눈으로 확인했다.

아내도 서서히 서겸의 존재를 받아들이고 있었다. 시간이 꽤 걸렸지만. 스무 살이 되면 데려오자는 아내의 말에 뒤에서 눈물을 흘렸다. 아내에게 미안했고, 서겸에게 미안했다. 데려오면 모든 걸 다 해줄 자신이 있었다.

그런데 서겸이 열여덟 살에 한국으로 들어오고 싶다고 연락을 해왔다. 아내에게 넌지시 말했지만, 아직 서겸이 스무 살이 안 되지 않았느냐, 왜 약속과 달리 행동하냐고 화를 냈다. 아내가 서겸을 받아들이기로 허락하고 얼마 지나지 않은 시점이었다. 시기가 맞지 않다는 말로 서겸의 청을 거절했다. 그런데도 끈질기게 서겸이 연락을 해왔다.

내내 장학금을 받던 서겸의 성적이 확 떨어졌다. 그때에는 화가 났다. 언젠가는 한국으로 데려오겠다는데도 반항하는 서겸에게 전화로 윽박질렀다. 그땐 몰랐다, 서겸이 그런 일을 겪었는지를. 알았다면 당장 데려왔을 거다.

뒤늦게 지금의 며느리인 하나의 연락을 받고 진겸이 서겸을 데리러 갔을 때, 이미 돌이킬 수 없게 돼버렸다. 서겸은 그렇게 큰 상처를 받고 망가졌다.

진겸이 가까스로 서겸을 살렸을 때, 혼자 서재에서 몰래 아이처럼 엉엉 울었다. 아들을 잃을 뻔했던 일은 자신에게도 크나큰 상처로 남았다.

서겸의 상처를 감싸주려 해도 서겸은 돌린 등을 다시 돌리지 않았다. 홀로 이겨냈다. 그게 고마우면서도 미안했다.

"서겸아, 나는……."

"수작 부리지 마십시오. 그 여자 건드리면 저 죽습니다."

죽는다는 말에 한 회장의 얼굴이 하얗게 질렸다. 피가 차갑게 얼어붙는 싸함에 한 회장이 뒷목을 잡았다.

"너, 너, 서겸아!"

"그럼 저는 이만 갑니다."

아들을 붙잡으려 허공에 손짓을 해봐도 서겸은 멀어져만 갈 뿐이었다.

그가 빠져나온 방으로 비서진들이 급하게 들어갔다. 유유자적한 걸음으로 지하주차장까지 내려온 서겸은 울리는 핸드폰의 발신자를 확인하고는 전화를 받았다.

"왜."

[너 이 자식! 아버지 건강이 예전 같은 줄 알아?]

도대체 무슨 말을 했냐고 진겸이 악을 고래고래 질렀다. 서겸은 형에게나 애틋한 아버지지 자신에게는 아니라는 말을 하고 전화를 끊어버렸다.

❖ ❖ ❖

요 며칠 서겸은 기분이 좋지 않았다. 평소와 다름없는 모습을 보였음에도 지운은 느꼈다. 오늘은 선욱을 데리고 외근을 나간 서겸을 생각하던 지운은 명호가 자리에서 일어나기에 고개를 돌렸다.

"어떻게 오셨습니까?"

화려한 옷차림의 여자. 굵게 웨이브 진 노란 탈색 머리의 여자는 선글라스로 얼굴의 절반을 가리고 있었다. 몸에 딱 달라붙는 옷차림은 너무 과하게 속살을 드러냈다. 깊이 파진 가슴골과 힙을 간신히 가린 치마 길이. 휑한 등도 가관이었다.

아무리 예쁜 여자라도 이런 옷차림이라면 남자들이 환장하기보다는 선뜻 다가갈 수 없는 거부 반응이 일어날 정도였다.

"한서겸을 만나러 왔는데요."

선글라스를 벗으며 여자가 말했다. 선글라스를 벗은 여자는 미인이었다. 하지만 여기저기 손을 댄 곳이 많아 부자연스러웠다. 너무 높은 콧대. 앞트임과 뒤트임까지 한 눈은 눈알이 빠져나올 것 같았다. 여자의 얼굴 근육의 움직임도 자연스럽지 못했다.

"누구십니까?"

"친구예요. 어디 있어요?"

명호는 지운을 살피며 여자의 신분을 재차 물었지만, 여자는 이름을 알려주지 않았다. 굉장히 초조해 보이는 모습으로 서겸만을 찾았다. 여자는 직접 찾으려는지 서겸의 사무실로 향했다.

"죄송하지만, 외부인을 안으로 들일 수 없습니다."

"네가 뭔데 나한테 이래라저래라야!"

명호가 제지하자 갑자기 여자가 히스테릭하게 소리를 질렀다. 당황한 명호가 사무실로 들어서려는 여자를 붙잡았다. 지운도 뒤따라 나와 여자를 잡았다.

"이거 놔!"

소란을 피우는 여자를 명호가 어찌할 바를 몰라 했다. 여자가 심하게 몸부림을 치자 두 사람은 물러났다. 지운은 서겸의 사무실 문 앞에 버티고 서서 여자가 들어가지 못하게 막았다. 그때 선욱이 비서실로 들어왔다. 뒤따라 서겸도.

"전무님, 그전에 제가 말씀드렸잖아요. 연회에서 어떤 여자가 전무님을 찾았다고. 그 여자분이……."

명호가 채 말을 잇기도 전에 여자가 명호를 밀치고 섰다.

"서겸아."

서겸이 눈을 가늘게 뜨고 여자를 봤다. 어디서 본 얼굴이기는 한데.

"죄송하지만, 누구?"

알아보지 못한 그가 물었다. 여자가 자신의 가슴을 팡팡 치며 신분을 밝혔다.

"나야! 나! 제니!"

"제니?"

여자가 서겸에게 한 발 다가섰다. 서겸이 뒤로 물러났다. 더는 다가오지 말라고 손을 뻗어 막았다.

"씨팔."

서겸의 입에서 욕이 흘러나왔다. 그의 욕에 모든 사람들이 놀랐다. 제니라는 여자는 초조한 손길로 머리를 쓸어 넘기더니 서겸에게 다가갔다.

"가까이 오지 마! 오지 말라고! 젠장. 욱. 우욱."

뒷걸음질치던 서겸이 갑자기 입을 틀어막더니 헛구역질을 했다. 서겸의 사무실 앞에서 그 모습을 보던 지운이 놀라며 그에게 달려갔다. 그의 어깨에 손을 올리자 서겸이 거칠게 손을 쳐냈다.

"씹. 손대지 말라…… 지운아."

지운임을 확인한 서겸이 멈칫하더니 갑자기 뒤돌아 뛰쳐나갔다. 화장실로 뛰어 들어가는 그를 따라 지운이 달렸다.

"우욱. 욱."

안쪽에서 들리는 소리에 지운이 조심스럽게 들어갔다.

"서겸 씨, 서겸 씨?"

잠시 소리가 멈췄다. 그러나 다시 소리가 이어졌다. 한참을 속을 게워낸 서겸이 물을 내리고 나왔다. 그러곤 세면대에서 물을 틀고 입안을 헹궜다.

"괜찮아요?"

지운이 그의 등을 두드렸다. 서겸이 고개를 들었다. 거울을 통해 두 사람의 시선이 마주쳤다. 괴로워하는 서겸의 얼굴에 지운은 가슴이 서늘해졌다. 그의 고통이 그녀에게 너무 고통스럽게 다가왔다.

"서겸 씨."

뒤돌아선 그가 지운을 품에 가득 안았다. 행여나 지운이 어디로 가버리기라도 할 듯 힘을 꽉 주어 안았다. 그가 숨을 크게 들이쉬었다. 그렇게 한동안 지운을 품에 안고 안정을 되찾아갔다.

"괜찮아요?"

"미안. 괜찮다고 말하고 싶은데, 괜찮지가 않아."

힘이 빠진 목소리로 서겸이 대답했다. 부드럽게 그의 등을 쓸어주는 손길에 그는 울컥했다.

서러웠다. 자신이 당한 일이 서러웠다. 다 벗어났다고 생각했다. 그런데 그 여자를 마주한 순간 모든 게 되살아났다. 더러웠다. 역겨웠다.

"전무님!"

꼭 껴안고 있는 두 사람을 본 명호가 급히 뒤돌아섰다. 민망한 장면을 본 것도 아닌데 명호는 헛기침을 하고는 뒤돌아선 채로 말했다.

"그 여자가 도망갔어요."

말 그대로 여자는 서겸과 지운이 사라지고 명호와 선욱이 당황해하던 사이에 사라졌다. 뒤따라 여자를 잡기 위해 엘리베이터 버튼을 눌렀지만, 이미 닫힌 문이 열릴 리가 없었다. 선욱과 같이 계단으로 뛰어 내려갔지만, 여자가 어디에서 내렸는지 확인을 못 했기에 소용이 없었다.

"우선은 보안부서에 말해놨습니다. 지금 CCTV 확인 중에 있습니다."

서겸은 또 치고 올라오는 욕지기에 입 안쪽을 깨물었다. 치아가 어린 속살을 파고들었다. 피가 배어 나와 입안이 비릿했다.

"서겸 씨."

"쉬고 싶어."

지친 목소리로 서겸이 낮게 속삭였다. 지운은 그를 부축해 그곳을 빠져나왔다. 명호가 뒤따라 나왔다. 같이 움직이려는 명호에게 여자를 찾으라고 지시를 한 서겸은 지운을 데리고 지하주차장으로 향했다.

직접 운전을 하려고 하는 서겸을 말린 지운은 결국 명호에게 SOS를 보냈다. 명호가 몰고 가는 차 안은 쥐 죽은 듯이 조용했다.

서겸은 지운의 어깨에 얼굴을 묻었다. 흘러내린 머리카락이 그의 얼굴을 가렸다. 단단하게 꽉 잡은 손을 지운이 내려다봤다. 그에게 잡힌 손이 피가 잘 통하지 않아 하얗게 질렸다. 자신의 손에 힘이 얼마나 들어가 있는지 서겸은 모르는 듯했다. 지운은 묵묵히 그 완력을 견뎠다.

서겸을 집까지 데려다 준 명호는 서겸이 지시한 일을 처리하기 위해 다시 회사로 돌아갔다. 명호를 돌려보내고 집 안으로 들어온 서겸은 성급한 손길로 지운의 옷을 벗겨냈다. 그러고는 자신의 옷은 거의 찢듯이 벗어 던졌다. 그대로 그녀를 안을 것 같던 서겸은 돌연 몸을 일으켜 욕실로 향했다. 그의 사나운 발걸음에 바닥에 깔려 있던 레일이 부서졌다.

지운은 그것들을 보다가 손을 더듬어 이불로 몸을 감쌌다. 욕실에서는 물소리가 흘러나왔다. 한참이 지나도 서겸이 나오지 않아 지운은 침대 밖으로 나와 욕실로 향했다. 물소리는 나는데 인기척이 느껴지지 않아 그녀는 욕실 문을 열었다.

"서겸 씨."

욕실 안은 수증기로 자욱했다. 얼마나 뜨거운 물을 틀어놓았는지 가까이 갔을 때 물의 열기가 굉장했다. 그 아래 서겸이 서 있었다. 놀란 지운이 황급히 물을 차갑게 틀었다. 이미 빨갛게 달아오른 서겸의 피부에 그녀는 손이 덜덜 떨렸다.

"화상 입잖아요!"

차가운 물을 뿌리자 서겸이 움찔거렸다. 그도 고통스러운지 얼굴이 일그러졌다. 그럼에도 서겸은 신음 소리 하나 흘리지 않았다. 마치 속으로 삭이려는 듯.

"나와요! 어서요."

물기에 넘어질까 조심스럽게 지운이 서겸을 이끌었다. 밖으로 나와 침대에 그를 앉히고 수건을 찾아와 그의 몸을 닦아주었다. 이미 벌겋게 달아오른 피부에 지운은 코끝이 시큰거렸다.

"왜 그래요. 응?"

말이 없는 서겸의 모습에 지운이 그를 품에 안았다. 서겸이 팔을 들어 그녀의 허리를 감쌌다. 맨몸으로 닿은 체온에 서겸이 더욱 힘을 줬다.

"서겸 씨."

"미안. 지운아, 울지 마."

서겸의 생소한 모습에 놀란 지운이 눈물을 흘렸다. 지운의 눈물에 서겸이 정신을 차리고 그녀를 다독였다. 하지만 그것도 잠시, 서겸은 정신을 잃듯이 침대 위로 쓰러졌다.

❖　❖　❖

많이 아팠다. 서겸은 정신이 오락가락하는지 헛소리를 하기도 했다. 열이 펄펄 끓어 차가운 물수건으로 몸을 닦아냈지만 역부족이었다. 결국 지운은 다시 명호를 불렀다.

명호가 데려온 의사는 그의 팔에 링거를 놓고 경과를 지켜보자는 말을 남기고 다시 병원으로 돌아갔다.

"한 이사님께서 온다고 하시네요."

서겸이 정신을 차리지 못한 지 이틀째. 내내 그의 곁에서 간호를 하는 지운의 얼굴도 창백하게 질렸다. 이러다가 지운도 쓰러질 것 같아 명호는 진겸에게 연락을 했다. 믿고 맡길 만한 사람을 구할 시간이 없어서 본가에서 일을 하는 사람을 요청했다. 와서 지운이 먹을 만한 거라도 만들어달라고 부탁하기 위해. 그리고 지운 대신 서겸을 간호할 사람이 필요해서.

명호는 자신도 옆에 있고 싶었지만, 서겸도 없는데 밀린 일을 처리할 사람이 그밖에 없어서 회사로 돌아가야 했다.

명호가 돌아가고 얼마 뒤 초인종이 울렸다.

"도련님은요?"

진겸과 하나가 집 안으로 들어왔다. 해쓱해진 지운의 얼굴을 본 두 사람은 정작 링거를 맞고 침대에 누워 있어야 할 사람은 그녀가 아닌가 생각했다. 같이 온 아주머니는 바로 부엌으로 향했고, 세 사람은 서겸이 있는 침실로 향했다. 끙끙 앓으며 잠이 든 서겸의 모습에 진겸이 걱정 어린 얼굴로 동생을 응시했다.

"어쩐 일이에요? 우 실장이 어떤 여자가 찾아왔다고 하던데."

"제니라는 여자가 찾아왔어요. 그런데 갑자기……."

"제니?"

"그 여자가?"

지운의 말에 진겸과 하나가 동시에 경악했다. 하나는 어떻게 된 일이냐고 남편에게 따졌다. 분명히 아버님이 잘 처리하지 않았냐고. 지운은 물끄러미 두 사람을 쳐다봤다.

"처리라니요?"

"밖에서 이야기하는 게 좋겠군요."

어두운 얼굴로 진겸이 동생을 내려다봤다. 고통스러운지 서겸의 미간이 접혀 있었다. 지운이 손을 뻗어 그 미간을 조심스레 펴주었다. 애틋한 눈으로 연인을 쳐다보는 지운의 눈이 눈물로 글썽거렸다.

거실로 나왔다가 세 사람은 일을 하는 아주머니를 보고 서재로 자리를 옮겼다. 서재에 놓인 소파에 진겸과 하나가 나란히 앉고, 그 앞으로 지운이 마주 앉았다. 째깍째깍, 시계 초침이 움직이는 소리가 정적을 깼다.

하나는 남편에게 그 이야기를 할 거냐는 질문을 소리 없이 눈으로 했다. 진겸은 곰곰이 고민을 하다가 고개를 끄덕였다.

"서겸이가 어렸을 때부터 미국에서 지낸 거 알죠?"

"네."

"어디까지 알아요?"

지운은 서겸이 저렇게 아픈 게 미국과 관련이 있다는 걸 눈치채고 생각했다. 서겸이 들려주었던 이야기를 하나도 빠짐없이 떠올렸다.

어렸을 때 생모가 죽고 본가로 들어감과 동시에 미국으로 보내진 것. 그리고 장학금과 문신, 피어싱 이야기까지 했다. 이야기를 하고 보니 정작 별다른 내용이 없어 지운은 입술을 깨물었다. 서겸이 정작 중요한 이야기는 하지 않았다는 직감이 들었다.

"잠깐 방황을 했다는데, 그 여자와 관련이 있나요?"

여자의 이름을 듣고 경악하던 서겸의 얼굴. 욕을 내뱉고 화장실로 뛰어간 그는 모든 걸 게워냈었다.

"서겸이가 공부를 굉장히 잘했어요. 난 서겸이보다 늦게 미국에 갔는데, 그 녀석 성적을 보고 엄청 놀랐죠. 자격지심 같은 것도 생겼고. 그 녀석 덕분에 나도 공부를 죽어라 했어요."

과거의 일을 잠시 회상하던 진겸의 얼굴이 아득해졌다. 입에 웃음 비슷한 것도 어렸다. 처음에 만났을 때에는 어색했지만, 얼마 가지 않아 미국에 단둘뿐이라는 생각에 꽤 어울려 지냈다. 그래도 핏줄은 핏줄인지.

"나는 서겸이보다 일찍 한국에 왔어요. 그리고 대학에 갔고. 서겸이는 고등 과정을 밟았죠. 그런데 열여덟 살에 갑자기 연락을 하더군요. 한국으로 들어가고 싶다고. 너무 괴롭다고."

그때 서겸은 밤낮 할 것 없이 전화를 했다. 소리를 지르고 횡설수설하는 서겸이 위태로워 데리러 가려 했다. 그런데 그럴 수가 없었다. 어머니의 상처 때문에.

"서겸이가 갑자기 왜 그러는지 이유를 몰랐어요. 성적도 확 떨어지고. 날마다 술에 피어싱까지 하더군요. 그때 처음으로 아버지와 서겸이가 싸웠어요."

한국으로 들어가지 않으면 이렇게 살겠다는 서겸과 정신 차리지 않으면 데려오지 않겠다는 아버지의 싸움은 지독했다. 서겸은 애원하다시피 했다. 정신 차릴 테니 제발 한국으로 데려가 달라고. 그럼에도 아버지는 어머니의 눈치를 보느라 그러지를 못했다.

"서겸이에게 전화를 했어요, 꼭 데리러 가겠다고. 그런데 서겸이가 그러더군요. 역겹냐고. 자신이 역겨워서 버리는 거냐고."

지독히도 감정이 없는 목소리였다. 화가 담긴 것도, 분노가 담긴 것도 아니었다. 그렇다고 슬픔이 담기지도 않았다. 무의 목소리. 아무것도 없는 목소리. 진겸은 바로 아버지께 말씀드리고 서겸을 찾으러 갔다.

"서겸이를 찾으러 갔어요. 집에 없더군요. 하나가 서겸이가 어디에 있는지 안다면서 연락을 했어요. 하나 덕분에 서겸이를 찾았어요. 여행을 간 서겸이를 겨우 찾았어요."

서겸이를 찾고 난 뒤 진겸은 동생의 이름을 불렀다. 안도감에 욕도 섞어서 동생을 애타게 불렀다.

"기차 레일을 사이에 두고 있는데, 서겸이가 저를 보지 않더군요. 앞에 제가 있는데. 그때 멀리서 기차가 들어오려 하는데 서겸이가 앞으로 걸어가더군요. 미친 듯이 달려서 간신히 레일 안으로 들어오는 서겸이를 잡았어요. 그리고 뒤로 끌어당겼어요."

기차가 지나가면서 엄청난 소리를 내뿜었다. 마치 자신들에게 경고를 하듯이. 서겸이는 지나가는 기차를 보며 엉엉 울었다. 죽게 내버려 두지 왜 살렸냐고. 한참을 우는데 또 기차가 지나갔다. 기차가 내는 소리에 서겸이 울음을 뚝 그쳤다. 그리고 정신을 차린 듯 멍한 얼굴로 자신이 왜 여기에 있는지 모르겠다는 말을 했다.

"그 뒤로 서겸이는 정신과 치료를 받았어요."

이 이야기를 해도 될지 진겸은 한참을 말없이 고민했다.

"무슨 일이 있었던 거죠?"

진겸은 눈을 한 번 질끈 감았다가 뜬 뒤 지운에게 말했다.

서겸은 강간을 당했다. 그것은 명백히 강간이었다.

평소 서겸을 쫓아다니던 제니는 날이 갈수록 그 증세가 더욱 심해졌다. 서겸은 제니를 멀리했고, 제니는 더욱 미쳐서 날뛰었다. 죽겠다고 협박을 해도 서겸에게는 통하지 않자 제니가 비열한 짓을 했다.

포기하고 친구로 돌아갈 테니 술 한잔하자고 서겸을 불러냈다. 그리고 술에 마약을 탔다. 마약에 정신을 잃은 서겸은 자신의 몸을 주체할 수가 없었다. 약 때문에 오로지 본능만이 남았고, 그걸 이용해 제니는 그를 취했다. 강제로.

서겸은 드문드문 생각이 나는 게 제니를 밀어내려 해도 손에 힘이 들어가지 않았다고 했다. 그 와중에도 쾌락을 느낀 자신이 역겨웠다고 했다.

상담하는 내내 그는 자신에게 혐오감을 느꼈다. 구역질까지 하며 자신이 더럽고 역겹다는 말을 반복했다.

"다행히 치료에 차도를 보였어요. 서겸은 무섭도록 치료에 열중했고, 바로 일상에 복귀했어요. 다시 성적이 오르더군요. 한데

잘됐다기보다는 더 걱정이 됐어요."

그 일을 알게 된 아버지는 제니라는 여자를 찾아 지옥을 겪게 했다. 서겸이 겪은 일을 그대로 돌려주었다. 아니, 더한 일을 겪게 했다. 바닥으로 떨어뜨렸다. 마약과 섹스에 빠져 그 여자는 사창가를 전전했다. 물론 서겸은 모르는 일이다. 여자를 처리하고 서겸을 데려오려 했지만, 이미 늦었다. 이미 서겸은 아버지에게 마음의 문을 닫은 후였다.

어느새 지운의 얼굴은 눈물로 흠뻑 젖어 있었다. 하나는 그녀의 옆으로 옮겨가 눈물을 닦아주었다.

한참을 말없이 울기만 하던 지운은 자리에서 벌떡 일어나 서겸이 잠든 방으로 향했다. 바닥에는 기차 레일이 망가져 있었다. 이틀 전 서겸의 발에 망가진 채 그대로 있는 걸 지운은 내버려 뒀다.

"기차 레일을 매일 보면서 그는 무슨 생각을 했을까요?"

죽고 싶다는 생각을 했을까. 아니면 살아난 것을 생각했을까. 지운은 바닥에 주저앉아 레일을 하나하나 분해했다. 뒤에서 지켜보던 하나가 옆으로 와 도왔다. 진겸은 조용히 박스 하나를 구해 왔다.

침대 아래에서까지 레일을 모두 수거해 와 지운은 상자에 담았다. 그리고 진겸에게 버려줄 것을 부탁했다.

"오늘은 제가 있을게요."

하나가 지운에게 식사 좀 하고 쉬라고 했지만, 지운은 단호하게 거절했다.

"잠결에도 저를 찾아요. 제가 옆에 있을게요."

"으음. 지운아."

말이 끝나기가 무섭게 서겸이 고통에 찬 목소리로 지운을 찾았다. 허공에 손을 뻗어 무언가를 잡으려는 듯했지만, 힘에 부쳐 팔이 툭 몸 위로 떨어졌다. 지운은 침대 옆에 앉아 그 손을 잡았다.

"나 여기 있어요. 서겸 씨, 내 목소리 들려요?"

답은 없었다. 그럼에도 지운은 서겸의 대답을 들은 듯 고개를 끄덕였다. 괜찮다고. 다 괜찮으니 푹 자고 일어나라고.

"우린 그만 가볼게요."

더 있어봤자 도움이 되지도 않을 테고, 지운만 불편할 것이기에 진겸은 아내의 팔을 잡아당겼다. 거실로 나오면서 문을 닫는데 하나가 불안한 목소리로 말했다.

"지운 씨에게 너무 큰 책임을 떠안기고 가는 거 아니야?"

"서겸이를 정말로 사랑한다면 지운 씨도 이겨내야 할 문제야."

남편의 말이 일리가 있기에 하나는 고개를 끄덕였다. 하지만 불안한 마음은 여전했다.

"그보다 그 여자가 어떻게 도련님을 찾아간 거지?"

"하아, 글쎄."

잊어가고 있었다. 그때 모두가 죄책감에 시달렸다. 그 죄책감에 가장 몸부림을 치던 사람은 아버지.

"아버님께 말씀드릴 거야?"

"응."

서겸의 일이라면 물불 가리지 않는 아버지에게 어떻게 말을 꺼내야 할지 고민되었다. 하지만 그 여자에 대해서 가장 잘 아는 분이 아버지다. 직접 지시하고 처리를 하셨으니. 서겸을 위해 더러운 일도 마다하지 않으신 분이다.

❖ ❖ ❖

늘 어둑했던 방이었다. 그랬기에 눈을 떴을 때 다른 방인 줄 알았다. 늘 장막을 치고 있던 커튼이 옆으로 갈라져 커다란 유리창을 고스란히 내보였다. 낯설어서 서겸은 저도 모르게 숨을 죽인 채 주위를 살폈다. 약간의 뒤척임에 옆구리에 온기가 닿았다. 그곳에 지운이 모로 누워 잠들어 있었다.

"지운아."

허스키하게 가라앉은 목소리. 갈라지는 목소리가 마치 목이 갈라지고 나오는 것같이 목에 통증이 느껴졌다. 서겸은 왼손으로 목을 감싸고 헛기침을 여러 차례 했다.

"깼어요?"

일어나며 지운이 부스스한 머리를 뒤로 넘겼다. 몇 번의 손길에 부드럽게 머리카락이 넘어갔다.

"응. 나 얼마나 잔 거야?"

기억이 나지 않는지 서겸이 미간을 찌푸렸다. 그는 집에 온 것도 잘 기억나지 않았다.

"아팠어요, 서겸 씨가. 괜찮아요?"

그러고 보니 온몸이 두들겨 맞은 듯 통증이 일었다. 머리도 아파와 그는 절로 신음이 나왔다. 머리를 감싸 쥐며 서겸이 지운의 무릎에 머리를 올렸다. 부드러운 손길이 그의 머리카락을 매만졌다.

"아파요?"

서겸이 괜찮다는 듯 고개를 흔들었다. 지운은 먹을 것 좀 가지고 오겠다고 자리에서 일어났다. 열린 문틈으로 지운이 움직이는 소리가 들려왔다. 달그락거리는 소리. 간간이 지운이 집에서 자고 갈 때 나던 소리. 서겸은 그제야 집이 익숙하게 다가왔다.

"기차."

왜 방이 낯설게 느껴졌는지 서겸은 그제야 깨달았다. 방 안의 절반을 채우던 기차 레일들과 모형들이 싸그리 사라졌다. 휑한 방 바닥을 훑던 서겸의 얼굴이 하얗게 질렸다.

집에 오기 전의 일이 떠올랐다. 제니.

"이것 좀 먹어봐요. 죽이에요. 먹고 약도 먹어요."

쟁반에는 죽이 담긴 대접과 간장이 담긴 종지 하나가 담겨 있었다. 조심스럽게 침대 위에 내려놓고 지운이 수저를 건네주었다. 수저를 받아 든 서겸은 다시 쟁반 위에 내려놓았다.

"다 어디 갔어?"

바닥을 노려보는 그의 얼굴이 심상치 않았다. 일순 당황한 지운이 머뭇거리다가 말했다.

"제가 치웠어요. 걸어 다니는 데 걸리적거리기도 하고."

"누구 마음대로."

차가운 서겸의 말에 지운이 놀라 동공을 키웠다. 싸늘하게 식은 눈동자가 그녀를 노려봤다.

"너 뭐 들은 거 있어?"

지운이 도리질을 쳤다. 서겸은 알아챘다. 지운이 모든 걸 알게 되었다는 걸. 그의 추악한 과거를 지운이 다 알게 됐다.

피가 차갑게 식었다. 얼음이 혈관을 타고 흐르는 듯 통증이 일었다. 혈관이 얼음에 긁혔고, 그 얼음들이 심장에 박혀 그를 죽였다. 그의 마음이 죽어버렸다.

"너 가라. 꺼져."

챙!

쟁반이 서겸의 손에 의해 바닥으로 떨어졌다.

13

넥타이를 매는 서겸의 얼굴에는 아무것도 서리지 않았다. 그저 습관적인 움직임. 거울 앞에 서서 자신의 얼굴을 한 번 훑은 그는 차 키를 들고 집을 나섰다.

며칠 동안 집 밖으로 나가지 않았다. 제대로 햇빛을 받지 못한 얼굴은 창백했다. 살도 빠져 그의 턱 선은 더욱 날카로웠다. 핸들을 잡은 그의 손이 탁탁 일정하게 움직였다. 핸들을 두드리던 손으로 서겸은 주머니에서 핸드폰을 꺼냈다.

며칠째 명호가 지속적으로 전화를 했다. 집 앞까지 찾아왔지만 문을 열어주지 않았다. 이번에도 명호이겠거니 했다. 하나 아니었다.

핸드폰에 뜨는 지운의 이름을 본 그의 얼굴에 일순 감정이 스쳐 지나갔다. 하지만 그뿐, 서겸은 핸드폰을 뒷좌석으로 던졌다.

터덜터덜 걸어서 서겸은 진겸의 사무실로 들어갔다. 놀라 뒤따라온 비서들에게 진겸은 괜찮다는 손짓을 내보이고 서겸의 앞에 앉았다.

"괜찮냐? 자식, 살 빠진 것 좀 봐."

아팠다고 광고를 하듯 형편없는 동생의 몰골에 진겸이 걱정을 내보였다.

"형이야? 지운이한테 말한 게."

서겸의 얼굴이 일그러졌다. 절대 지운이 알아서는 안 될 일이었다.

진겸은 자신을 죽일 듯이 노려보는 동생을 덤덤하게 바라봤다. 그러곤 고개를 끄덕였다. 그 순간 서겸이 자리를 박차고 일어나 주먹을 날렸다. 멱살을 잡고 누르던 서겸이 절망 섞인 목소리로 원망을 내뱉었다.

"왜! 왜 말했어!"

"언젠간 알아야 할 일이었어."

"내가! 내가 감추겠다는데, 왜!"

지운만은 안 됐다. 그녀에게만은 감춰야 했다. 자신이 얼마나 지운에게 잘 보이고 싶어 했는데. 근사한 모습만 보여주고 싶었다. 그녀에게만은 최고가 되고 싶었다. 그런 마음을 가지게 한 여자였다. 그런데 가장 추악한 모습을 보여줬다.

"지운 씨는 네 고통을 이해했어!"

"이해하기는 뭘! 나조차 더러운 나를 혐오하는데. 더러운 날…… 더러운 내가 어떻게 지운이를……."

이제는 그녀 앞에 당당히 설 수가 없다. 그걸 인지하자 몸에서 힘이 탁 풀렸다. 그대로 주저앉는 서겸을 진겸이 안타까운 눈으로 바라봤다.

"그럴 리 없어."

"형이 뭘 알아."

진겸은 소리 죽여 우는 동생을 기다려 주었다. 이렇게라도 속에 담아둔 걸 다 쏟아내기를 바라는 심정으로.

사무실로 들어가려고 몇 번이고 다리에 힘을 줬지만 계속 주저되었다. 자꾸만 피하고 싶어서 서겸은 몇 번이고 뒤돌아섰다. 그러나 지운이 궁금했다. 보고 싶지 않기도 했지만 보고 싶기도 했다.

눈을 감으면 그날의 지운의 얼굴이 떠올랐다. 눈물이 그렁그렁 맺힌 얼굴. 미안하다고 말을 남기고 돌아서던 모습. 지운이 미안하다고 했다. 멋대로 기차 레일을 치운 걸 미안해하는 걸까. 아니면 이제는 멀어질 것에 미안하다고 하는 걸까.

아차 싶은 순간 지운은 이미 사라졌다.

"전무님?"

두터운 유리문을 열고 선욱이 나왔다. 서겸이 앞에 서 있는 걸 보고 꽤나 놀란 목소리로 그를 불렀다. 유리문이 확 젖혀지고 명호의 얼굴이 보였다. 꽤나 씩씩거리는 폼이 나 '화났소.'를 몸소 보여주고 있었다.

"전무님."

차분한 목소리가 뒤따랐다. 남자 세 명이 모두 움찔했다. 눈치를 보던 명호와 선욱은 멈춰 있던 엘리베이터 버튼을 눌러 쏜살같이 사라졌다.

"서겸 씨."

두 사람은 말없이 서로를 응시했다. 그러다 서겸은 고개를 떨궜다. 더는 보지 못하겠다는 듯이. 그에 지운이 쓴웃음을 지었다.

뚜벅뚜벅. 사무실로 들어가서 등 뒤로 문을 닫으려는데 다시 힘에 의해 문이 열렸다. 지운이 따라 들어왔다. 서겸은 죄지은 아이마냥 고개를 푹 떨군 채 지운을 따라 소파에 앉았다.

"몸은 괜찮아요?"

"응. 그날은…… 미안했어."

반성하는 목소리에는 힘이 없었다. 진겸에게 대들던 것과는 달리 서겸은 묵묵히 지운이 말하기를 기다렸다. 그러면서도 지운의 입에서 나올 말이 무서웠다.

그날의 사나운 기세는 온데간데없이 축 늘어진 서겸의 모습이 안쓰러웠다. 눈은 충혈되고 살이 쏙 빠진 얼굴에 지운은 속이 상했다.

자리에서 일어난 지운은 서겸의 앞으로 걸어갔다. 서겸이 고개를 들었다가 다시 숙였다. 서서히 지운이 상체를 숙이더니 서겸의 다리 위에 올라앉았다. 당황한 서겸이 지운을 밀어내다가 그녀가 뒤로 넘어가려 하자 반사적으로 등을 감싸고 끌어당겼다. 가까스로 지운을 잡은 서겸의 입에서 안도의 한숨이 나왔다.

지운은 서겸의 넥타이에 손을 가져갔다. 능숙하게 풀어내고는 서슴없이 셔츠 단추를 풀었다.

"지운아?"

서겸이 지운의 손을 잡아 저지시켰지만 매섭게 내치고 마저 풀어 나가는 지운의 기세가 상당해 어정쩡하게 손을 허우적거렸다. 다 풀고 난 뒤 지운은 옷을 젖혔다. 단단한 어깨를 손으로 감싸더니 쓰다듬으면서 손을 뒤로 넘겼다. 문신이 있는 부근을 쓸어내리며 지운이 서겸과 눈을 맞췄다.

"문신이 '나 자신을 좋아하고 사랑하라.' 라고 했죠?"

얼결에 서겸이 고개를 끄덕였다.

"이 문신 언제 했어요?"

서겸은 말을 잃었다.

그 일이 있고 난 뒤, 더러워진 몸뚱이를 어떻게 할 바를 몰라 매일 씻었다. 살갗이 까지고 피가 흘러도 씻었다. 딱지가 생길 틈이 없을 정도로 날마다 아침저녁으로 씻었다.

정신과 상담을 마지막으로 받은 날. 그날 바로 문신을 했다. 충동적이었다. 역겨운 몸뚱이에 뭐 하나 새긴들 상관없을 것 같아 문신 가게에 들어갔다. 들어가서도 뭘 어찌할 바 모르는 자신에게 가게 주인은 일단 하고 싶은 위치를 물었다. 대답을 하지 못하자 그럼 그림이나 문구를 고르라고 했다. 적당히 아무거나 고르고 상체를 탈의했다. 상처 가득한 몸을 보더니 주인이 제안을 했다.

"문구로 바꾸죠. 어때요?"

주인은 그림에서 문구로 바꾸자고 했다. 아무거나 상관없기에 고개를 끄덕였다. 그나마 상처가 거의 없는 곳이 등이었다. 엎드리라 해서 엎드리고 다 끝나기를 기다렸다. 다 끝나고 거울로 자신의 등을 보여주었다.

"나 자신을 좋아하고 사랑하라. 괜찮죠?"

저도 모르게 눈물이 흘러내렸다. 무언가가 치유되는 기분. 우는 자신을 가게 주인은 모르는 척 방을 나가 홀로 있게 해주었다.

상념에 잠긴 서겸의 얼굴을 지운이 두 손으로 감쌌다.

"서겸 씨는 이 문신처럼 서겸 씨를 좋아하고 사랑하면 돼요. 나도 서겸 씨를 좋아하고 사랑해요. 그러니까……."

"아아, 지운아."

지운의 입에서 나온 사랑한다는 말에 서겸은 고개를 떨궜다. 그의 눈시울이 붉어졌다. 그도 자신을 제대로 사랑하지 못했는데, 지운이 처음으로 해준 사랑한다는 말에서 온전한 사랑을 느꼈다. 정말로 사랑받을 수 있는 존재가 된 듯 환희가 차올랐다. 품에 가득 지운을 안으며 서겸은 지금 살아 있음에 감사했다. 그녀를 만난 것에 감사했다. 가슴이 부풀어 오른다는 게 이런 걸까. 너무 벅차서 목이 메었다.

"사랑해. 사랑해, 지운아."

저도 모르게 흘러나오는 말. 나는 당신을 사랑합니다.

어색한 분위기 속에서 지운이 서겸의 단추를 하나하나 채웠다. 서겸은 물끄러미 지운의 손놀림을 바라봤다. 기세 좋게 단추를 풀더니, 단추를 채우는 지운의 얼굴은 붉게 달아오르고 있었다.

"그날은 정말 미안해."

"나중에 이자까지 쳐서 받을 거예요."

지운은 그날 충격을 받았다. 자신에게 서슴없이 꺼지라는 말을 내뱉는 서겸의 눈에는 완강한 거부가 서려 있었다. 고스란히 상처로 다가왔다.

자신이 서겸을 밀어냈을 때 그도 이랬을까. 바로 그의 집에서 뛰쳐나와 무작정 진겸을 찾아갔다. 건물에 들어가자마자 경비에게 붙들렸을 때 다행히 외근을 나갔다가 막 회사로 들어오는 진겸을 만났다.

서겸에게 쫓겨난 그녀에게 진겸은 기다려 달라는 말을 했다. 서겸이 스스로 추스를 수 있도록 기다려 달라고. 그리고 동생을 버리지 말아달라고.

지운은 그를 버린다는 생각은 한 적도 없었다. 그러다 불현듯 서겸을 두고 도망쳐 온 자신을 탓했다. 서겸은 절대 그녀를 혼자 둔 적이 없었다. 그런데 그녀는 그를 두고 왔다.

서겸을 다시 만나기 전까지 힘들었다. 계속해서 최악으로 치닫는 생각.

이렇게 그의 품에 있으니 그동안의 힘들었던 일이 이제는 아무렇지도 않게 느껴졌다.

"무슨 생각 해?"

지운이 무슨 생각을 하는지 알 수 없어 서겸은 초조했다. 지운의 이마에 자신의 이마를 가져다 댄 서겸은 그녀의 생각이 자신에게 전해지기를 바랐다.

"그냥, 아무것도."

빨리 말을 하라고, 궁금하다고 서겸이 지운을 재촉했다. 말없이 웃기만 하는 지운에게 결국 서겸이 졌다. 이렇게 웃는데.

"매번 이렇게 웃으며 넘어가지."

"좋아서 웃어요."

낮게 나도 좋다고 말하며 서겸이 짧게 입을 맞췄다. 그동안 지운도 마음고생이 심했는지 얼굴 살이 쏙 빠져 있었다. 가뜩이나 주먹만 한 얼굴인데. 서겸은 있지도 않은 외근을 핑계로 지운을 데리고 회사를 빠져나왔다.

❖　❖　❖

낯선 노신사가 등장한 순간, 명호는 들고 있던 파일을 떨어뜨렸다. 선욱은 노신사를 아는지 당황하며 허둥지둥 댔고 유일하게 지운만 침착했다.

"회장님 오셨습니까."

명호가 허리를 숙이며 깍듯이 인사를 했다. 선욱과 지운도 따라 허리를 숙였다.

한 회장은 지운을 유심히 살폈다. 그 눈길에 지운은 그가 서겸과 그녀의 관계를 알고 있음을 알았다.

"아픈 서겸이를 간호해 줬다고."

한 회장은 조신한 걸음으로 앞으로 와서 선 지운의 어깨를 툭툭 두드렸다.

"고맙네."

한국을 대표하는 대기업의 회장이 어린 아가씨에게 고개를 숙였다. 지운이 화들짝 놀라며 따라서 고개를 숙였다.

"아닙니다, 회장님."

한 회장은 진겸에게서 들었던, 앞에 서 있는 아가씨를 다시 봤다. 다시 무너지는 서겸을 일으켜 세웠다는 여자는 사진보다 더 여리여리했다. 어디서 그런 강단이 나왔는지.

"같이 들어가지."

진겸이 슬쩍 흘렸었다. 서겸이 걱정되어 전전긍긍하는 한 회장에게 회사로 만나러 가는 게 어떻겠냐고. 절대 서겸이 한 회장을 보러 올 가능성이 희박하기에 한 회장도 그 생각을 하고 있었다. 하지만 문전박대당할까 싶어 쉬이 가지 못했다. 그런 한 회장에게 그곳에 지운이 있으니 서겸도 행동거지를 조심히 할 거라고 말했다.

눈을 동그랗게 뜨는 지운을 앞세워 한 회장은 서겸의 사무실로 들어섰다.

"뭡니까?"

불만이 가득한 아들 녀석의 얼굴에 한 회장이 울컥 열이 올랐지만 참았다. 속이 문드러질 정도로 걱정을 끼친 녀석의 눈은 매서웠다. 그게 또 안심이 되었다.

"시원한 차 드릴까요, 회장님?"

지운의 목소리에 서겸이 마지못해 일어나 소파에 앉았다. 자연스럽게 상석에 앉는 아버지를 못마땅하게 본 서겸은 지운에게 나가 보라는 눈짓을 했다.

"차는 됐으니 아가씨도 앉지."

"뭐 하시는 겁니까."

잠시 고민을 하던 지운은 한 회장의 지시대로 소파에 앉았다. 어르신의 말을 거역할 수 없어 그녀도 난처했다.

"아팠다면서? 쯧쯧."

혀를 차는 한 회장을 본 지운의 손에 힘이 들어갔다. 그래도 아팠던 자식인데 어찌 혀를 찰 수 있는가. 서겸의 얼굴은 이미 딱딱하게 굳어 있었다.

대꾸할 가치도 없다는 듯 서겸이 고개를 돌렸다. 한 회장은 그나마 지운이 있어서 서겸이 조용히 넘어가는 걸 알았다. 그러지 않았다면 노발대발하며 나가라고 소리쳤을 거다. 그래도 남자라고, 제 여자 앞에서는 성숙하다.

"보약 한 재 지어 보냈다."

이렇게 얼굴을 봤으니 안심이 된 한 회장은 자리에서 일어났다. 지운이 뒤따라 일어났고, 서겸도 마지못해 자리에서 일어났다.

같이 서 있는 두 사람을 본 한 회장은 코끝이 시큰거렸다. 눈까지 시큰거리자 얼른 몸을 돌렸다.

"크흠. 더는 걱정 말거라. 내 다 알아서 했으니."

뜬금없는 말에 지운이 의아한 듯 고개를 옆으로 기울였다. 서겸은 한 회장이 무슨 말을 하든 관심이 없는지 못 들은 척했다.

서겸은 명호를 따로 불러 제니에 대해 물었다. 명호는 제니가 연회 때를 맞춰서 한국으로 들어왔고, 이 호텔에서 투숙했다는 것까지 알아냈다. 하지만 그 이상은 알아내지 못했다.

"더 알아봐."

"네."

자신에게 원하는 게 뭔지, 왜 나타났는지 전혀 궁금하지 않았지만, 더는 마주치고 싶지 않았기에 서겸은 피하려는 목적으로 조사를 지시했다.

가라앉는 기분에 그는 노트북에 이어폰을 꽂았다. 그러곤 이미 노트북에 들어 있는 CD를 재생했다. 익숙한 멜로디가 흐르고 지운의 목소리가 이어폰을 타고 그의 귀에 흘러들어 왔다.

소리 없이 내리는 눈.
눈이 준 고요 속에 갇힌 나.
누군가를 기다리고 있어요.
내가 기다린 사람이 당신인가요.
내 손을 잡아주는 당신의 온기가 나를 채우네요.

눈이 노래를 불러요.
당신의 선물인가요.
당신의 노래가 나를 감싸고 나는 더 이상 외롭지 않아.
사랑스러운 눈이 내려요.
당신의 노래인가요.
눈의 노래가 나를 채우고 나는 더 이상 춥지 않아.

눈을 닮은 당신.
나는 당신이란 눈에 빠졌나 봐요.

지운의 노래가 담긴 CD를 찾은 뒤 서겸은 머리가 아플 때나 심심할 때, 쉬고 싶을 때 등등을 이유로 노래를 들었다. 시도 때도 없이.

이미 가사는 다 외웠다. 눈을 감고 노래를 반복 재생해 듣던 서겸은 지운의 노래를 따라 불렀다. 한참을 듣고 있는 서겸의 귀에 꽂아진 이어폰이 누군가의 손에 의해 빠졌다. 갑자기 귀에서 이어폰이 뽑히자 서겸은 눈을 떴다.

내선전화도 받지 않고, 노크에도 대답이 없어서 지운은 문을 열고 들어섰다. 서겸은 의자에 편하게 몸을 묻고 눈을 감고 있었다.

"서겸 씨."

자신의 부름에도 대답이 없자 지운이 가까이 다가갔다. 서겸이 갑자기 말을 했다. 그런데 말이 아니었다. 노래. 그녀도 익숙한 노래.

서겸의 귀에 꽂아진 이어폰을 확인한 지운은 가차 없이 그의 귀로 이어지는 이어폰 줄을 낚아챘다.

"지운아?"

서겸이 눈치를 보며 노트북으로 손을 가져갔다. 지운이 이어폰을 귀에 가져갔을 때에는 이미 노래가 멈췄다.

"언제 들어왔어?"

지운은 대답 없이 서겸의 노트북 옆에 CD가 들어가는 부분을 쿡 눌렀다. 윙 하는 소리와 함께 CD가 툭 튀어나왔다. 지운은 CD를 손가락에 꽂아 들고 확인했다.

오래전 자신이 낸 앨범. Flos뿐만 아니라 소속 가수들끼리 모여서 낸 캐럴 앨범이다. 거기에는 자신이 혼자서 부른 노래도 있었다.

"어디서 났어요?"

왠지 CD의 안전이 걱정된 서겸은 고이 지운의 손가락에서 CD를 빼냈다. 순순히 돌려주는 지운에게 감사함을 느끼고, 서겸은 서랍에서 CD케이스를 꺼내 꽂았다. 하나밖에 없는데 상처라도 날세라.

"그게, 나 예전에 군대 입대할 때 아민이가 선물로 줬어. 나 Flos 1집도 가지고 있는데."

놀라 입이 벌어지는 지운에게 자랑하던 서겸은 이게 자랑할 만한 것인지 새삼 걱정이 됐다.

"내놔요."

서겸의 얼굴이 굳어졌다. 내놓으라는 지운과 절대 줄 수 없다는 서겸의 밀고 당기기가 시작됐다. CD를 팔 위로 올려 지운의 손에 닿지 않게 하던 서겸은 갑자기 들어오는 옆구리 공격에 허리를 숙였다. 그때를 노리고 지운이 CD를 빼앗아갔다.

"안 돼! 그거 내 보물이다. 아무리 당신이어도 그거 부수면 진짜!"

지운을 품에 가두고 서겸이 그녀의 두 손을 한 손에 잡았다. 그리고 CD를 빼앗아 멀리 놓았다. 씩씩거리는 지운을 보던 서겸은 두 사람의 자세가 묘하다는 걸 인식하고는 멋쩍게 웃었다. 지운은 책상 위에 반쯤 올라간 상태로 서겸에게 갇혀 있었다. 양손을 붙들린 채. 지운도 자세를 인지했는지 비키라고 몸을 흔들었다.

"왜 말 안 했어요? CD 가지고 있다고."

"이럴까 봐."

지운은 부끄러웠다. 서겸이 내내 들었다는 말에 창피했다. 예전이라면 좋았겠지만, 이미 과거가 된 꿈. 부끄럽고 창피했다.

"나만 들을게. 응? 나 당신 노래 엄청 좋아한단 말이야."

싫으면 직접 불러주든가, 녹음할 테니.

타협점을 찾으려는 듯 서겸이 의견을 내놓았지만, 지운이 모두 거절했다. 그럼 CD나 들어야겠다고 지운의 등을 밀어 억지로 사무실에서 내몰았다.

계속해서 이어지던 노래가 휘의 손짓 하나로 뚝 끊어졌다. 부스 안에서 노래를 부르던 여자가 눈치를 보며 헤드셋을 벗었다. 휘가 버튼을 꾹 누른 채 여자에게 잠시 쉬었다 가자는 말을 했다. 여자는 물통을 들고 나와 밖으로 나갔다.

"뭐가 불만이에요?"

옆에 앉은 준수한 얼굴의 남자에게 휘가 물었다. 남자는 현재 가장 잘나가는 아이돌그룹의 멤버로 솔로앨범 발매를 앞두고 있었다. 데뷔 5년차에 틈만 나면 해외 공연을 하러 나가는 혁은 휘를 향해 고개를 내저었다.

"목소리가 별로예요. 나랑 맞지 않아요."

혁이 원해서 데려온 여자는 여러 앨범에 피처링을 한 경험이 있는 가수로 언더에서는 굉장히 알아주는 여자였다. 자신이 원했음에도 직접 부르는 노래를 듣고 혁은 한숨을 내쉬었다.

"그럼 어떡하자고요."

슬슬 휘도 짜증이 났다. 어린 녀석의 비위 맞춰가며 일할 생각이 없기에 그는 뒤쪽을 노려봤다. 매니저가 눈치껏 끼어들어 괜찮은데 왜 그러냐고 혁을 달랬다.

"작곡가님, 누구 아는 사람 없어요? 진짜 저 여자는 아닌데."

휘는 이래서 내가 담배를 못 끊는다는 생각으로 손을 더듬더듬 담뱃갑을 찾았다. 라이터를 들고 일어선 휘는 매니저에게 한 대 피우고 올 때까지 잘 처리하라는 눈빛을 보내고 밖으로 나왔다.

"하아."

담배 연기를 내뱉으며 한숨까지 같이 쏟아냈다. 속에 찬 화가 같이 뿜어져 나오는 듯 연기는 매서웠다. 계속되는 작업으로 눈이 피로한지 침침했다. 담배를 들지 않은 손으로 눈을 비벼대던 휘는 앞에 누군가가 서자 눈을 떴다. 비벼대느라 흐릿했던 시야가 차츰 맑아졌다.

"작곡가님."

방금 전 부스 안에서 노래를 부르던 여자가 팔짱을 끼고 앞에 서 있었다.

"저 작업 못 해요."

혁이 못마땅해하는 걸 여자도 알았는지 목소리는 구겨진 자존심으로 제법 사나웠다. 자신이 언더에서는 얼마나 잘나가는지, 어떤 가수의 어떤 노래를 피처링했는지 자랑하면서 자존심을 세우는 여자는 휘가 자신을 달래주기를 바라는 듯했다.

점점 머리가 아파온 휘는 여자에게 말했다.

"그럼 하지 말아요."

여자의 자존심이 바닥에 내팽개쳐졌다. 차마 잘나가는 작곡가인 휘에게 욕을 하지는 못하고 여자는 혁을 욕하더니 안으로 들어갔다. 그러곤 얼마 가지 않아 짐을 들고 다시 나와 땅을 차며 걸어갔다.

휘는 여자를 잡지 않았다. 그도 녹음을 하면서 느끼고 있었다.

혁이와 목소리가 맞지 않다는 걸. 다만, 요즘 피로해서 그냥 좋게 넘어가려 했다.

"뭐, 나중에 가서 다시 녹음하는 것보다야 낫지."

담배를 태우며 생각해 보니, 여자의 녹음이 다 끝나도 결국에는 재녹음을 했을지도 모르겠다. 혁의 바람대로 목소리가 맞는 다른 여자 가수를 데려다가.

다 태운 담배가 아쉬워 입맛을 다신 휘는 다시 녹음실로 들어갔다.

"작곡가님!"

멋대로 이것저것 만지지 말라고 그렇게 일렀건만, 혁이 헤드셋을 쓰고 무언가를 듣고 있다가 휘가 들어오자 호들갑을 떨며 그를 향해 빠르게 손짓했다.

"왜요."

혁이 말하지 않고 헤드셋을 휘에게 넘겼다. 휘는 한쪽 귀만 대고 흘러나오는 노래를 들었다. 딱 한 소절 만에 휘의 한쪽 눈썹이 위로 추켜올라 갔다.

익숙한 지운의 목소리. 얼마 전 지운이 가이드녹음을 한 것으로 이미 가수가 녹음을 해 음반까지 나온 곡이다.

"이 노래 부른 가수가 누구예요?"

휘는 짧게 그룹 이름을 말했다. 혁이 고개를 갸웃거리며 '그중에 누구 목소리지?' 하며 생각을 했다. 아무리 생각해도 그 그룹에서 이 목소리를 가진 사람은 없었다.

"이거 가이드녹음이에요."

휘가 더는 생각하지 말라고 선뜻 답을 내주었다. 지금 무엇보다

급한 것은 녹음을 할 사람을 찾는 거다. 헤드셋을 내려놓고 휘는 음악을 껐다. 갑자기 혁이 몸을 앞으로 당기더니 휘의 팔에 매달렸다.

"가이드녹음한 사람 가수 지망생이에요?"

"왜요?"

혁의 눈이 초롱초롱 빛나기 시작했다. 곱상한 얼굴의 혁이 절박한 얼굴로 휘에게 지운에 대해 캐묻기 시작했다.

"작곡가님! 네? 누군데요!"

몇 번이고 물어도 휘의 입이 열리지 않자 혁이 그의 팔에 매달렸다. 휘가 짜증 섞인 눈으로 매니저를 쳐다보자 그가 자신의 가수를 말렸지만, 역부족이었다.

"작곡가님! 네? 아, 형! 형님!"

언제부터 친했다고. 몇 년 만에 만나는 형을 부르듯 애타게 자신을 부르는 혁을 노려보다가 휘가 포기한 듯 입을 열었다.

❖　❖　❖

점심을 밖에서 먹고 복귀하면서 무심코 내뱉은 덥다는 말에 퇴근하고 시원한 맥주나 마시자고 서겸이 말했다. 오늘 회식이냐고 눈을 빛내는 명호에게 데이트라고 정색을 한 그는 퇴근 5분 전에 이미 퇴근할 준비를 마치고 비서실로 나왔다.

"전무님, 내일……."

때마침 그에게 보고할 게 있어서 일어섰던 명호가 말을 하며 다가갔지만 바로 서겸에게 저지당했다.

"내일 일은 내일 보고받지."

명호가 노려보든 말든 서겸은 지운의 손을 잡아 일으켰다. 그러지 말라고 눈치를 줘도 그는 아무런 거리낌이 없었다. 전보다 더욱 지운에게 애착을 보이는 서겸에게 명호가 업무시간에는 자중해 달라며 한 소리 했지만 씨알도 안 먹혔다.

"저 회사 오래 다니고 싶어요."

안전벨트를 매며 지운이 투덜거렸다. 선욱은 애써 모르는 척을 해주지만, 명호는 가끔 쓴소리를 했다, 서겸에게. 오죽했으면 그녀에게 잘 달래서 일에 집중을 하게끔 하라고 했을까.

"당신 전화 오는데."

요즘 명호의 영향 때문인지 지운의 잔소리가 늘었다. 그 잔소리가 그저 관심으로만 들려서 실실 웃음이 나기는 하지만.

지운의 잔소리를 즐기려던 서겸의 귀에 다른 소리도 섞였다. 그의 지적에 지운이 핸드백에서 핸드폰을 꺼냈다. 발신자를 확인한 서겸이 물었다.

"휘 동생?"

휘의 이름에 지운이 환하게 웃으며 전화를 받았다. 유독 친구들에게 살갑게 구는 건 알고 있었지만, 상대자가 남자라 서겸의 미간이 꿈틀거렸다.

"응, 휘야."

전화 내용이 궁금한지 서겸이 안전벨트를 풀고 가까이 몸을 당겨 핸드폰에 귀를 가져다 댔다. 피하는 지운의 팔을 잡아 기어코 통화 내용을 들었다.

[나야. 바쁘니?]

"아니, 퇴근하는 길이야."

[······그럼 잠깐만 좀 들러라. 할 이야기가 있어.]

머뭇거리는 말투에 지운이 무슨 일이 있는 거냐고 물었다. 일단은 와서 들으라는 휘의 말에 지운이 바로 가겠다고 전화를 끊었다.

"미안한데 휘한테 좀 들러야 할 것 같아요."

휘의 작업실 위치를 알려달라는 서겸에게 주소를 말하자 그가 내비게이션에 주소를 찍었다. 데려다 주겠다는 그에게 고맙다는 말을 한 지운은 혜임에게 연락을 했다. 그저 밝기만 한 혜임의 목소리에 휘에게 무슨 일이 있냐고 묻지 않고 안부 인사로 전화를 끊었다.

"혜임 씨는 모른대?"

"묻지도 않았어요."

가보면 알겠지, 하고 서겸이 지운의 손을 툭툭 두드렸다. 걱정하지 말라는 그의 말에 지운이 살포시 고개를 끄덕였다.

아직 밝은 저녁 시간은 활기찼다. 정시에 퇴근을 한 사람들이 모두 길거리로 쏟아져 나왔다. 뜨거운 열기에 다들 지친 얼굴로 빠르게 걸었다. 창밖을 보던 지운이 무언가를 보고 고개를 획 돌렸다. 큰 옥외 전광판에 하은의 얼굴이 지나갔다.

휘의 연습실 앞에 도착한 서겸은 시동을 끄고 같이 내렸다. 지운이 혹여 휘의 개인적인 일일지도 모르니 밖에서 기다려 달라고 했지만, 그는 내 여자의 일이니 기어코 함께 가야겠다고 고집을 부렸다.

"그냥 밖에서 기다려 줘요."

"일단 가보고. 당신이랑 무관하면 밖에서 기다릴게."

"왔어?"

밖에서 담배를 입에 물고 두 사람의 실랑이를 지켜보던 휘는 적절한 타이밍을 찾다가 포기하고 불쑥 인사를 했다. 실랑이를 하는 도중 휘를 본 서겸은 손을 들어 인사를 했다. 반면 지운은 깜짝 놀라 가슴을 쓸어 내렸다.

"휘 동생, 오랜만이군."

먼저 형님이라 불렀던 건 자신이지만, 서겸이 저렇게 부를 때마다 왜 울컥거리는지.

"네. 안에 들어가 계세요."

"지운이 일인가?"

분명 실랑이하는 걸 봤을 텐데 휘가 둘 다 안에서 기다리라고 한다. 서겸은 지운을 내려다봤다. 그러다 휘를 응시했다.

"네."

"나? 내 이야기야?"

궁금해하는 지운을 이끌고 안으로 들어간 서겸은 느긋하게 구경을 했다. 처음으로 이런 델 온 그는 꽤나 흥미로운 얼굴로 이곳저곳을 어슬렁거렸다.

"당신도 여기서 그거 했어? 가이드녹음?"

"네. 앞아요. 휘 곧 들어올 것 같아요."

흐음. 서겸의 눈이 더욱 흥미로 가득 찼다. 녹음실까지 찾아 들어가는 그를 따라 지운도 일어나 들어갔다. 유리 부스 안쪽을 보던 그가 손가락으로 가리켰다. 지운이 고개를 끄덕였다.

"여기 있었네."

휘가 들어오자 서겸과 지운이 뒤쪽에 자리한 소파에 앉았다. 휘는 의자를 앞으로 끌어와 앉더니 지운 앞에 무언가를 내려놓았다. 악보를 본 지운이 가사를 눈으로 읽었다.

"가이드녹음 때문에 부른 거야?"

지운 대신 악보를 집어 든 서겸은 음계를 보다가 복잡한지 미간을 접었다. 띄엄띄엄 음계를 읽던 그는 다시 악보를 내려놓았다.

"혁이라고 알아? 원래는 그룹으로 활동하는 애인데, 솔로로 앨범을 내거든."

"아. 들어본 것 같기는 해."

가끔 인터넷 기사로 연예 기사도 읽는 터라 지운도 어느 정도는 알고 있었다. 꽤 인기 있는 아이돌그룹의 멤버로 춤을 잘 춘다는 기사를 봤다. 솔로앨범을 기획하고 있고, 굉장한 퍼포먼스 팀을 꾸려서 준비하고 있다는 기사로 팬들의 기대가 크다고.

"댄스곡이 주를 이루기는 하는데, 워낙 춤에만 집중되어 있어서 발라드 하나를 넣기로 했어, 듀엣으로."

차근차근 설명을 하던 휘는 지운에게 혁의 제안을 전달했다.

"그쪽에서 너랑 같이 듀엣 녹음을 했으면 해. 가이드가 아닌 정식 녹음을."

정식 녹음이라는 말에 당혹스러운 얼굴로 지운이 악보를 내려다봤다. 그러다 그녀의 얼굴이 조금씩 굳어졌다. 휘가 낮게 한숨을 내쉬더니 조금 더 자세히 설명했다.

"그러니까 혁인가 뭔가 하는 사람이 지운이의 노래를 듣고 녹음을 제안했다?"

서겸의 얼굴이 묘하게 굳어졌다. 이게 좋은 일인지 나쁜 일인지 가늠이 잘 되지 않던 그는 지운의 얼굴을 먼저 살폈다.

휘는 내심 그가 와서 같이 지운을 설득해 주기를 바랐는데, 서겸이 반대를 할지도 모를 경우는 생각해 보지 않았기에 내심 당황을 했다.

악보를 보던 지운이 그 악보를 휘 쪽으로 밀었다.

"거절해 줘. 나 이쪽에는 정말 미련 없어."

지운의 거절을 어느 정도 예상했던 휘는 낮은 한숨을 내쉬었다. 하지만 이건 정말로 좋은 기회다. 어쩌면 다시는 올 수 없을지도 모르는 기회.

"거짓말하지 마. 이거 좋은 기회야. 피처링으로 뜨는 경우 많이 봤잖아."

"그냥 피처링일 뿐이잖아. 그리고 난 재기할 생각 없어."

"그래. 네 말대로 그냥 피처링일 뿐이야. 그냥 피처링일 뿐이니 하자."

어떻게든 지운을 설득하려던 휘는 통하지 않자 결국 모진 말을 내뱉었다.

"이하은이 저렇게 승승장구하는 꼴을 보고도 속이 편해? 너 예전에는 다시 일어설 거라면서. 언니들이 못 이룬 꿈 네가 꼭 이루겠다며. 수진 누나 한을 풀어주겠다며. 누나한테 미안하지도 않아? 미련이 없어? 아니, 내가 보기에는 너 미련이 뚝뚝 흘러넘쳐!"

지운의 얼굴이 파리해졌다. 덜덜 떨리는 손을 본 서겸이 휘에게 그만 말하라고 막았다. 벌떡 자리에서 일어난 지운이 자리를 박차고 나갔다. 따라 나가려는 서겸을 휘가 붙잡았다.

"잠깐만요. 이거 가지고 가세요."

USB를 주고 휘가 집에 가서 꼭 들어보라고 했다. 그리고 지운을 설득해 달라고. 이번이 정말 마지막 기회가 될지도 모른다고.

혼자 있고 싶다는 지운을 데리고 집으로 온 서겸은 그녀를 방에 두고 거실로 나왔다. 일단은 혼자 생각할 시간을 주고 싶었다. 지운이 이야기해 줄 때까지 기다릴 참이다.

그는 노트북을 찾아 휘가 준 USB를 인식한 뒤 이어폰을 연결해 귀에 꽂았다. 총 일곱 개의 파일. 서겸은 맨 위의 파일을 열어 재생했다.

느린 템포부터 빠른 템포까지. 지운의 목소리는 모든 노래에 잘 녹아들었다. 노래에 대해 잘 모르는 자신이 들어도 감탄할 정도로. 가이드녹음이기에 기계 조작이 거의 없어서 지운의 목소리가 고스란히 내비쳤다. 지적할 곳이 없을 정도로 노래는 완벽했다.

일곱 곡의 노래를 모두 들은 서겸은 최근에 지운이 녹음한 노래를 재생했다.

예전 일이 떠올랐다. 가사를 적으며 흥얼거리던 그녀. 얼마나 집중을 했던지 자신이 온 것도 모르는 채 고도의 집중력을 보였던 지운. 마음에 드는 가사를 적었던 것인지 흡족한 미소를 띠웠던 지운. 참 예뻤다. 그래서 한참을 보기만 했다.

소파에 등을 대고 앉아 있던 서겸은 그대로 카펫 위에 드러누웠다. 왼팔을 눈 위에 올려 시야를 차단했다. 그러곤 더욱 지운의 노래에 집중을 했다. 귓속을 파고드는 지운의 애절한 목소리. 점점 깊어지는 감정. 고조된 감정을 터뜨리듯 끝없이 올라가는 목소리.

이제는 내게 아무 감정 없다는 당신. 나는 고개를 끄덕였지요.

행복하라는 마지막 말. 나는 고개를 끄덕였지요.

우연히 마주치면 웃으며 인사하자는 당신.

나는 또 그저 고개를 끄덕여요.

내 거짓말이 보이지 않나요.

당신이 행복하지 않기를. 당신이 후회하기를.

그래서 꼭 날 그리워하기를.

당신은 내 거짓말을 알고 있지요.

그래서 쳐다보지 못하는 거죠.

아직 미련이 남은 내 눈을.

아직 당신을 사랑하는 내 마음을.

내 여자가 불러서 그런지, 너무 잘 부른다.

노래가 끝나고 다시 시작이 되었다. 들으면서 잠깐 이 파일을 준 휘에게 감사했다. 한편으로는 이 좋은 걸 혼자 들었을 걸 생각하니 약간 화가 났지만.

반복되는 노래에 시간이 가는 줄 모르던 서겸은 갑자기 끊긴 노래에 팔을 내리고 눈을 떴다. 털썩 배 위에 무게감이 가해지자 저도 모르게 '윽' 소리가 나온 그는 벌떡 일어났다. 저운이 그의 배 위에 앉아 있었기에 일어난 그와 얼굴이 가까워졌다.

"이거 어디서 났어요?"

"어디겠어."

쓱 서겸이 USB를 빼서 멀리 던졌다. 왠지 지운의 손에 들어가면 다시는 저 USB를 볼 수 없을 것 같아서.

"괜찮아?"

"아니요. 휘한테 그런 말을 들을 줄 몰랐거든요."

꽤나 충격이었는지 지운의 눈이 우울로 가득했다. 시무룩한 지운은 선생님께 혼이 난 학생처럼 보였다. 화는 수그러든 것 같아 서겸은 지운의 볼에 가볍게 키스를 하고 토닥였다.

"휘 동생 그렇게 안 봤는데. 남의 속을 후려 파네. 못됐다. 그지? 혼내줄 걸 그랬네."

다음에 보면 혼내주겠다는 서겸의 말에 지운이 작은 웃음을 터뜨렸다.

"이번에도 내가 말한다고 할 때까지 안 물을 거예요?"

씩 웃는 그의 어깨에 얼굴을 묻은 지운이 술 한잔하자고 속삭였다. 서겸이 꽉 잡으라고 하더니 자리에서 일어났다. 팔로 그의 목을 감싸고 다리로는 그의 허리를 감싸는 지운이 눈을 동그랗게 떴다. 그녀의 엉덩이를 받쳐 안고 그는 부엌으로 향했다.

식탁 위에 지운을 앉힌 서겸은 냉장고에서 맥주를 꺼냈다. 안에 초록색 병을 꺼내달라고 했지만, 그는 맥주 캔들을 지운의 품에 가득 안겼다. 차가워서 몸을 움츠리는 그녀를 공주님 안듯 안아 다시 거실로 나왔다.

서겸의 어깨에 기대앉아 지운은 맥주를 마셨다. 차가운 맥주가 식도를 타고 넘어가 뱃속을 뜨겁게 만들었다. 조도를 낮춘 거실의 조명이 분위기를 한껏 돋우었다. 맥주가 한 모금, 두 모금 들어가자 솔직하게 모든 걸 털어놓고 싶은 마음이 생겼다. 그래서 지운은 서겸에게 하지 못했던 말을 모두 털어놓으려 했다.

"Flos는 네 명이었어요. 이하은, 박희진, 김수진, 나."

지운은 말을 꺼내고 한 캔을 다 비울 때까지 잠잠했다. 다 마신 캔을 서겸에게 건네주자 그가 옆에 있던 다른 캔을 집어 들어 따서 그녀의 손에 들려주었다.

"하은 언니가 배신할 거라는 걸 희진 언니는 알고 있었대요. 참. 나 말하지 않은 거 있어요. 그거 지금 이야기하는 거예요."

말의 앞뒤가 바뀌었지만, 서겸은 묵묵히 고개를 끄덕였다.

"하은 언니가 욕심이 많아서 그런 걸 거예요. 애초에 언니는 솔로를 준비하다가 갑자기 그룹으로 데뷔를 했거든요."

하은은 오랜 기간을 연습생으로 있었다. 뒤늦게 들어온 희진과 나이가 같았지만, 사이가 좋지 않았다. 연습생 사이에서도 엄연히 서열이 존재한다. 먼저 있던 연습생들은 나중에 들어온 연습생들의 기를 꺾으려 했고, 새로 온 연습생들은 어떻게든 그들을 이겨 먹으려 했다.

일종의 고참과 신참의 기 싸움. 그 기 싸움의 끝은 데뷔를 누가 먼저 하는가였다.

하은은 희진에게 늘 '이렇게 하면 안 돼.'라는 말을 하면서 가르치려 들었다. 특히나 하은은 꽤 오랜 기간을 연습생으로 있었기에 연습생 중에서도 서열이 제일 높았다. 그녀는 희진뿐만 아니라 다른 연습생들에게도 충고를 많이 했다. 희진은 늘 그게 못마땅했고. 두 사람이 가장 많이 부딪혔다.

세 사람이 들어온 지 1년이 채 되지 않아 하은의 데뷔가 기획되었지만 곧 무산이 되었다. 그리고 6개월 뒤 네 사람은 함께 그룹으로 데뷔를 하게 되었다.

하은은 자신보다 늦게 들어온 희진과 같이 데뷔하는 걸 자존심 상해했다. 희진은 그런 하은을 은근히 고소해하며 그 이야기를 굳이 꺼내 한 번씩 하은의 속을 뒤집어놨다.

"하은 언니는 희진 언니와 사이가 좋지 않았지만, 수진 언니하고도 좋지 않았어요."

자신보다는 한 살 많고 하은보다는 어렸던 수진. 굉장히 순수했다. 어리고 순수하고 착한 수진은 기존의 연습생 오빠들에게 인기가 많았다. 하은은 그걸 또 못마땅해했다.

"당신하고는?"

지운이 자조적인 미소를 띠었다.

"하은 언니는 제가 메인보컬인 걸 못마땅해했죠. 늦게 들어와 많이 배운 것도 없는데 메인보컬이 되었다며."

솔로를 준비했던 하은도 노래 실력이 뛰어났다. 하지만 소속사에서는 메인을 자신으로 내세웠다. 하은은 이에 자존심이 많이 상해했다. 몇 번 대표에게 항의를 했다고 들었다.

이렇게 시작된 그룹은 처음부터 삐거덕거렸다. 무대 위에서는 늘 사이가 좋은 척을 했다. 서로밖에 없는 척. 우리는 다른 그룹들과는 달리 사이가 굉장히 좋아요. 아무런 문제가 없어요. 하지만 무대를 내려오면 서로를 싸늘하게 쳐다봤다. 특히 하은과는 아무도 친해질 수가 없었다.

"그땐 나도 어렸고, 하은 언니와 친해질 생각을 하지도 않았어요."

지금 와서 생각해 보면 누구 하나 잘한 게 없었다. 하은의 자존심을 꺾은 희진. 그걸 외면한 수진과 나.

2집이 끝나고 다음 앨범을 준비하는데 하은이 혼자 소속사 대표를 자주 만났다. 그때 희진이 하은의 배신을 알아차렸다. 하은과 대표 사이에 무슨 말이 오갔는지는 잘 모르겠지만, 그녀를 제외하고 모두 퇴출당했다. 워낙에 컸던 소속사라 언론에 기사 하나쯤 쉽게 조작해서 흘릴 수 있었다. 많이 남은 계약을 만료되었다고 거짓으로 발표했고, 하은은 계약 연장을, 나머지는 각자의 길을 선택해 재계약을 하지 않았다고 기사가 났다.

"희진 언니와 수진 언니랑 같이 노력 많이 했어요. 그런데 이상하게 다른 소속사에서 다들 저희를 꺼려했어요."

다른 소속사에서 오디션 자체를 보게 해주지 않았다. 어쩌다 오디션을 보면 다 퇴짜를 맞았다. 그렇게 대중들에게 잊혀져 갔다. 가수가 힘들다면 다른 길이 있다는 생각으로 뮤지컬을 배웠다. 어떻게든 그 세계로 다시 들어가기 위해 노력했다.

"극단에서 정말 바닥부터 시작했어요, 커피 타는 것부터."

그때 민혁을 만났다. 극단 사람들과 친분이 있던 민혁이 극단에 놀러 왔고, 그 이후에 좋은 감정을 가지게 되어 사귀게 됐다.

민혁의 이야기가 나오자 서겸의 안면 근육이 실룩거렸지만 계속되는 지운의 목소리에 감정을 추슬렀다.

"아주 작은 배역을 맡게 되었는데, 정말 노력했어요, 그 한 소절이 너무 소중해서."

연습을 하느라 민혁에게 소홀했던 건 사실이다. 하지만 민혁도 많이 바빴다. 그런데 첫 공연 날에 기사가 났다. 민혁과 하은의 열애설.

"연락이 되지 않았어요. 두 사람의 다정한 모습은 연일 기사로 나왔고. 그대로 끝이 났어요."

민혁은 어떠한 변명도 없었다. 그렇게 끝이 났다. 혜임과 휘뿐만 아니라 희진과 수진도 많이 화를 냈다. 갑작스러운 이별로 며칠을 앓았다. 그리고 극단에서 연락이 왔다. 많은 공연이 남았는데 아파서 불참을 했으니 극단에서 퇴출당하는 건 당연했다.

극단에서 쫓겨나고도 노력을 했다. 어떻게든 다시 일어날 노력을.

희진은 꼭 성공해서 이하은을 폭로하겠다고 길길이 날뛰었다. 해체 이유부터 임자 있는 남자를 가로챈 것까지. 그녀는 자신에게 꼭 복수를 하라고 부추겼다.

"희진 언니의 말에 혹했던 건 있었어요. 복수. 복수하고 싶었어요."

1년이 흘러도 제자리였다. 힘들었지만 그래도 노력했다. 그런데 수진은 아니었다. 포기하려는 수진을 희진과 자신이 붙들었다. 그게 오히려 더 독이 되었을까. 여렸던 수진. 그녀는 다른 길을 택했다.

"전화가 왔어요. 그때 저는 오디션장에 있었어요. 전화 목소리가 심상치 않았지만, 파이팅하라는 말에 고맙다고 하고 전화를 끊었어요."

그게 마지막 전화였다. 수진은 욕실에서 손목을 그었다. 수진의 자살은 희진과 자신에게 큰 충격이었다. 희진은 수진의 죽음 앞에 쉽게 무너져 내렸다. 다른 길을 가겠다던 수진을 억지로 붙잡아서 이렇게 된 거라고 자책했다. 장례식장에서 혼절까지 하며 우는 희진 때문에 자신까지 무너질 수 없어 더욱 정신을 바짝 차릴 수밖에 없었다.

마지막으로 쓴 수진의 일기장에는 그때가 그립다고 적혀 있었다. Flos로 활동을 할 때가. 그리고 하은 언니가 보고 싶다고.

바로 하은에게 연락을 취했다. 소속사에게 사정을 해 연락처를 물었다. 그리고 하은에게 전화를 걸었지만 받지 않았다. 짧게 문자를 남겨놨다. 수진이 죽었다고. 언니를 보고 싶어 했다고. 그러니 꼭 와달라고.

장례식이 끝나고도 하은에게서는 어떠한 연락도 없었다. 희진은 하은을 욕하고 수진을 생각하며 울다가 이렇게는 살 수 없다며 한 달 뒤에 고향으로 내려갔다.

"희진 언니는 지금 결혼해서 호주로 이민을 갔어요. 난 혼자서 수진 언니와 희진 언니의 몫까지 성공하고 싶었어요. 그런데 잘 안 됐고, 점점 포기했죠."

미련. 맞다. 휘의 말대로 미련이 남았다. 그렇게 몇 년을 노력했는데 미련이 없다면 거짓말이다. 죽은 수진의 몫까지 꼭 해내겠다고 다짐을 했다. 하지만 시간이 지나면서 자신도 변했다. 매번 떨어지는 오디션. 갈수록 자신감은 떨어져 갔고, 수진의 죽음에 자신도 가담했을지도 모른다는 자책감이 들었다. 떠나려던 수진을 희진의 말대로 보내줬어야 했을지도 모른다. 그렇다면 수진은 지금 살아 있었을지도. 집착이 자괴감, 자책으로 변했을 때 무너졌고, 포기했다.

지운은 그때의 감정이 북받쳐 오르는지 가슴을 들썩였다. 그녀의 어깨를 팔로 감싸 안은 서겸은 지운의 이마에 짧게 키스를 했다.

"선택은 당사자의 몫이야. 수진이라는 사람이 선택한 거에 당신이 죄책감을 갖지 않아도 된다고 봐."

죄책감에 빠져들 때쯤 혜임과 휘가 옆을 지켰다. 절대 네 탓이 아니라는. 그들은 하은을 탓했다. 자신도 하은의 탓으로 돌렸다. 그렇게 살아왔다.

작게 고개를 끄덕이는 지운에게 서겸이 덧붙였다.

"당신이 하고 싶으면 하고 아니면 말고. 누구 때문에 포기를 하고 말고가 아닌, 난 당신이 원하는 대로 했으면 좋겠어."

상처가 많았던 길. 노력한 만큼 보상을 받지 못했던 길에 미련이 남은 지운이 안타까웠다. 그러면서도 휘가 물어다 준 기회가 조금은 걱정되었다. 또 어떤 상처가 될지 모르기에.

14

　서겸에게 부탁한 지운은 하루 연차를 내고 수진이 있는 납골당
으로 향했다. 가는 길에 그녀가 좋아했던 꽃 한 다발을 샀다.

　수진은 백합을 좋아했다. 하얀 백합을 닮아 청초했던 수진.

　많은 영혼이 잠들어 있는 곳에 들어서자 알 수 없는 한기가 감
돌았다. 그 특유의 한기를 털어버리듯 성큼성큼 발을 옮겼다.

　눈높이보다는 살짝 높은 위치에 수진이 있었다. 조화로 만든 사
각의 리스 안 사진 속의 수진은 변함이 없었다. 이제는 사진 속의
수진보다 훨씬 나이를 먹게 되었다.

　마땅히 꽃다발을 놓을 곳이 없어 수진에게 보여주듯 들어 보인
뒤 바닥에 살포시 놓았다.

　"언니는 왜 하은 언니가 보고 싶었어?"

　하은이 모질게 굴어도 수진은 웃었다. 생각해 보면 하은과 그나

마 말을 하던 사람은 수진이었다. 수진은 하은을 동경했다. 일기장에는 하은에 대한 이야기가 많았다. 더욱 위로 올라가는 하은을 수진은 흠모했다. 하은과 같이 노래했었던 걸 기쁨으로, 자부심으로 여겼었다.

사진 속의 수진은 대답이 없었다. 지운은 핸드백에서 지갑을 꺼냈다. 그러곤 그 속에 꼬깃꼬깃 접어둔 종이를 꺼냈다.

—지운아, 네 노래가 나는 정말 좋아. 우리 지운이는 잘될 거야. 힘내!

오디션을 볼 때마다 늘 응원해 준 수진. 수진의 응원을 받을 때면 정말 다 잘될 것 같았다. 살뜰하게 챙겨주던 그녀가 이 세상을 떠났을 때 했던 결심이 떠올랐다. 어떻게든 성공해서 하은에게 복수를 하겠다고. 언니의 못다 한 꿈을 대신 이루어주겠다고.

"언니가 옆에 있었다면 더 잘 해냈을지도 몰라."

작은 원망을 내뱉었다.

휘의 연락을 받고 지운은 다시 녹음실로 향했다. 미안하다는 휘의 사과에 지운은 생각해 보겠다는 말을 남기고 서겸의 집으로 향했다. 이제는 익숙하게 도어록을 해제하고 집으로 들어선 그녀는 거실 카펫 위에 앉아 흥얼거리는 서겸을 찾았다.

뭘 하나 했더니 또 노래를 듣고 있다. 기척을 느꼈는지 그가 귀에서 이어폰을 빼고는 재빨리 노트북을 닫았다.

"왔어?"

지운이 온 게 좋은지 서겸이 씨익 웃으며 그녀를 맞이했다. 품

에 안고 그녀의 향을 음미한 그는 씻고 싶다는 지운의 말에 음흉
한 미소를 지었다.

"나도 아직 안 씻었는데."

아직 머리에 물기가 다 마르지 않았는데도 천연덕스럽게 거짓
말을 하는 그를 흘기고 지운은 욕실로 들어갔다.

"잘 다녀왔어?"

"네."

그걸 끝으로 서겸은 묻지 않았다. 손수 지운의 옷을 벗겨주겠다
는 그를 밀어내던 지운은 힘에 부치자 포기를 했다. 옷을 하나하
나 벗길 때마다 그의 숨소리가 거칠어졌다. 조바심이 이는 얼굴로
그가 지운의 등허리를 훑고 속옷에 손가락을 걸쳤다.

"나중에 씻을까?"

목줄기를 탐하는 그의 입술에 지운이 달뜬 신음 소리를 내뱉으
며 수줍게 고개를 끄덕였다. 그녀를 안고 서겸은 침대로 향했다.
조심스럽게 내려놓고 그는 입술을 떼지 않은 채 성급하게 옷을 벗
었다.

부드럽게 착 감기는 피부. 점점 진해지는 체취. 더는 못 참겠다
는 듯 그가 지운의 안으로 들어왔다. 짙은 신음 소리. 그의 움직
임. 그는 지운에게 잠겼다. 더욱 깊이.

침대 위에 앉아 지운은 서겸의 귀에 집중했다. 그가 가지고 있
던 피어싱을 총동원해 그의 귀에 조심스럽게 채웠다.

"와! 이거 다 뚫는 데 안 아팠어요?"

"몰라. 기억이 안 나."

기억이 나지 않는다고 잡아떼면서도 그때의 아픔이 생각났는지 서겸의 미간이 꿈틀했다. 지운은 숨죽여 웃었다.

"나 오늘 수진 언니한테 다녀왔어요. 휘한테도."

"휘 동생 혼내준다니까. 나랑 같이 가지."

다 채워진 피어싱이 어색한지 서겸이 귀를 만졌다. 지운은 멀뚱히 그의 얼굴을 봤다. 작은 액세서리 하나에 사람이 달라 보인다. 괜스레 모르는 사람처럼 낯설어 빠르게 지운이 채웠던 걸 다 풀어냈다.

"이거 버려요. 안 어울려."

"기어코 채워보겠다던 사람이 누구더라."

서겸은 지운의 손에 들린 피어싱을 받아 들고 침대에서 내려왔다. 그러고는 미련 없다는 듯 푼 피어싱을 모조리 쓰레기통에 버렸다.

"내 노래 어때요?"

침대에 엎드려 누우며 지운이 물었다. 서겸이 침대에 걸터앉아 그녀의 등에 자잘한 키스를 했다.

"좋아."

성의 없다고 투덜대면서도 지운은 그의 좋다는 말 한마디에 미소를 지었다.

"나 피처링할래요. 하고 싶어요."

등에 얼굴을 묻은 서겸이 멈칫하더니 다시 움직였다.

"응. 당신은 잘할 거야."

다시 한 발짝 내딛은 이 길에서 지운이 상처받지 않기를. 서겸은 자신이 무엇을 해줄 수 있을지 고민했다.

하기로 결심하자 휘는 잘 생각했다면서 곡부터 보내주었다. 서겸은 지운이 노래 연습에 집중할 수 있도록 비서직을 잠시 쉴 것을 제안했다. 그럴 수 없다는 지운에게 서겸은 강경하게 그러지 않으면 당장 잘라 버릴 거라고 말했다. 명호와 선욱도 잘된 일이라면서 응원을 해주었다. 여기는 걱정 말라며.

"내가 사랑하는 거 알죠?"

출근을 하는 그의 등 뒤에 말했다. 서겸이 빠르게 뒤를 돌더니 고개를 흔들었다.

"잘 몰라. 다시 말해줘."

"사랑해요."

"사랑해."

짧은 키스로 서겸이 아쉬운 얼굴을 한 채 출근을 했다. 지운도 외출 준비를 했다.

오늘은 녹음이 있는 날이었다. 앨범 발매 날짜가 얼마 남지 않아 노래 연습 기간이 부족해 걱정되었지만, 어제 서겸이 들려준 자신의 노래에 힘을 얻었다.

그는 자신 없어 하는 지운에게 그녀가 불렀던 노래를 들려주었다. 그러곤 엄지손가락을 치켜세웠다. 자신이 들어본 어느 가수보다 가장 노래를 잘한다고 그는 칭찬을 했다.

녹음실에 도착하자 혁이라는 남자가 지운의 손을 붙잡고 고맙다고 몇 번이나 말을 했다. 민망해하는 지운에게 휘도 고맙다고 했다.

"그럼 녹음 시작할게."

말이 피처링이지 듀엣곡이기에 거의 절반을 불러야 했다. 헤어지는 남녀가 서로의 행복을 빌어주는 노래. 먼저 솔로 파트부터 녹음이 시작되었다. 늘 하던 것처럼 끊지 않고 처음부터 끝까지 불러 감정을 끄집어낸 뒤 본격적인 녹음이 시작되었다.

부분부분 끊어 녹음을 하고 듣고 난 뒤 다시 녹음. 반복되는 녹음에 혁은 넋을 놓은 채 지운을 봤다.

"진짜 대박! 노래도 잘해. 얼굴도 예뻐."

휘는 혁에게 미리 지운에 대해서 소개를 했다. 과거 가수 활동을 했던 것까지. 혁은 지운을 보기 전까지 검색을 하더니 지운을 보고는 완전히 반해서 눈이 풀렸다. 내 생애 저렇게 노래를 잘하는 여신은 처음 봤다고, 침을 흘릴 기세로 지운에게 푹 빠졌다.

매니저는 지운의 노래를 듣고 예리한 눈빛으로 그녀를 탐색했다. 그러고는 전화를 하겠다며 나가고 한참 뒤에야 돌아왔다.

"와! 대박!"

지운의 파트가 끝나고 나오는데 혁이 일어나서 박수를 쳤다. 정말 최고였다고. 얼굴을 붉히는 지운의 뒤를 졸졸 따라다니며 혁이 이것저것 물었다.

"그만하고 녹음실로 들어가요."

휘는 지운에게 치근덕거리는 혁을 제지하고 녹음부스 안으로 들여보냈다. 어차피 혁이야 녹음을 전에 해놨기에 솔로 파트는 녹음을 하지 않아도 되지만, 감정이라도 살려놔야 녹음이 편해 지운과 똑같이 완창을 하도록 했다.

이제 두 사람이 같이 부르는 후렴 부분만 남았다. 작은 부스 안에 들어간 두 사람에게 휘는 몇 가지를 지시하고 녹음을 시작했다.

"꽤 괜찮은데요."

매니저가 만족스러운지 고개를 끄덕였다. 두 사람의 목소리가 어울렸다. 확실히 저번에 녹음하던 여자보다 좋았다. 혁의 고집을 들어준 보람이 있었다.

"녹음은 잘 되나?"

낯선 목소리에 매니저가 고개를 돌렸다. 서겸이 막 안으로 들어오며 휘에게 물었다. 휘는 흘끗 부스 안을 보고 인사를 했다.

"지금 녹음 중이라."

"아아. 방해하러 온 거 아니고. 없는 사람 취급해."

부스 안에서는 보이지 않는 위치로 걸음을 옮긴 서겸은 벽에 등을 기대고 섰다. 그러곤 녹음을 지켜봤다. 나란히 선 두 사람은 헤드셋을 머리에 쓰고 마이크에 바짝 다가서 있었다. 휘의 지시대로 같은 노래를 부르는 모습이 꽤 어울렸다. 서겸은 혁이 지운을 볼 때마다 주먹에 힘이 실렸다. 명백히 지운에게 반한 걸 감추지 않는 어린 녀석을 탐색했다.

"누구십니까?"

매니저는 혁의 앨범이 유출될 수 있기에 요즘 신경이 곤두섰다. 한 번 음원 유출을 경험한 적이 있던 터라 낯선 사람인 서겸을 경계했다.

"아, 윤지운의 매니저입니다."

매니저는 놀란 듯 눈을 키웠다. 매니저가 있을 거라고는 생각을 못 했기에.

"그리고 윤지운의 남자입니다."

명함을 꺼내 자신의 신분을 밝히는 서겸에게 매니저도 신분을 밝혔다. 그리고 서겸의 명함을 본 그는 더욱 놀랐다. 'Anima' 호텔의 전무. '율' 그룹의 차남까지 떠올린 그는 지운을 다시 봤다.

"이런, 안타깝군요."

매니저가 미간을 긁으며 말했다. 서겸의 한쪽 눈썹이 위로 추켜올라갔다.

"뭐가 말입니까?"

"실은 두 사람 녹음하는 걸 보고 컴백 때 무대에서 이 노래를 부르면 어떨까 했거든요. 그런데 지운 씨가……."

말을 하다 말고 서겸을 흘끔 본 매니저는 고개를 저었다. 대기업 차남의 여자. 쉽게 무대에 세울 수 있을 리가 없다. 그는 작곡가인 혁이 지운에 대해 물을 때 왜 쉽게 대답을 해주지 않았는지 이해가 갔다.

예전 걸그룹의 멤버. 특히나 지금 잘나가는 이하은과 같은 그룹의 출신. 잘만 써먹으면 이번에 혁의 앨범이 대박날 수도 있을 텐데, 하는 아쉬움으로 매니저는 고개를 흔들었다.

"우리 지운이가 무대에 설 수 있다는 말인가요?"

"네, 뭐. 그런데 무대에 설 수는 없겠죠?"

서겸은 입을 닫았다. 조용히 지운을 바라봤다. 노래를 부르는 그녀의 모습. 간간이 휘가 좋다고 칭찬을 하자 활짝 웃는다.

"지운이가 무대에 선다면 좋죠. 이 이야기는 다시 하죠."

나중에 연락을 주겠다는 서겸의 말에 매니저는 오히려 당황했다. 당연히 안 된다고 칼같이 자를 줄 알았다.

당황한 채로 고개를 끄덕이는 매니저를 보고 서겸은 머리를 굴렸다. 차근차근 하나하나 정리를 했다.

녹음을 다 마친 지운과 혁이 부스에서 나왔다. 서겸은 목을 축일 음료를 들고 지운의 앞으로 다가갔다.

"어떻게 왔어요? 회사는요?"

"당신 응원하러 왔지. 노래 좋았어."

"누구예요?"

갑작스러운 서겸의 등장에 혁이 눈을 세우고 지운에게 바짝 다가가 섰다. 서겸은 그녀의 허리를 감싸 끌어당긴 뒤 혁에게 승자의 미소를 보였다. 혁의 약을 바짝 올린 그는 눈빛으로 경고를 했다. 지운은 자신의 여자라고.

젊은 혈기에 임자가 있어도 상관없다는 식으로 나오는 혁을 매니저가 제지했다. 서겸의 사회적인 위치를 안 그는 혁이 매장당할 수도 있다는 생각에 그를 지운으로부터 멀찍이 떨어뜨렸다.

녹음한 걸 다시 듣고 모두들 수고했다는 말을 서로에게 던졌다. 지운의 눈가에 살짝 물기가 어렸다. 휘가 그녀의 등을 토닥였다. 정말 잘했다는 말과 함께.

집으로 돌아오면서 지운은 감정이 주체되지 않는지 결국 울음을 터뜨렸다. 가이드녹음과는 차원이 달랐다. 휘도 평소보다 더욱 엄했고, 녹음을 다 마쳤을 때는 감정이 솟구쳤다. 마치 첫 앨범을 낼 때와 같은 감동.

"당신, 무대에 서면 아주 난리 나겠는데."

"무대요?"

서겸은 매니저와 나눈 이야기를 했다. 컴백무대에서 이 노래를 무대로 올리고 싶다고 한 이야기를. 지운은 놀라 말문이 막혔는지 아무 말 없이 눈물을 흘렸다.

"이거 꿈 아니죠?"

"당신이 무대에 서고 싶다면 그쪽 소속사와 이야기해 보자."

이렇게 쉽게 일이 풀리는 게 믿기지 않은 지운은 정신을 차리지 못했다. 집에 도착해서도 그녀는 멍한 모습을 보였다. 쉽사리 잠들지 못하는 지운 때문에 서겸도 잠을 이루지 못했다.

서겸은 직접 지운의 매니저를 자청했다. 혁의 소속사에 변호사를 대동해서 간 그는 컴백무대에 관해 논의를 했다. 그리고 지운을 보호하기 위해 과거 이야기는 절대 발설하지 말 것을 계약서에 명시했다.

녹음으로부터 컴백까지 시간이 얼마 남지 않자 지운은 아예 그 소속사로 출근해서 연습에 매진했다. 무대에서 움직일 동선까지. 방송사마다 무대에 오를 것인데 매 무대마다 퍼포먼스를 달리하려는 소속사의 요구에 따라 지운은 연습에 연습을 거듭했다.

연습 기간 내내 서겸은 지운을 도왔다. 소속사에서 연습을 마치는 시간에 맞춰 기다렸고, 늦어질 때에는 아예 그곳에서 연습을 보면서 기다렸다.

"굳이 그 자식이랑 같이 서서 불러야 해? 난 두 번째로 계속 갔으면 하는데."

몇 개의 퍼포먼스 중 유독 두 번째에 서겸은 집착했다. 그도 그럴 것이, 그것만 유일하게 혁과의 접촉이 없었다. 서겸은 멀찍이 떨어져서 부르는 콘셉트 외에는 모두 못마땅해했다.

"그 세 번째에 나 혼자 부르고 걸어가잖아요. 그때 바닥만 보고 걷지 말라고 했는데."

"그런데?"

"계단이에요."

다음 주면 진짜로 무대 위에 선다. 물론 지운과 같이 부를 노래는 타이틀곡이 아니기에 미리 녹화를 할 계획이다. 실수하면 다시 녹화를 하면 되니 혁의 소속사에서는 걱정하지 말라고 했지만, 지운은 걱정에 잠을 이루지 못했다.

"잘할 수 있을 거야. 그보다 오늘도 잠 못 자면 안 된다. 피부 관리도 해야 해."

서겸은 의외로 꼼꼼하게 지운을 챙겼다. 혁의 매니저를 달달 볶아 어떻게 매니징을 해야 하는지 물어 살뜰히 챙겼다. 덕분에 지운은 편하게 연습에만 매진할 수 있었다.

"고마워요."

"응, 고마워해야지."

찡긋. 윙크를 하며 거들먹거리는 그의 모습에 지운이 웃음을 터뜨렸다.

드디어 첫 녹화 날이다. 무대화장을 한 지운을 서겸은 틈만 나면 핸드폰에 담아 사진을 찍었다.

"어쩌죠? 긴장돼요."

"응. 나도 긴장된다."

무대를 바라보며 지운이 떨리는지 심장 위에 손을 얹었다. 서겸은 어떻게든 그녀의 긴장을 풀어주고 싶었다.

"누나! 와! 진짜 예뻐요."

진하게 화장을 한 혁이 지운을 보고 감탄했다. 서겸이 가까이

다가오는 그를 탁 막아섰다.

"이 이상의 접근은 안 됩니다."

제법 매니저다웠냐는 그의 질문에 지운이 웃음을 터뜨렸다. 조금이나마 긴장이 풀린 모습에 서겸도 웃었다.

"누나, 나만 믿고 따라와요."

지운이 설풋 웃으며 고맙다고 했다. 어리지만 제법 강단 있고 믿음직한 모습에 지운이 한시름 던 얼굴로 무대를 바라봤다.

"녹화 들어갑니다!"

그렇게 첫 녹화가 시작되었다.

혁이 먼저 자리를 잡고 조금 떨어진 위치에 지운이 섰다. 컴백 무대 사전녹화라 먼저 입장해 있던 혁의 공식 팬클럽 팬들이 객석 한쪽을 가득 채우고 있었다. 혁의 등장에 팬들은 만들어온 갖가지 플래카드를 흔들며 함성을 질렀다.

반사적으로 지운의 시선이 함성을 따라 돌아갔다. 오랜만에 무대 위에서 객석을 내려다보자 옛 생각이 머릿속을 스쳐 지나갔다.

첫 무대. 그때의 감동.

첫 무대에 오를 때까지도 멤버들은 어색해했다. 연습 시간 외에는 겉돌던 하은과 결국 친해지지 못한 채 무대에 올랐다. 하지만 무대에서는 무조건 행복하고 밝은 모습만을 보여줘야 했다. 연습했던 것처럼 서로를 마주 보며 웃고 노래하면서 춤을 추는 첫 무대가 순식간에 지나갔다. 아쉬웠던 무대. 어떻게 지나가는지도 몰랐던 무대. 노래가 끝나고 무대 뒤로 내려왔을 때 모두들 엉엉 울었다. 서로가 서로를 꺼안고 엉엉 울었다. 그때는 가식이 없었다. 네 명 모두가 행복해서, 기뻐서 울었다. 그리고 서로에게 고생했다고, 수고했다고 말하며 또 울었다.

　이제는 혼자 올라온 무대. 갑자기 지운은 덜컥 겁이 났다. 눈앞이 깜깜해져 지운은 사방을 두리번거렸다. 큐 사인이 들어오고 멜로디가 흘러나오는데도 얼어붙은 듯 가만히 서 있었다.

　석고상처럼 굳어버린 지운의 모습을 본 혁이 급기야 손을 흔들어 음악을 중단시키고 지운에게 다가와 무슨 일이냐고 물었다. 카메라의 빨간 불이 꺼지고 스텝들이 웅성거리는 사이 이상을 감지한 팬들의 함성 소리도 잦아들기 시작했다.

　"윤지운!"

　서겸이 밑에서 그녀의 이름을 불렀다. 혼란스러운 얼굴을 한 연인을 보고 그가 만류하는 스텝을 제치고 무대 위로 올라왔다. 혁이에게 비키라는 눈짓을 한 그는 지운의 앞에 섰다.

　"윤지운, 우리 지운아, 잘할 수 있어."

　지운의 어깨를 잡고 눈을 맞춘 그가 단호하게 말했다. 얼어 있던 지운이 그제야 서서히 고개를 들어 그의 눈을 마주 보더니 고개를 끄덕였다.

　서겸이 무대 아래로 내려가자 곧이어 다시 녹화가 시작되었다. 혁의 컴백무대를 보기 위해 다른 가수들도 객석으로 나와 녹화를 구경하고 있었다.

　다시 큐 사인이 들어가자 팬들의 함성 소리가 공간을 가득 메웠다. 어둑했던 조명이 조금씩 밝아지더니 노래가 시작되고, 혁의 머리 위에 있던 조명이 켜졌다.

　미안해.

내 마음이 변해서
네게 더 이상 아무 감정이 없어.
행복해.
혹시 길을 가다 우연히 마주치면
우리 그땐 웃으며 인사하자.
내 진심이 보이지 않니.
니가 정말 행복하기를. 좋은 남자 만나 사랑하기를.
그래서 미련 없이 나를 잊기를.

혁의 파트가 끝나고 간주가 지나자 지운의 머리 위에 있던 조명이 켜졌다. 애달픈 가사에 숨을 죽이고 있던 관객들의 시선이 조명 아래 서 있는 지운의 아름다운 모습에 집중되었다.

미안해요.
당신의 마음이 변한 걸
나에게 더 이상 아무 감정이 없단 걸
너무 늦게 알아서 미안해요.
행복해요.
길을 가다가 우연히라도 마주치면
당신을 보고 웃을 수 있기를 바라요.
내 사랑이 보이지 않나요.
나를 떠나서도 행복하기를. 좋은 여자를 만나 사랑하기를.
그래서 미련 없이 나를 잊기를.

벌써 앨범 전체를 달달 외운 팬들이 지운의 파트를 따라 부르고 있었다. 이별을 앞둔 두 남녀의 감정이 담긴 가사가 멜로디와 어울려 듣는 이의 심금을 울렸다. 조금씩 안정을 찾은 지운의 목소리가 점점 절정에 이르자 소름 끼치는 고음으로 터져 나왔다.

"와, 피처링하는 여자 누구지? 노래 잘하는데."

눈물을 글썽이는 몇몇 관객과 함께 몰래 무대 아래에서 지켜보던 다른 가수들 역시 감탄하며 지운을 바라보았다. 개중에는 지운의 맑고 깨끗한 목소리를 듣고 Flos의 메인보컬이었던 윤지운을 알아보는 이도 있었다.

재녹화에 이어 세 번의 녹화가 이어지면서 어느새 무대에 익숙해진 지운의 가창력은 점점 좋아졌다. 혁과의 호흡도 연습한 것 이상으로 잘 맞아 완벽한 무대를 선보였다. 노래가 모두 끝나고, 마지막에 혁이 예정에도 없는 지운을 안는 깜짝 퍼포먼스를 선보이자 팬들의 비명이 난무했다.

'저놈의 자식을 그냥!'

잘 마친 녹화에 미소를 짓던 서겸이 당장 올라가 혁을 끌어내리려 하자 혁의 매니저가 말렸다.

"홍보예요, 홍보! 이게 다 홍보라고 생각하자고요, 네?"

오늘 저녁 실시간 검색 1위는 이 퍼포먼스 영상이 될 것임이 분명했다. 자연히 혁의 새 앨범이 홍보되며 지운 또한 사람들의 관심을 한 몸에 받게 될 것이다. 인사를 하며 무대에서 내려온 혁과 지운이 무대 뒤로 향했다. 서겸은 그녀를 찾아 서둘러 무대 뒤로 걸음을 옮겼다.

"윤지운."

두리번거리며 누군가를 찾던 지운이 서겸의 목소리에 몸을 돌렸다. 양옆으로 벌린 팔을 보고 지운이 달려가 그의 품에 안겼다.

아직 여운이 남아 있는지 지운의 몸이 파르르 떨렸다. 여러 감정이 북받치는지 울먹거리기까지 했다.

"잘했어. 최고야, 당신."

어떻게 녹화가 진행되었는지 드문드문 기억이 나지 않는다. 강렬한 조명 때문에 무대 밖이 보이지 않았다. 그래서 서겸이 어디에 있는지 보이지 않았다. 혁과 같이 인사를 마치고 내려와 바로 서겸을 찾았다.

그의 품에 안겨서 칭찬을 듣고 나서야 무사히 무대를 마쳤음을 인지했다. 방금 전, 무대에서 받았던 함성이 거짓이 아니었음을 깨달았다. 옆에서 지켜봐 주고 정말 잘했다고 속삭이는 서겸이 아니었다면 과연 이 무대에 설 수 있었을까.

서겸에 대한 감사함과 소중함에 지운은 더욱 그에게 매달렸다. 설풋 웃은 서겸이 더욱 팔에 힘을 줘 그녀를 품에 가뒀다.

첫 녹화. 방송 3사와 케이블 컴백무대까지. 일주일의 꿈 같은 일정을 마치고 지운은 일상으로 돌아왔다.

❖　❖　❖

명호와 선욱은 지금도 신기한지 가끔 지운을 뚫어져라 쳐다봤다. 무대에서는 워낙에 화장도 진했고 옷 스타일도 평소와 달랐기에 그들에게는 꽤나 인상적이었나 보다.

"이거 전무님께 가져다 드려요."

"네."

노크 소리에 짧은 대답이 들려왔고, 지운은 안으로 들어갔다. 서겸은 노트북을 보다가 화들짝 놀라더니 마우스를 빠르게 클릭했다.

"또 보고 있었죠?"

"응? 응."

혁의 컴백무대에 많은 기사가 쏟아져 나왔다. 혁에게만 초점을 맞춘 기사였기에 지운의 이름은 나오지 않았다. 하지만 댓글에는 유독 지운의 이야기가 많이 달렸다. 개중에는 지운에 대해 누구냐고 묻는 사람들도 있었고, 지운을 기억해 낸 사람들도 있었다. 연일 혁의 컴백무대는 화제가 되었고, 지운의 팬카페도 생겨났다. 사람들은 지운에 대해 캤지만, 노력만큼 지운에 대한 정보를 얻을 수 없었다. 소속사에서도 입을 꾹 다물자 조금씩 그 열기는 식어갔다.

모두 다 서겸이 힘을 쓴 걸 지운은 뒤늦게 알았다. 진겸을 찾아가 그에게 도움을 청했고, '율' 그룹의 힘으로 지운에 관련된 기사는 일체 언론에 실리지 않았다.

"혁이 소속사에서 진짜로 다시 복귀할 생각 없냐고 묻던데?"

지운도 혁에게 연락을 받아서 알고 있었다. 하지만 선뜻 승낙을 하기에는 겁이 났다. 갑자기 잘 풀리는 일에 머뭇거렸다.

"전 이 정도에 만족해요."

지운의 말에 서겸은 고개를 끄덕였지만, 녹음할 때 반짝거리던 지운의 모습이 아직 뇌리에 선했다. 무대 위에서도 지운은 그 누구보다 반짝반짝 빛나는 스타였다.

"그보다 이거 봐. 내가 이걸 알아냈는데."

서겸이 자랑을 하듯 핸드폰을 꺼내 들었다. 핸드폰 안에서는 무대 위에 섰던 지운의 모습이 담겨 있었다. 반복되는 조금의 움직임. 서겸이 무대에서 자신만을 향해 윙크해 달라고 졸라서 딱 한 번 마지막 무대에서 윙크를 했다.

"이게 뭐예요?"

"움짤이라고 하는데, 배경화면으로 했어."

윙크를 할 때마다 서겸의 입이 벌어졌다. 꽤나 좋았는지 서겸은 그 영상을 반복해서 봤다. 그러더니 이제는 핸드폰 배경화면으로까지 해놓았다.

"이리 줘요!"

정말 부끄럽게 왜 이러는지. 지운이 원래의 배경화면으로 하라고 애원을 해도 서겸은 '어떻게 만든 움짤인데.'라며 핸드폰을 사수했다.

두 사람이 아옹다옹하는데 호출이 울렸다. 이때다 싶은 그가 벌떡 일어나 수화기를 들었다.

"누가 왔다고? 응."

서겸의 얼굴이 싸늘하게 식었다. 굳어진 얼굴로 그가 지운을 응시했다. 그의 시선에 등줄기가 싸늘해진 지운이 천천히 자리에서 일어났다.

짧은 노크 뒤에 문이 열렸다. 그러곤 선욱의 안내를 받아 여자가 들어왔다.

"하은 언니."

커다란 선글라스를 쓴 여자는 지운의 부름에 선글라스를 벗었다. 몇 년 만에 TV에서가 아닌 실제로 보는 얼굴. 어릴 때의 모습이 남아 있어서 낯설진 않았지만, 반가움보다는 반감이 먼저 앞섰다.

"어떻게 여기를……."

"소속사에서 알려주더라."

내심 하은을 만나게 될지도 모른다는 생각을 했다. 하지만 이렇게 하은이 찾아올 거라는 생각은 하지 못했다. 당연히 그녀는 자신을 만나기를 꺼려할 테니.

"앉으시죠."

서겸이 멍하니 서 있는 지운을 앉히고 옆에 앉았다.

하은은 서겸을 보고 지운을 봤다. 소속사를 통해 지운의 연락처를 알아내려 했을 때 '율' 그룹에서 지운을 싸고돈다는 대표의 말에 깜짝 놀랐다. 그것도 '율' 그룹의 차남과 연인이라는 소리에. 지운을 만나고 싶으면 한서겸에게 가면 된다는 대표의 말에 반신반의하며 이곳으로 왔다. 그런데 정말 지운이 같이 있었다.

"아예 포기한 줄 알았는데, 무대 보고 놀랐어. 뭐, 노래는 여전히 좀 하던데."

오랜만에 보는 지운은 여전히 예뻤다. 노래도 잘하고 예쁜 지운에게 가장 큰 자격지심이 있었다. 당연히 자신이라 생각했던 메인보컬 자리를 뺏겨서일까. 지운 말고도 희진과 수진이 미웠다. 그래서 그들을 자신의 눈앞에서 치우고 싶어 안달이 났었다. 그들만 보면 괴로웠다. 자신이 제일 못난 것 같아 짜증이 났다. 그들이 밑바닥으로 굴러떨어졌을 때 통쾌해서 매일이 즐거웠다.

솔로앨범이 대박을 치고 연기까지 성공을 거두었을 때 불현듯 외로움이 다가왔다. 팬이 늘수록 안티가 늘었고, 안티에게 공격을 당하기도 했다. 그때 왜인지는 모르지만, 멤버들이 생각났다. 지금 지운을 보자 나머지 애들이 더 생각이 난다.

"잘 지낸 것 같네."

"왜 왔어. 우리가 이렇게 볼 사이는 아니잖아?"

"뭐? 너 아직도 그때 감정이 남아 있니? 언제 적 이야기인데."

반가워하는 자신과 달리 싸늘한 지운을 보자 하은은 당황했다.
무대를 보고 놀라기도 했고, 조금은 미안하기도 했다. 내내 고
민을 하다가 그때의 사과를 하기 위해 일부러 찾아왔다. 물론 잘
못은 자신이 먼저 했다. 그래도 그렇지, 어떻게 오랜만에 보는 자
신에게 이러는지. 눈곱만큼의 반가움도 찾아볼 수 없자 당혹스럽
기도 했다. 서운함도 들고.

뭐, 아직은 감정이 남았을 수도 있다는 생각에 하은은 마음을
추스르고 입을 열었다.

"그때는 미안했어."

"뭐? 미안? 미안하다면 다야?"

지운이 벌떡 일어났다. 고작 미안하다는 말 한마디로 용서를 구
하는 하은을 찢어 죽일 듯이 바라봤다. 감정을 주체하지 못한 지
운은 그대로 서겸의 사무실을 나갔다. 서겸은 지운을 뒤따랐다.

"지운아!"

"나! 난! 흐윽. 어떻게. 흑."

우는 지운을 품에 안아 서겸은 그녀의 눈물이 멈추기를 기다렸
다. 이윽고 지운이 눈물을 멈추고 다시 사무실로 돌아왔을 때, 하
은은 없었다.

❖ ❖ ❖

아직 잠에서 깨어나지 않은 지운을 위해 서겸은 커튼을 쳤다. 밤새 울다가 그치기를 반복하는 지운을 보살피던 그의 눈에 핏발이 섰다. 그는 시계를 확인하고는 잠시 나갔다 온다는 쪽지를 남기고 집을 나섰다.

여자 연예인의 집에 들어가면서도 그는 무감각했다. 꽤 철저한 보안을 뚫고 들어간 그는 거실에 앉아서 하은이 나오기를 기다렸다.

잠시 뒤 하은이 방에서 나왔다. 그리고 그녀의 뒤로 남자가 따라왔다. 서민혁이.

"누구십니까?"

낯선 남자의 등장에 민혁이 날을 세웠다. 아침 일찍, 그것도 자신의 여자의 집에 들어온 남자에게 민혁이 눈을 치켜떴다.

"자기야, 잠깐만 자리를 피해줘."

민혁은 머뭇거리다가 자리를 피해줬다. 서겸은 민혁을 노려봤다. 그 시선에 민혁이 반응을 했지만, 하은의 부탁에 자리를 떴다.

"무슨 일이시죠?"

"어제 굳이 찾아온 이유가 뭡니까?"

하은은 서겸을 노려봤다. 자신의 집 위치를 쉽게 알아내고 당당하게 이곳으로 온 그를 노려보다 하은은 입 안쪽을 깨물었다. 싸워봤자 자신만 불리하다. 하지만 어제 지운의 반응으로 자존심이 상한 건 감출 수 없었다.

"그쪽하고 무슨 상관이죠?"

"그럼 상관이 없겠습니까. 아주 가관이군요. 친구와 동생들을 버린 것도 모자라 동생의 남자까지."

민혁이 사라진 방을 노려보며 서겸이 말을 짓겼다. 괜히 이곳에 왔다는 생각이 들기도 했다. 서민혁을 보자 살인 욕구가 치밀어 올랐다.

"무슨…… 말이에요? 동생의 남자?"

하은이 되레 서겸에게 물었다. 서겸이 삐딱하게 하은을 봤다. 하은의 얼굴이 연기인지 탐색하던 서겸이 얼굴을 굳히며 말했다.

"몰랐습니까? 서민혁이 우리 지운이와 만났던 사이인걸?"

"네? 뭐라고요?"

하은의 목소리가 올라갔다. 그 소리에 민혁이 방에서 나왔다.

"뭡니까. 당신 누구예요? 하은아, 괜찮아?"

하은을 챙기는 모습에 서겸이 피식 비웃었다.

"자기, 지운이를 알아?"

민혁이 숨을 들이켰다. 그러고는 서겸을 노려봤다.

"누구? 글쎄. 당신, 누굽니까? 도대체 무슨 이야기를 듣고 와서 이러는 겁니까?"

서겸은 머리가 아파왔다. 뭘 모르는 하은과 잡아떼는 민혁. 서겸은 됐다는 심정으로 자리에서 일어났다. 그러곤 뒤도 돌아보지 않고 하은의 집을 나섰다.

계속해서 지운은 우울했다. 덩달아 서겸도 우울했다. 서겸은 지운의 기분이 조금이라도 좋아졌으면 하는 바람으로 혜임에게 그녀를 보냈다. 친구를 만나서 수다도 떨고 하면 기분이 좋아지지는 않을까. 그리고 그는 신나는 노래를 들었다. 캐럴을.

다행히 혜임에게서 지운이 웃었다는 문자를 받고 서겸은 안도를 했다.

내선전화가 울리자 서겸은 수화기를 들었다. 하은의 방문에 서겸은 자리에서 일어났다. 저번과 마찬가지로 선글라스로 얼굴의 절반을 가린 하은이 사무실로 들어왔다. 서겸은 듣고 있던 노래를 껐다. 하은의 표정이 미묘했다.

"이 여름에 캐럴을 들어요?"

서겸은 대답하지 않고 자리에 앉았다.

"지운이는요?"

오늘 지운을 혜임에게 보내길 잘했다는 생각을 하고 대답했다.

"두 사람이 또 만날 만큼 좋은 사이는 아니잖습니까."

하은은 눈을 천천히 감았다가 떴다. 민혁을 달달 볶아 과거에 지운과 만났었다는 걸 들었다. 그리고 크게 싸웠다. 분명 처음에 만날 당시 민혁은 솔로라고 했다. 여자가 있다는 말을 한 적이 없었다. 그리고 그 여자가 지운이었다는 건 더더욱 몰랐고.

"민혁 씨가 지운이와 만났다는 건 정말 몰랐어요, 정말로."

알았다면 민혁을 만나지 않았을 거다. 오랜 시간을 만난 연인이지만 그의 바람기에 헤어질 뻔한 것도 여러 차례. 오히려 그를 만난 걸 후회하고 있었다. 지금은 이렇게 대중들의 시선 때문에 헤어지지도 못하고 있었다.

"뭐, 지금은 상관없습니다."

"부탁드려요. 지운이에게 사과를 할 수 있도록 도와줘요."

"무슨 사과요?"

하은은 쉽게 입을 열지 못했다. 자신의 치부를 어떻게 드러내겠는가. 그저 마음 편하게 사과를 하고 싶을 뿐이었다.

"애들을 배신한 건 맞아요. 하지만 후회해요."

"사람이 죽었는데, 고작 사과 하나로 끝이 나겠습니까."

"죽어요?"

하은이 눈을 동그랗게 떴다. 서겸은 뭔가 잘못 돌아가고 있다는 걸 느꼈다.

"김수진 씨가 죽었습니다. 몰랐습니까?"

경악을 하는 하은. 서겸은 지운이 연락했었다고 말했다. 하나 하은은 모른다고 했다. 그리고 소속사에서 절대 자신의 연락처를 알려주지 않았을 거라고 했다.

두 사람은 짐작했다. 소속사가 엉뚱한 연락처를 알려줬던 거라고.

뚝뚝, 하은의 눈에서 눈물이 흘렀다. 자신도 모르게 흐른 눈물에 하은이 재빨리 눈물을 닦아내고 선글라스를 꼈다.

"난, 나는…… 죄송해요. 이만 일어날게요."

하은이 나가고 서겸은 오히려 마음이 더 복잡해졌다. 아무것도 몰랐던 하은. 마음이 묵직해졌다. 지운이 하은을 본격적으로 미워했던 건 수진의 죽음 때문. 정작 지운의 미움을 받아야 할 하은은 아무것도 몰랐다. 지운이 하은을 미워하면서 겪었던 마음의 고통. 지운이 혼자서만 괴로웠던 거다.

왠지 모르게 허탈했다.

❖　❖　❖

조금씩 지운은 웃음을 찾아갔다. 물론 거기에는 서겸의 노력이 뒷받침되었다. 그리고 지운이 웃게 되었을 때, 연예계를 발칵 뒤집어놓는 기사가 터졌다.

서민혁의 바람기. 그리고 이하은과의 결별.

수많은 여자들과 바람을 피웠던 서민혁은 결국 이하은에게 이별을 선고받았다. 은연중에 떠돌던 서민혁의 바람기. 모든 게 사실로 드러났다. 기사에 실린 사진에서 하은은 살이 쏙 빠진 얼굴이었다. 댓글에는 서민혁의 바람기로 하은이 마음고생을 많이 해서라 했지만, 서겸은 그게 다가 아닐 거라고 생각했다.

그 기사가 조금 수그러들 때 하은에게서 연락이 왔다. 아직 기자가 따라다닌다며 그들을 조용한 장소로 불렀다. 그리고 하은은 모든 걸 고백했다. 희진과 수진, 지운을 미워했던 것과 자격지심. 그리고 수진의 일과 민혁에 일에 대해서는 전혀 몰랐다고.

지운은 의외로 덤덤하게 이야기를 들었다. 하은의 이야기가 다 끝났을 무렵에 지운은 수진의 일기장을 주었다. 하은은 울었다. 일기장에 적힌 자신을 보고 싶다는 글에.

우는 하은을 뒤로하고 지운은 자리에서 일어났다. 따라 일어나는 서겸을 하은이 붙잡았다. 멀어져 가는 지운을 보며 서겸이 빨리 말하라고 재촉했다. 울음기 있는 목소리로 띄엄띄엄 하은이 물었다.

"그날 캐럴은 왜 들었어요?"

"지운이가 여름에 듣는 캐럴을 좋아합니다."

"지운이가 아니에요. 여름에 캐럴을 듣는 건 수진이가 좋아했어요."

하은이 얼굴에 남은 눈물을 닦았다.

"지운이는 수진이의 죽음에서 아직 헤어나지 못했군요. 이제는 저에게 넘겨줬으면 해요. 그 고통 내가 이어받을 테니. 지운이 잘 부탁드려요."

서겸은 뒤통수가 얼얼했다. 그동안 여름에 캐럴을 들으며 지운은 수진을 떠올렸을 거다. 그리고 고통스러웠을 거다. 자신 또한 아침마다 기차 알람을 듣고 과거 속에서 살았으니 그 고통을 안다.

주차장으로 내려오자 지운이 차 옆에 서서 기다리고 있었다. 삑 울리는 소리에 지운이 차에 올라탔다.

"난 왜 하은 언니를 미워했던 걸까요."

"배신했으니까."

다른 이유 때문이 컸지만 서겸은 꺼내지 않았다. 지운도 알면서도 입을 다물었다.

잠을 자다가 서겸은 혼자임을 느꼈다. 더듬더듬. 옆자리가 비어 있었다. 그는 몸을 일으키고 멍한 정신으로 방 안을 훑었다. 지운이 없다. 놀란 그는 벌떡 일어나 거실로 나왔다.

"윤지운."

거실 카펫 위에 앉아 TV를 응시하는 지운을 찾았다. 잠에서 깨지 못한 몸이 무거웠다. 터덜터덜 걸어간 그는 지운의 뒤에 앉아 그녀를 품으로 끌어당겼다. 다리 안에 가두고 지운의 어깨를 감싸 안았다.

"나한테 매일 본다고 뭐라 해놓고. 자기는 밤에 몰래 보네."

다시 보기로 자신의 무대를 보던 지운이 편하게 서겸에게 기댔다. 그러고는 민망한 웃음을 흘렸다.

"하은 언니한테서 매일 문자가 와요."

"뭐라고?"

"미안하다고. 수진 언니 있는 곳도 물어보고."

그동안 연락이 없었던 희진에게서도 연락이 왔다. 이하은이 직접 그곳까지 찾아와 사과를 했다고. 희진은 이제 와서 뭐냐고 투덜거리면서도 끝에는 눈물을 터뜨렸다. 하은은 생각 이상으로 수진의 죽음에 많이 슬퍼했다.

"나 실은 이 부분 실수했어요."

리허설에서는 혁을 마주 봐야 하는데 그를 외면했다. 혁은 당황하지 않고 성큼성큼 반대쪽으로 걸어와 마주 봤다. 작은 실수지만 카메라 동선이 맞지 않으면 재녹화를 해야 한다. 다행히도 카메라는 잘 따라왔다.

"응, 알아."

서겸은 지운의 연습 장면을 카메라를 구입해 매일 녹화해서 모니터하며 연습을 도왔다. 그런 그가 이 실수를 모를까.

"소속사에서 또 연락이 왔어요."

혁의 소속사는 의외로 끈질겼다. 앨범을 준비하고 있는 여자 솔로가수가 있는데 타이틀곡을 피처링해 달라고 연락이 오고 있었다. 타이틀곡이라면 매 무대마다 같이 올라야 한다.

"내가 활동하게 되면 수진 언니하고 희진 언니한테 피해가 갈지도 몰라요."

지운이 우려하는 부분이 그거다. 하은에게도 타격이 갈지 모른다. 그리고 이 세상 사람이 아닌 수진의 죽음. 자살. 기자들에게는 꽤나 좋은 먹잇감이다.

"당신이 잊고 있나 본데, 내 백이 장난 아니거든?"

기사 하나쯤은 얼마든지 막아줄 수 있다고 서겸이 장담을 했다. 그러니 하고 싶은 거면 마음껏 하라고.

"나 당신 없었으면 어떻게 살았을까요."

"나 없었으면 나를 만나기 위해 살았겠지. 나도 당신을 만나기 위해 살았을 테고."

서겸이 픽 웃었다. 방금 전 정말 멋있지 않았냐고. 가사로 써먹어보라고.

"나 작사가 아니거든요?"

"휘 동생이 그러던데? 작사로 돈 은근히 번다고. 당신이 나 먹여 살려라. 작사도 하고 노래도 하고. 나 아무래도 매니저가 체질에 맞는 것 같아."

서겸의 어이없는 말에 벙찐 지운이 불현듯 무엇을 떠올렸는지 웃었다.

"왜."

"한 매니저."

굉장히 인기 있었던 드라마 하나가 떠올랐다. 거기에서는 도 매니저였던가? 매니저 열풍이로구나.

"왜 웃는 건데."

"모르면 됐어요."

알려달라고 칭얼거리는 서겸의 가슴에 편하게 기댄 지운은 눈을 감았다. 그리고 낮게 노래를 불렀다. 그 노래에 서겸이 잠잠해졌다.

15

소속사와 계약을 했다. 지운은 계약서를 가지고 수진에게로 향했다. 그리고 자신의 이름 옆에 수진의 이름을 적어 보여주었다.

"언니랑 내가 같이 계약한 거야."

언니가 아니었다면 난 다시 노래를 할 수 없었을지도 몰라. 그러니 언니는 나랑 같이 재기를 하는 거야.

밖으로 나오자 서겸이 귀에 이어폰을 꽂고 기다리고 있었다. USB에 있던 노래를 핸드폰으로 옮기더니 매일 저러고 산다. 청각에 좋지 않다고 잔소리를 해도 요지부동이다.

"그만 들어요."

"응?"

귀에서 이어폰을 빼며 서겸이 물었다. 그만 들으라고 재차 말한 뒤 지운은 천천히 걸었다. 어디선가 울음소리가 들렸다. 사람의 죽음이 가득한 이곳. 누군가는 울고, 누군가는 추억을 회상하는 장소. 그 분위기가 낯선 서겸이 그들을 응시하며 걸었다.

"저기요."

뒤에서 들리는 작은 부름에 서겸이 먼저 돌아섰다. 중학생으로 보이는 남자애 하나가 쭈뼛쭈뼛 다가왔다. 검은색 정장을 입은 남자아이는 얼굴을 붉히고 있었다.

"뭐지?"

"저기, 누나."

지운은 자신을 부른 거냐는 듯 눈을 키웠다. 남자아이가 조심스럽게 종이와 펜을 내밀었다.

"혁이 형이랑 같이 노래 부른 누나 맞죠? 저 팬인데, 사인 좀."

이런 곳에서 사인을 부탁하는 게 민망한지 남자아이의 얼굴이 붉어졌다. 새빨갛게 타오르는 얼굴에 지운이 부드럽게 웃었다. 지운은 그 용기가 가상해 고민 없이 펜과 종이를 받아 들고 오랜만에 사인을 했다.

"여기. 고마워."

"저기, 누나. 또 방송에 나와요?"

"응. 이 누나 방송에 또 나오니까 응원 많이 해줘."

서겸이 지운 대신 대답을 했다. 남자아이는 매니저냐고 물었다. 지운이 웃으며 한 매니저라고 대답했다. 지운과 악수까지 하고 나서야 남자아이는 뒤돌아 뛰어갔다.

"아. 당신의 첫 사인은 내가 먼저 받아야 했는데. 빼앗겼다."

'왜 사인을 받아둘 생각을 못했지?' 하며 후회하는 서겸을 데리고 지운은 납골당을 나왔다.

계약 기념 파티를 하자며 서겸이 근사한 레스토랑을 예약했다.

먼저 백화점에 가서 옷을 샀다. 축하 선물을 핑계로 그는 드레스부터 신발, 백, 심지어 화장품까지 선물했다.

야경이 근사한 고층의 레스토랑. 분위기가 사람을 취하게 만드는 곳이다. 반짝반짝 빛나는 조명. 흔들리는 촛불. 보기만 해도 군침이 도는 스테이크. 그리고 와인.

소믈리에가 직접 초이스해 준 와인이 담긴 잔을 응시했다.

"계약 축하해."

서겸이 잔을 들었다. 지운도 잔을 들었다. 잔까지 부딪히며 내는 청량한 소리. 웃음이 절로 나왔다.

2차는 아민이 쏘겠다고 해서 숨BAR로 가기로 했다. 계산을 마치고 숨BAR로 가기 위해 엘리베이터로 향하는데, 한 남자가 서겸의 앞을 막아섰다.

"이게 누구야. 한서겸 아니신가."

건들거리는 남자의 얼굴을 확인한 서겸은 미간을 접었다. 예전부터 자신에게 모든 불만을 드러내던 사내.

"누구예요?"

"어라? 이 아리따운 아가씨는 누구시지?"

사내가 지운을 탐욕스러운 눈으로 훑었다. 서겸은 지운을 등 뒤로 숨겼다.

"김민철, 오랜만이네."

예전에 입대 전에 본 것이 마지막이었다. 유학길에 올랐던 민철이 한국으로 돌아왔다는 건 들어서 알고 있었다. 굳이 축하 파티에 참석할 만큼 친하지는 않았기에 참석하지 않았지만, 그 자리에서 자신에 대한 욕을 쏟아냈다는 후담은 들었다.

"하, 잘났군. 그렇게 더럽게 놀았어도 여자는 꽤 괜찮은 걸 달고 다닌단 말이지."

"입조심해라."

싸늘하게 말하는 서겸의 기세에 움찔한 민철은 꿀릴 거 없다는 생각에 다시 어깨를 폈다.

"어이, 아가씨. 이 녀석이 어떤 녀석인 줄 알아?"

걸음을 옆으로 옮겨 지운을 다시 눈에 담는 민철에게 경고하듯 서겸이 한 걸음 앞으로 내딛었다. 민철은 저도 모르게 또 움찔했다. 그 모습을 본 지운과 눈이 마주치자 체면이 서지 않는 자신의 모습에 창피한 듯 얼굴이 붉게 타올랐다.

"그만 가라."

"하! 아가씨, 이 녀석이……."

지운에게 다가가려는 민철의 어깨를 밀쳤다. 자신에게 손을 댄 거냐고 민철이 악을 지르더니 지운에게 고자질하듯 말했다.

"저 녀석이 미국에서 마약이랑 섹스에 미쳤던 놈이라고! 아가씨, 속지 마. 내가 그 증거로 여자 하나를 데려왔거든? 그런데 시팔. 저 새끼 아비라는 놈이 자식 치부 감싸겠다고 그 여자를 처리해 버렸단 말이지."

서겸은 얼어붙었다. 민철은 왜, 치부가 드러나서 창피하냐며 비아냥거렸다. 서겸의 주먹에 힘이 들어갔고, 그대로 민철의 얼굴에 내리꽂았다.

"서겸 씨!"

지운이 서겸을 말리러 다가갔지만, 역부족이었다. 가게에서 사

람들이 나와 그들을 떼어냈다. 민철은 그대로 줄행랑을 쳤다. 쫓
아가려던 서겸을 지운이 막아섰다.

"서겸 씨, 괜찮아요?"

민철에게 한 대 맞았는지 입가가 터져 있었다. 손도 까져서 피
가 났다. 그런데 그보다 서겸의 눈빛이 죽어 있었다. 상처가 가득
한 얼굴. 지운이 그 얼굴을 감쌌다.

"서겸 씨, 나 좀 봐요. 응?"

서겸은 그대로 지운의 팔을 잡고 빠져나왔다. 차에 올라탄 그는
거칠게 차를 몰았다.

독립한 뒤로 한 번도 찾아가지 않았던 본가. 그곳에 그는 무작
정 들어갔다. 뒤따라 지운이 들어갔다.

"서겸아?"

거실에 있던 진겸이 서겸의 등장에 소파에서 일어났다. 그러다
엉망이 된 얼굴을 보고 놀라 지운에게 어떻게 된 일인지를 물었
다.

"알고 있었어?"

"뭐를?"

"회장님이 그 여자를!"

서겸이 말을 하다가 멈췄다. 서겸의 소란에 위층에서 하나가 내
려왔다. 그리고 안방에서 한 회장과 그의 아내가 나왔다. 박 여사
는 서겸의 얼굴을 보고 다시 방으로 들어갔다.

"무슨 일이냐!"

한 회장이 엉망이 된 아들의 얼굴을 보고 노여움을 드러냈다.
하나는 재빨리 구급상자를 가지고 와 서겸을 소파에 앉히려 했다.

"놔!"

하나를 뿌리치자 진겸이 다가와 진정하라고 어깨에 손을 올렸지만, 그마저도 뿌리쳤다. 지운이 나서서 서겸의 팔을 잡았다. 지운까지는 뿌리치지 못한 서겸이 그녀의 손에 이끌려 소파에 앉았다.

"도대체 이게 무슨 소란이야!"

한 회장이 얼른 얼굴이나 치료하라고 소리를 질렀다. 아들 걱정이 우선인 한 회장의 얼굴을 본 지운은 그제야 알았다. 한 회장이 얼마나 서겸을 생각하고 있는지를. 서겸도 느낀 것인지 묘한 얼굴로 한 회장을 노려봤다.

"제니 어떻게 했습니까?"

"무슨 말이냐."

"방금 민철이를 만났습니다."

한 회장이 혀를 찼다. 민철이 제니를 데리고 온 걸 이미 한 회장과 진겸은 알고 있었다. 민철이 어떻게 서겸의 과거를 알았는지 모르겠지만, 제니를 찾아내서 스폰 비슷한 걸 했다. 기어코 제니를 한국으로 데려와 서겸 앞에 던져 놓은 것도 민철이었다. 서겸을 왜 미워하는지는 모르겠지만, 민철이네 집에 자식 간수 잘하라고 따끔히 한 소리를 하고 제니는 다시 돌려보냈다.

그렇게 입단속 잘하라고 일렀거늘.

할 이야기가 없다고 서재로 들어가는 한 회장을 서겸이 뒤따랐다. 따라 일어나는 지운을 진겸이 붙잡았다.

"두 사람 이제는 대화를 해야 합니다."

지운도 알고 있었지만 불안했다. 지금 서겸의 감정이 불안한 상태였다.

"하지만……."

"괜찮아요. 서겸이가 그렇게 막나가는 자식도 아니고."

진겸은 괜찮다며 지운을 다독였다. 세 사람은 서겸이 나올 때까지 기다렸다. 한참 뒤에 나온 서겸은 그대로 지운을 데리고 조용히 밖으로 나왔다.

집에 와서도 서겸은 묵묵부답이었다. 머릿속이 복잡한지 오자마자 씻겠다고 욕실로 들어갔다. 지운은 잠자코 기다렸다. 다 씻고 나온 그가 가운만 입은 채 침대에 엎드려 누웠다. 지운은 구급상자를 들고 옆에 앉았다.

면봉에 약을 짜서 조심스럽게 서겸의 손에 발랐다. 아프지도 않은지 서겸은 미동도 없었다. 다 바르고 밴드까지 붙인 뒤 지운은 새 면봉에 다른 약을 짰다.

"얼굴 치료해요."

돌아누운 서겸이 그대로 지운을 끌어당겼다. 손으로 구급상자를 옆으로 밀치자 후두둑, 안의 내용물들이 바닥으로 떨어졌다.

"서겸 씨."

"아프다, 지운아. 너무 아파."

한 회장이 자신을 사랑한다는 걸 알고 있었을지도 모른다. 늘 그의 앞에서 안절부절못하던 모습. 무슨 일이 생기면 늘 달려오던 한 회장. 그는 언제나 자신에 대한 걱정뿐이었다. 늦게 얻은 막내아들을 그는 사랑했다.

"아버지가 날……."

그날 이후로 처음으로 아버지라고 칭했다. 지운은 그의 머리를 감싸며 괜찮다고 속삭였다.

❖   ❖   ❖

제주도에 왔다. 드디어 시작이 되었다. 투숙객들로 가득 찬 리조트를 서겸은 꼼꼼하게 훑었다. 뒤에서 명호와 선욱이 따르며 서겸의 지시 사항을 꼼꼼하게 적어 내려갔다.

뛰어가던 한 아이가 서겸과 부딪혔다. 놀란 부모가 달려왔다. 서겸은 괜찮다며 아이를 다독였다. 똘망똘망한 눈동자의 아이는 서겸에게 똑 부러지게 사과를 했다.

"전무님, 다음은⋯⋯."

"됐어. 오늘은 이만하지."

서겸은 멀찍이 시선을 두었다. 이곳에 있는 모든 사람들이 다 웃고 있었다. 바깥의 수영장에서도 사람들이 즐겁게 놀고 있었다. 서겸의 입가에 미소가 걸렸다.

"김 비서, 가서 가족들하고 놀아."

올 때 서겸은 선욱에게 가족들 모두를 초대하라고 했다. 명호는 달리 초대할 사람이 없다고 혼자 왔다. 그런 명호를 서겸이 난감하게 쳐다봤다.

"우 실장은 가서 수영복 입고 저기서 놀아. 저기 여자들만 온 것 같던데."

서겸의 손가락이 가리킨 곳에는 20대 초반의 어린 여자들이 민망할 정도로 노출이 심한 비키니를 입고 선탠을 하고 있었다. 얼굴이 붉어지는 명호에게 혀를 찬 서겸은 대체 언제 연애를 할 거냐고 물었다. 상관 말라고 팩 토라지는 명호를 뒤로한 채 서겸은 지운이 있는 곳으로 향했다.

VVIP실은 따로 앞에 개인 수영장이 있을 정도로 아주 호화로운 곳이다. 그곳에서 지운이 비키니를 입고 물 안에 있었다.

"아무도 안 보는데 웬 비키니?"

창가에 크게 있는 수영장. 안에서는 바깥이 보이지만, 바깥에서는 보이지 않는 유리이기에 은밀한 방이었다.

"음음. 당신이 보잖아요?"

"그러니까 더 벗어야지."

서겸이 셔츠 단추를 풀었다. 은밀한 웃음을 걸치고 다가오는 그에게 지운이 고이 수영복을 건네주었다. 서겸은 어쩔 수 없이 입어준다는 투로 말을 하고는 지운의 앞에서 옷을 벗고 수영복을 입었다.

"왜 뒤돌아 있어? 좋은 구경 시켜준다는데."

물을 가르고 뒤돌아 있는 지운의 어깨를 끌어당긴 그는 비키니 끈에 손을 가져갔다. 끝까지 끈을 사수하는 지운의 어깨를 앙 물어버린 서겸은 바깥을 구경했다.

"여기 정말 좋아요."

"그럼. 누가 지은 곳인데."

"건축가가?"

두 사람은 키득키득 웃었다. 별 이야기는 아니지만, 두 사람만이 가지고 있는 기억 때문에.

"아버님 저녁에 오신대요."

"응. 들었어."

그날 이후로 두 사람은 조금씩 가까워지고 있는 중이었다. 일명 부자간의 연애라고나 할까. 지운이 아버지와 연애하는 기분이 어떠냐고 물었을 때 서겸은 펄쩍 뛰었다. 무슨 연애냐며. 지운은 그런 그에게 서로를 알아가는 게 연애 아니냐고, 전에 그가 했던 말을 그대로 돌려주었다.

서겸과 한 회장이 연애(?)를 하는 중에 지운도 한 회장과 가까워지고 있었다. 호칭도 달라졌다. 한 회장이 기어코 아버님 소리를 들어야겠다고 고집을 부렸기 때문이다. 서겸은 그에 별말이 없었다.

"아참! 당신, 삼촌 돼요."

"응? 형수님 아기 가졌어?"

결혼한 지 꽤 되었어도 두 사람은 아기가 없었다. 드디어 생긴 아기에 두 사람은 지금 행복에 빠져 있었다. 물론 한 회장도.

"네. 정말 다행이에요."

"우리 아버지 또 난리 나겠군. 복덩이 때문이라고."

한 회장은 지운을 예뻐했다. 덕분에 서겸의 상처가 아물었고, 아들과 가까워질 수 있게 되었다고. 못마땅했던 기색은 온데간데없고 내 예비 둘째 며느리라고 칭하며 예뻐했다.

서겸의 말에 지운이 몰래 혀를 내밀었다. 그러지 않아도 한 회장이 복덩이가 들어온 뒤로 좋은 일만 생긴다고, 하나의 임신도 다 그녀 덕분이라고 전화를 했었다.

"물에 너무 오래 있는 거 아니야?"

"당신 오기 전에 들어왔거든요? 조금 더 있을래."

그만 나가자 더 있자 실랑이를 벌이는데 전화가 울렸다. 지운은 반사적으로 재빨리 핸드폰을 찾아 귀에 가져갔다.

소속사에서 지운에게 매니저를 붙였다. 그런데 서겸이 그 매니저를 따돌리고 지운을 이곳으로 납치해 왔다. 매니저는 서겸에 대해 반쯤 포기했지만, 소속사는 서겸을 경계했다. 역시나 소속사 대표가 직접 전화를 했다. 지운은 서울로 올라가는 대로 찾아가겠다는 말을 끝으로 전화를 끊었다.

"당신, 신인 아니야? 소속사 대표가 왜 그렇게 챙겨?"

"나뿐만이 아니라 소속 가수, 배우 모두 대표가 다 챙기던데요?"

거짓이 아니다. 소속사 대표는 유별났다. 자신의 소속사 연예인들에게 각별한 애정을 가지고 하나하나 다 챙겼다. 이에 직원들이 꽤나 고생하는 것 같았다. 그럼에도 서겸은 소속사 대표가 당신을 좋아하는 거 아니냐며 경계를 했다. 즉, 소속사와 서겸이 서로가 서로를 견제하는 상황. 중간에서 지운은 조금 피곤했다.

"다른 소속사랑 계약할걸."

"나랑 계약하겠다는 소속사가 거기 하나였거든요?"

누가 들으면 엄청난 대스타인 줄 알겠으니 그만하라고 타박한 지운은 마지막 휴가를 즐기기로 마음먹었다. 이제부터는 녹음부터 연습까지, 갈 길이 멀었다.

한 회장과 진겸, 하나가 리조트에 도착했다. 박 여사는 친정 쪽 가족이 병원에 입원을 해서 오지 못한다고 했다. 한 회장은 혹여나 서겸이 서운해할까 봐 눈치를 봤다.

"괜찮아요. 서겸 씨 이해할 거예요."

박 여사도 서겸에게 죄책감을 가지고 있는 듯했다. 그래서 선뜻 서겸에게 다가오지 못했다. 미워하는 마음은 이제 없다는 걸 알기에 서겸은 박 여사에게 시간을 주고 있었다. 그도 박 여사에게 다가갈 시간을 갖고 있었다.

　"아가, 이쪽으로 와서 앉으렴."

　하나가 나오지도 않은 배를 쭉 내밀고 허리를 받치고 서 있자 한 회장이 쩔쩔매며 의자를 직접 가져왔다. 진겸이 그러지 말라고 눈치를 줘도 하나는 아버님이 지운만 너무 예뻐한다고 이거 아니면 언제 사랑을 받겠냐고, 그러니 모르는 척하라고 남편의 옆구리를 찔렀다.

　"형수님, 축하드려요."

　"어머, 고마워요."

　서겸이 미리 준비해 둔 케이크와 꽃다발을 안겨주었다. 활짝 펴는 아내의 얼굴에 진겸이 고맙다고 말했다. 이제는 정말 가족으로 보이는 그 모습에 지운이 들고 있던 카메라로 사진을 찍었다.

　지운이 카메라를 들고 사진 찍는 모습을 본 서겸이 다가와 손에 들린 카메라를 빼앗아 들었다. 그대로 지운의 얼굴을 사진기에 가득 담았다.

　"이리 줘요. 내가 찍을 거예요."

　"줘봐. 형, 우리 사진 좀 찍어줘."

　생각해 보니 변변한 사진 한 장이 없어서 서겸은 진겸을 불렀다. 다정하게 껴안은 사진부터 서로 마주 보는 사진까지. 결국 진겸이 더 찍고 싶으면 웨딩촬영이나 하라고 타박을 주었다.

　"아버님, 같이 찍어요."

뒤에 서서 흐뭇하게 바라보고 있는 한 회장을 지운이 불렀다. 하나까지 그의 등을 밀자 한 회장은 헛기침을 하고 못 이기는 척 옆으로 다가와 섰다. 한 회장을 가운데 세우고 지운이 살갑게 팔 짱을 꼈다.

"하나, 둘, 셋! 한 번 더 찍을게요."

지운이 진겸과 사인을 주고받은 뒤 두 번째에서는 셋에 맞춰서 옆으로 쏙 빠졌다. 얼결에 부자가 처음으로 사진에 담겼다.

"뭐야."

서겸이 툴툴거리며 왜 빠졌냐고 말했지만, 눈치를 보아하니 기분이 나쁜 건 아닌 듯했다. 한 회장도 슬쩍 진겸에게 카메라를 받아 사진을 보더니 잘 나왔다며 미소를 지었다.

평화와 행복이 공존하는 곳에 속해 있는 게 좋아 지운은 살포시 미소를 지었다. 주위를 두리번거리던 지운이 곳곳에 새겨져 있는 Anima를 가리키며 물었다.

"나 궁금한 거 있는데. 'Anima'가 무슨 뜻이에요?"

"영혼. 영혼이 쉬러 오는 곳이었으면 해서 지으셨대, 아버지가. 어머니가 쉬러 오셨으면 한다고 해서."

한 회장이 사랑했던 여자인 서겸의 친모가 죽고 난 뒤 애도하는 마음으로 호텔을 지었다. 서겸도 나중에서야 호텔의 이름을 한 회장이 지었다는 걸 들었다.

"사랑하셨네요."

"응."

한 회장을 바라보는 서겸의 눈빛이 많이 바뀌었다. 지운은 서겸의 옆에서 그런 그를 바라봤다. 한없이 사랑스러운 눈으로. 서겸이 고개를 내려 눈을 맞추더니 대뜸 손으로 지운의 눈을 가렸다.

"나 그런 시선에 약하다니까. 오늘 나에게 원피스를 벗기는 영광을 줄 건가?"

그런 영광은 평생 하사하죠. 새침 떠는 지운의 입술에 서겸이 짧게 입을 맞추었다.

❖ ❖ ❖

열린 창문으로 살짝 손을 내밀었다. 무게가 느껴지지 않는 하얀 눈이 손에 내려앉았다가 흔적도 없이 사라졌다. 물기에 젖은 손을 꼼지락거리며 지운이 노래를 불렀다.

"Jingle bell, jingle bell, jingle bell rock. Jingle bells swing and jingle bells ring."

거리에는 온통 캐럴로 가득했다. 오랜만에 듣는 캐럴에 신이 난 지운은 라디오를 틀었다. 역시나 라디오에서도 캐럴이 흘러나왔다.

"기분 좋아 보이네."

밖으로 내밀어서 차가워진 손을 서겸이 잡아 온기를 나눠주었다.

"좋아요, 오랜만에 캐럴도 듣고."

여름에 캐럴 감상 금지령이 떨어진 이후로 오랜만에 듣는 캐럴에 기분이 좋아졌다. 왜 서겸이 듣지 못하게 하는지를 알기에 따르고는 있지만, 지운은 여름에 듣는 캐럴이 더 좋았다.

저번 주로 해서 앨범 활동이 끝났다. 같이 활동했던 여가수는 겨울에 맞춰 발라드로 활동을 하고 있었다.

두 번째 활동은 한 달을 했다. 그래서 꽤 얼굴이 알려지기도 했다. Flos의 멤버였다는 사실이 밝혀지고 나서 기자들과 시청자들의 관심이 들끓었다. 하은의 이름도 같이 거론되었다. 정말 다행인 건 수진과 희진의 이름은 기사에 실리지 않았다는 거였다. '율' 그룹의 힘이 굉장함을 새삼 깨닫게 된 계기였다.

"팬카페에서 선물 많이 들어왔다던데."

팬카페는 제법 활성화되었다. 팬들의 수는 조금씩 늘어갔고, 그녀를 기억해 낸 예전의 팬들도 다시 찾아와 가입을 했다. 현재 팬들은 소속사에 지운의 솔로앨범을 내달라고 요청하고 있었다.

서겸의 차가 소속사 주차장으로 미끄러지듯 들어갔다. 내내 기분이 좋았던 지운이 입을 꾹 다물었다. 오늘은 소속사 간의 미팅이 있는 날이다.

지운이 속해 있는 소속사 외에 다른 두 소속사와 같이 프로젝트로 준비하고 있는 게 있었다. 각 소속사의 가수들끼리 프로젝트 그룹을 만들어 활동을 계획하고 있는데, 지운의 소속사에서는 지운을 내세우기로 한 것이다.

서겸은 반대를 했다. 다른 소속사에서 하은이 참여한다는 소문이 돌았기 때문이다. 설마하니 하은이 참여하겠느냐고 지운은 넘겼다. 하은은 현재 연기자로 더 이름을 굳힌 상태. 서겸은 소문을 무시하면 안 된다고 충고를 했다.

회의실로 들어가자 무거운 분위기에 휩싸여 있었다. 안으로 들어서던 지운은 멈칫하고 둥그런 회의용 테이블에 앉은 사람들의 얼굴을 봤다.

"오랜만이네."

하은이 먼저 알은체를 했다. 뒤따라 들어오던 서겸이 '거 봐.'
라고 낮게 말하더니 지운을 이끌고 의자에 앉았다.

"이하은 씨가 굳이 이런 프로젝트에 참여할 이유가 없지 않나
요?"

지운의 소속사 대표가 먼저 입을 열었다. 그는 사실 이하은의
참여를 반대하지는 않았다. 오히려 더 득이 될 거라 생각했다. 해
체한 Flos의 재결합. 물론 완전체가 아니기는 하지만 대중들에게
굉장히 어필될 것이다. 요즘은 예전에 해체했던 멤버들이 다시 모
여서 활동해 큰 인기를 몰고 있는 추세이기에. 하지만 지운을 보
호하는 차원에서는 반대였다. 두 사람이 그리 사이가 좋지 않았다
는 건 이 업계에 있는 사람들은 다 아는 소문이다.

"예전 기억이 많이 나서요. 지운이하고 꼭 활동을 하고 싶어
요."

"우리 하은 씨가 참여를 한다면 굉장히 큰 이슈가 될 겁니다."

이하은 측에서는 꼭 참여를 하겠다고 나왔다. 이하은이 아니면
아예 프로젝트에서 빠지겠다고 말했다. 다른 소속사에서도 이하
은의 참여를 찬성했다. 그쪽이야 이슈만 된다면 뭐든 할 기세였
다. 새로 나올 아이돌그룹의 멤버 중 한 명을 이 프로젝트에서 먼
저 선보일 생각에 그들은 조급했다.

"전 괜찮아요, 대표님. 하은 언니랑 같이하면 좋잖아요."

이 프로젝트만 본다면 좋은 기회다. 비록 불편하기야 하겠지만,
일은 일이다. 프로답게 행동을 해야 한다.

서겸이 괜찮겠냐는 듯 시선을 던졌다. 지운이 고개를 끄덕였다.

첫 회의는 그렇게 끝이 났다. 계약서에 도장을 찍고, 준비를 한

뒤 두 달간의 활동을 하기로 했다.

"지운아."

서겸과 주차장으로 향하는데 하은이 불러 세웠다. 천천히 걸어온 하은이 서겸에게 양해를 구했다.

"먼저 내려가 있을게."

서겸이 자리를 피해 주자 하은이 입을 열었다.

"고마워. 같이 잘해보자."

"할 이야기가 그것뿐이야?"

서겸을 보낼 정도로 심각한 이야기는 아니었다. 하은은 무언가 더 말을 하고 싶은 기색이었지만, 지운은 잘해보자는 말을 남기고 뒤돌아섰다.

"미안해. 너희들한테는 많이 미안해."

지운은 걸음을 멈추지 않고 걸었다. 그때는 하은도 어렸다. 잘 못된 선택을 했을 뿐이다. 그 선택을 후회했으니 더는 그녀도 같은 실수를 하지 않을 것이다.

"빨리 왔네?"

서겸이 걸어오는 지운에게 팔을 벌렸다. 지운이 그의 허리를 감싸 품에 안겼다.

"그런데 진짜 내 매니저 할 거예요? 어제 우 실장님한테서 전화 왔는데."

서겸이 모르는 척 허공에 시선을 돌렸다. 지운이 짧은 활동을 하는 내내 서겸은 그녀를 보지 못해서 몸살을 앓았다. 바쁜 스케줄에 피곤에 지친 지운. 간신히 만나더라도 지운의 얼굴에는 쉬고 싶다는 보이지 않는 글자가 가득했다. 어쩌겠는가. 목마른 사람이 우물을 판다고. 보고 싶은 그가 쫓아다녀야지.

"안 되는 이유라도 있나?"

"있죠. 많죠. 호텔 경영은 누가 하나?"

갑자기 시작되는 연인의 싸움은 차 안에서도 계속되었다. 전무 따위 안 하겠다고 투덜대는 서겸에게 지운이 백 좋은 남자가 좋다고 받아쳤다. 집에 도착할 때쯤에는 서겸의 입에서 활동하는 내내 나 안 보고 싶었냐는 투정까지 나왔다. 지운은 보고 싶었다는 말 대신 몸으로 사랑을 보여줬다.

한 면이 거울로 둘러싸인 연습실. 노래에 맞춰서 세 명의 여자가 연습을 하고 있었다.

"하나, 둘. 쉬었다가 하나, 둘. 잠깐만요!"

까다로운 안무가는 세 명의 박자가 조금이라도 어긋나면 노래를 멈췄다. 하은이 털썩 주저앉았다. 같이 앨범을 준비하고 있는 수영도 털썩 주저앉았다. 안무를 틀린 지운은 고개를 푹 숙였다.

"여기에서 이렇게, 이렇게 하라고 했잖아요."

계속해서 같은 부분을 틀리는 지운에게 안무가가 시범을 보였다. 지운은 자신 때문에 연습이 지체되자 면목이 없었다. 이제 내일모레면 첫 방송이다. 계속되는 연습에 지칠 시간도 없었다.

"오늘은 여기까지 하고. 내일 봐요."

안무가가 정리를 하자 백댄서들이 하나둘씩 연습실을 빠져나갔다.

"언니들, 내일 뵐게요!"

수영이 발랄하게 인사를 하고 연습실을 빠져나갔다. 하은은 가방을 어깨에 걸치면서 지운을 쳐다봤다.

"안 가?"

"난 조금 더 연습할래."

너무 지나친 연습은 좋지 않다. 지운도 그걸 알고 있을 텐데. 지운이 조급해한다는 걸 알고 있다. 오랜만에 추는 춤에 힘들어한다는 걸. 수영은 가르쳐 주는 족족 잘해냈다. 자신이야 지운보다는 오래 활동을 했으니 잘 따라가고 있었다.

"가르쳐 줄게. 이리 와봐."

다시 가방을 내려놓은 하은이 지운에게 손짓을 했다. 지운은 그녀의 옆에 서서 거울을 통해 하은이 춤추는 걸 따라 했다.

"여기에서 이렇게 빠르게 변하잖아."

허리를 틀면서 유연하게 움직이는 하은을 보고 지운이 따라 했지만, 번번이 박자를 놓쳤다.

"조금 더 빠르게 허리를 빼. 너는 이전 동작이 끝까지 가려고 해서 그런 거야."

하은의 말대로 전 동작을 다 마치지 않은 상태에서 허리를 뺐다. 하은이 추는 것과 비슷하게 움직였다. 박자도 전보다는 맞아떨어졌다.

다른 동작까지 하은은 세세하게 지운을 봐줬다. 한 시간이 지나고 지운의 춤이 훨씬 나아졌다. 진작 가르쳐 줄걸 하고 하은은 후회했다.

"고마워."

지운이 하은에게 고맙다고 하자 하은이 멈칫했다. 그리고 지운을 돌아봤다.

"생각해 보니까 Flos 활동을 할 때, 언니가 나 안무 많이 가르쳐 줬는데."

가장 춤이 약했던 멤버가 지운이었다. 하은도 잊었던 기억이 떠올랐다. 그때는 다 같이 숙소 생활을 했다. 자다가 일어났는데 지운이 보이지 않아 거실로 나갔다. 지운이 울고 있었다. 안무선생님한테 많이 혼나서 속상해하던 지운은 새벽에 홀로 연습을 했다. 그 사실을 뒤늦게 알게 된 하은은 지운을 따로 지도해 줬다.

"그랬었지."

그때에는 가르쳐 주면서 우쭐함이 있었다. 노래는 몰라도 춤은 너보다는 잘 춘다는.

"먼저 갈게."

지금 생각해 보면 후회되는 게 한두 가지가 아니다. 하은은 가방을 어깨에 걸치고 연습실 문을 열었다. 역시나 서겸이 앞에 서 있었다.

"수고했어요."

"고생하시네요, 매일 지운이 데리러 오느라."

"기쁨이죠."

선하게 웃는 서겸의 미소에 하은은 고개를 돌렸다. 은근히 여자의 시선을 잡아먹는 얼굴이다. 아니, 대놓고인가? 수영도 서겸의 이야기를 많이 했다.

하은이 가고 서겸은 연습실 안으로 들어섰다. 땀에 젖은 얼굴을 수건으로 닦던 지운이 시각을 확인하고 가방을 들었다.

"당신 땀 냄새 좋다."

서겸이 지운의 목덜미에 얼굴을 묻었다. 지운이 질색을 했지만 그는 떨어지지 않았다.

"아까 안무 중에 허리 비트는 거, 집에 가서 보여주라."

서겸은 지운이 추는 춤이 제일 섹시하다고 칭찬을 아끼지 않았다. 지운은 이렇게 힘을 주는 서겸에게 오늘은 특별히 상을 주겠다는 말로 서겸을 유혹했다.

❖　❖　❖

"오늘의 1위는…… 네! 축하드립니다. 걸뮤즈의 Meet Again!"

객석이 환호성을 지르며 일어났다. 객석보다 조금 더 앞의 구석진 곳에서 무대를 보고 있던 서겸도 같이 환호성을 질렀다. 정말 생각지도 못했던 1위다. 지운도 얼떨떨한지 트로피를 받고도 말을 하지 못했다. 하은에게 마이크가 돌아갔다.

"네! 저희 팬들, 그리고 소속사 식구들, 정말 감사합니다. 그리고 같이 고생한 우리 지운이와 수영이에게도 고맙습니다. 정말 감사합니다!"

옆에 있던 다른 가수들이 축하해 주었다. 특히 혁은 지운의 어깨를 가볍게 끌어안아 축하를 해주었다.

"저 자식이, 또!"

서겸이 매서운 눈빛으로 혁을 노려보자 멀리서도 그 서늘한 기운을 느꼈는지 혁이 팔을 내리고 슬그머니 무대를 내려갔다.

앵콜 무대까지 마치고 무대 뒤로 내려온 지운은 아직도 1위의 여운이 가시지 않았는지 얼굴이 상기되어 있었다. 뒤풀이 장소에 도착할 때까지도 지운의 볼은 발그레했다. 마지막 무대에서 1위를 했다. 오늘로서 프로젝트 활동은 끝이 났다. 프로젝트를 마무리하는 뒤풀이가 1위 축하 뒤풀이로 바뀌었다. 당연히 축하 술로 사람들은 하나둘씩 정신을 잃어갔다.

지운에게로 향하는 술을 대신 받아 마신 서겸은 알딸딸함에 고개를 흔들었다. 꽤 애주가라고 할 만한 그도 이쪽 세계에서는 명함도 내밀지 못할 정도였다. 그 정도로 다들 술고래였다.

혜임이 1위 축하 기념으로 파티를 해주겠다고 꼭 오라고 했다. 술을 많이 마셔서 힘들었지만, 혜임의 당부에 그들은 카페로 향했다.

가게 문을 열고 들어가자 머리 위로 폭죽이 터졌다. 팡팡 터지는 폭죽에 더욱 어지러웠다. 카페에는 혜임과 휘뿐만 아니라 아민과 세진, 아미가 있었다.

"1위 축하해요."

아민이 들고 있는 케이크에 꽂아진 1의 숫자엔 불이 켜져 있었다. 지운이 기쁜 얼굴로 '후' 불어 촛불을 껐다. 뒤따라 들어온 서겸이 지운의 머리 위에 달라붙은 폭죽을 떼주었다.

"서겸이 이 자식, 술을 얼마나 마신 거야? 얌마, 똑바로 걸어."

서겸의 걸음이 흔들리자 아민이 얼굴을 찌푸렸다. 오늘 같은 날에 취해서 오면 어떡하냐고. 서겸만 들을 수 있도록 낮게 말했다. 세진과 아미도 불안한 얼굴로 서겸을 봤다.

"괜찮을까?"

아미가 남편에게 물었다. 세진이 고개를 흔들었다. 보고 있던 혜임과 휘도 동시에 고개를 절레절레 흔들었다.

가게 안에는 손님이 하나도 없었다. 지운은 술기운에 묘하게 달라진 분위기를 전혀 눈치채지 못했다. 서겸과 마찬가지로 흔들리는 걸음으로 혜임의 도움을 받아 자리에 앉았다.

"야. 괜찮아? 할 수 있겠어?"

"응, 하자."

서겸이 아민에게 괜찮다는 손짓을 하고는 걸음을 옮겼다. 혜임이 미리 만들어놓은 무대에 앉은 서겸에게 아민이 기타를 들려주었다. 휘가 마이크를 가져와 세팅을 했다.

디리링. 가볍게 먼저 소리를 내었다. 지운이 소리를 따라 고개를 돌렸다. 간이 무대에 앉아 있는 서겸을 보고 놀라 눈을 동그랗게 키웠다.

"윤지운."

마이크에 입을 대고 서겸이 지운을 불렀다. 지운이 자신을 보고 있음을 확인한 서겸이 부드러운 미소를 지었다. 그리고 노래를 불렀다.

프러포즈. 우리 처음 만났던 이 카페. 이젠 또 다른 두 번째 고백. 노래 가사가 그들에게 딱 맞아떨어졌다.

술기운으로 기타를 치는 서겸의 실력은 형편없었지만, 노래는 감미로웠다. 사랑하는 여자에게 하는 고백은 보는 사람들도 절로 미소를 짓게 만들었다. 유일하게 그동안 시간을 쪼개서 기타를 가르친 휘만 제외하고.

"완전 취중 고백이네. 아니, 취중 프러포즈."

아민이 입을 삐쭉였다. 그러다 혜임과 눈이 마주치자 싱긋 웃었다.

"윤지운, 결혼하자."

노래를 다 끝낸 서겸이 흔들리는 걸음으로 지운의 앞으로 걸어왔다. 한쪽 무릎을 굽히고 앉아 주머니에서 작은 상자를 꺼냈다.

"서겸 씨."

술이 확 깬 지운이 눈물을 글썽거렸다. 서겸은 반지를 꺼내 지운의 손가락에 끼워주었다. 딱 맞아떨어지는 반지. 지운이 잘 때 몰래 사이즈를 잰 보람이 있었다.

"사랑해."

"사랑해요."

팡팡. 그들의 머리 위로 또 한 번의 폭죽이 터졌다.

에필로그

고요한 집 안. 이 고요함이 흡족한지 잠든 서겸의 얼굴은 평안했다.

"으아앙. 응애."

갑작스러운 울음. 서겸의 눈이 떠졌다. 그는 바로 일어나서 자신의 배 위에 누워서 자고 있던 아들을 안아 들었다. 그러고는 바닥에 깔린 담요 위에서 조용히 잠들어 있는 딸을 확인했다. 잠깐의 달콤한 낮잠에서 깨어난 그는 핏발이 선 눈으로 아들을 달랬다.

"왜, 배고파? 어디 보자. 우리 아들, 밥 먹을 시각이구나."

아직 돌도 지나지 않은 어린 아들. 서겸은 익숙하게 품에 안아든 채 분유를 탔다. 젖병 뚜껑을 열어 분유와 따뜻한 물을 넣고 흔들어 잘 섞은 뒤 자신의 손등에 몇 방울 떨어뜨려 온도를 재고 나서야 아들에게 젖병을 물렸다.

"하암."

힘차게 젖병을 빠는 아들을 보며 서겸은 스르르 감기는 눈을 억지로 떴다. 어젯밤 내내 한 시간 간격으로 번갈아가며 일어나 우는 아들과 딸을 달래느라 그는 잠을 설쳤다. 낮 시간이 된 지금까지.

달달한 분유 냄새에 배에서 꼬르륵 소리가 났다. 그러고 보니 아침을 걸렀고 점심도 걸렀다.

"한서준, 아빠도 배고프다."

아빠가 배고프든 말든 서준은 젖병을 힘차게 빨았다. 거의 바닥이 난 젖병에 서준이가 울음을 터뜨렸다. 딸 서윤이와 달리 이 정도로는 양이 부족한지 우는 서준이에게 결국 서겸은 분유를 더 타서 먹였다.

배가 불러 젖병을 거부하는 서준이를 안아 트림을 시킨 그는 조심스럽게 아들을 내려놓았다. 하지만 내려놓기가 무섭게 서준이 울음을 터뜨렸다. 얌전한 서윤과 달리 서준이는 사람 손을 탔다. 계속해서 안고 있으라는 듯한 아들의 울음에 결국 서윤이도 잠에서 깼다. 칭얼거리기 시작하는 딸 때문에 얼른 서준이를 내려놓고 서윤이를 아기 흔들침대에 눕혔다. 그 잠깐 사이에 우는 서준이를 다시 품에 안고 서겸은 서윤이 누워 있는 침대를 발로 흔들었다.

"왜 울어. 엄마 보고 싶어서 그래? 아빠도 엄마 무지하게 보고 싶다."

서겸은 어제 외박한 아내를 생각하며 이를 갈았다.

오기만 해봐라, 아주. 핏덩이 같은 아들과 딸을 놓고 외박을 해?

서겸은 결국 아들을 안은 채 서서 밥을 먹었다. 고추장에 비벼서 대충 끼니만 때웠다.

서윤이 일찍 잠들고, 아직 말도 못 하는 아들하고 대화 아닌 대화를 나누던 서겸은 도어록이 해제되는 소리에 벌떡 일어났다.

지운이 들어오면서 남편의 눈치를 살폈다.

"당신! 지금이 몇 시야!"

"어머. 우리 서준이 아직 안 자고 있었네."

촬영으로 곱게 화장을 한 아내의 얼굴을 보니 화도 스르르 가라앉았다. 서겸은 다시 마음을 다잡아 지운을 쏘아봤다.

"미안해요. 촬영이 늦게 끝나서."

연일 이어지는 뮤직비디오 촬영에 지운은 녹초가 되었다. 하지만 집에 와서 남편과 아이의 얼굴을 보니 그 피로가 싹 가셨다. 비록 남편이 무섭게 노려보고 있기는 하지만.

엄마를 알아보는지 아들이 손을 뻗어왔다.

"외박은 그렇다 쳐. 하지만 오늘 낮이면 온다고 했잖아?"

아들의 손을 한 번 잡았다 놓은 뒤 왜 늦게 왔냐고 칭얼거리는 남편의 엉덩이를 툭툭 두드리며 지운이 생글생글 웃었다. 방으로 들어와 쌔근쌔근 잘 자고 있는 딸을 눈으로 확인한 뒤 쪽 하고 남편의 입에 짧게 입을 맞춘 지운이 빨리 씻고 나오겠다며 욕실로 들어갔다.

"촬영을 얼마나 한 거야? 설마 키스신 뭐, 그런 거 있었던 건 아니지? 응?"

욕실까지 따라 들어오는 남편에게 나중에 이야기하자고 등을 떠밀었다. 설마 정말로 키스신이 있었던 건 아니냐고 화를 내는 서겸에게 아니니까 서준이 먼저 재우라고 말했다.

"서준이 재우고 뭐 하게?"

지운이 묘한 웃음을 지었다. 서겸의 얼굴이 굳어졌다. 그는 서준이를 빨리 재워야겠다는 일념으로 서준에게 먹일 분유를 빠르게 탔다.

어차피 남편이 아들을 재우려면 시간이 꽤 걸릴 테니 지운은 느긋하게 샤워를 했다. 다 씻고 나오자 서겸이 서준이를 안고 조용히 하라고 손가락 하나를 입에 가져다 댔다.

겨우 잠든 서준이를 눕히고 서겸이 성급하게 다가왔다.

"어제 나 혼자 아이들 보느라 엄청 힘들었다고. 당신이 얼마나 그리웠는데."

쌍둥이를 낳고 조금 더 쉬고 싶었지만, 꽤 호응이 좋았던지라 프로젝트 그룹이 2년 만에 다시 활동을 재개하게 되었다. 그로 인해 바빠진 지운 때문에 서겸은 요즘 홀로 밤을 보내는 경우가 많았다.

"미안해요. 이번 활동 끝나면 나 은퇴할까 봐요."

"벌써?"

지운은 활동을 하는 데 무리가 있다는 걸 깨달았다. 육아에 조금 더 힘쓰고 싶기도 했고. 무엇보다 요즘에는 후배 양성이 더 즐거웠다. 소속사에서 노래를 가르치는 게 의외로 재미가 쏠쏠했다.

지운의 가운 안으로 손을 넣으며 서겸이 오늘 무슨 촬영을 했냐고 물었다. 미리 뮤직비디오 촬영 내용을 듣기는 했지만, 혹시 키스신이 추가된 게 아닌지 걱정이 되었다. 촬영감독이 넣고 싶어 했던 걸 서겸이 방방 뛰면서 반대를 했던 것이다.

지운이 촬영 이야기를 했지만, 얼마 가지 않아 이야기는 신음 소리로만 바뀌었다. 남편이 주는 쾌감에 젖어들며 지운이 서겸을 품었다.

"하아. 읏."

천천히 움직이던 서겸이 속도를 올렸다. 빠르게 치고 들어오는 남편의 어깨를 잡으며 지운은 움직임을 맞춰갔다.

❖　❖　❖

식탁 위에는 시뻘건 각양각색의 김치로 가득했다. 제 앞에 놓인 하얀 소고기무국에 숟가락을 담그며 서겸이 아내의 눈치를 살폈다. 지금 지운은 서준이 밥을 먹이느라 식사를 제대로 하지 못하고 있었다.

"빨리 아, 해."

어린이용 작은 숟가락에 밥 절반, 잘게 썬 열무김치 한 조각을 올리고 아이의 앙다문 입 앞에 가져간 지운이 서준에게 엄한 목소리로 말했다. 서준은 어떻게든 피해보려고 고개를 돌렸지만, 단호한 엄마의 손길에 억지로 입을 벌렸다.

아이의 입속으로 들어가는 김치를 보며 서겸이 인상을 썼다. 아들을 음식으로 고문하는 아내의 머리에는 두 개의 뿔이 보였다.

이어서 소고기무국을 떠먹인 지운이 이번에는 밥과 고추장으로 버무린 멸치를 아들에게 먹이려 했다.

"아!"

"엄마, 나 계란."

"이거 먹으면 줄게."

아들이 구원을 요청하듯 제 아빠를 쳐다봤다. 커다란 눈이 애절함을 담아 쳐다보자 서겸이 숟가락을 아이 입 앞에 들고 있는 아내의 손을 잡았다.

"서준이 계란 먹고 싶다잖아."

"애한테 본보기 돼줄 거 아니면 방해하지 말아요."

차갑게 식은 눈으로 쳐다보자 서겸이 슬그머니 잡고 있던 손을 놓았다. 애처로운 아들의 눈을 외면하며 그는 식탁 위의 김치들을 봤다.

나날이 갈수록 아내의 음식 솜씨는 좋아졌다. 김치에 한해서. 어쩌다가 맛본 김치가 예전에는 맵기만 했는데 지금은 맛있게 맵다.

지운은 서준에게 계란을 하사하고 밥그릇에 남은 밥을 눈으로 확인했다. 앞으로 골고루 한 번씩 먹이면 끝날 양. 이제 절반이 남았다.

"아빠는 왜 안 먹어?"

서겸에게 외면당한 아들의 반격이 시작되었다. 아빠가 안 먹으면 먹지 않겠다고 땡깡을 부리는 아들 때문에 지운이 남편을 노려봤다. 쉽게 가자는 아내의 눈초리에 서겸이 젓가락으로 김치를 집었다.

"아빠는 아빠김치 먹어야지!"

서준이를 먹이려고 잘게 썰어놓은 김치를 집었던 서겸이 다시 제자리에 놓고 썰리지 않은 큼직한 김치를 집었다. 밥그릇 위에 올리고 숟가락으로 엄청난 양의 밥과 함께 떠서 입안으로 가져갔다.

"아빠 먹었으니 서준이도 먹어야지. 아!"

만족스러운 얼굴로 서준이 입을 벌렸다. 맛있게 씹는 아들과 달리 서겸은 얼굴을 시뻘겋게 붉힌 채 마구잡이로 씹어 삼켰다. 물잔을 다 비우고 아들의 작은 물 잔도 다 비웠다.

아빠와 달리 서준은 김치를 잘 먹는 편이었다. 편식이 없던 아이가 아빠를 따라 하더니 계란이나 햄만 먹으려 했다. 지운은 서겸에게 이제라도 김치를 먹여야 하나 고민이 되었다. 매번 식사 시간이 전쟁이었다.

"엄마, 서준이 물."

서겸이 물을 다시 떠오는 사이 소고기무국을 떠먹인 지운이 이번에는 배추김치를 숟가락 위에 올렸다.

"아빠는 엄마가 해준 김치 맛없어?"

"맛있어."

감정이 없는 아빠의 목소리에 서준이 아빠는 거짓말쟁이라고 놀렸다. 더불어 매운 것도 못 먹는 아기아빠라고. 김치를 안 먹으면 아기라고, 다 컸으니 김치도 먹어야지 하는 엄마의 말을 기억하는 서준이 제 아빠를 마음껏 놀렸다.

서준이의 밥그릇이 다 비워지자 서겸이 아들을 의자에서 내려주었다. 쪼르르 장난감으로 달려가는 서준이가 입으로 갖가지 소리를 내며 장난감을 가지고 놀기 시작했다.

"나 계란."

아들 앞에 놓여 있던 계란 접시를 탐내는 남편에게 지운이 하사를 하듯 앞에 놓아주었다. 그리고 아들의 눈치를 보다가 가스레인지 안에 숨겨놓았던 햄도 줬다.

"오호, 어쩐지 냄새가 난다 했어."

없던 입맛이 되살아났는지 서겸이 놀이에 빠져 있는 아들을 흘끗 보고는 햄을 집었다.

"서준이 갈수록 반찬 투정을 해서 죽겠어요."

"괜찮아. 나 봐. 이렇게 잘살고 있잖아."

이 나이에 어디 가서 이런 몸매 가진 아저씨 있냐고 서겸이 우쭐댔다. 아들 앞에서 그런 소리 하기만 해보라는 아내의 말에 서겸이 조용히 식사를 이어갔다.

"다 먹었으면 서윤이 깨워서 데리고 나와요."

아직 식사 시간은 끝나지 않았다. 어제 감기 증세를 보이더니 병원에 갔다 온 뒤로 서윤은 따로 격리된 상태였다. 서준이까지 감기가 옮으면 안 되기에 특단의 조치를 취해놓은 것이다.

서겸은 자신의 밥그릇을 싱크대에 옮겨놓고 딸이 잠든 방으로 들어갔다.

"딸, 일어나 있었어?"

침대 위에 누워 있던 서윤이 고개를 끄덕였다. 서겸이 그런 딸을 안아 들고 손으로 열을 쟀다. 지운이 하던 것처럼 따라 했지만, 서윤의 열이 내린 건지 아니면 아직 열이 남아 있는지 잘 알 수 없었다.

"엄마한테 가자."

서겸의 품에 안겨 나오던 서윤을 본 서준이 우당탕탕 달려왔다.

"아직 아파?"

"응. 서윤이 아직 아파. 서준이는 저쪽에 가서 놀아. 감기 옮으면 큰일 나."

서윤의 이마와 볼, 목에 차례로 손을 가져다 대며 열을 재던 지운이 서준에게 가서 놀라고 한 뒤 딸을 받아 안았다.

"다행히 열은 떨어졌다. 목은 어때?"

"안 아파."

침을 꿀꺽 한 번 삼킨 서윤이 고개를 흔들었다. 딸이 먹을 죽을 데운 지운은 자신의 무릎에 앉혔다. 서겸이 자연스럽게 의자를 빼서 앞에 앉은 뒤 딸에게 죽을 먹였다.

"아빠, 나도."

그 모습을 보고 있던 서준이 기어코 아빠의 무릎 위에 앉았다. 그러더니 아빠의 손에서 숟가락을 빼앗아 직접 동생에게 죽을 떠먹였다. 서툰 솜씨에 서준이 흘리자 지운은 손으로 그걸 받아낸 뒤 자신의 입으로 가져갔다.

"우리 애들 동생 만들자."

부쩍 아이 욕심이 생긴 서겸이 아이들 앞에서 말을 꺼냈다. 아빠를 따라서 동생을 욕심내는 서준과 서윤이 지운을 보며 동생을 만들어달라고 떼를 썼다.

"당신, 정말!"

제 편이 없는 싸움에 지운이 뾰로통해지자 서겸이 귀엽다는 듯 아내의 입술에 짧게 입을 맞췄다.

"쪽."

정작 소리는 다른 곳에서 났다. 엄마 아빠를 따라 하는지 서준과 서윤이 뽀뽀를 했다.

"너! 감기 옮는다니까."

무엇을 잘못했는지 모르겠다는 듯 웃는 아이들의 모습에 결국 서겸과 지운도 함께 웃음을 터뜨렸다.

〈The End〉

작가 후기

한여름날의 캐럴. 재미있게 읽으셨나요?

유독 제가 쓰는 글은 여름을 배경으로 한 게 많습니다. 그중에서도 이렇게 여름을 대놓고 드러낸 적은 처음이네요. 처음 이 글의 시놉시스를 짤 때 많이 설레었습니다. 제가 느릿한 글을 좋아합니다. 그래서 이번 글을 느릿하고 설레게 써볼까, 노력을 많이 했습니다. 쓰고 싶은 글을 쓰려 했기에 더욱 설레었나 봅니다.

제가 거주하는 '그린나래'가 본거지를 옮겼는데, 같이 함께 이사를 해주신 독자님들과 새로 둥지를 트신 독자님들의 애정으로 인해 큰 지체 없이 연재가 가능했습니다.

서겸과 지운의 느릿한 이야기에 참지 못하고 재촉을 하셨던 독자님들. 한편으로는 더 느리게 이야기를 해주기를 바라셨던 독자님들. 같은 설렘을 가지고 읽으셨을 거라고 저 멋대로 생각하겠습니다.

이 글을 쓰면서 캐럴에 관한 댓글과 메시지를 많이 받았어요. 신선하다는 분들도 계셨고, 서겸과 지운을 따라 더운 날 캐럴을 들으셨다는 분들도 있었죠. 저에게 추천을 해달라고 하신 분들도 계셨고요.

이제 와서 밝히는 이야기이지만, 여름에 캐럴을 듣는 건, 저도 이번이 처음이었답니다.

이 글을 쓰고자 마음먹으면서 더운 날 캐럴을 찾아 들었습니다. 여름과 캐럴. 꽤 조합이 좋더군요.

지운과 서겸의 이야기를 쓰는 중에, 제 일상에 변화가 생겼습니다. 그 변한 일상을 이들과 같이해서인지 더욱 애정이 갑니다. 앞으로도 지운과 서겸은 저와 쭉 같이 갈 것 같아요.

저와 마찬가지로 지운과 서겸의 이야기를 더운 날, 캐럴과 함께해 주신 모든 독자님들께 무한한 감사를 드립니다.

이번에도 빠지지 않고 감사의 인사를 전합니다.

먼저, 저의 빠른 검토 요구로 바쁘셨던 최고은 편집자님, 정말 감사드립니다. 꼼꼼한 리뷰와 애정 어린 편집자님의 손을 거쳐 더욱 좋은 글이 나왔어요. 처음으로 같이 작업을 했는데 꽤 괜찮지 않았나요? 최고은 편집자님뿐만 아니라, 청어람 관계자분들, 앞으로도 잘 부탁드립니다.

그리고 우리 '그린나래'의 작가님들. 서로 누가 먼저 완결을 내나 경쟁하다가도, 같이 글을 쓰자고 이끌기도 하고, 서로의 고민에 대해 함께해 주었던 작가님들, 감사합니다.

이제는 자주 보지 못할 우리 동료 및 선후배들. 송이 언니, 혜경 언니, 정호 오빠, 용천 오빠, 명덕 오빠, 윤화 언니, 상언 전임님, 혜민 선배, 지은 씨, 유리 씨, 인범 씨, 선애 씨, 정연 언니, 찬일 팀장님, 이건창 과장님, 배재현 과장님, 조 팀장님. 그리고 언제나 그리운 박미선 팀장님 등등. 굉장히 많네요. 혹여 제가 빠뜨린 분들, 서운해하지 마세요. 함께했기에 제가 3년 7개월을 무사히 보냈습니다.

언제나 저에게 재미있는 책을 추천해 주는 문흥동 깨미책방 이모, 감사합니다.

그리고 벌써 5년을 넘게 함께하는 영호도 감사하고 애정합니다.

무엇보다 제가 사랑하는 가족들. 늘 감사하고 사랑하는 마음을 가지고 있는데, 표현을 하지 못했네요. 이렇게 글로 전합니다.

그럼, 저는 이만 물러갑니다. 다음에도 또 인사드리겠습니다.